# 古典文獻研究輯刊

十九編

曾永義 主編

## 第 17 冊

## 魏晉南北朝書牘研究（上）

徐月芳 著

國家圖書館出版品預行編目資料

魏晉南北朝書牘研究（上）／徐月芳 著 — 初版 — 新北市：
花木蘭文化事業有限公司，2019〔民108〕
序 2+ 目 4+280 面；19×26 公分
（古典文學研究輯刊 十九編；第 17 冊）
ISBN 978-986-485-764-7（精裝）
1. 書信 2. 文物研究 3. 魏晉南北朝
820.8                                              108001562

ISBN-978-986-485-764-7

9 789864 857647

古典文學研究輯刊
十九編　第十七冊                     ISBN：978-986-485-764-7

## 魏晉南北朝書牘研究（上）

作　　者　徐月芳
主　　編　曾永義
總 編 輯　杜潔祥
副總編輯　楊嘉樂
編　　輯　許郁翎、王筑　美術編輯　陳逸婷
出　　版　花木蘭文化事業有限公司
發 行 人　高小娟
聯絡地址　235 新北市中和區中安街七二號十三樓
　　　　　電話：02-2923-1455／傳眞：02-2923-1452
網　　址　http://www.huamulan.tw 信箱 hml810518@gmail.com
印　　刷　普羅文化出版廣告事業
初　　版　2019 年 3 月
全書字數　433948 字
定　　價　十九編 33 冊（精裝）新台幣 64,000 元

# 魏晉南北朝書牘研究（上）

徐月芳　著

## 作者簡介

徐月芳

中國文化大學中文博士，現任台北海洋科技大學副教授。

研究領域：

中國古典文學：〈王維〈輞川集〉中的儒、道、釋色彩〉、〈《石頭記》脂評本蘇州方言詞彙綜探〉、〈盛唐飲酒詩中的儒懷、道影、佛心〉、〈《三言·警世通言·蘇知縣羅衫再合》初探〉、〈《詩經》飲酒詩初探〉、〈一千年前的運動休閒：唐宋鞦韆詩詞綜探〉、〈唐代節俗飲酒詩〉、〈唐朝駢文書牘寫作藝術〉、〈李漁《閒情偶寄》園林種植休閒觀〉、〈唐代步打球（曲棍球）運動初探〉、〈從唐朝書牘觀其古文運動〉、〈《紅樓夢》詩詞音韻淺析〉、《蘇軾奏議書牘研究》、《唐詩三百首新賞》；中國現代文學：〈魯迅〈故鄉〉的寫作技巧探析〉、〈應用微電影融入唐詩教學之探討〉；臺灣文學：〈賴和小說發出時代「吶喊」〉。

## 提　　要

秦、漢為書牘的發展期，今觀出土漢簡，一般長 23 厘米、寬 1 厘米、厚 0.2 ～ 0.3 厘米，即漢尺一尺長、五分寬、一分厚。一簡上所寫不到五十字。此用於一般文書。後世稱書信為「尺牘」，蓋源於此。漢初「書牘」文體漸為抒發個人心聲之作。

魏晉南北朝為書牘的成熟期，魏晉時期，書牘漸漸涉及個人志向和性情，自然與真情之流露已躍然紙上。當時文人似乎特別喜愛書牘這一特殊文學形式，也可以說書牘寫作已經形成一種文學樣式。

南朝劉宋初年，老、莊思想已漸消退，文人對自然的欣賞，也更趨於客觀而深刻，於是山水文學勃興，書牘亦有描寫山水風情之作，格調清新而素雅，篇幅雖小，筆法卻靈活多變。

六朝時駢儷文盛行，它的特色就是講求對偶、對仗工整、講求平仄、音韻鏗鏘、多用典故、辭藻富麗、文采斐然。清·孫德謙的《六朝麗指》中，將六朝駢文分為：永明體、宮體、徐庾體、吳均體四體。

南朝齊武帝·永明年間，沈約、謝朓、王融等，用聲律說寫詩文，稱為「永明體」。宮體駢文，是指梁簡文帝及其侍臣徐摛、庾肩吾等人，描寫宮廷女子的輕豔駢文，辭藻潤澤，傷於輕靡，時號「宮體」。「徐庾體」，便是徐陵、庾信等人描寫女性的感情、刻畫女性的容止、形態為主的作品，也稱「新宮體」。「吳均體」是以山水清音為主的駢文。

北朝文章「舍文尚質」是其本色，文士中最負盛名者，如北齊祖鴻勳〈與陽休之書〉，為文清剛質實。

# 自 序

　　學生月芳才疏學淺，初踏入書牘領域時，恍若置身於浩瀚之大洋中，眼前一望無垠，眞不知所措。幸辱承恩師邱燮友教授的悉心指導與鼓勵，初審時又蒙劉兆祐所長、皮述民教授、金榮華教授的諄諄教誨，複審時又得力於臺北大學教授王國良所長斧正。使我魯鈍的資質才得漸悟，諸恩師始終不捨不棄，耐心指點，終於不負恩師們愛之切責之深的苦心，經多次修改校正，勉力完成，於此致上最衷懇的謝忱。

　　在學期間，感激台北海洋技術學院前校長吳榮貴教授的惠助，同事關知雲主任、周曉蓮教師、蒲彥光教師、歐淑惠教師的關懷，以及陪我一路走來相互扶持的王碧蘭同學，還有在身體微恙之際，更是犧牲休息時間，於初審、復審時鼎力幫助的郭坤秀同學。

　　還要感謝懷明先生的鼓勵與叮嚀，建立了我的信心，且他以縝密之思慮與卓見提供了許多建議，同時為我細心校閱，使拙作得以更趨完善。

　　取得博士學位，一直是我的夢想，每當父親用炯炯的眼神，對我投以無限的期待時，也給我無限的勇氣。當我遇到阻力時，我能以堅韌的毅力，不畏辛勞去面對它，將阻力化為助力，完成了學業。然而，子欲養而親不在，空留無限的感慨與唏噓。我要把博士畢業證書送到他倆的墳前，稟告道：「我完成了您們的期許」。

　　從提筆到論文完成，兩個乖巧的女兒，頗能體會我的處境，在孤燈黃卷之下，一杯熱茶，一聲早睡，這種簡單的關懷，都是我奮發向上的原動力，她們身心健康、學業優秀，讓我無後顧之憂，更是我能專心讀書的重要因素之一。

　　最後，由衷感謝中國文化大學中國文學研究所前所長羅敬之教授的提攜與關照，如今畢業論文終於完成，希望能告慰恩師在天之靈。

　　人生在世，有師長的垂愛，朋友的關愛，父母的摯愛及女兒的孝心，夫復何求？謹此一併致謝！

　　　　　　　　　　　　　　　　　　　　　徐　月　芳　　謹誌

　　　　　　　　　　　　　　　　　　　　　中華民國 96 年 12 月

# 目

# 次

# 第一章 緒 論

　　先秦爲書牘的萌芽期，南朝梁・劉勰《文心雕龍卷五・書記第二十五》曰：「三代政暇，文翰頗疎。春秋聘繁，書介彌盛。」〔註1〕黃金貴《古代文化詞義集類辨考》曰：「簡牘，在紙發明和普遍使用之前，是主要的早于縑帛的書寫材料之一。……1978 年間湖北隨縣曾侯乙墓出土的 200 餘枚竹簡，屬于公元前五世紀戰國時的遺物，是今時代最早者。」〔註2〕

　　書牘多記事陳情，由先秦時的實用性，到漢初成爲抒發個人心聲，逐漸過渡到實用性與文學性並行，甚至漸漸以文學性取代實用性，它可爲一篇抒情文，也可論說文，其實用性和審美性結合得十分完美，在我國魏晉南北朝時期開拓了書牘文學的地位。

　　中國文學史上，最早對書牘作出評論的是魏・曹丕《典論・論文》：「琳、瑀之章表書記，今之俊也。……夫文，本同而末異，蓋奏議宜雅，書論宜理。」此爲第一次確定書牘文學的地位。梁・劉勰《文心雕龍・書記》曰：「詳總書體，本在盡言，所以散鬱陶，託風采，故宜條暢以任氣，優柔以懌懷，文明從容，亦心聲之獻酬也。」對書牘較曹丕重「理」的觀點，更進一步注意情感與風采，已開始從文學特質上去衡量書牘。

　　魏・曹丕〈與吳質書〉曰：「孔璋（陳琳）章表殊健……元瑜（阮瑀）書記翩翩。」對建安諸子的文學成就有所評價，且對建安文人的生活、思想、爲人處世寫得形神畢肖，明朗清麗；曹植〈與楊德祖書〉專門談論文藝的書

---

〔註1〕（梁）劉勰著，（清）范文瀾註：《文心雕龍注》（臺北：學海出版社，1988 年 3 月初版），頁 456。

〔註2〕黃金貴著：《古代文化詞義集類辨考》（上海：上海教育出版社，1995 年 5 月 第 1 版），頁 245。

牘，文筆豪俊、〈與吳季重書〉風流雄放；嵇康〈與山巨源絕交書〉，能從信中窺見嵇康那狂放不羈的個性，辭鋒峻切。

晉‧劉琨〈答盧諶書〉顯示出憂國憂民之心；陶淵明〈與子儼等疏〉且表露出恬靜情懷，都很有感染力。此時，王羲之的書牘更兼文章和書法二美。

南朝宋‧鮑照〈登大雷岸與妹書〉繪景瑰麗。梁‧吳均〈與宋元思書〉、〈與顧章書〉、〈與施從事書〉，令人讀之恍若身臨其境；陶弘景〈答謝中書書〉以清麗的語言，描繪幽靜秀麗的山水；丘遲〈與陳伯之書〉責之以義、曉之以理、動之以情、誘之以利、威之以勢，理切辭婉，使悍將幡然來歸，雖是一封勸降書牘，卻寫出了「暮春三月，江南草長，雜花生樹、群鶯亂飛」千古流傳的清詞麗句。

北朝文章隨著南方文士的滯留北方，「南方輕綺之文，漸爲北人所崇尚。」〔註3〕如：北周‧李昶〈答徐陵書〉。

此時書牘亦以駢文敘寫，成爲一種文學成就很高的書牘文體，使這塊園地更添了新的魅力。故筆者界定研究範圍爲魏晉南北朝的書牘，分別從文風、前人寫作背景、受信對象及思想切入，再以所搜集範疇內的書牘做分析與探討。

# 第一節　研究動機與目的

書牘爲前人用以敘懷、論理、寫景……之作，閱讀先人、前輩有關書牘之評論後，引發筆者興趣，尤其書牘中論理精闢，引經據典，詞采雋永，情義兼顧，更令人爲之傾服。希望藉此研究，發掘書牘中的精義。

## 一、研究動機

書牘源起於三代，盛行於春秋，其內容不外抒情、說理、敘事、寫景，或四者兼而有之。歷代書牘於《文選》、《文集》中已大量選錄，在文學領域裡被視爲日常生活中之應用文學，故其文學造詣必有一定水準。錢穆曰：「書牘之難，人所難曉。……必求其自然，又皆不脫應酬人情，世俗常套，故極難超拔，化朽腐爲神奇，自非有深造於文學之極詣者，實不易爲也。」〔註4〕

---

〔註3〕（清）劉師培著：《劉申叔遺書‧南北文學不同論》（上海：江蘇古籍出版社，據寧武南氏 1934 年校印本影印，1997 年 11 月第一版），上冊，頁 562。

〔註4〕羅聯添編：《中國文學史論文選集（三）》（臺北：臺灣學生書局，1979 年 3 月），頁 1019。

　　書牘用於傳遞訊息，大都有特定收授對象，無論爲交涉公務或談論私事，爲能引起收信者產生共鳴附和，常動之以情，說之以理，將自己想法訴之文筆，使收信者感覺如促膝相談，懇切眞情，實爲作者心聲之表現也。西漢・揚雄《揚子法言・問神》曰：「言，心聲也；書，心畫也。聲畫形，君子小人見矣。」〔註5〕魏・曹植〈與吳質書〉：「得所來訊，文采委曲，曄若春榮，瀏若清風，申詠反覆，曠若復面。」西晉・陸機〈文賦〉曰：「函綿邈於尺素，吐滂沛乎寸心」〔註6〕把「書牘」一詞闡述得最爲貼切的是梁・劉勰《文心雕龍卷五・書記第二十五》曰：「大舜云：『書用識哉。』所以記時事也。蓋聖賢言辭，總爲之書，書之爲體，主言者也。……詳總書體，本在盡言，所以散鬱陶，託風采，故宜條暢以任氣，優柔以懌懷，文明從容，亦心聲之獻酬也。……贊曰：文藻條流，託在筆札。既馳金相，亦運木訥。萬古聲薦，千里應拔。庶務紛綸，因書乃察。」〔註7〕近人傅庚生亦曰：「自來書牘隨筆之作，頗多可誦者，其情眞也。」〔註8〕

　　書牘亦可作爲個人才華展現的工具，作者在痛快地傾吐自己的情懷之外，還可藉以騁才華，滿足文學的創作。同時，藉書牘往來闡釋己見，展現說服才華，傳達思想，展露個性、氣質，樹立自己風範。

　　錢穆曰：「有意運用書牘爲文學題材，其事當起於建安，而以魏文帝、陳思王兄弟爲之最。……此等書札，特游戲出之，藉以陶寫其心靈。古人云：嗟嘆之不足則詠歌之，此等書札，則詞多嗟嘆，情等詠歌，本亦宜於作爲一詩，今特變其體爲一封書札耳。故此等書札，乃始有當於純文學之條件。」〔註9〕書牘有別於其他文學創作，爲文學史中具有獨立地位之文體。

　　東漢紙的發明，使本爲貴族化之書牘得以逐漸平民化，促使書牘普及至各階層，私人的書牘大量湧現，內容亦趨繁雜而豐富。魏晉南北朝時期戰亂

---

〔註5〕（漢）揚雄撰，高時顯、吳汝霖輯校《揚子法言》（上海：中華書局，1936年據江都秦氏本校刊），卷5，頁3。

〔註6〕（晉）陸機撰：《陸士衡文集》（明正德己卯（14年，1519）都穆覆宋刊本），卷1，頁2。

〔註7〕（梁）劉勰著，（清）范文瀾註：《文心雕龍註》（臺北：學海出版社，1988年3月初版），頁455～456。

〔註8〕傅庚生著：《中國文學欣賞舉隅・眞情與興會》（臺北：國文天地雜誌社，1990年4月初版），頁14。

〔註9〕羅聯添編：《中國文學史論文選集（三）》（臺北：臺灣學生書局，1979年3月），頁1019。

頻仍，社會動亂不已，人們身受顛沛流離之苦，在此環境下書信往來也透露著許多個人對時事的無奈，人生的見解，處世之大道，親友之懷念等感受，或抒情、或論理、或敘事、或寫景寓意……都詞采雋永，情文並茂，觸發了筆者研究之動機。

書牘一體在魏晉南北朝可說盛極一時，且成爲我國文學發展史的重要階段，故選擇魏晉南北朝時代做爲論文研究標的，訂定題目爲《魏晉南北朝書牘研究》。

## 二、研究目的

魏晉南北朝時期隨著文學的覺醒，書牘脫離了政治用途，內容莫不隨文眞實坦蕩，敘述的情志意氣盤旋迴盪，字裏行間都充滿著個人的思想及行文風格。如西晉・羊祜〈誡子書〉爲教導兒子修身之道；東晉・陶潛〈與子儼等疏〉爲激勵兒子們相親相愛，強調團結互助之重要；劉宋・雷次宗〈與子姪書〉爲教導子姪向學與修身；南齊・王僧虔〈誡子書〉爲告誡兒女爲學之不易，唯有眞才實學才最可靠的道理；梁・簡文帝〈誡當陽公大心書〉爲誡子修身要嚴謹；梁・元帝〈與學生書〉勉勵國子監諸生向學，皆強烈表現出儒學思想；西晉・阮籍〈答伏義書〉、嵇康〈與山巨源絕交書〉文中充滿著離世玄學思想；魏・曹丕〈與王朗書〉、〈與吳質書〉，魏・曹植〈與楊德祖書〉、〈與吳季重書〉，西晉・陸雲〈與兄平原書〉，梁・蕭綱〈誡當陽公大心書〉，多論文學理論，有其文學思想。

書牘文體無一定之格式，或散文或駢文或駢散文並陳，如魏・曹丕〈與朝歌令吳質書〉、〈與吳質書〉，魏・曹植〈與吳季重書〉、〈與楊德祖書〉，皆以安閑清麗勝，是抒情的散文書札；又如劉宋・鮑照〈登大雷岸與妹書〉描繪旅途中美景，文筆綺麗崎崛，寫景生動傳神，廬山的形體更寫得奇異傳神，色彩豐富，如同一幅五彩精工的山水圖畫，抒寫山川景物，同時寄寓胸中奇情，是篇精緻的駢散文；或如南齊・丘遲〈與陳伯之書〉、梁・何遜〈爲衡山侯與婦書〉、梁・陶弘景〈答謝中書書〉、梁・吳均〈與宋元思書〉、陳・周弘讓〈答王褒書〉、陳・伏知道〈爲王寬與婦義安主書〉、北周・王褒〈與梁處士周弘讓書〉等，有抒情、有說理，其風格清新挺拔，文詞流麗，整齊中富變化之美，可視爲當代的駢文之名作。

書牘所載內容，有抒情、議論、敘事、體物之文，藝術風格更是可莊、

可諧、能雅、能俗，甚至嬉笑怒罵，諷諭調侃，意到筆隨，所以書牘最適於表現作者的獨到見解、特殊心境、氣質及個性。在中國古代，史家為立傳，作家自編文集，都鄭重地收錄，足見書牘之價值。

魏晉南北朝時代社會紛亂的背景，促使思想與文學大變化，各種思想與主張在書牘往來中可見端倪，論其描寫社會生活的廣度，探及人們心靈的深度，以及思想、藝術達到的高度，在中國古代的殿堂裡，都足以與其他文學並立而無愧色。歷代書牘，自春秋《左傳》即見著錄，《文選》而後，以其為文學作品而大量收錄，其內容更是包羅萬象，無所不談，欲研究所有書牘，恐非一人之力所能完成。故筆者選擇從魏晉南北朝書牘中，以宏觀、微觀兼備多角度探討書牘中有關儒學、玄學、文學、美學的思想，希望對魏晉南北朝的書牘價值，有一更清晰的、更具體的、更完整的呈現，俾期有助於填補書牘園地研究之空白。

## 第二節 研究範圍與方法

筆者才識有限，想研究如此浩瀚的書牘文學領域，實能力所不逮，有無限之惶恐。但書牘為應用文之首，其實用性、文學價值與其他文學並無軒輊，千年來人們無日不與書牘為伍，看來似家常之作，但要做到文采並茂，蘊含個人思想於無形，又能讀後回味齒香，哪是件容易之事！故只擬定研究範圍以魏晉南北朝為限，除蒐集之資料外，並將此期書牘及相關文獻資料，分別整理、分析歸類，務期能理出此期間書牘內涵及其價值。

## 一、研究範圍

### （一）時代界定

史稱魏晉南北朝，有些書以「六朝」簡稱之。洪順隆〈漢魏六朝文學叢考・六朝詞義考〉〔註10〕中列舉五種涵義，主要有四點：

指建都於建康的吳、東晉、宋、齊、梁、陳六個朝代——史地名稱。

一、指三國至隋，涵蓋南北領域——可用於文學史。

二、指南朝宋、齊、梁、陳和北朝、隋等朝代。

---

〔註10〕洪順隆著：《抒情與敘事》（臺北：黎明文化公司，1998 年 12 月），頁 540～549。

三、指晉、宋、齊、梁、陳、隋及同時之北魏、北齊、北周等朝代——

四、適於文學史分斷用。

茲列魏晉南北朝年代簡表如下：

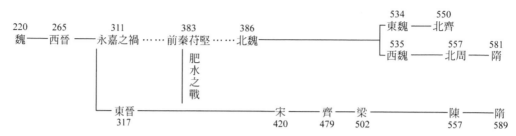

本論文所採魏晉南北朝紀年，實包括東漢獻帝‧建安時期的書牘，因此，上起建安九年（204），下迄隋文帝‧開皇九年取代陳朝（589）止，約三百八十餘年間。

## （二）書牘界定

書牘源起於三代，盛行於春秋，梁‧劉勰《文心雕龍卷五‧書記第二十五》曰：

> 三代政暇，文翰頗疏。春秋聘繁，書介彌盛。繞朝贈士會以策、子家與趙宣以書、巫臣之遺子反、子產之諫范宣，詳觀四書，辭若對面。又子叔敬叔進弔書于滕君，固知行人摯辭，多被翰墨矣。〔註11〕

在上古時代，一切以文字符號記事、記言的簡牘竹帛都叫「書」。到春秋戰國時代，列國紛爭，交往頻繁，當時人們把新出現的臣僚言事、故舊陳情、相互問訊、辨嫌疑的一類文字也稱爲「書」。如著名的樂毅〈報燕惠王書〉、李斯〈諫逐客書〉等，都是臣下寫給君主的，也都稱之爲「書」。明‧吳訥《文章辨體‧目錄第二十六卷‧書》曰：

> 按昔臣僚敷奏，朋舊往復，皆總曰「書」。近世臣僚上言，名爲「表、奏」；惟朋舊之間，則曰「書」而已。蓋論義知識，人豈能同？苟不具之於書，則安得盡其委曲之意哉？〔註12〕

秦統一六國之後，把臣僚向皇帝言事的文字改稱爲「奏」。到了漢代，詳

---

〔註11〕（梁）劉勰著，（清）范文瀾註：《文心雕龍注》（臺北：學海出版社，1988年3月初版），頁456～457。

〔註12〕（明）吳訥編集：《文章辨體》（明嘉靖三十四年（1555）湖州知府徐洛重刊本），頁33。

制禮儀，又進一步按內容不同分爲「章、奏、表、議」四品，籠統名爲「奏疏」，這是與書牘不同的另一種文體，故不在筆者研究範圍之列。

清·姚鼐輯《古文辭類纂·序目》曰：「書說類者，昔周公之告召公，有〈君奭〉之篇。春秋之世，列國士大夫或面相告語，或爲書相遺，其義一也。戰國說士說其時主，當委質爲臣，則入奏議，其已去國或說異國之君，則入此篇。」〔註13〕異地溝通曰「書」，當面規勸曰「說」，故合爲「書說類」。但書信可泛指一般人與人之間，而此處之「說」僅限於君臣之間，並且必須是異國君臣，且所議之事，必須是軍國大事，個人之間傾訴衷曲，可稱之爲「書」。

清·曾國藩輯《經史百家雜鈔·序例》云：「書牘類，同輩相告者，經如〈君奭〉及《左傳·鄭子家、叔向、呂相》之辭皆是。後世曰書，曰啓、曰移、曰牘、曰簡、曰刀筆、曰帖，皆是。」〔註14〕按呂相之辭，乃指春秋晉卿呂宜子絕秦之外交辭，並非私人書信，應列入公文書中。而「移」亦非私人書信，其性質與「檄」相近，乃公文書之一種。〔註15〕故亦不在本論文研究範圍之列。

姚漢章、張相《古今尺牘大觀書·例言》曰：「書、啓、牋、簡、札、狀諸名，文人沿用，性質雖同，而綜覈名實，則陳義或失之寬博，古人於書，上下同詞，或曰賜書或曰上書，頗涉君臣尊卑之意；啓爲官信，見於通俗文；牋爲表類，所謂公府奏記，郡將奏牋是也；簡之爲言，起於簡書，亦與後世公府行文之札相近；狀之體質，尤近官府，凡此定名，衡之酬應之用，均嫌弗確，惟《漢書·陳遵傳》云：『與人尺牘，主皆藏去以爲榮。』揆其施用，限於朋輩，尺牘一名，義較嶄絕。文字之中，於尋常實用最有關係者，莫如尺牘。」〔註16〕

書牘名稱紛歧，筆者援《經史百家雜鈔》的文體分類，名之曰「書牘」，其別名包括「上書」、「牋」、「啓」、「疏」、「書」、「簡」、「牘」、「帖」等，茲簡述如下：

一、上書：上書應屬公文性質，爲奏議類，然非謂與君王書皆公文也。

---

〔註13〕　（清）姚鼐輯：《古文辭類纂》，（清道光間合河康氏刊本），冊1，頁5。
〔註14〕　（清）曾國藩輯：《經史百家雜鈔》，（臺北：世界書局，1972年），頁1。
〔註15〕　張仁青編著：《應用文》（臺北：文史哲出版社，2005年9月第3次修訂），頁248。
〔註16〕　姚漢章、張相纂輯：《古今尺牘大觀》（臺北：臺灣中華書局，1966年3月臺二版），上編一，頁1。

如陳孔璋〈爲曹洪與魏文帝書〉，在盛稱漢中之土地形勢及用兵之道，洪爲文帝族父，彼此雖有君臣關係，以其輩分較長，故《文選》列之書類。

二、牋、記：梁‧劉勰《文心雕龍卷五‧書記第二十五》曰：「戰國以前，君臣同書。秦漢立儀，始有奏表；王公國內稱奏書。迄至後漢，稍有名品，公府奏記，而郡將奏牋（牋）。記之言志，進己志也。牋者，表也，表識其情也。」又曰：「原牋記之爲式，既上窺乎表，亦下睨乎書，使敬而不懾，簡而無傲，清美以惠其才，彪蔚以文其響，蓋牋記之分也。」〔註17〕范文瀾注曰：「謂敬而不懾，所以殊於表（表有誠惶誠恐，死罪死罪之語）；簡而無傲，所以殊於書（上文云，書體在盡言，宜條暢以任氣，則有類乎傲也。）這是牋的特點。」〔註18〕由此可見，「牋」或「牋」是郡將所上的奏書。後來凡寫給上級的公文、書信統稱爲「牋」。如魏‧吳質〈答魏太子牋〉、魏‧楊脩〈答臨淄侯牋〉、魏‧陳琳〈答東阿王牋〉、晉‧桓玄〈答會稽王道子牋〉、南齊‧謝朓〈拜中軍記室辭隨王牋〉，西晉‧阮籍〈辭蔣太尉辟命奏記〉，或薦介、或辭謝、或稱頌、或勸誡，內容皆屬書牘類。

三、啓：梁‧劉勰《文心雕龍卷五‧奏啓第二十三》曰：「啓者，開也。（殷）高宗（武丁）云：『啓乃心，沃朕心』，蓋其義也。孝景諱啓，故兩漢無稱。至魏國牋記，始云啓聞。……自晉來盛啓，用兼表奏。」〔註19〕如南齊‧王融〈謝武陵王賜弓啓〉、〈謝竟陵王示扇啓〉，南齊‧謝朓〈謝隨王賜左傳啓〉、〈謝隨王賜紫梨啓〉，皆言情之書牘類。

四、疏：《說文》曰：「疏，通也。」梁‧劉勰《文心雕龍卷五‧書記第二十五》曰：「疏者，布也。布置物類，撮題近意，故小卷短疏，號爲疏也。」〔註20〕如魏文帝〈與吳質書〉云：「書疏往來，未足解其勞結。」、劉宋‧陶潛〈與子儼等疏〉、梁‧昭明太子〈答晉安王書〉：「得五月二十六日疏」、（北齊）‧顏之推《顏氏家訓‧雜藝篇》曰：「江南諺云：『尺牘書疏，千里面目也。』」。

---

〔註17〕（梁）劉勰著，（清）范文瀾註：《文心雕龍注》（臺北：學海出版社，1988年3月初版），頁456～457。

〔註18〕（梁）劉勰著，（清）范文瀾註：《文心雕龍注》（臺北：學海出版社，1988年3月初版），頁481。

〔註19〕（梁）劉勰著，（清）范文瀾註：《文心雕龍注》（臺北：學海出版社，1988年3月初版），頁423～424。

〔註20〕（梁）劉勰著，（清）范文瀾註：《文心雕龍注》（臺北：學海出版社，1988年3月初版），頁457。

五、書：漢‧許慎《說文解字敘》曰：「箸於竹帛謂之書，書者，如也。」謂如其文字之形而書之也。梁‧劉勰《文心雕龍卷五‧書記第二十五》亦曰：「書者，舒也。舒布其言，陳之簡牘。」〔註21〕以「書」為「書牘」之名稱，最為世所習用。如本論文所謂的「書」都指「書牘」而言。

六、簡：《說文》曰：「簡，牒也。」段注：「牒，札也。木部曰：札，牒也。按簡，竹為之；牘，木為之，牒、札，其通語也。」「簡」是削製成的狹長竹片，後有以為書牘之代稱。如魏文帝〈與吳質書〉云：「書問致簡。」

七、牘：《說文》曰：「牘，書版也。」牘專謂用於書者，然則《周禮》之「版」、《禮》之「方」，皆牘也。聘禮注曰：「策、簡也，方、版也。李賢《蔡邕傳注》引《說文》而曰：長一尺。按漢人多云尺牘。」牘為用於書寫之木片，後引申為表示公文和書信。

八、帖：古無紙時，書寫於帛曰帖，其字與文一任天而行，極自然之致。世皆沿用為書信之通稱。

魏晉南北朝書牘凡一千多篇，筆者於本論文中選取其時期的代表作家凡八十餘名，一百八十多篇作品。分布情形統計如下：

一、抒情類計五十九篇，其中計感慕十九篇、懇摯二篇、惋傷十四篇、恬淡七篇、惻豔四篇、牢騷二篇、抒懷十一篇。

二、論說類計六十一篇，其中計論學三篇、論文卅五篇、論經二篇、論字九篇、論政三篇、論兵六篇、辯駁三篇。

三、敘事類計五十六篇，其中計薦揚五篇、辭謝一篇、祈請七篇、餽贈二篇、致謝五篇、稱頌四篇、責讓一篇、絕交二篇、陳述六篇、訓誡二篇、諷勸十七篇、激勵一篇、規戒三篇。

四、寫景類計五篇。

## 二、研究方法

本論文以梁‧蕭統編《文選》、明‧張溥輯《漢魏六朝百三家集》、清‧嚴可均輯《全上古三代秦漢三國六朝文》、清‧許槤，黎經誥輯《六朝文絜箋注》為藍本，為使論理、敘事更周延，亦引用經、史、子、集類書籍以輔之，佐以相關的古代文獻、近人論著的書籍、期刊論文及碩、博士論文，以求資

---

〔註21〕（梁）劉勰著，（清）范文瀾註：《文心雕龍注》（臺北：學海出版社，1988年3月初版），頁455。

料完備。依魏晉南北朝書牘內容加以整理、分析，並運用歷史研究法、歸納研究法、分析法，針對書牘寫作背景、思潮作內在義理闡述，與外在形式的表達之研究，在每一章節的論述中，期能有較深入的表述。

茲條陳研究方法如下：

（一）為使閱者知人論事，且可以考見書牘之變遷，每一書牘之歷史背景，及其寫作時間，特參考清・孫星衍輯《續古文苑》做法，於每文標題均冠以作者之朝代、姓名，並仿清・嚴可均輯《全上古三代秦漢三國六朝文》，以卒年斷代，每朝之中亦復按其時代先後排置。

人各附傳一則，文各注輯錄之所出。

（二）為研究方便，先歸納書牘的類別，再作為研究本文之取捨依據。古人寫書牘，並未事先立下目的，故一封書牘可能只有部分內容合乎本文的取捨標準，這是以某一主題作研究所必然面對的有關作品篩選的顧慮。因此，本文對書牘的選取、分析，擬以具有象徵性、代表性者歸為一類，優先考量其作品整體內容的精純性。如：丘遲〈與陳伯之書〉雖間有寫景描述「暮春三月，江南草長，雜花生樹，群鶯亂飛。」之名句，但因全文主旨在於勸降，故列入敘事類諷勸篇，而不列入寫景類。而為研究及演繹全文之便，在論述過程中，再列舉相關作品為輔，建構論點，以加強論據。最後，依作家時代，寫書牘的之先後順序，在文後盧列總表，以供參酌。

（三）魏晉南北朝文人非常重視文采，主要表現在作品語言的辭藻、駢偶、音韻、用典，因此，駢體文學大量運用了語言因素，為評估當時書牘對後代之影響，以文學現象的角度，進行具體分析，以探討此一問題。

## 第三節　近人研究成果

書牘興盛於魏晉南北朝，歷代書籍已見收存，自《文選》而後，文章之總集及別集都以其為文學作品而大量收集，故書牘之流傳迄今之數量已逾千萬，其內容更是包羅萬象。但研究者卻少，為何？人們都以為書牘為尋常親朋、好友、故舊間往返問候、表意之辭書，自無珍貴可言，故多所忽略，不加深究，遂使極有價值之書牘束之高閣。近人對書牘之研究寥若晨星，對魏晉南北朝書牘之研究更是屈指可數，雖非全面性，確已做到拋磚引玉之功效。茲列舉如次：

## 一、民國 67 年 6 月　謝金美　《古今書信研究》

國立高雄師範學院國文研究所（碩士論文）

其研究內容爲概述書信之緣起、義界、稱名、存錄、分類與價值。書信沿革，先秦、兩漢以至當代書信演變概況，並論行文、格式與作品。書信之結構、修辭與作法。

本文蒐集極爲豐碩，對書牘之價值及書信應用闡述著墨甚多，喚醒了現今學子對書牘研究的興趣，該文注重實用性是其最大特點，但有關書牘內涵研究不多，大都傾向於書牘之發展史，及書牘之分類等。筆者以爲書牘之精義在於其內涵，作者思想之傳達。不同的時代背景，產生不同的觀點。

## 二、民國 83 年 6 月　林素珍　《魏晉南北朝家訓之研究》

國立政治大學中國文學研究所（博士論文）

其研究內容爲魏晉南北朝，世家大族在官學不振，重視家庭教育的時代背景下，家訓書牘緣起、發展影響、前人撰述家訓之目的、內容及家訓在當代的精神。並探討家訓對教育、倫理、社會及文學各方面之價值。

## 三、民國 85 年 4 月　康世昌　《漢魏六朝「家訓」研究》

中國文化大學中國文學研究所（博士論文）

其研究內容如下：

（一）分析漢魏六朝家訓之內涵，有助於瞭解這個時期家庭教育的訴求，及其實施方法。

（二）研究家訓的思想特色，有助於瞭解當時一般人對人生的態度。

（三）研究「家訓」文學，以瞭解漢魏六朝家訓的文體、情意及論理表現。

## 四、2001 年 4 月　柏秀葉　《漢魏六朝書信體散文論》

中國山東師範大學中國古代文學研究所（碩士論文）

其研究內容共分爲五大部分：

（一）界定漢魏六朝書信體散文的研究範疇。

（二）論述漢魏六朝書信體散文的題材內容。

（三）分析漢魏六朝書信散文的藝術特色。

（四）闡述漢魏六朝書信體散文的文學史意義。

（五）描繪漢魏六朝以後書信體散文串做的發展軌跡。

　　柏君認爲書牘這塊園地仍待開發，尤其是魏晉南北朝書牘方面，故云「歷史上對他的研究始終處於低谷」，與筆者認爲魏晉南北朝書牘是中國文學浩瀚文章中一塊處女園地，所以嘗試去開發看法是不謀而合的。

　　柏君著重於書信散文方面前人所透露訊息，及當時文人整體綜合文風表現。

### 五、2006 年 4 月　孫丹萍　《兩晉尺牘文學研究》

　　　　中國山東師範大學中國古代文學研究所（碩士論文）

　　孫君著重於兩晉書牘的內涵，因此，其作品著重於發現當時社會眞象，反映當時文人對時事之無奈，戰亂禍及親人，百姓流離失所，人心對戰亂憤慨不平，抉擇兩難之心境。他對八王之亂及當時文人對時事之看法，相關書牘研究頗爲深入。其內容如下：

　　（一）西晉八王之亂，文人之心聲。

　　（二）東晉時局北伐軍政與傷時嘆逝之無奈心境。

　　讀其論文猶如讀了一篇兩晉時代的歷史。

　　書牘領域猶如一塊新大陸，它無所不包，內容之豐盛猶如新大陸之叢林中蘊藏著的寶藏。如今總算有人注意到這塊浩瀚園地，且進行嘗試開發的工作，前人對書牘之研究都集中在家訓一類，對其他種類的書牘則甚少論述，而「家訓」正是書牘園地的一小角。當筆者觸及這塊園地時，眞是驚喜不已，驚的是它的價值連城，喜的是它的內涵遼闊，這自然引起筆者無限之興趣，嘗試著一窺它的眞貌。若以歷代書牘爲研究範圍，畢竟能力不逮，因此，以魏晉南北朝斷代爲研究範圍，以期能在浩瀚書牘園地裡，闢出另一園地，塡補前人研究之不足。

　　筆者爲能將魏晉南北朝書牘所蘊涵之特色，及在文學史上的貢獻等闡述清楚，故蒐集範圍之涵蓋面儘可能代表當時之文風，社會之狀況，作家之個性、品德、氣質及思維模式之背景。

# 第二章　魏晉南北朝書牘分類

　　書牘盛行於春秋，歷來已大量被收集存錄於文集內，由於時間長久，故採擇極為豐富，凡君臣贈答，朋友餽遺，勞人思婦，傷逝痛別，累朝之掌故，家庭之訓誡，描述山川景物勝景，蓋都苦心搜羅，可謂包羅萬象，可供考史，可供講學，可擴襟懷。

　　《古今尺牘大觀·例言》曰：「黎蒓齋氏謂書牘有言情、言理、言事之別，茲書宗之，分為三大類。」〔註1〕而本文除援用前述將書牘分為抒情類、論說類、敘事類外另增闢寫景類，復於大類之中析為若干細目，以便探討。

## 第一節　抒情類

　　抒情類因係個人情感的表達之一種方式，透露個人內心的心聲，因個人際遇不同，背景殊異，所表達的方式也異，因此，將此感情的表示分為感慕、懇摯、惋傷、恬淡、惻艷、牢騷、抒懷及其他等。抒情書牘寫來似乎容易，但要想以文字充分表達出內心之感受常會有「言不盡意」之嘆，因此想使他人同受感染，產生共鳴更不是簡單的事。內容除真情流露外，用詞尚須典雅不俗，在魏晉南北朝書牘中不乏此類好文章。

### 一、感慕

　　感慕類書牘係對他人表示感激或對才華表示傾慕而作，古人重視情誼，對文學有才華之士更加愛惜與傾慕，且為學習對象。魏·曹植〈與吳季重書〉：

---

〔註1〕姚漢章、張相纂輯：《古今尺牘大觀》（臺北：臺灣中華書局，1966 年 3 月臺二版），上編一，冊 1，頁 1。

「足下鷹揚其體，鳳觀虎視，謂蕭、曹不足儔，衛、霍不足侔也。左顧右盼，謂若無人，豈非吾子壯志哉！」誇讚吳質鷹揚其體，鳳觀虎視的壯志。應璩追思滿公琰的美德，〈與滿公琰書〉云：「追惟耿介，迄于明發。」等都是仰慕讚美之詞。

### （一）魏·曹植〈與吳質書〉──東漢獻帝·建安十九年（214）

曹植字子建，沛國·譙（今安徽·亳縣）人，生於東漢獻帝·初平三年（192），卒於魏明帝·太和六年（232）。《三國志卷十九·魏書·陳思王傳》曰：

> 陳思王植字子建。年十歲餘，誦讀詩、論及辭賦數十萬言，善屬文。……言出為論，下筆成章……時鄴（今河北臨漳附近）銅爵臺新成，太祖悉將諸子登臺，使各為賦，植援筆立成，可觀，太祖甚異之。……植既以才見異，而丁儀、丁廙、楊脩等為之羽翼。太祖狐疑，幾為太子者數矣。而植任性而行，不自彫勵，飲酒不節。文帝御之以術，矯情自飾，宮人左右，並為之說，故遂定為嗣。……
>
> 建安十六年，封平原侯。十九年，徙封臨菑侯。……文帝即王位，誅丁儀、丁廙并其男口。植與諸侯並就國。黃初二年，監國謁者灌均希指奏，「植醉酒悖慢，劫脅使者。」有司請治罪，帝以太后故，貶爵安鄉侯。其年改封鄄城侯。三年，改為鄄城王。……四年，徙封雍丘王。……太和元年，徙封浚儀。二年，復還雍丘。……三年，徙封東阿。……六年二月，以陳四縣封植為陳王，……十一年中而三徙都，常汲汲無歡，遂發疾薨，時年四十一。〔註2〕

吳質字季重，濟陰（今山東菏澤、定陶西北一帶）人，生於漢靈帝·熹平六年（177），卒於魏明帝·太和四年（230）。《三國志卷二十一·魏書·附王粲傳第二十一·吳質》曰：

> 以文才為文帝所善，官至振威將軍，假節都督河北諸軍事，封列侯。劉宋·裴松之注引《魏略》曰：「質……以才學通博，為五官將及諸侯所禮愛；質亦善處其兄弟之間，……質出為朝歌（今河南省淇縣）長，後遷元城令。」〔註3〕

---

〔註2〕（晉）陳壽撰，（劉宋）裴松之注：《三國志》（北京：中華書局，1982年7月第2版），頁557～576。

〔註3〕（晉）陳壽撰，（劉宋）裴松之注：《三國志》（北京：中華書局，1982年7月第2版），頁607。

曹植〈與吳質書〉云：

植白。季重足下：

前日雖因常調，得爲密坐。雖讌飲彌日，其於別遠會稀，猶不盡其勞積也。若夫觴酌陵波於前，簫笳發音於後，足下鷹揚其體，鳳觀虎視，謂蕭、曹不足儔，衛、霍不足侔也。左顧右眄，謂若無人，豈非吾子壯志哉！過屠門而大嚼，雖不得肉，貴且快意。當斯之時，願舉太山以爲肉，傾東海以爲酒，伐雲夢之竹以爲笛，斬泗濱之梓以爲箏，食若塡巨壑，飲若灌漏巵，其樂固難量，豈非大丈夫之樂哉！

然日不我與，曜靈急節，面有逸景之速，別有參商之闊。思欲抑六龍之首，頓羲和之轡，折若木之華，閉濛汜之谷。天路高邈，良無由緣，懷戀反側，如何！如何！

得所來訊，文采委曲，曄若春榮，瀏若清風，申詠反覆，曠若復面。其諸賢所著文章，想還所治，復申詠之也。可令憙事小史，諷而誦之。夫文章之難，非獨今也，古之君子，猶亦病諸！家有千里驥而不珍焉；人懷盈尺和氏而無貴矣！夫君子而不知音樂，古之達論，謂之通而蔽。墨翟不好伎，何爲過朝歌而迴車乎？足下好伎，而正值墨氏迴車之縣，想足下助我張目也。

又聞足下在彼，自有佳政。夫求而不得者，日有之矣，未有不求而自得者也。且改轍而行，非良、樂之御；易民而治，非楚、鄭之政，願足下勉之而已矣。適對嘉賓，口授不悉，往來數相聞。

曹植白。〔註4〕

　　曹植寫信給出任朝歌長的吳質，因兩人爲文友常常燕飲，信中陳述往日歡樂情景，誇讚吳質「鷹揚其體，鳳觀虎視」的壯志，並由來信贊美其文采之妙，曄若春榮，瀏若清風，信後又據所聞而對吳質提出勉勵，希望他更有佳政，表達了對友人的懷戀贊歎之情。

　　曹植在文學上寫作的黃金時代是在曹叡執政的太和年間（227～232），詩文多流露抑鬱心意。他的文章代表建安文學「梗概而多氣」的特點，且有「下

---

〔註4〕　（魏）曹植撰：《陳思王集》見（明）張溥輯：《漢魏六朝百三家集》（明崇禎間（1628～1644）太倉張氏原刊本），頁58～59。

筆琳瑯」的特色。梁・劉勰《文心雕龍卷五・章表第二十二》曰：「陳思之表，獨冠羣才。觀其體贍而律調，辭清而志顯，應物製巧，隨變生趣，執轡有餘，故能緩急應節矣。」〔註5〕劉勰所講的「律調」、「緩急應節」，說明曹植文章除了講究文采，已經在注意字詞的搭配，音節的和諧，有了駢偶化的傾向。除此之外，他的散文也很有成就。此篇〈與吳季重書〉爲散文史上的不朽之作，其文筆自然流暢，很有鋒芒，感情充沛洋溢，浸人心脾，甚得後人贊賞。

　　按語：書牘中云：「墨翟不好伎，何爲過朝歌而迴車乎？足下好伎，而正值墨氏迴車之縣……聞足下在彼，自有佳政。」據《三國志卷二十一・魏書・附王粲傳第二十一》注引《魏略》曰：「質與劉楨並在坐席，楨坐譴之際，質出爲朝歌長。」〔註6〕又據《世說新語・言語》劉孝標注引《典略》曰：「建安十六年，世子爲五官中郎將，妙選文學，使楨隨侍太子。酒酣坐歡，乃使夫人甄氏出拜。坐上客多伏，而楨獨平視。他日公聞，乃收楨，減死，輸作部。」〔註7〕據此，吳質出任朝歌令爲建安十六年。吳質在回信中也說：「墨子迴車，質四年，雖無德與民，式歌且舞。」合而觀之，與吳質書當作於吳質爲朝歌令之第四年。據鄧永康考證，本文當作於建安十九年。〔註8〕

## （二）魏・吳質〈答東阿王書〉——東漢獻帝・建安十九年（214）

　　質白：

> 信到。奉所惠貺，發函伸紙，是何文采之巨麗，而慰喻之綢繆乎！夫登東嶽者，然後知眾山之邐迤也；奉至尊者，然後知百里之卑微也。
>
> 自旋之初，伏念五、六日，至于旬時，精散思越，惘若有失。非敢羨寵光之休，慕猗頓之富，誠以身賤犬馬，德輕鴻毛。至乃歷玄闕，排金門，升玉堂，伏虛檻於前殿，臨曲池而行觴，既威儀虧替，言

---

〔註5〕　（梁）劉勰著，（清）范文瀾註：《文心雕龍注》（臺北：學海出版社，1988年3月初版），頁407。

〔註6〕　（晉）陳壽撰，（劉宋）裴松之注：《三國志》（北京：中華書局，1982年7月第2版），頁607。

〔註7〕　（劉宋）劉義慶撰，（劉宋）劉孝標注：《世說新語》（明嘉靖乙未（14年，1535）吳郡袁氏嘉趣堂刊本），頁22。

〔註8〕　鄧永康編：《魏曹子建先生植年譜》（臺北：臺灣商務印書館，1981年12月初版），頁12～13。

辭漏漢。雖恃平原養士之懿，愧無毛遂燿穎之才；深蒙薛公折節之禮，而無馮諼三窟之劬；屢獲信陵虛左之德，又無侯生可述之美。凡此數者，乃質之所以憤積於胷臆，懷眷而悁邑者也。

若追前宴，謂之未究，傾海爲酒，并山爲肴，伐竹雲夢，斬梓泗濱，然後極雅意，盡歡情，信公子之壯觀，非鄙人之所庶幾也。

若質之志，實在所天，思投印釋紱，朝夕侍坐，鑽仲父之遺訓，覽老氏之要言，對清酤而不酌，抑嘉肴而不享，使西施出帷，嫫母侍側，斯盛德之所蹈，明哲之所保也。若乃近者之觀，實滛鄙心，秦箏發徽，二八迭奏，塤簫激于華屋，靈鼓動于座右，耳嘈嘈於無聞，情踴躍于鞍馬。謂可北懾肅慎，使貢其楛矢；南震百越，使獻其白雉，又況權、備，夫何足視乎！

還治，諷采所著，觀省英偉，實賦頌之宗，作者之師也。眾賢所述，亦各有志。昔趙武過鄭，七子賦《詩》，《春秋》載列，以爲美談。質小人也，無以承命。又所答昵，辭醜義陋。申之再三，赧然汗下。此邦之人，閑習辭賦，三事大夫，莫不諷誦，何但小吏之有乎？

重惠苦言，訓以政事，惻隱之恩，形乎文墨。墨子迴車，而質四年，雖無德與民，式歌且舞。儒墨不同，固以久矣。然一旅之眾，不足以揚名；步武之閒，不足以騁跡。若不改轍易御，將何以劬其力哉？今處此而求大功，猶絆良驥之足，而責以千里之任，檻猿猴之勢，而望其巧捷之能者也。

不勝見恤，謹附遣白答，不敢繁辭。

吳質白。〔註9〕

　　曹植〈與吳季重書〉精心對偶排比及典故的運用，顯得辭藻華美而工整，所以吳質信中首先讚美曹植的文思才情，來書文采斐然，再追憶往年和曹植共同宴飲之樂，描述他們樂舞不節，狂放不羈的生活。既感激曹植對他的知遇之恩，對曹植的禮賢下士備加推崇，認爲曹植可與平原君、孟嘗君、信陵君相比美，而同時又自歎無毛遂之才、馮諼之功，侯嬴之德，而無以報答，

---

〔註9〕　（清）嚴可均編：《全上古三代秦漢三國六朝文・全三國文》（臺北：世界書局，1963 年 5 月二版），卷 30，頁 9～10。

因此內心不安而憂鬱。

返回治所朝歌，誦讀曹植作品的精華與珍貴之處，覺得是辭賦頌詩的正宗，同代作者的良師。讚賞曹植文章才華煥發，朝歌之大夫、小吏，無不諷誦，引為楷模。曹植〈與吳季重書〉云：「其諸賢所著文章，想還所治復中詠之也。可令憙事小吏諷而誦之。」

信末表達自己「情踴躍於鞍馬」能馳騁疆場，「然一旅之眾，不足以揚名；步武之閒，不足以騁跡。」透露出個人抱負不得舒展的憂鬱之情。此書牘文辭華麗，用典恰當，意境開闊。

按語：這是吳質就曹植〈與吳季重書〉所作的覆信。信中云：「墨子迴車，而質四年，雖無德與民，式歌且舞。」亦當作於建安十九年。〔註10〕曹植於太和三年（229），徙封東阿，故又稱東阿王。後人故題此信為〈答東阿王書〉。

### （三）魏・應瑒〈報龐惠恭書〉

應瑒字德璉，汝南・南頓（今河南相城縣北）人。約生於東漢靈帝・建寧三年（170）〔註11〕，卒於漢獻帝・建安二十二年（217），漢末文學家。《後漢書卷四十八・列傳第三十八・應劭傳》曰：「弟子瑒、璩，並以文才稱。」注曰：「劭弟珣，司空掾，珣子瑒，曹操辟為丞相掾。」〔註12〕《三國志卷二十一・魏書・附王粲傳第二十一》曰：「瑒……被太祖辟為丞相掾屬。轉為平原侯庶子，後為五官將文學。」〔註13〕與孔融、陳琳、王粲、徐幹、阮瑀、劉楨齊名，稱「建安七子」。曹丕〈與吳質書〉云：「德璉常斐然有述作意，其才學足以著書，美志不遂，良可痛惜！」

應瑒〈報龐惠恭書〉云：

　　夫蕭艾之歌，發於信宿，子矜之思，起於嗣音，況實三載，能不有懷，雖萱艸樹背（背），皐蘇在側，悁憤不逞，祇以增毒，朝隱之官，

〔註10〕鄧永康編：《魏曹子建先生植年譜》（臺北：臺灣商務印書館，1981 年 12 月初版），頁 12～13。

〔註11〕陸侃如撰：《中古文學繫年》（北京：人民文學出版社，1998 年 7 月第 1 次印刷），頁 361。

〔註12〕（劉宋）范曄撰，（唐）李賢等注：《後漢書》（北京：中華書局，1982 年 8 月第 3 次印刷），頁 1615。

〔註13〕（晉）陳壽撰，（劉宋）裴松之注：《三國志》（北京：中華書局，1982 年 7 月第 2 版），頁 599～601。

賓不往來，喬木之下，曠無休息，抱勞而已。

足下剖符南面，振威千里，行人子羽，朝夕相繼，曾不枉咫尺之路，問蓬室之舊，過意賜書，辭不半紙，慰籍輕於繒縞，譏望重於丘山，是角弓之詩，所以爲刺也。值鷥羽於苑（宛）丘，騁駿足於株林，發明月之輝光，照妖人之窈窕，斯亦所以眩耳目之視聽，亡聲命於知友者也。〔註14〕

### （四）魏·應璩〈與滿炳書〉——魏明帝·景初三年（239）

應璩字休璉，汝南人，生於漢獻帝·初平元年（190），卒於魏齊王·嘉平四年（252）。《三國志卷二十一·魏書·附王粲傳第二十一》沣引《文章敘錄》曰：「璩……嘉平四年卒，追贈衛尉。」〔註15〕

應璩〈與滿炳書〉云：

璩白：

昨者不遺，猥見照臨。雖昔侯生納顧於夷門，毛公受眷於逆旅，無以過也。外嘉郎君謙下之德，內幸頑才見誠知己，歡欣踴躍，情有無量。是以奔聘御僕，宣命周求，陽畫喻於詹何，揚倩說於范武。故使鮮魚出於潛淵，芳旨發自幽巷，繁俎綺錯，羽爵蜚騰，牙、曠高徽，義渠哀激。當此之時，仲孺不辭同產之服，孟公不顧尚書之期，徒恨宴樂始酣，白日傾夕，驪駒就駕，意不宣展。

追惟耿介，迄於明發。適欲遣書，會承來命。知諸君子復有漳渠之會。夫漳渠西有伯陽之館，北有曠野之望。高樹翳朝雲，文禽蔽綠水，沙場夷敞，清風肅穆，是京臺之樂也，得無流而不反乎！適有事務，須自經營，不獲侍坐，良增邑邑，因白不悉。

璩白。〔註16〕

滿公琰當時爲別部司馬，由於職高位尊，而對應璩恭敬有禮。應璩在信中恭維滿公琰爲禮賢下士的信陵君親訪侯嬴、眷愛毛公，歡欣踴躍，極盡款

〔註14〕（魏）應瑒撰：《應德璉集》見（明）張溥輯：《漢魏六朝百三家集》（明崇禎間（1628～1644）太倉張氏原刊本），頁7。

〔註15〕（晉）陳壽撰，（劉宋）裴松之注：《三國志》（北京：中華書局，1982年7月第2版），頁604。

〔註16〕（魏）應璩撰：《應休璉集》見（明）張溥輯：《漢魏六朝百三家集》（明崇禎間（1628～1644）太倉張氏原刊本），頁3。

待；海味山珍，宴樂盡酣，情意之深，又有過之。並追敘賓主宴飲之歡，相會之樂，與依依惜別的深情，最後說自己不能赴漳渠之會的抱憾之情。

本文言辭恭敬而委婉，表述感激之情非常得體，雖是謝絕赴約的書信，卻能令對方讀之心舒意悅，欣然接受，寫得趣味盎然，典雅不俗。

按語：《三國志卷二十一・魏書・附王粲傳第二十一》曰：「瑒弟璩，……官至侍中。」注引《文章敘錄》曰：「璩……博學好屬文，善爲書記。文、明帝世，歷官散騎常侍。齊王即位，稍遷侍中、大將軍長史。」〔註17〕

滿炳字公琰，爲別部司馬。炳前日曾過璩，至明日欲遣書謝，值炳又使人來召璩別事不得往，故爲報。炳父寵爲太尉，璩嘗事之，故呼曰郎君。〔註18〕《三國志卷四・魏書・三少帝紀第四》曰：「（魏齊王）正始三年……三月，太尉滿寵薨。」〔註19〕《三國志卷二十一・魏書・滿寵傳第二十六》曰：「滿寵字伯寧，山陽昌邑人。……景初二年，以寵年老徵還，遷爲太尉。……（魏齊王）正始三年薨，諡曰景侯。」〔註20〕魏齊王芳於魏明帝・景初三年一月即位，未改元，姑繫此書牘作於魏明帝・景初三年。

### （五）魏・吳質〈答魏太子牋〉——東漢獻帝・建安二十三年（218）

吳質以才學通博，爲五官將及諸侯所禮愛，質亦善處於曹植曹丕兄弟之間，尤與曹丕爲好。據《三國志卷二十一・魏書・附王粲傳第二十一》劉宋・裴松之注引《質別傳》曰：「帝嘗召質及曹休歡會，命郭后出見質等。帝曰：『卿仰諦視之。』其至親如此。」〔註21〕

吳質〈答魏太子牋〉云：

二月八日庚寅，臣質言：

奉讀手命，追亡慮存，恩哀之隆，形于文墨。日月冉冉，歲不我與。

昔侍左右，廁坐眾賢，出有微行之遊，入有管絃之歡，置酒樂飲，

〔註17〕（晉）陳壽撰，（劉宋）裴松之注：《三國志》（北京：中華書局，1982 年 7 月第 2 版），頁 604。

〔註18〕（魏）應璩撰：《應休璉集》見（明）張溥輯：《漢魏六朝百三家集》（明崇禎間（1628～1644）太倉張氏原刊本），頁 3。

〔註19〕（晉）陳壽撰，（劉宋）裴松之注：《三國志》（北京：中華書局，1982 年 7 月第 2 版），頁 120。

〔註20〕（晉）陳壽撰，（劉宋）裴松之注：《三國志》（北京：中華書局，1982 年 7 月第 2 版），頁 721～725。

〔註21〕（晉）陳壽撰，（劉宋）裴松之注：《三國志》（北京：中華書局，1982 年 7 月第 2 版），頁 609。

賦詩稱壽。自謂可終始相保，竝騁材力，效節明主，何意數年之間，死喪略盡！臣獨何德，以堪久長？

陳、徐、劉、應才學所著，誠如來命，惜其不遂，可爲痛切。凡此數子，于雍容侍從，實其人也。若乃邊境有虞，羣下鼎沸，軍書輻至，羽檄交馳，于彼諸賢，非其任也。

往者孝武之世，文章爲盛，若東方朔、枚皐之徒，不能持論，及阮、陳之儔也。其唯嚴助、壽王，與聞政事，然皆不愼其身，善謀于國，卒以敗亡，臣竊恥之。至于司馬長卿，稱疾避事，以著書爲務，則徐生庶幾焉。而今各逝，已爲異物矣。後來君子，實可畏也。

伏惟所天，優游典籍之場，休息篇章之圃，發言抗論，窮理盡微；摛藻下筆，鸞龍之文奮矣。雖年齊蕭王，才實百之。此眾議所以歸高，遠近所以同聲。

然年歲若墜，今質已四十二矣，白髮生鬢，所慮日深，實不復若平日之時也！但欲保身敕行，不蹈有過之地，以爲知己之累耳！遊宴之歡，難可再遇，盛年一過，實不可追。臣幸得下愚之才，值風雲之會，時邁齒載，猶欲觸匈奮首，展其割裂之用也！不勝悽悽，以來命備悉，故略陳至情。

質，死罪死罪。〔註22〕

信的開始以「捧讀手命，追亡慮存，恩哀之降，形于文墨」數語，點明來信的主旨以及自己的感受。進而指出，「陳、徐、劉、應，……凡此數子，于雍容侍從，實其人也。若乃邊境有虞，群下鼎沸，軍書輻至，羽檄交馳，于彼諸賢，非其任也。」吳質認爲他們的才能足以當文學家，卻不堪持論臨陣之任。以政治才能來貶低文學才能。對「建安七子」除孔融、王粲外，均有簡略的文學評價：認爲阮瑀、陳琳以其「不能持論」，故比爲漢朝的東方朔、枚皐；而將徐幹比爲漢朝的司馬相如，因其「以著書爲務」；對曹丕，則更是推崇備至。方今正值風雲之會，正是國家用人之際，故吳質又以才略自許，保身自勵，獨欲觸胸奮首，爲國效用，洋溢著一股奮揚激進之氣，反映出吳質不欲僅僅以文章名世的思想，於悼亡傷逝之中述寫心志是

---

〔註22〕　（清）嚴可均編：《全上古三代秦漢三國六朝文‧全三國文》（臺北：世界書局，1963 年 5 月二版），卷 30，頁 8。

其特色。

按語：《三國志卷一・魏書・武帝紀第一》曰：

> （建安）二十二年冬十月，天子命王晃十有二旒，乘金根車，駕六
> 馬，設五時副車，以五官中郎將丕爲魏太子。〔註23〕

吳質此箋是答覆魏太子曹丕的回信。建安二十三年，魏・曹丕〈與吳質書〉曰：「昔年疾疫，親故多離其災，徐、陳、應、劉，一時俱逝。」來信興感存亡，評論文品，吳質的回信也就自然以此爲中心。據李善注引《魏典》曰：「魏郡大役，故太子與質書，質報之。」故箋中謂陳、徐、劉、應，才學所著，惜其不遂，可爲痛切云云。且書牘中云：「今質已四十二矣」吳質生於漢靈帝・熹平六年（177），東漢獻帝・建安二十三年（218）爲四十二歲。姑繫此信寫於建安二十三年。庚寅爲二日，八字疑誤。〔註24〕

## （六）西晉・陸雲〈與楊彥明書〉──西晉惠帝・太安二年（303）

陸雲字士龍，吳郡・華亭（今上海市松江縣）人，生於吳景帝・永安五年（262），卒於西晉惠帝・太安二年（303）。《晉書卷五十四・列傳第二十四・陸雲》曰：

> 六歲能屬文，性清正，有才理。少與兄機齊名，雖文章不及機，而
> 持論過之，號曰「二陸」。幼時吳尚書廣陵閔鴻見而奇之，曰：「此
> 兒若非龍駒，當是鳳雛。」後舉雲賢良，時年十六。吳平，入洛。……
> 俄以公府掾爲太子舍人，出補浚儀令。……尋拜吳王晏郎中令。……
> 入爲尚書郎、侍御史、太子中舍人、中書侍郎。成都王穎表爲清河
> 内史。穎將討齊王同，以雲爲前鋒都督。會同誅，轉大將軍右司馬。
> 穎晚節政衰，雲屢以正言忤旨。孟玖欲用其父爲邯鄲令，左長史盧
> 志等並阿意從之，而雲固執不許……玖深忿怨。……孟玖扶穎入，
> 催令殺雲。時年四十二。〔註25〕

陸雲〈與楊彥明書〉云：

雲白：

---

〔註23〕（晉）陳壽撰，（劉宋）裴松之注：《三國志》（北京：中華書局，1982 年 7 月第 2 版），頁 49。

〔註24〕陸侃如撰：《中古文學繫年》（北京：人民文學出版社，1998 年 7 月第 1 次印刷），頁 419。

〔註25〕（唐）房玄齡等撰：《晉書》（北京：中華書局，1982 年 12 月第 2 次印刷），頁 1481～1485。

省示累紙，重存往會，益以增歎。

年時可喜，何速之甚！昔年少時，見五十公去此甚遠，今日冉冉，
已近之已。

耳順之年，行復爲憂歎也。柯生而多悦，樂春未厭，秋風行戒，已
悲落葉矣。

人道多故，懽樂恆乏，遨遊此世，當復幾時！各爾永乖，良會每闊，
懷想親愛，寤寐無忘！書無所悉。〔註26〕

　　陸雲論年華之易老及良會之難期。對生命的反省、體認，悲歌慷慨，亦
表達了對人生的執著及對生活的熱愛。其語言自然親切，令人耳目一新。

　　按語：書牘中云：「昔年少時，見五十公去此甚遠，今日冉冉以近之已。」
姑繫此書牘作於西晉惠帝‧太安二年。

## （七）東晉‧盧諶〈與司空劉琨書〉──東晉元帝‧建武元年（317）

　　盧諶字子諒，范陽‧涿（今河北‧涿縣）人，生於西晉武帝‧太康六年
（285），卒於東晉穆帝‧永和七年（351）。〔註27〕《晉書卷四十四‧列傳第
十四‧附盧欽‧盧諶傳》曰：

諶……清敏有理思，好《老》、《莊》，善屬文。……後州舉秀才，辟
太尉掾。……匹磾既害琨，尋亦敗喪。時南路阻絕，段末波在遼西，
諶往投之。（東晉）元帝之初，末波通史于江左，諶因其使抗表理琨，
文旨甚切，於是即加弔祭。……末波死，弟遼代立，諶流離世故且
二十載。石季龍破遼西，復爲季龍所得，以爲中書侍郎、國子祭酒、
侍中、中書監。屬冉閔誅石氏，諶隨閔軍，于襄國遇害，時年六十

---

〔註26〕　（晉）陸雲撰：《陸清河集》見（明）張溥輯：《漢魏六朝百三家集》（明崇禎
　　　　　間（1628～1644）太倉張氏原刊本），卷1，頁42～43。

〔註27〕　（唐）房玄齡等撰：《晉書》（北京：中華書局，1982年12月第2次印刷），
　　　　　頁2793～2795。
　　　　　《晉書卷一百七‧載記第七石季龍下》曰：「石祗聞（石）鑒死僭稱尊號于襄
　　　　　國，……閔率步騎十萬攻石祗于襄國，……姚襄、悦綰、石琨等三面攻之，
　　　　　祗衝其後，閔師大敗。……司空石璞……中書監盧諶……等及諸將士死者十
　　　　　餘萬人，於是人物殲矣。」
　　　　　（唐）房玄齡等撰：《晉書》（北京：中華書局，1982年12月第2次印刷），
　　　　　頁197。
　　　　　《晉書卷八‧帝紀第八穆帝》曰：「永和七年二月戊寅，……石祗大敗冉閔于
　　　　　襄國。」故考盧諶卒年爲東晉穆帝‧永和七年。

七。是歲永和六年也。〔註28〕

盧諶〈與司空劉琨書〉云：

故吏從事中郎盧諶，死罪死罪。

諶稟性短弱，當世罕任，因其自然，用安靜退。在木闕不材之資，處雁乏善鳴之分。卷異蘧子，愚殊甯生。匠者時眄，不免饌賓。嘗自思惟，因緣運會，得蒙接事，自奉清塵，于今五稔。譔明之劬不著，候人之譏以彰。

大雅含弘，量苞山藪。加以待接彌優，款眷逾昵。與運籌之謀，廁謀私之歡。綢繆之旨，有同骨肉。其為知己，古人罔喻。昔聶政殉嚴遂之顧，荊軻慕燕丹之義。意氣之間，靡軀不悔。雖微達節，謂之可庶。然苟曰有情，孰能不懷？故委身之日，夷險已之。

事與願違，當忝外役。遂去左右，收迹府朝。蓋本同末異，楊朱興哀；始素終玄，墨翟垂涕。分乖之際，咸可歎慨。致感之途、或迫乎茲。亦奚必臨路而後長號，覩絲而後獻欷哉？是以仰惟先情，俯覽今遇，感存念亡，觸物眷戀。《易》曰：「書不盡言，言不盡意。」然則書非盡言之器，言非盡意之具矣。況言有不得至於盡意，書有不得至于盡言邪！不勝悢悢，謹貢詩一篇。抑不足以揄揚弘美，亦以攄其所抱而已。若公肆大惠，遂其厚恩，錫以咳唾之音，慰其違離之意，則所謂〈咸池〉酬于〈北里〉，夜光報于魚目，諶之願也，非所敢望也。

諶，死罪死罪。〔註29〕

盧諶身處祖國分裂、山河變色的時代，書中敘述國恨家仇，同時傾訴了對琨的感激、懷念之情，情意真切、文詞淒惋，具有一定的藝術感染力。梁·劉勰《文心雕龍卷十·才略第四十七》曰：「劉琨雅壯而多風，盧諶情發而理昭，亦遇之於時勢也。」〔註30〕

按語：《晉書卷四十四·列傳第十四·附盧欽·盧諶傳》曰：

〔註28〕 （唐）房玄齡等撰：《晉書》（北京：中華書局，1982 年 12 月第 2 次印刷），頁 1259。

〔註29〕 （清）嚴可均編：《全上古三代秦漢三國六朝文·全晉文》（臺北：世界書局，1963 年 5 月二版），卷 34，頁 12。

〔註30〕 （梁）劉勰著，（清）范文瀾註：《文心雕龍註》（臺北：學海出版社，1988 年 3 月初版），頁 700。

洛陽沒〔西晉懷帝・永嘉五年（311）〕，（諶）隨志（父盧志）北依劉琨，與志俱爲劉粲所虜。粲據晉陽〔西晉懷帝・永嘉六年〕，留諶爲參軍。琨收散卒，引猗盧騎還攻粲。粲敗走，諶得赴琨，先父母兄母弟在平陽者，悉爲劉聰所害。琨爲司空，以諶爲主簿，轉從事中郎。……建興末，隨琨投段匹磾。匹磾自領幽州（遼西），取諶爲別駕。〔註31〕

《晉書卷六十二・列傳第三十二・劉琨》曰：「（西晉愍帝・建興）三年，帝遣兼大鴻臚趙廉持節拜琨爲司空。」〔註32〕《晉書卷五・帝紀第五・孝愍帝》曰：「（西晉愍帝・建興）四年……十二月……己未，劉琨奔薊，依段匹磾。」〔註33〕《晉書卷六十三・列傳第三十三・段匹磾》曰：

段匹磾，東部鮮卑人也。……劉曜逼洛陽，王浚遣督護王昌等率疾陸眷及弟文鴦、從弟末杯攻石勒於襄國。……建武初，匹磾推劉琨爲大都督，結盟討勒，……及王浚敗，匹磾領幽州刺史，劉琨自并州依之，復與匹磾結盟，俱討石勒。〔註34〕

可知盧諶於洛陽被攻陷後依劉琨，劉琨任司空時爲其幕僚，後盧諶隨劉琨投幽州刺史段匹磾，段以盧諶爲別駕〔註35〕，因憶劉琨前恩，故作詩並書贈之。盧子諒〈贈劉琨一首并書〉云：「嘗自思惟，因緣運會，得蒙接事，自奉清塵，于今五稔。」姑繫此書牘作於東晉元帝・建武元年。

### （八）東晉・劉琨〈答盧諶書〉——東晉元帝・建武元年（317）

劉琨字越石，中山・魏昌（今河北・無極縣東北）人，生於西晉武帝・泰始七年（271）〔註36〕，卒於東晉元帝・大興元年（318）。《晉書卷六十二・

---

〔註31〕（唐）房玄齡等撰：《晉書》（北京：中華書局，1982 年 12 月第 2 次印刷），頁 1259。

〔註32〕（唐）房玄齡等撰：《晉書》（北京：中華書局，1982 年 12 月第 2 次印刷），頁 1684。

〔註33〕（唐）房玄齡等撰：《晉書》（北京：中華書局，1982 年 12 月第 2 次印刷），頁 131。

〔註34〕（唐）房玄齡等撰：《晉書》（北京：中華書局，1982 年 12 月第 2 次印刷），頁 1710～1711。

〔註35〕張可禮著：《東晉文藝繫年》（濟南：山東教育出版社，1992 年 7 月第 1 次印刷），頁 24。
晉王司馬睿建武元年（317），盧諶時爲段匹磾別駕。

〔註36〕陸侃如撰：《中古文學繫年》（北京：人民文學出版社，1998 年 7 月第 1 次印刷），頁 649～650。

列傳第三十二・劉琨》曰：

> 劉琨……漢中山靖王勝之後也。祖邁，有經國之才，爲相國參軍、散騎常侍。父蕃，清高沖儉，位至光祿大夫。琨少得儁朗之目，與范陽祖納俱以雄豪著名。……祕書監賈謐參管朝政，京師人士無不傾心。石崇、歐陽建、陸機、陸雲之徒，並以文才降節事謐，琨兄弟亦在其間，號曰「二十四友」〔註37〕。

> 太尉高密王泰辟爲掾，頻遷著作郎、太學博士、尚書郎。……范陽王虓鎮許昌，引爲司馬。……永嘉元年，爲并州刺史，加振威將軍，領匈奴中郎將。琨在路上表（〈上懷帝請糧表〉）曰：「流移四散，十不存二，攜老扶弱，不絕於路。及其在者，鬻賣妻子，生相捐棄，死亡委危，白骨橫野。哀呼之聲，感傷和氣。羣胡數萬，周帀四山，動足遇掠，開目覩寇。」……寇盜互來掩襲，恆以城門爲戰場，百姓負楯以耕，屬鞬而耨。琨撫循勞徠，甚得物情。……（劉）聰遣子粲及令狐泥乘虛襲晉陽，太原太守高喬以郡降聰，琨父母並遇害。……愍帝即位，拜大將軍、都督并州諸軍事，加散騎常侍、假節。……（愍帝建興）三年，帝遣兼大鴻臚趙廉持節拜琨爲司空、都督并、冀、幽三州諸軍事。琨上表讓司空，受都督，剋期與狗盧討劉聰。……幽州刺史鮮卑段匹磾數遣信要琨，欲與同獎王室。……（元帝）建武元年……匹磾奔其兄喪，琨遣世子群送之，而末波率眾要擊匹磾而敗走之，群爲末波所得。末波厚禮之，許以琨爲幽州刺史，共結盟而襲匹磾，密遣使齎群書請琨爲內應，而爲匹磾邏騎所得。時琨別屯故征北府小城，不之知也。……初，琨之去晉陽也，

---

〔註37〕 （唐）房玄齡等撰：《晉書》（北京：中華書局，1982 年 12 月第 2 次印刷），頁 1173。

《晉書・卷四十・列傳第十・賈謐傳》曰：

謐好學，有才思。既爲充嗣，繼佐命之後，又賈后專恣，謐權過人主，至乃鏁繫黃門侍郎，其爲威福如此。負其驕寵，奢侈踰度，室宇崇僭，器服珍麗，歌僮舞女，選極一時。開閣延賓，海內輻湊，貴游豪戚及浮競之徒，莫不盡禮事之。或著文章稱美謐，以方賈誼。渤海石崇、歐陽建，滎陽潘岳，吳國陸機、陸雲，蘭陵繆徵，京兆杜斌、摯虞，琅邪諸葛詮，弘農王粹，襄城杜育，南陽鄒捷，齊國左思，清河崔基，沛國劉瓌，汝南和郁、周恢，安平牽秀，潁川陳眕，太原郭彰，高陽許猛，彭城劉訥，中山劉輿、劉琨皆傅會於謐，號曰二十四友。

慮及危亡而大恥不雪，亦知夷狄難以義伏，冀輸寫至誠，僥倖萬一。每見將佐，發言慷慨，悲其道窮，欲率部曲死於賊壘。斯謀未果，竟爲匹磾所拘。自知必死，神色怡如也。……匹磾遂縊之，時年四十八。〔註38〕

西晉末年，戰亂相尋，民不聊生，劉琨目睹離亂之狀，憂國憂民之心，由然而生。他在如此艱難處境下，極力安撫人民，與敵人作殘酷的鬥爭，心情上遭受的慘傷，沉痛地傾吐出來。如〈答盧諶書〉云：

琨，頓首。

損書及詩，備辛酸之苦言，暢經通之遠旨。執玩反覆，不能釋手，慨然以悲，歡然以喜。

昔在少壯，未嘗檢括，遠慕老莊之齊物，近嘉阮生之放曠，怪厚薄何從而生，哀樂何由而至？自頃輈張，困于逆亂，國破家亡，親友凋殘。負杖行吟，則百憂俱至；塊然獨坐，則哀憤兩集。時復相與舉觴對膝，破涕爲笑，排終身之積慘，求數刻之暫歡。譬繇由疾疢彌年，而欲以一丸銷之，其可得乎？

夫才生于世，世實須才。和氏之璧，焉得獨曜于郊握？夜光之珠，何得專玩于隨掌？天下之寶，固當與天下共之。但分析之日，不能不悵恨耳！然後知聃、周之爲虛誕，嗣宗之爲妄作也。

昔騄驥倚輈于吳坂，鳴于良、樂，知與不知也；百里奚愚于虞而智于秦，遇與不遇也。今君遇之矣，勖之而已。

不復屬意于文，二十餘年矣。久廢則無次，想必欲其一反，故稱指送一篇，適足以彰來詩之益美耳。

琨，頓首頓首。〔註39〕

盧諶爲幽州刺史段匹磾別駕，分別時寫〈贈劉琨一首并書〉予劉琨，此爲劉琨回信。書牘中云：「備辛酸之苦言，暢經通之遠旨。執玩反覆，不能釋手。」眞是悲喜交集。對盧諶投靠段匹磾，一方面表達了留戀之情，一方面也予以鼓勵，表現了磊落坦蕩的情懷。我們除了從他聲淚俱下的悲訴中，感

---

〔註38〕　（唐）房玄齡等撰：《晉書》（北京：中華書局，1982年12月第2次印刷），頁1679～1687。

〔註39〕　（清）嚴可均編：《全上古三代秦漢三國六朝文・全晉文》（臺北：世界書局，1963年5月二版），卷108，頁10。

到他心情中創痛之深重，還可看到，由於殘酷的現實生活給予他的鍛鍊，使他的思想感情不得不由早年的浪漫「遠慕老莊之齊物，近嘉阮生之放曠」，而歸到當前的現實「國破家亡，親友凋殘」，給自己帶來「百憂俱至」、「哀憤兩集」的深沉痛苦，表現了對腐敗統治集團的強烈不滿，抒發了效忠祖國、抗敵禦侮的豪邁氣概，其文洋溢著憂國傷時的感情和壯志未酬慷慨激憤悲壯之氣。此信希望盧諶雖在段匹磾處亦能救國濟世，但是段匹磾如果不匡扶晉室，就不需「獨曜於邽握」、「專玩於隨掌」。

按語：盧諶於永嘉亂後，從劉琨投遼西段匹磾，以爲幽州別駕，牋詩與琨，琨乃答以此書，姑繫此書牘作於東晉元帝‧建武元年。

## （九）東晉‧謝安〈與支遁書〉──東晉簡文帝‧咸安二年（372）

謝安字安石，原籍陳郡‧陽夏（今河南‧太康）人，後定居於會稽，生於東晉元帝‧大興三年（320），卒於東晉孝武帝‧太元十年（385）。《晉書卷七十九‧列傳第四十九‧謝安》曰：

> 年四歲時，譙郡桓彝見而歎曰：「此兒風神秀徹，後當不減王東海。」及總角，神識沉敏，風宇條暢，善行書。……初辟司徒府，除佐著作郎，並以疾辭。寓居會稽，與王羲之及高陽許詢、桑門支遁遊處，出則漁弋山水，入則言詠屬文，無處世意。……簡文帝時為相，……會萬病卒，安投牋求歸。尋除吳興太守。……簡文帝疾篤，溫上疏薦安宜受顧命。〔註40〕

支遁字道林，本姓關氏，陳留人，或云河東‧林慮人，生於西晉愍帝‧建興二年（314），卒於東晉廢帝‧太和元年（366）。《高僧傳‧支道林》曰：

> 年二十五出家，每至講肆，善標宗會，而章句或有所遺，時爲守文者所陋。謝安聞而善之，曰：「此乃九方堙之相馬也，略其玄黃，而取其駿逸。」……後還吳，立支山寺，晚欲入剡。謝安爲吳興（守），與遁書。……遁先經餘姚塢山中住，至於明辰猶還塢中。或問其意，答云：「謝安在昔數來見，輒移旬日，今觸情舉目，莫不興想。」後病甚，移還塢中。以晉太和元年（366）閏四月四日終于所住，春秋五十有三。〔註41〕

---

〔註40〕　（唐）房玄齡等撰：《晉書》（北京：中華書局，1982 年 12 月第 2 次印刷），頁 2072～2073。

〔註41〕　（梁）釋慧皎撰：《高僧傳》（北京：中華書局，1992 年 10 月第 1 次印刷），

謝安〈與支遁書〉云：

> 思君日積，計辰傾遲，知欲還剡自治，甚以悵然。人生如寄耳，頃風流得意之事，殆爲都盡。終日感感，觸事惆悵，唯遲君來，以晤言消之，一日當千載耳。

> 此多山縣，閑靜，差可養疾，事不異剡，而醫藥不同，必思此緣，副其積想也。〔註42〕

謝安寓居會稽時，聽說支遁將要去剡（浙江省曹娥江上游）養病，便邀請他來會稽遊山玩水，清談數日。支遁於病中尙念念不忘謝安，可見其友情深厚。此書牘文字清淡雋永。

按語：謝萬病卒，安投牋求歸。尋除吳興太守。謝安爲吳興守，〈與支遁書〉招之。姑繫此書牘寫於東晉簡文帝·咸安二年。

## （十）劉宋·范泰〈與謝侍中書〉──劉宋文帝·元嘉元年（424）

范泰字伯倫，順陽·山陰（今河南·南陽一帶）人，生於東晉穆帝·永和十一年（355），卒於劉宋文帝·元嘉五年（428）。《宋書卷六十·列傳第二十·范泰》曰：

> 泰初爲太學博士，衛將軍謝安、驃騎將軍會稽王道子二府參軍。……高祖（劉宋武帝）受命，拜金紫光祿大夫，加散騎常侍。……范泰（劉宋少帝）景平初，加位特進。明年致仕，解國子祭酒。……徐羨之、傅亮等與泰素不平，及廬陵王義眞、少帝見害，泰謂所親曰：「吾觀古今多矣，未有受遺顧託，而嗣君見殺，賢王嬰戮者也。」……（劉宋文帝）元嘉三年，羨之等伏誅，進位侍中、左光祿大夫、國子祭酒，領江夏王師，特進如故。……暮年事佛甚精，於宅西立祇洹精舍。五年，卒，時年七十四。……諡曰宣侯。〔註43〕

范泰〈與謝侍中書〉云：

> 卿常何如？歷觀高士，類多有情。吾亦許卿，以同何緬邈之過，便是未孤了幽關也。吾猶存舊情，東望慨然，便是有不馳處也。見熾

---

　　　卷4，頁159～163。

〔註42〕（清）嚴可均編：《全上古三代秦漢三國六朝文·全晉文》（臺北：世界書局，1963年5月二版），卷83，頁3。

〔註43〕（梁）沈約撰：《宋書》（北京：中華書局，1983年4月第2次印刷），頁1615～1623。

公阡陌，如卿問栖僧於山，誠是美事，屢改驟遷，未爲快也。杖策之郡，斯則善也。祇洹中轉有奇趣，福業深緣，森爭滿目。見形者所不能傳，聞言而悟，亦難其人。辭煩而已，於此絕筆。

范泰敬謂。

《祇洹塔內讚》，因熾公相示，可少留意省之，并同子與人歌而善。〔註44〕

徐羨之字宗文，東海・郯人。生於東晉哀帝・興寧二年（364），卒於劉宋文帝・元嘉三年（426）。《宋書卷四十三・列傳第三・徐羨之》曰：

高祖踐阼，進號鎮軍將軍，加散騎常侍。……羨之遷尚書令、揚州刺史，加散騎常侍。進位司空、錄尚書事，常侍、刺史如故。……高祖不豫，……宮車晏駕，（徐羨之）與中書令傅亮、領軍將軍謝晦、鎮北將軍檀道濟同被顧命。少帝詔曰：「平理獄訟，政道所先。朕哀荒在疚，未堪親覽。司空、尚書令可率眾官月一決獄。」〔註45〕

傅亮字季友，北地・靈州人。生於東晉孝武帝・寧康二年（374），卒於劉宋文帝・元嘉三年（426）。《宋書卷四十三・列傳第三・傅亮》曰：

宋國初建，令書除侍中領世子中庶子。徙中書令，領中庶子如故。……（劉宋武帝）永初元年，遷太子詹事，中書令如故。……少帝即位，進爲中書監，尚書令。（劉宋少帝）景平二年，領護軍將軍。〔註46〕

謝晦字宣明，陳郡・陽夏人。生於東晉孝武帝・太元十五年（390），卒於劉宋文帝・元嘉三年（426）。《宋書卷四十四・列傳第四・謝晦》曰：

宋臺初建，爲右衛將軍，尋加侍中。……高祖不豫，……與徐羨之、傅亮、檀道濟並侍醫藥。少帝即位，加領中書令，與羨之、亮共輔朝政。……太祖（劉宋文帝）即位，加使持節，依本位除授。……尋進號衛將軍，加散騎常侍，進封建平郡公。〔註47〕

---

〔註44〕（唐）釋道宣撰：《廣弘明集》（京都：中文出版社，1978年10月），卷15，頁16。

〔註45〕（梁）沈約撰：《宋書》（北京：中華書局，1983年4月第2次印刷），頁1329～1331。

〔註46〕（梁）沈約撰：《宋書》（北京：中華書局，1983年4月第2次印刷），頁1336～1337。

〔註47〕（梁）沈約撰：《宋書》（北京：中華書局，1983年4月第2次印刷），頁1348。

檀道濟，高平·金鄉人。生年不詳，卒於劉宋文帝·元嘉十三年（436）。《宋書卷四十三·列傳第三·檀道濟》曰：

> 徐羨之將廢盧陵王義眞，以告道濟，道濟意不同，屢陳不可，不見納。羨之等謀欲廢立，諷道濟入朝，既至，以謀告之。將廢之夜，道濟入領軍府就謝晦宿。晦其夕辣動不得眠。道濟就寢便熟，晦以此服之。太祖未至，道濟入守朝堂。上（劉宋文帝）即位，進號征北將軍，加散騎常侍，給鼓吹一部。進封武陵郡公，食邑四千戶。固辭進封。又增督青州、徐州之淮陽下邳琅邪東莞五郡諸軍事。〔註48〕

按語：（劉）宋（武帝）永初元年（420），車騎范泰立祇（祇）洹寺〔註49〕，以（慧）義德爲物宗，固請經始。（慧）義以（范）泰清信之至，因爲指授儀則〔註50〕，……（劉）宋（文帝）元嘉初，徐羨之、檀道濟等，專權朝政，（范）泰有不平之色，嘗肆言罵之，羨等深憾。聞者皆憂泰在不測，泰亦慮及於禍，迺問（慧）義安身之術，義曰：「忠順不失，以事其上，故上下能相親也，何慮之足憂。」因勸泰以果竹園六十畝施寺，以爲幽冥之祐，（范）泰從之，終享其福。〔註51〕姑繫此書牘作於劉宋文帝·元嘉元年。

## （十一）劉宋·謝靈運〈答范光祿書〉——劉宋文帝·元嘉二年（425）

謝靈運字客兒，祖籍陳郡·陽夏（今河南·太康）人，晉室南渡後世居會稽（今浙江·紹興），生於東晉孝武帝·太元十年（385），卒於劉宋文帝·

---

〔註48〕　（梁）沈約撰：《宋書》（北京：中華書局，1983年4月第2次印刷），頁1343。

〔註49〕　（清）孫文川撰：《南朝佛寺志》（清末上元孫氏刊本），卷上，頁22～23。
祇洹寺在鳳凰樓之西當今新橋之西，建初寺之分刹也。晉支遁嘗升寺中高座講義，與劉惔、王濛相酬答，其名始著。（劉）宋武帝永初元年，車騎將軍范泰於其宅西，建立精舍，因與寺近，遂襲其名，延高僧慧義爲之經始，併而合之。

〔註50〕　（梁）釋僧祐撰：《弘明集》（明萬曆丙辰（四十四年，1616）至丁巳（四十五年，1617）丹陽賀懋熙刊本），卷12，頁5～6。
（劉宋）釋慧義等《答范伯倫諸檀越書》云：
祇洹寺釋慧義等五十人敬白：
諸檀越，夫沙門之法正應謹守經律，以信順爲木，若欲違經反律，師心自是此則大法之深患，穢道之首也。

〔註51〕　（梁）釋慧皎撰：《高僧傳》（北京：中華書局，1992年10月第1次印刷），頁266～267。

元嘉十年（433）。《宋書卷六十七・列傳第二十七・謝靈運》曰：

> 祖玄，晉車騎將軍。……靈運少好學，博覽羣書，文章之美，江左
> 莫逮。……襲封康樂公，……世共宗之，咸稱謝康樂也。……（會
> 稽）太守孟顗……因靈運橫恣，百姓驚擾，乃表其異志，發兵自
> 防，露板上言。……太祖（劉宋文帝）知其見誣，不罪也。不欲使
> 東歸，以爲臨川內史，……不異永嘉，爲有司所糾。……廷尉奏靈
> 運率部眾反叛，論正斬刑，上愛其才，欲免官而已。彭城王義康堅
> 執謂不宜恕，乃詔曰：「……可降死一等，徙付廣州。」……有司又
> 奏依法收治，太祖詔於廣州行棄市刑。……時元嘉十年，年四十
> 九。〔註52〕

謝靈運〈答范光祿書〉云：

> 辱告慰企，晚寒體中勝常，靈運**腳**諸疾，比（此）春更甚憂慮。故
> 人有情，信如來告。企詠之結，實成饑渴。山澗幽阻，音塵闊絕，
> 忽見諸讚，歎慰良多！可謂俗外之詠，尋覽三復，味翫增懷，輒奉
> 和如別。雖辭不足**觀**，然意寄盡此。從弟惠連，後進文悟，衰宗之
> 美，亦有一首，并以遠呈。〔註53〕

又

> 承祗洹法業日茂，隨喜何極！六梁徽緣，竊望不絕。即時經始招
> 提，在所住山南，南檐臨澗，北戶背巖，以此息心，當無所忝邪！
> 平生緬然，臨紙累歎。敬惜爲先，繼以音告，儻值行李，輒復承
> 問。〔註54〕

明・張溥輯《漢魏六朝百三家集・謝康樂集》與唐・釋道宣撰《廣弘明
集》稍異，今并載之：

> 辱告慰企，晚寒體中勝常，靈運**腳**諸疾，比（此）春更甚憂慮。故
> 人有情，信如來告。企詠之結，實過飢渴。山澗幽阻，音塵闊絕，
> 忽見諸讚，歎慰良多！可謂俗外之詠，尋覽三復，味翫增懷，輒奉

〔註52〕（梁）沈約撰：《宋書》（北京：中華書局，1983 年 4 月第 2 次印刷），頁 1743
　　　　～1777。
〔註53〕（劉宋）謝靈運撰：《謝康樂集》見（明）張溥輯：《漢魏六朝百三家集》（明
　　　　崇禎間（1628～1644）太倉張氏原刊本），卷 1，頁 46。
〔註54〕（劉宋）謝靈運撰：《謝康樂集》見（明）張溥輯：《漢魏六朝百三家集》（明
　　　　崇禎間（1628～1644）太倉張氏原刊本），卷 1，頁 46。

和如別。雖辭不足**覩**，然意寄盡此。從弟惠連，後進文悟，袞宗之美，亦有一首，并以遠呈。

承祗洹法業日茂，隨喜何極！六梁徽緣，竊望不絕。即時經始招提，在所住山南，南檐臨澗，北戶背巖，以此息心，當無所忝邪！平生緬然，臨紙累歎。敬惜爲先，繼以音告，儻值行李，輒復承問。

二月一日謝靈運白答。〔註55〕

《宋書卷六十七・列傳第二十七・謝靈運》曰：

少帝即位，權在大臣，靈運構扇異同，非毀執政，司徒徐羨之等患之，出爲永嘉太守。郡有名山水，靈運素所愛好，出守既不得志，遂肆意游遨，徧歷諸縣，動踰旬朔，……在郡一周，稱疾去職，從弟晦、曜、弘微等並與書止之，不從。靈運父祖並葬始寧縣，并有故宅及墅，遂移籍會稽，修營別業，傍山帶江，盡幽居之美。與隱士王弘之、孔淳之等縱放爲娛，有終焉之志。每有一詩至都邑，貴賤莫不競寫，宿昔之間，士庶皆徧，遠近欽慕，名動京師。……靈運既東還，與族弟惠連、東海何長瑜、潁川荀雍、泰山羊璿之，以文章賞會，共爲山澤之游，時人謂之四友。惠連幼有才悟，而輕薄不爲父方明所知。靈運去永嘉還始寧，時方明爲會稽郡。靈運嘗自始寧至會稽造方明，過視惠連，大相知賞。〔註56〕

《宋書卷五十三・列傳第十三・謝方明　子　惠連》曰：

謝方明……子惠連，幼而聰敏，年十歲，能屬文，族兄靈運深相知賞，……元嘉十年，卒，時年二十七。〔註57〕

按語：此書牘爲謝靈運答范泰的回函，信末時間爲二月一日。〔註58〕姑

〔註55〕　（唐）釋道宣撰：《廣弘明集》（京都：中文出版社，1978年10月），卷15，頁16。

〔註56〕　（梁）沈約撰：《宋書》（北京：中華書局，1983年4月第2次印刷），頁1753～1775。

〔註57〕　（梁）沈約撰：《宋書》（北京：中華書局，1983年4月第2次印刷），頁1524～1525。

〔註58〕　（梁）沈約撰：《宋書》（北京：中華書局，1983年4月第2次印刷），頁71～73。

《宋書卷五・本紀第五・文帝》曰：

太祖文皇帝諱義隆，小字車兒，武帝第三子也。……景平二年七月中，少帝廢。百官備法駕奉迎，入奉皇統。行臺至江陵，進璽綬。……元嘉元年秋八

繫此書牘作於劉宋文帝・元嘉二年。

### （十二）南齊・王融〈謝武陵王賜弓啟〉

王融字元長，琅邪・臨沂（今屬山東・臨沂）人，生於劉宋明帝・泰始三年（467），卒於南齊武帝・永明十一年（493）。《南齊書卷四十七・列傳第二十八・王融》曰：

> 祖僧達，……少而神明警惠，博涉有文才。舉秀才。晉安王南中郎板行參軍，坐公事免。……尋遷丹陽丞，中書郎。……（南齊武帝）永明九年，上幸芳林蘭禊宴朝臣，使融爲〈曲水詩序〉，文藻富麗，當世稱之。上以融才辯，十一年，使兼主客，接虜使房景高、宋弁。……世祖（南齊武帝）疾篤暫絕，子良在殿內，太孫未入，融戎服絳衫，於中書省閤口斷東宮仗不得進，欲立子良。上既蘇，太孫入殿，朝事委高宗。融知子良不得立，乃釋服還省。歎曰：「公誤我。」鬱林深忿疾融，即位十餘日，收下廷尉獄，……詔於獄賜死。時年二十七。〔註59〕

武陵昭王曅字宣照，太祖第五子也。生於劉宋明帝・泰始三年（467），卒於南齊明帝・隆昌元年（494）。《南齊書卷三十五・列傳第十六・高祖十二王・武陵王》曰：

> 初除冠軍將軍，轉征虜將軍。……（南齊高帝）建元三年，出爲持節、都督會稽東陽新安永嘉臨海五郡軍事、會稽太守，將軍如故。……世祖即位，進號左將軍，入爲中書令，將軍如故。轉散騎常侍，太常卿。又爲中書令，遷祠部尚書，常侍並如故。……世祖幸豫章王嶷東田宴諸王，獨不召曅。嶷曰：「風景殊美，〔今〕日甚憶武陵。」上乃呼之。曅善射，屢發命中，顧謂四坐曰：「手何如？」上神色甚怪。嶷曰：「阿五常日不爾，今可謂仰藉天威。」帝意乃釋。後於華林賭射上敕曅疊破，凡放六箭，五破一皮，賜錢五萬。又於御席上舉酒勸曅，曅曰：「陛下嘗不以此處許臣。」上回面不答。久之，出爲江州刺史，常侍如故。……世祖臨崩，遺詔爲衛將軍，開府儀同三司，給鼓吹一部。大行在殯，竟陵王子良在殿內，太孫未

---

月丁酉，大赦天下，改景平二年爲元嘉元年。

〔註59〕（梁）蕭子顯撰：《南齊書》（北京：中華書局，1972 年 1 月第 1 版），頁 817～824。

立，眾論喧疑。暈眾中言曰：「若立長則應在我，立嫡則應在太孫。」鬱林既立，甚見憑賴。隆昌元年，年二十八，薨。〔註60〕

王融〈謝武陵王賜弓啟〉云：

> 殿下摛藻蕙樓，暢藝蘭苑，敷積玉於風筵，疊連珠於月的，兔圍掩秀，鄴水慚奇。融揖讓未工，濫陪升飲之賞，操弧反正，繆奉招賢之錫，文韜鏤景，逸幹梢雲，玩溢百齡，佩流千載。〔註61〕

按語：《南齊書卷四十七・列傳第二十八・王融》曰：「晚節大習騎馬。才地既華，兼藉子良之勢，傾意賓客，勞問周款，文武翕習輻湊之。」〔註62〕王融練習騎馬，與王公大臣往來，武陵王蕭暈善射，一定有很多良弓，因此贈予王融，王融寫此謝啟，但不可考其寫作年代。

## （十三）南齊・謝朓〈拜中軍記室辭隨王牋〉——南齊武帝・永明九年（491）

謝朓字玄暉，陳郡・陽夏人，生於劉宋孝武帝・大明八年（464），卒於南齊明帝・建武元年（494）或曰南齊東昏侯・永元一年（499）。《南齊書卷四十七・列傳第二十八・謝朓》曰：

> 朓少好學，有美名，文章清麗。解褐豫（章）王太尉行參軍，度隨王東中郎府，轉王儉衛軍東閣祭酒，太子舍人、隨王（子隆）鎮西功曹，轉文學。子隆在荊州，好辭賦，數集僚友，朓以文才，尤被賞愛，流連晤對，不捨日夕。長史王秀之以朓年少相動，密以啟聞。世祖（武帝）敕曰：「侍讀虞雲自宜恆應侍接。朓可還都。」朓道中為詩寄西府曰：「常恐鷹隼擊，秋菊委嚴霜。寄言蔚羅者，寥廓已高翔。」遷新安王中軍記室。朓牋辭子隆。〔註63〕

蕭子隆字雲興，南蘭陵人，生於劉宋廢帝・元徽二年（474），卒於南齊明帝・建武元年（494）。《南齊書卷四十・列傳第二十一・武十七王》曰：

> 隨郡王子隆……世祖（南齊武帝）第八子也。有文才。初封枝江公。

---

〔註60〕（梁）蕭子顯撰：《南齊書》（北京：中華書局，1972年1月第1版），頁624～626。

〔註61〕（南齊）王融撰：《王寧朔集》見（明）張溥輯：《漢魏六朝百三家集》（明崇禎間（1628～1644）太倉張氏原刊木），頁18。

〔註62〕（梁）蕭子顯撰：《南齊書》（北京：中華書局，1972年1月第1版），頁823。

〔註63〕（梁）蕭子顯撰：《南齊書》（北京：中華書局，1972年1月第1版），頁825～826。

永明三年，爲輔國將軍、南琅邪彭城二郡太守。……十一年，晉安
王子懋爲雍州，子隆復解督。鬱林立，進號征西將軍。隆昌元年，
爲侍中、撫軍將軍，領兵置佐。延興元年，轉中軍大將軍，侍中如
故。子隆年二十一，……高宗輔政，謀害諸王，世祖諸子中，子隆
最以兒見憚，故與鄱陽王鏘同夜先見殺。〔註64〕

謝朓〈拜中軍記室辭隨王牋〉云：

故吏文學謝朓，死罪死罪。

即日被尚書召，以朓補中軍新安王記室參軍。朓聞黃汙之水，願朝
宗而每竭；駑蹇之乘，希沃若而中疲。何則？阜壤搖落，對之惆悵；
岐路西東，或以嗚唈。況乃服義徒擁，歸志莫從，邈若墜雨，翩似
秋蔕。朓實庸流，行能無算，屬天地休明，山川受納，褒采一介，
抽揚小善，故得捨末場圃，奉筆兔園。

東亂三江，西浮七澤，契闊戎旃，從容讌語。長裾日曳，後乘載脂，
榮立府庭，恩加顏色。沐髮晞陽，未測涯涘，撫臆論報，早誓肌骨。
不悟滄溟未運，波臣自蕩；渤澥方春，旅翮先謝。清切藩房，寂寥
舊蓽。輕舟反溯，弔影獨留，白雲在天，龍門不見。去德滋永，思
德滋深。惟待青江可望，候歸艎於春渚；朱邸方開，効蓬心於秋實。
如其簪履或存，衽席無改，雖復身填溝壑，猶望妻子知歸。攬涕告
辭，悲來橫集。不任犬馬之誠。〔註65〕

謝朓寫信向隨王辭別，自稱爲平庸之輩，有幸適遇隨王接納，忝居於宮
室之內。跟隨隨王，東渡三江，西浮七澤；戎馬顛沛，夜宴消魂，幸得青
睞，刻骨銘心！只有盼望春天早日到來，好在江邊相候隋王之歸舟；侯門方
開，我等待著報效的機會。簪履爲伴，交誼永存，即使身死異地，願以犬馬
之誠相報。

按語：此牋作於謝朓遷新安王中軍記室，朓牋辭隨王子隆。書牘中充滿
對隨王眷戀之恩，感傷今別，冀望後期。姑繫此書牘作於南齊武帝・永明
九年。

〔註64〕（梁）蕭子顯撰：《南齊書》（北京：中華書局，1972 年 1 月第 1 版），頁 710。
〔註65〕（南齊）謝朓撰：《謝宣城集》見（明）張溥輯：《漢魏六朝百三家集》（明崇
　　　禎間（1628～1644）太倉張氏原刊本），頁 15。

## （十四）梁・昭明太子〈答晉安王書〉──梁武帝・天監十四年（515）

蕭統字德施，南蘭陵（今江蘇・常州西北）人，生於齊和帝・中興元年（501），卒於梁武帝・中大通三年（531）。《梁書卷八・列傳第二・昭明太子》曰：

> 昭明太子統字德施，高祖（梁武帝）長子也。齊中興元年九月，生于襄陽。……天監元年（501）十一月，立爲皇太子。……生而聰叡，三歲受《孝經》、《論語》，五歲遍讀「五經」，悉能諷誦。……讀書數行並下，過目皆憶。每遊宴祖道，賦詩至十數韻。或命作劇韻賦之，皆屬思便成，無所點易。……性寬和容眾，喜慍不形於色。引納才學之士，賞愛無倦。恆自討論篇籍，或與學士商榷古今，閒則繼以文章著述，率以爲常。于時東宮有書幾三萬卷，名才並集，文學之盛，晉、宋以來未之有也。性愛山水，於玄圃穿築，更立亭館，與朝士名素者遊其中。嘗泛舟後池，番禺侯軌盛稱「此中宜奏女樂」。太子不答，詠左思〈招隱詩〉曰：「何必絲與竹，山水有清音。」侯慚而止。出宮二十餘年，不畜聲樂。少時，敕賜太樂女妓一部，略非所好。……
>
> （武帝）中大通三年四月乙巳薨，時年三十一。……諡曰昭明。

〔註66〕

昭明太子〈答晉安王書〉云：

> 得五月二十八日疏，并詩一首，省覽周環，慰同促膝。
>
> 汝本有天才，加以愛好，無忘所能，日見其善。首尾裁淨，可爲佳作，吟玩反覆，欲罷不能。相如奏賦，孔璋呈檄，曹、劉異代，並號知音，發歎「凌雲」，興言「愈病」，嘗謂過差，未以信然。一見來章，而樹譏忘痱，方證昔談，非爲妄作。
>
> 炎**涼**始貿，觸興自高，**覩**物興情，更向篇什。昔梁王好士，淮南禮賢，遠致賓游，廣招英俊，非唯藉甚當時，故亦傳聲不朽。必能虛己，自來慕義，含毫屬意，差有起予。攝養得宜，與時無爽耳。既責伐有寄，居多暇日，殷核墳史，漁獵詞林，上下數千年閒無人，

---

〔註66〕　（唐）姚思廉撰：《梁書》（北京：中華書局，1973年5月第1版），頁165～169。

致足樂也。

知少行游，不動亦靜，不出戶庭，觸地丘壑。天游不能隱，山林在目中。冷泉石鏡，一見何必勝於傳聞；松塢杏林，知之恐有逾就。吾靜然終日，披古爲事，汎觀六籍，雜玩文史。見孝友忠烈之跡，**觀**治亂驕奢之事，足以自慰，足以自言。人師益友，森然在目。嘉言誠至，無俟旁求。舉而行之，念同乎此。

但清風朗月，思我友于，各事藩維，未克棠棣。興言屆此，夢寐增勞。善護風寒，以慰懸想。指復立此，促遲還書。

某疏。〔註67〕

晉安王即是蕭綱。《梁書卷四‧本紀第四‧簡文帝》曰：

太宗簡文皇帝諱綱，……（武帝）天監五年，封晉安王，食邑八千戶。……太宗幼而敏睿，識悟過人，六歲便屬文，高祖驚其早就，弗之信也，乃於御前面試，辭采甚美。高祖歎曰：「此子，吾家之東阿。」〔註68〕

蕭綱於年少時文采富美，梁武帝贊爲「此子，吾家之東阿。」從書牘中亦可看出昭明太子對晉安王文才的推崇。

按語：《梁書卷三‧本紀第二‧武帝中》曰：「（天監）十四年……五月丁巳，以荊州刺史晉安王綱爲江州刺史」〔註69〕《梁書卷四‧本紀第四‧簡文帝》曰：

（武帝天監）十三年，出爲使持節、都督荊、雍、梁、南、北秦、益、寧七州諸軍事、南蠻校尉、荊州刺史，將軍如故。十四年，徙爲都督江州諸軍事、雲麾將軍、江州刺史，持節如故。〔註70〕

昭明太子〈答晉安王書〉云：「得五月二十八日疏，并詩一首」，書牘中云：「冷泉石鏡」疑對應蕭綱到任江州刺史時作〈應令詩〉中句「臨清波兮望石鏡」〔註71〕

〔註67〕（梁）蕭統撰：《梁昭明集》見（明）張溥輯：《漢魏六朝百三家集》（明崇禎間（1628～1644）太倉張氏原刊本），頁7～8。

〔註68〕（唐）姚思廉撰：《梁書》（北京：中華書局，1973年5月第1版），頁103～109。

〔註69〕（唐）姚思廉撰：《梁書》（北京：中華書局，1973年5月第1版），頁55。

〔註70〕（唐）姚思廉撰：《梁書》（北京：中華書局，1973年5月第1版），頁103。

〔註71〕（梁）簡文帝撰：《漢魏六朝百三家集‧梁簡文帝集》（明崇禎間（1628～

又書牘中云：「既責伐有奇，居多暇日，觳核墳史，漁獵詞林，上下數千年閒無人，致足樂也。」昭明《文選・序》曰：「余監撫餘閑，居多暇日，歷觀文囿，泛覽詞林。」《梁書卷八・列傳第二・昭明太子》曰：「昭明太子天監十四年正月朔旦，高祖（梁武帝）臨軒，冠太子於太極殿。……太子自加元服，高祖便使省萬機。」〔註72〕因此姑繫書牘作於梁武帝・天監十四年。

### （十五）梁・簡文帝〈與劉孝綽書〉──梁武帝・普通五年（524）

蕭綱字世纘，南蘭陵（今江蘇・常州西北）人，生於梁武帝・天監二年（503），卒於梁簡文帝・大寶二年（551）。《梁書卷四・本紀第四・簡文帝》曰：

> 太宗簡文皇帝諱綱，字世纘，小字六通，高祖（武帝）第三子，昭明太子母弟也。（武帝）天監二年十月丁未，生于顯陽殿。……八年，為雲麾將軍，領石頭戍軍事，量置佐史。九年，遷使持節、都督南、北兗、青、徐、冀五州諸軍事、宣毅將軍、南兗州刺史。十二年，入為宣惠將軍、丹陽尹。……太清三年五月丙辰，高祖（武帝）崩。辛巳，即皇帝位。……（大寶）二年（551），八月……戊午，侯景……廢太宗為晉安王，幽于永福省。冬十月壬寅，……王偉等進觴於帝……既醉寢，王偉、彭儁進土囊，王脩纂坐其上，於是太宗崩於永福省，時年四十九。〔註73〕

劉孝綽本名冉字孝綽，彭城人，生於齊高帝・建元三年（481），卒於梁武帝・大同五年（539）。《梁書卷三十三・列傳第二十七・劉孝綽》曰：

> 孝綽幼聰敏，七歲能屬文。舅齊中書郎王融深賞異之，常與同載適親友，號曰神童。……父黨沈約、任昉、范雲等聞其名，並命駕先

---

1644）太倉張氏原刊本），卷2，頁64。
〈應令詩〉曰：
蠡浦急兮川路長，白雲重兮出帝鄉。平原忽兮遠極目，江甸阻兮羈心傷。
樹廬岳兮高且峻，瞻派水兮去決決。遠烟生兮含山勢，風散花兮傳馨香。
臨清波兮望石鏡，瞻鶴嶺兮睇仙莊。望邦畿兮千里曠，悲遙夜兮九廻腸。
顧龍樓兮不可見，徒送目兮淚沾裳。

〔註72〕　（唐）姚思廉撰：《梁書》（北京：中華書局，1973年5月第1版），頁165～167。

〔註73〕　（唐）姚思廉撰：《梁書》（北京：中華書局，1973年5月第1版），頁103～109。

造焉，昉尤相賞好。……（梁武帝）天監初，起家著作佐郎，……
遷太子舍人，俄以本官兼尚書水部郎，……尋有敕知青、北徐、南
徐三州事，出爲平南安成王記室，隨府之鎮。尋補太子洗馬，遷尚
書金部郎，復爲太子洗馬，掌東宮管記。出爲上虞令，還除祕書丞。
高祖謂舍人周捨曰：「第一官當用第一人。」故以孝綽居此職。公事
免。尋復除祕書丞，出爲鎮南安成諮議，入以事免。起爲安西記室，
累遷安西驃騎諮議參軍，敕權知司徒右長史事，遷太府卿、太子僕，
復掌東宮管記。時昭明太子好士愛文孝綽與陳郡殷芸、吳郡陸倕、
琅邪王筠、彭城到洽等，同見賓禮。……遷員外散騎常侍，兼廷尉
卿，頃之即眞。……

後爲太子僕，母憂去職。服闋，除安西湘東王諮議參軍，遷黃門侍
郎，尚書吏部郎，坐受人絹一束，爲餉者所訟，左遷信威臨賀王長
史。頃之，遷祕書監。大同五年，卒官，時年五十九。〔註74〕

簡文帝〈與劉孝綽書〉云：

執別瀟澦，嗣音阻闊。合璧不停，旋灰屢徙。玉霜夜下，旅鴈晨飛。
想涼燠得宜，時候無爽。

既官寺務煩，薄領殷湊。等張釋之條理，同于公之明察。雕龍之才
本，傳靈蛇之譽自高。頗得暇逸於篇章，從容於文諷。

頃擁旄西邁，載離寒暑。曉河未落，拂桂棹而先征；夕鳥歸林，懸
孤帆而未息。足使邊心憤薄，鄉思邅迴。但離闊已久，載勞寤寐，
行聞還驛，以慰相思。〔註75〕

書牘中第一段描寫蕭綱和劉孝綽於西安藍田附近的灞水、滻水相別後，
關山阻隔音訊全無。時間飛逝，冬天將至，雁子也要南遷。

第二段贊美劉孝綽爲廷尉官務繁忙，如漢文帝時張釋之爲廷尉持議平天
下稱之，漢‧于定國其父于公爲縣獄史，郡決曹，決獄平，羅（罹）文法者
于公所決皆不恨。又贊嘆劉孝綽的文學才能如雕龍、靈蛇。

第三段描述自己又要持節西行，常駐在外，鄉愁濃厚。

---

〔註74〕（唐）姚思廉撰：《梁書》（北京：中華書局，1973 年 5 月第 1 版），頁 479～
483。

〔註75〕（梁）簡文帝撰：《梁簡文帝集》見（明）張溥輯：《漢魏六朝百三家集》（明
崇禎間（1628～1644）太倉張氏原刊本），卷 1，頁 63～64。

按語：《梁書卷四‧本紀第四‧簡文帝》曰：

> （武帝）普通四年，徙爲使持節、都督雍、梁、南、北秦四州郢州
> 之竟陵司州之隨郡諸軍事、平西將軍、寧蠻校尉、雍州刺史。五年，
> 進號安北將軍。〔註76〕

書牘中贊美劉孝綽爲廷尉官務繁忙，可知此時劉孝綽官職爲廷尉。《梁書
卷三十三‧列傳第二十七‧劉孝綽》曰：

> 初，孝綽與到洽友善，同遊東宮（昭明太子）。孝綽自以才優於洽，
> 每於宴坐，嗤鄙其文，洽銜之。及孝綽爲廷尉卿，攜妾入官府，其母
> 猶停私宅。洽尋爲御史中丞，遣令史案其事，遂劾奏之。〔註77〕

《梁書卷二十七‧列傳第二十一‧到洽》口：

> （梁武帝）普通六年，遷御史中丞，彈糾無所顧望，號爲勁直，當
> 時肅清。〔註78〕

姑繫此書作於梁武帝‧普通五年。

### （十六）梁‧謝幾卿〈答湘東王書〉——梁武帝‧普通七年（526）

謝幾卿，陳郡‧陽夏人，生卒年不詳。《梁書卷五十‧列傳第四十四‧謝
幾卿》曰：

> 曾祖靈運，宋臨川內史，父超宗，齊黃門郎，並有重名於前代。幾
> 卿幼清辯，當世號曰神童。……齊文惠太子自臨策試，謂祭酒王儉
> 曰：「幾卿本長玄理，今可以經義訪之。」儉承旨發問，幾卿隨事辨
> 對，辭無滯者，文惠大稱賞焉。〔註79〕

謝幾卿〈答湘東王書〉云：

> 下官自奉違南浦，卷**迹**東郊，望日臨風，瞻言佇立。仰尋惠渥，陪
> 奉遊宴，漾桂棹於清池，落英於曾岨，蘭香兼御，羽觴競集，側聽
> 餘論，沐浴玄流。濤波之辯，懸河不足譬，春藻之辭，麗文無以
> 匹。莫不相顧動容，服心勝口，不覺春日爲遙，更謂修夜爲促。嘉

---

〔註76〕（唐）姚思廉撰：《梁書》（北京：中華書局，1973年5月第1版），頁103～
104。

〔註77〕（唐）姚思廉撰：《梁書》（北京：中華書局，1973年5月第1版），頁480～
481。

〔註78〕（唐）姚思廉撰：《梁書》（北京：中華書局，1973年5月第1版），頁404。

〔註79〕（唐）姚思廉撰：《梁書》（北京：中華書局，1973年5月第1版），頁708～
709。

會難常，搏雲易遠，言念如昨，忽焉素秋。恩光不遺，善譴遠降。
因事罷歸，豈云栖口。匪高官口，理就一塵，田家作苦，實符清
誨。本乏金羈之飾，無假玉璧爲資，徒以老使形疏，疾令心阻，沉
滯牀箪，彌歷七旬，夢幻俄頃，憂傷在念，竟知無益，思自袪遣，
尋理滌意，即以任命爲膏酥，擎鏡照形，䖇以支離代萱樹。故得仰
慕徽猷，永言前哲，鬼谷深栖，接輿高舉，遁名屠肆，發迹關市，
其人緬邈，餘流可想。若令亡者有知，寧不縈悲玄壤，恨隔芳塵，
如其逝者可作，必當昭被光景，懼同遊豫，使夫一介老圃，得篋廬
心末席。去日已疏，來侍未屏，連劍飛臬，擬非其類，懷私茂德，
竊用涕零。〔註80〕

《梁書卷五十・列傳第四十四・謝幾卿》曰：

　（梁武帝）普通六年，詔遣領軍將軍西昌侯蕭淵藻督眾軍北伐，幾
　卿啓求行，擢爲軍師長史，加威戎將軍。軍至渦陽退敗，幾卿坐免
　官。居宅在白楊石井，朝中交好者載酒從之，賓客滿坐。時左丞庾
　仲容亦免歸，二人意志相得，並肆情誕縱，或乘露車歷遊郊野，既
　醉則執鐸挽歌，不屑物議。湘東王在荊鎮，與書慰勉之。〔註81〕

庾仲容字仲容，潁川・鄢陵人，生於劉宋廢帝・元徽四年（476），卒於
梁武帝・太清三年（549）。《梁書卷五十・列傳第四十四・文學下・庾仲容》
曰：

　仲容幼孤，……既長，杜絕人事，專精篤學，晝夜手不輟卷。初爲
　安西法曹行參軍，……轉太子舍人。遷安成王主簿。……久之，除
　安成王中記室，……遷安西武陵王諮議參軍。除尚書左丞，坐推糾
　不直免。仲容博學，少有盛名，頗任氣使酒，好危言高論，士友以
　此少之。唯與王籍、謝幾卿情好相得，二人時亦不調，遂相追隨，
　誕縱酣飲，不復持檢操。久之，復爲諮議參軍，出爲黟縣令。及太
　清亂，客遊會稽，遇疾卒，時年七十四。〔註82〕

梁武帝・普通六年遣將北伐，謝幾卿亦要求參與，不幸兵敗，被免官。

---

〔註80〕　（清）嚴可均編：《全上古三代秦漢三國六朝文・全梁文》（臺北：世界書局，
　　　　　1963 年 5 月二版），卷 45，頁 4～5。
〔註81〕　（唐）姚思廉撰：《梁書》（北京：中華書局，1973 年 5 月第 1 版），頁 709。
〔註82〕　（唐）姚思廉撰：《梁書》（北京：中華書局，1973 年 5 月第 1 版），頁 723～
　　　　　724。

湘東王蕭繹此時在荊鎮，寫信安慰他。

按語：《梁書卷五・本紀第五・元帝》曰：

> 世祖孝元皇帝……（武帝・天監）十三年，封湘東郡王，邑二千戶。
> 初爲寧遠將軍、會稽太守，入爲侍中、宣威將軍、丹陽尹。普通七
> 年，出爲使持節、都督荊、湘、郢、益、寧、南梁六州諸軍事、西
> 中郎將、荊州刺史。〔註83〕

姑繫此書作於梁武帝・普通七年。

## （十七）梁・昭明太子〈與何胤書〉──梁武帝・中大通二年（530）

何胤字子季，廬江人，生於劉宋文帝・元嘉二十三年（446），卒於梁
武帝・中大通三年（531）。《梁書卷五十一・列傳第四十五・處士・何胤》
曰：

> 年八歲，居憂哀毀若成人。既長好學。師事沛國劉瓛，受《易》及
> 《禮記》、《毛詩》，又入鍾山定林寺聽內典，其業皆通。……起家齊
> 祕書郎，遷太子舍人。……胤雖貴顯，常懷止足。建武初，已築室
> 郊外，號曰小山，恆與學徒遊處其內。……胤以會稽山多靈異，往
> 遊焉，居若邪山雲門寺。初，胤二兄求、點並栖遁，求先卒，至是
> 胤又隱，世號點爲大山，胤爲小山，亦曰東山。……高祖（梁武帝）
> 霸府建，引胤爲軍謀祭酒，……胤不至。高祖踐阼，詔爲特進、右
> 光祿大夫。……有敕給白衣尚書祿，胤固辭。……中大通三年，卒，
> 年八十六。〔註84〕

昭明太子〈與何胤書〉云：

> 某叩頭叩頭。

> 昔園公道勝，漢盈屈節；春卿經明，漢莊北面。況乃義兼乎此，而
> 顧揆不肖哉？但經途千里，眇焉莫因。何嘗不夢姑胥而鬱陶，想具
> 區而杼軸。心往形留，於茲有年載矣。方今朱明在謝，清風戒寒，
> 想攝養得宜，與時休適。耽精義、味玄理、息囂塵、玩泉石，激揚
> 碩學，誘接後進，志與秋天競高，理與春泉爭溢。樂可言乎！豈與
> 口厭芻豢，耳聆絲竹者之娛者，同年而語哉！

---

〔註83〕（唐）姚思廉撰：《梁書》（北京：中華書局，1973年5月第1版），頁113。
〔註84〕（唐）姚思廉撰：《梁書》（北京：中華書局，1973年5月第1版），頁735～
　　　739。

方今泰階端平，天下無事，修日養夕，差得從容，鑽閱六經，汎濫
百氏，研尋物理，領略清言，既以自慰，且以自徹，而才性有限，
思力匪長。熱疹惛憒，多黩過目，釋卷便忘。是以蒙求之懷，於茲
彌軫。聊遣典書陳顯宗，申其蘊結，想敬口宜，此豈盡意？〔註85〕

書牘中云：「園公道勝，漢盈屈節；春卿經明，漢莊北面。況乃義兼乎此，
而顧揆不肖哉？」作者以漢高祖太子劉盈謙卑迎四皓及漢光武帝太子劉莊以
弟子身份向春卿行北面之禮的典故，謙稱自己對於何胤，兼有漢惠帝劉盈之
於四皓、漢孝明帝劉莊之於桓榮之義，而顧視劉盈、劉莊二人，自己豈不成
為不肖之人？故尤宜屈節，迎何胤以師禮。

按語：昭明太子因蠟鵝事件〔註86〕，遭梁武帝猜測，皇太子之位不保，
他憂心忡忡，想何胤是他舊好，且又為梁武帝所敬重，故寫信求助於何胤以
解其危。如書牘中云：「熱疹惛憒，多黩過目，釋卷便忘。是以蒙求之懷，於
茲彌軫。」姑繫此書牘作於梁武帝・中大通二年。

## （十八）梁・簡文帝〈與蕭臨川書〉──梁武帝・中大通三年（531）

蕭子顯字景陽，南蘭陵（今江蘇・常州西北）人，生於齊武帝・永明七
年（489）〔註87〕，卒於梁武帝・大同三年（537）。《梁書卷三十五・列傳第
二十九・附蕭子恪傳・蕭子顯》曰：

子恪第八弟也。……七歲，封寧都縣侯。永元末，以王子例拜給事
中。天監初，降爵為子。……出為臨川內史，還除黃門郎。中大通

〔註85〕（梁）蕭統撰：《梁昭明集》見（明）張溥輯：《漢魏六朝百三家集》（明崇禎
間（1628〜1644）太倉張氏原刊本），頁9〜10。

〔註86〕（唐）李延壽撰：《南史》（北京：中華書局，1975年6月第1版），頁1312
〜1313。
《南史卷五十三・列傳第四十三・梁武帝諸子》曰：
梁武帝・普通七年，丁貴嬪（生昭明太子統）薨，太子遣人求得善墓地，將
斬草，有賣地者因閹人俞三副求市，若得三百萬，許以百萬與之。三副密啟
武帝言太子所得地不如今所得地於帝吉，帝末年多忌，便命市之。葬畢，有
道士善圖墓，云「地不利長子，若厭伏或可申延」。乃為蠟鵝及諸物埋墓側長
子位。有宮監鮑邈之、魏雅者，二人初並為太子所愛，邈之晚見疏於雅，密
啟武帝云：「雅為太子厭禱。」帝密遣檢掘，果得鵝等物。大驚，將窮其事。
徐勉固諫得止，於是唯誅道士，由是太子迄終以此慚慨，故其嗣不立。

〔註87〕劉躍進著：《門閥士族與永明文學》（北京：生活・讀書・新知三聯書店，1996
年3月第1版），頁240〜241，及詹秀惠撰：《蕭子顯及其文學批評》（臺北：
文史哲出版社，1994年11月初版），頁36〜44。推論蕭子顯生年為永明五
年。

二年，遷長兼侍中。……（梁武帝）大同三年，出爲仁威將軍、吳
興太守，至郡未幾，卒，時年四十九。〔註88〕

蕭子雲字景喬，南蘭陵（今江蘇・常州西北）人，生於齊武帝・永明五
年（487），卒於梁武帝・太清三年（549）。《梁書卷三十五・列傳第二十九・
附蕭子恪傳・蕭子雲》曰：

子恪第九弟也。年十二，齊明帝・建武四年，封新浦縣侯，自製拜
章，便有文采。天監初，降爵爲子。……年三十，方起家爲祕書郎。
遷太子舍人，……累遷北中郎外兵參軍，晉安王文學，司徒主簿，
丹陽尹丞。時湘東王爲京尹，深相賞好，如布衣之交。遷北中郎盧
陵王諮議參軍，兼尚書左丞。（梁武帝）大通元年，除黃門郎，俄遷
輕車將軍，兼司徒左長史。二年，入爲吏部。三年，遷長兼侍中。（梁
武帝）中大通元年，轉太府卿。三年出爲貞威將軍、臨川內史。……
大同七年，出爲仁威將軍、東陽太守。中大同元年，還拜宗正卿。
太清元年，復爲侍中、國子祭酒，領南徐州大中正。二年，侯景寇
逼，子雲逃民間。三年三月，宮城失守，東奔晉陵，餒卒于顯靈寺
僧房，年六十三。〔註89〕

簡文帝〈與蕭臨川書〉云：

零雨送秋，輕寒迎節，江楓曉落，林葉初黃。登舟已積，殊足勞止。
解維金闕，定在何日？八區內侍，厭直御史之廬，九棘外府，且息
官曹之務。

應分竹南川，剖符千里。但黑水初旋，未申十千之飲；桂宮既啓，
復乖雙闕之宴。文雅縱橫，即事分阻。清夜西園，眇然未尠。想征
艫而結歎，望桂席而霑衿。

若使弘農書疏，脫還鄴下；河南口占，儻歸鄉里。必遲青泥之封，
且覯朱明之詩。白雲在天，蒼波無極，瞻之岐路，眷慨良深。愛護
波潮，敬勗光彩。〔註90〕

---

〔註88〕（唐）姚思廉撰：《梁書》（北京：中華書局，1973 年 5 月第 1 版），頁 511～
512。

〔註89〕（唐）姚思廉撰・《梁書》（北京：中華書局，1973 年 5 月第 1 版），頁 513～
515。

〔註90〕（梁）簡文帝撰：《梁簡文帝集》見（明）張溥輯：《漢魏六朝百三家集》（明
崇禎間（1628～1644）太倉張氏原刊本），卷 1，頁 63～64。

蕭子雲去外地做官，「九棘外府，且息官曹之務。」《周禮卷三十五・秋官・朝士》曰：「掌建邦外朝之灋，左九棘孤卿大夫位焉，羣士在其後，右九棘公侯伯子男位焉，羣吏在其後。」〔註91〕而蕭綱此時因蕭統薨，被立為皇太子，急詔回宮，為「未申十千之飲、復乖雙闕之宴」而惆悵。

按語：《梁書卷四・本紀第四・簡文帝》曰：

> （武帝）普通四年，徙為使持節、都督雍、梁、南、北秦四州郢州之竟陵司州之隨郡諸軍事、平西將軍、寧蠻校尉、雍州刺史。……（武帝）中大通三年四月乙巳，昭明太子薨。五月丙申，詔曰：「……可立為皇太子。」七月乙亥，臨軒策拜，以脩繕東宮，權居東府。〔註92〕

書牘云：「黑水初旋……桂宮既啓」。黑水，水名，在今甘肅省文縣西北。桂宮，漢宮名，武帝太初四年造，與明光殿、柏梁臺相通，為太子所居。《漢書卷十・成帝紀第十》曰：「孝成皇帝，元帝太子也。……年三歲而宣帝崩，元帝即位，帝為太子。……初居桂宮。」〔註93〕此為蕭綱借以自喻。

《梁書卷三十五・列傳第二十九・附蕭子恪傳・蕭子顯》曰：「（梁武帝）中大通三年，以本官領國子博士。……其年遷國子祭酒。」〔註94〕《梁書卷三十五・列傳第二十九・附蕭子恪傳・蕭子雲》曰：「（梁武帝）中大通三年，出為貞威將軍、臨川內史。」〔註95〕

蕭子顯，蕭子雲並為臨川內史，梁武帝・中大通三年，蕭綱始立為太子時，子雲遷臨川內史，而子顯則先子雲為臨川，是時，已歷侍中國子祭酒矣。此書牘當是與子雲者，姑繫作於梁武帝・中大通三年。

## （十九）陳・周弘讓〈答王襃書〉——陳武帝・永定元年（557）

周弘讓，汝南人，生卒年不詳。梁元帝時為國子祭酒，《陳書卷二十四・列傳第十八・附周弘正傳》曰：「弘正二弟：弘讓、弘直。弘讓性簡素，博學多

---

〔註91〕（漢）鄭元注，（唐）賈公彥疏：《周禮》（臺北：藝文印書館重刊宋本，2001年12月初版），頁532。

〔註92〕（唐）姚思廉撰：《梁書》（北京：中華書局，1973年5月第1版），頁103～104。

〔註93〕（漢）班固撰，（唐）顏師古注：《漢書》（北京：中華書局，1975年4月第3次印刷），頁301。

〔註94〕（唐）姚思廉撰：《梁書》（北京：中華書局，1973年5月第1版），頁511。

〔註95〕（唐）姚思廉撰：《梁書》（北京：中華書局，1973年5月第1版），頁514。

通，天嘉（文帝）初，以白衣領太常卿，光祿大夫，加金章紫綬。」〔註96〕

《南史卷三十四・列傳第二十四・附周朗・周弘讓傳》曰：

> 弘讓性簡素，博學多通。始仕不得志，隱於句容之茅山，頻徵不
> 出。晚仕侯景，爲中書侍郎，人問其故，對曰：「昔王道正直，得以
> 禮進退，今乾坤易位，不至將害於人，吾畏死耳。」……（梁元帝）
> 承聖初，爲國子祭酒。二年，爲仁威將軍，城句容以居之，命曰仁
> 威壘。陳（文帝）天嘉初，以白衣領太常卿，光祿大夫，加金章紫
> 綬。〔註97〕

王褒字子淵，琅琊・臨沂（今山東・臨沂縣）人，生於梁武帝・天監十
五、六年（516、517），卒於陳宣帝・太建十一、二年〔北周靜帝・大象元、二
年〕（579、580）。〔註98〕《梁書卷四十一・列傳第三十五・附王規》曰：

> 王規……子褒，七歲能屬文。……（梁武帝）太清中，侯景陷京城，
> 江州刺史當陽公大心舉州附賊，賊轉寇南中，褒猶據郡拒守。〔註99〕

《周書卷四十一・列傳第三十三・王褒》曰：

> 初，（梁）元帝平侯景及擒武陵王紀之後，以建業彫殘，方須修復；
> 江陵殷盛，便欲安之。……及大軍征江陵，元帝授褒都督城西諸軍
> 事。……朱買臣率眾出宣陽之西門，與王師戰，買臣大敗。褒督進
> 不能禁，乃貶爲護軍將軍。王師攻其外柵，城陷，褒從元帝入子城，
> 猶欲固守。俄而元帝出降，褒遂與眾俱出。〔註100〕

周弘讓〈答王褒書〉云：

> 甚矣悲哉！此之爲別也。雲飛泥沉，金鑠蘭滅，玉音不嗣，瑤華莫
> 因。家兄至自鎬京，致書于窮谷。故人之跡，有如對面，開題申紙，
> 流臉沾膝。江南燠熱，橘柚冬青，渭北沍寒，楊榆晚葉。土風氣候，
> 各集所安，餐衛適時，寢興多福。甚善！甚善！

> 與弟分袂西陝，言反東區，雖保周陵，還依蔣徑，三荊離析，二仲

---

〔註96〕（唐）姚思廉撰：《陳書》（北京：中華書局，1973年5月第1版），頁310。

〔註97〕（唐）李延壽撰：《南史》（北京：中華書局，1975年6月第1版），頁900。

〔註98〕朱曉海撰：〈北周王褒生卒年擬測〉，《大陸雜誌》第103卷第2期（2001年8月），頁49～74。

〔註99〕（唐）姚思廉撰：《梁書》（北京：中華書局，1973年5月第1版），頁583。

〔註100〕（唐）令狐德棻等撰：《周書》（北京：中華書局，1983年10月第3次印刷），頁730～733。

不歸。糜鹿爲曹，更多悲緒。丹經在握，貧病莫諧，芝朮可求，恆爲采擷。昔吾壯日，及弟富年，俱值邕熙，並歡衡泌。《南風》雅操，清商妙曲，絃琴促坐，無乏名晨。

玉瀝金華，冀獲難老。不虞一旦，翻覆波瀾。吾已愒陰，弟非茂齒。禽、尚之契，各在天涯，永念生平，難爲胸臆。且當視陰數箭，排愁破涕。人生樂耳，憂戚何爲。豈能遽悲，次房游魂不返，遠口口產骸柩無託。但願愛玉骸，珍金箱，保期頤，享黃髮。猶冀蒼雁、頳鯉，時傳尺素，清風朗月，俱寄相思。

子淵，子淵，長爲別矣！搦管操觚，聲淚俱咽。〔註101〕

周弘讓思友情切，自生離別之苦。因此，復信之時，這種感情便會一泄而出，這正是周弘讓提筆悲嘆，盡情傾訴相思的原因。由於是出自內心的眞情宣洩，便能夠深深地打動對方。悲情稍洩，接著又致殷勤之意。兩層意思之後，方才言及自己隱居東區，貧病莫諧，孤寂無友的悲緒，回想昔日「并歡衡泌」、「弦瑟促坐」的歡樂，更令人感到「各在天涯」的痛苦。然而作者并沒有沉溺在深沉的痛傷之中，反倒希望對方「排愁破涕」，說出「人生樂耳，憂感何爲？豈能遽悲次房」這些寬慰勸勉之語，實在是爲安慰羈留在異鄉的朋友，而強作豁達之辭。

按語：《梁書卷四十一・列傳第三十五・附王規》曰：

（梁簡文帝）大寶二年，世祖命徵襃赴江陵，既至，以爲忠武將軍、南平內史，俄遷吏部尚書、侍中。……（梁元帝）承聖三年，江陵陷，入于周。〔註102〕

《周書卷四十一・列傳第三十三・王襃》曰：

孝閔帝踐阼，封石泉縣子，邑三百戶。世宗即位，篤好文學。……東宮既建，授太子少保，遷小司空，仍掌綸誥。乘輿行幸，襃常侍從。初，襃與梁處士汝南周弘讓相善。及弘讓兄弘正自陳來聘，高祖許襃等通親知音問。襃贈弘讓詩，并致書。弘讓復書。……尋出爲（宣）〔宜〕州刺史。卒於位，時年六十四。〔註103〕

---

〔註101〕（清）嚴可均編：《全上古三代秦漢三國六朝文・全陳文》（臺北：世界書局，1963 年 5 月二版），卷 5，頁 4～5。
〔註102〕（唐）姚思廉撰：《梁書》（北京：中華書局，1973 年 5 月第 1 版），頁 583。
〔註103〕（唐）令狐德棻等撰：《周書》（北京：中華書局，1983 年 10 月第 3 次印刷），

姑繫此書牘作於陳武帝‧永定元年。

## 二、懇摯

懇摯就是誠懇，是對他人表示善意的一種情感。懇摯代表不虛偽，它可以贏取別人的同情、信任或支持，俗語說「精誠所至，金石爲開」就是懇摯的結果。

北齊‧失名氏爲閻姬〈與子宇文護書〉和北周‧宇文護〈報母閻姬書〉顯現母子情深，親情是人世間最眞摯的感情之一。

## （一）北齊‧失名氏為閻姬〈與子宇文護書〉──北齊武成帝‧河清三年（564）

宇文護字薩保，代郡武川（今內蒙武川）人，生於北魏宣武帝‧延昌二年（513），卒於北周武帝‧建德元年（572）。《周書卷十一‧列傳第三‧晉蕩公護》曰：

> 晉蕩公護，太祖（宇文泰）之兄邵惠公顥之少子也。幼方正有志度，特爲德皇帝〔註104〕〔太祖（宇文泰）〕所愛，異於諸兄。年十一，惠公薨，隨諸父在葛榮軍中。榮敗，遷晉陽。太祖之入關也，護以年小不從。（北魏節閔帝）普泰初，自晉陽至平涼，時年十七。……及出臨夏州，留護事賀拔岳。……
>
> （北周）孝閔帝踐阼，拜大司馬，封晉國公，……護性甚寬和，然暗於大體。自恃建立之功，久當權軸。凡所委任，皆非其人。兼諸子貪殘，僚屬縱逸，恃護威勢，莫不蠹政害民。上下相蒙，曾無疑慮。高祖以其暴慢，密與衛王直圖之。
>
> （北周武帝‧天和）七年三月十八日，護自同州還。帝御文安殿，見護訖，引護入含仁殿朝皇太后。先是帝於禁中見護，常行家人之禮。護謁太后，太后必賜之坐，帝立侍焉。至是護將入，帝謂之曰：「太后春秋既尊，頗好飲酒。不親朝謁，或廢引進。喜怒之間，時有乖爽。比雖犯顏屢諫，未蒙垂納。兄今既朝拜，願更啟請。」

頁 731～733。

〔註104〕 （唐）令狐德棻撰：《周書》（北京：中華書局，1983 年 10 月第 3 次印刷），頁 1～2。

太祖文皇帝姓宇文氏，諱泰……（北周明帝）武成初，追尊曰德皇帝。

因出懷中〈酒誥〉以授護曰:「以此諫太后。」護既入,如帝所戒,讀示太后。未訖,帝以玉珽自後擊之,護踣於地。又令宦者何泉以御刀斫之。泉惶懼,斫不能傷。時衛王直先匿於戶內,乃出斬之。……十九日,詔曰:「……今肅正典刑,護已即罪,其餘凶黨,咸亦伏誅。氛霧既清,遐邇同慶。朝政惟新,兆民更始。可大赦天下,改天和七年爲建德元年。」……三年,詔復護及諸子先封,諡護曰蕩。〔註105〕

閻姬〈與子宇文護書〉云:

天地隔塞,子母異所,三十餘年,存亡斷絕,肝腸之痛,不能自勝。想汝悲思之懷,復何可處。吾自念十九入汝家,今已八十矣。既逢喪亂,備嘗艱阻。恆冀汝等長成,得見一日安樂。何期罪釁深重,存歿分離。吾凡生汝輩三男三女,今日目下,不覩一人。興言及此,悲纏肌骨。賴皇齊恩卹,差安衰暮。又得汝楊氏姑及汝叔母紇干、汝嫂劉新婦等同居,頗亦自適。但爲微有耳疾,大語方聞。行動飲食,幸無多羞。今大齊聖德遠被,特降鴻慈,既許歸吾於汝,又聽先致音耗。積稔長悲,豁然獲展。此乃仁侔造化,將何報德!

汝與吾別之時,年尚幼小,以前家事,或不委曲。昔在武川鎮生汝兄弟,大者屬鼠,次者屬兔,汝身屬蛇。鮮于修禮起日,吾之闔家大小,先在博陵郡住。相將欲向左人城,行至唐河之北,被定州官軍打敗。汝祖(宇文肱)及二叔,時俱戰亡。汝叔(宇文泰)母賀拔及兒元寶,汝叔母紇干及兒菩提,并吾與汝六人,同被擒捉入定州城。未幾間,將吾及汝送與元寶掌。賀拔、紇干,各別分散。寶掌見汝云:「我識其祖翁,形狀相似。」時寶掌營在唐城內,經停三日,寶掌所掠得男夫、婦女,可六、七十人,悉送向京。吾時與汝同被送限。至定州城南,夜宿同鄉人姬庫根家。茹茹奴望見鮮于修禮營火,語吾云:「我今走向至本軍。」既至營,遂告吾輩在此。明旦日出,汝叔將兵邀截,吾及汝等,還得向營。汝時年十二,共吾並乘馬隨軍,可不記此事緣由也?於後,吾共汝在受陽

〔註105〕 (唐)令狐德棻撰:《周書》(北京:中華書局,1983 年 10 月第 3 次印刷),頁 165～177。

住。〔註106〕時元寶、菩提及汝姑兒賀蘭盛洛，并汝身四人同學。博士姓成，爲人嚴惡，汝等四人謀欲加害。吾與汝叔母等聞之，各捉其兒打之，唯盛洛無母，獨不被打。其後爾朱天柱亡歲，賀拔阿斗泥（賀拔岳，字阿斗泥）在關西，遣人迎家累。時汝叔亦遣奴來富迎汝及（賀蘭）盛洛等。汝時著緋綾袍、銀裝帶，盛洛著紫織成纈通身袍、黃綾裏，**竝**乘騾同去。盛洛小於汝，汝等三人**竝**呼吾作「阿摩敦」。如此之事，當分明記之耳。

今又寄汝小時所著錦袍表一領，至宜檢看。知吾含悲戚多歷年祀。

屬千載之運，逢大齊之德，矜老開恩，許得相見。一聞此言，死猶不朽，況如今者，勢必聚集。禽獸草木，母子相依，吾有何罪，與汝分離，今復何福，還望見汝。言此悲喜，死而更蘇。世間所有，求皆可得，母子異國，何處可求。假汝貴極王公，富過山海，有一老母，八十之年，飄然千里，死亡旦夕，不得一朝暫見，不得一日同處，寒不得汝衣，飢不得汝食，汝雖窮榮極盛，光耀世間，汝何用爲？於吾何益？吾今日之前，汝既不得申其供養，事往何論。今日以後，吾之殘命，惟繫於汝，爾戴天履地，中有鬼神，勿云冥昧而可欺負。

汝楊氏姑，今雖炎暑，猶能先發。關河阻遠，隔絕多年，書依常體，慮汝致惑，是以每存款質，兼亦載吾姓名。當識此理，不以爲怪。〔註107〕

　　六鎮起兵之初，宇文肱曾糾合鄉里，斬破六韓拔陵所署王衛可孤，後乃流移中山。從宇文護母親的信中，可知宇文氏家族都到中山。由此追隨鮮于修禮與葛榮。葛榮失敗，宇文氏隨六鎮軍人一起，被遷往晉陽。宇文護的母親說在受陽住，受陽、晉陽均屬於太原郡。北魏於孝武帝永熙三年（534）分裂爲東、西魏，宇文泰輔佐文帝與東魏爭戰，宇文護（宇文泰侄子）隨宇文泰南征北討，其母因戰亂被東魏擄去。東魏於孝靜帝武定八年亡於北齊

〔註106〕（北齊）魏收撰：《魏書》（北京：中華書局，1974年，6月第1版），卷106上，頁2466。
　　　　〈地形志二上第五〉并州太原郡領縣十，中有受陽縣。
〔註107〕（唐）令狐德棻等撰：《周書》（上海：中華書局，1936年聚珍倣宋版印），卷11，頁3～4。

（550），西魏於恭帝三年亡於北周（557），雙方依然對峙。宇文泰死輔佐泰三子宇文覺建立北周，護拜大司馬，封晉國公，又拜大冢宰，掌北周國權。宇文護母子一別就是三十五年，宇文護於北周武帝・保定三年（563）派兵攻打北齊，北齊主恐懼，請求與北周修好。次年，先禮送宇文護的姑母歸國，並帶信來，稱不久即可母子團聚。

按語：《周書卷十一・列傳第三・晉蕩公護》曰：

> 初，太祖創業，即與突厥和親，謀爲角，共圖高氏。是年，乃遣柱國楊忠與突厥東伐。破齊長城，至并州而還。期後年更舉，南北相應。齊主大懼。先是，護母閻姬與皇第四姑及諸戚屬，並沒在齊，皆被幽縶。護居宰相之後，每遣間使尋求，莫知音息。至是，並許還朝，且請和好。

> （北周武帝）保定四年，皇姑先至。齊主以護既當權重，乃留其母，以爲後圖。仍令人爲閻作書報護。〔註108〕

姑繫此書牘作於北齊武成帝・河清三年。

## （二）北周・宇文護〈報母閻姬書〉──北周武帝・保定四年（564）

區宇分崩，遭遇災禍，違離膝下，三十五年。受形稟氣，皆知母子，誰同薩保，如此不孝！宿殃積戾，惟應賜鍾，豈悟網羅，上嬰慈母。但立身立行，不負一物，明神有識，宜見哀憐。而子爲公侯，母爲俘隸，熱不見母熱，寒不見母寒，衣不知有無，食不知飢飽，泯如天地之外，無由暫聞。晝夜悲號，繼之以血，分懷冤酷，終此一生，死若有知，冀奉見於泉下爾。不謂齊朝解網，惠以德音，摩敦、四姑，竝許矜放。初聞此旨，魂爽飛越，號天叩地，不能自勝。四姑即蒙禮送，平安入境。以今月十八日于河東拜見。遙奉顏色，崩動肝腸。但離絕多年，存亡阻隔，相見之始，口未忍言。惟敘齊朝寬弘，每存大德。云與摩敦雖處宮禁，常蒙優禮，今者來鄴，恩遇彌隆。矜哀聽許摩敦垂敕，曲盡悲酷，備述家事。伏讀未周，五情屠割。書中所道，無事敢忘。摩敦年尊，又加憂苦，常謂寢膳貶損，或多遺漏，伏奉論述，次第分明。一則以悲，一

---

〔註108〕（唐）令狐德棻撰：《周書》（北京：中華書局，1983 年 10 月第 3 次印刷），頁 169～171。

則以喜。當鄉里破敗之日，薩保年已十餘歲，鄰曲舊事，猶自記憶；況家門禍難，親戚流離，奉辭時節，先後慈訓，刻肌刻骨，常纏心腑。

天長喪亂，四海橫流。太祖乘時，齊朝撫運，兩河、三輔，各值神機。原其事跡，非相負背。太祖升遐，未定天保，薩保屬當猶子之長，親受顧命。雖身居重任，職當憂責，至于歲時稱慶，子孫在庭，顧視悲摧，心情斷絕，胡顏履戴，負愧神明。霈然之恩，既以霑洽，愛敬之至，施及傍人。草木有心，禽魚感澤，況在人倫，而不銘戴。有家有國，信義爲本，伏度來期，已應有日。一得奉見慈顏，永畢生願，生死肉骨，豈過此恩，負山戴岳，未足勝荷。二國分隔，理無書信，主上以彼朝不絕母子之恩，亦賜許奉答。不期今日，得通家問，伏紙嗚咽，言不宣心。蒙寄薩保別時所留錦袍表，年歲雖久，宛然猶識，抱此悲泣。至于拜見，事歸忍死，知復何心！〔註109〕

　　南北朝時期，北方民族與漢族已形成融合局面，所以宇文護雖爲鮮卑人，但因受漢化教育，所以這封信在駢對、藻飾上都很講究。

　　按語：北齊武成帝因宇文護是北周實際當權者，便暫留其母，只讓四姑帶閻姬書牘。宇文護見到姑媽更加思念母親，見到小時候的物品，勾起他對童年的回憶，使他悲痛萬分，於是他寫了回信。《周書卷十一·列傳第三·晉蕩公護》曰：「護性至孝，得書，悲不自勝，左右莫能仰視。報書。」〔註110〕母子失散三十五年，初通音訊，所以宇文護在信中寫到「受形稟氣，皆知母子，誰同薩保，如此不孝！」發出由衷的悲嘆。姑繫此書牘作於北周武帝·保定四年。

## 三、悼傷

　　人生於世，不免傷逝痛別，這種情懷唯有歷經此境才能體會，此情都在別離後，如曹丕〈與吳質書〉云：「昔日……同乘並載，以遊後園，……今果分別，各在一方，……每一念至，何時可言」正是悼傷的寫照。

〔註109〕　（清）嚴可均編：《全上古三代秦漢三國六朝文·全後周文》（臺北·世界書局，1963 年 5 月二版），卷 4，頁 1～2。

〔註110〕　（唐）令狐德棻撰：《周書》（北京：中華書局，1983 年 10 月第 3 次印刷），頁 171。

## （一）魏‧曹丕〈與吳質書〉──東漢獻帝‧建安二十年（215）

曹丕字子桓，沛國‧譙（今安徽亳縣）人，生於東漢靈帝‧中平四年（187），卒於魏文帝‧黃初七年（226）。《三國志卷二‧魏書‧文帝紀第二》曰：

> 建安十六年，爲五官中郎將、副丞相。二十二年，立爲魏太子。太祖崩，嗣位爲丞相、魏王。……改建安二十五年爲延康元年。〔註111〕

曹丕〈與吳質書〉云：

> 五月（二）十八日，丕白：

> 季重無恙。塗路雖局，官守有限，願言之懷，良不可任。足下所治僻左，書問致簡，益用增勞。

> 每念昔日南皮之遊，誠不可忘！既玅思《六經》，逍遙百氏。彈棊間設，終以博奕。高談娛心，哀箏順耳。馳騖北場，旅食南館。浮甘瓜於清泉，沉朱李於寒水。

> 白日既匿，繼以朗月，同乘並載，以游後園。輿輪徐動，賓從無聲，清風夜起，悲笳微吟。樂往哀來，愴然傷懷。余顧而言，斯樂難常。足下之徒，咸以爲然。

> 今果分別，各在一方。元瑜長逝，化爲異物。每一念至，何時可言！方今蘺賓紀時，景風扇物，天氣和暖，眾果具繁。時駕而遊，北遵河曲。從者鳴笳以啓路，文學託乘於後車。節同時異，物是人非，我勞如何！今遣騎到鄴，故使杆道相過，行矣自愛。

> 丕白。〔註112〕

本文體雖屬書牘，文章卻似抒情小賦，寫得意境深遠，文辭清麗。追述舊遊，情景交融，表現以文會友的情致。作者既能用輕快的筆調寫出歡樂的景象、通暢的情緒，又能用清麗的文字描述悲愴的景象、感傷的情懷。而在今日初夏盛景，風和日暖，萬物更生的敘述中，又流露出悽涼的苦情。

以「節同時異，物是人非」，寫出悼念友人、思念友人的感傷之情，抒發了他對一代文人的深厚情誼，並對徐、陳、應、劉等人的思想品格、文學成就，逐一作了中肯的評價，對建安時期的代表文人，作總體鳥瞰。文辭清麗，

---

〔註111〕（晉）陳壽撰，（劉宋）裴松之注：《三國志》（北京：中華書局，1982 年 7 月第 2 版），頁 57。

〔註112〕（魏）曹丕撰：《魏文帝集》見（明）張溥輯：《漢魏六朝百三家集》（明崇禎間（1628～1644）太倉張氏原刊本），卷 1，頁 49。

感情眞摯，善用今昔對比的方法，以往日共遊的歡樂襯托今日生離死別的哀傷對比鮮明，感人至深，令人讀後歷久難忘。

曹丕在信中，不僅沒有因爲自己的地位尊榮而流露出絲毫的驕矜之氣，相反卻爲自己因地位變化而失去眞摯的朋友情誼深感惋惜。像曹丕這樣以眞誠而平等的態度接納文人，在歷代帝王中確實罕見。

按語：《三國志卷二十一・魏書・附王粲傳第二十一》注引《魏略》曰：「質出爲朝歌長，後遷元城令。其後大軍西征，太子（曹丕）南在孟津小城，〈與質書〉曰：『季重無恙……足下所治僻左，書問致簡，益用增勞。』」〔註113〕可見此信寫於「大軍西征，太子南在孟津小城」。信中提到「元瑜長逝，化爲異物」，而未提及建安其他四子陳琳、王粲、應瑒、劉楨之逝。此四子同逝於建安二十二年（217），元瑜逝於建安十七年（212）。可證此信當寫於建安十七年至二十二年之間。《三國志卷一・魏書・武帝紀第一》曰：「建安二十年三月，公（曹操）西征張魯。」〔註114〕《魏文帝曹丕年譜暨作品繫年》曰：「建安二十年三月，父操由鄴出發征張魯，丕奉命守孟津，……至孟津，五月十八日，乃作書與吳質。」〔註115〕姑繫此書牘作於東漢獻帝・建安二十年。

### （二）西晉・陸雲〈弔陳永長書〉

陸雲〈弔陳永長書〉云：

雲，頓首頓首。

哀懷切怛！賢弟永曜，早喪俊德，酷痛甚痛。奈何！

陸士龍，頓首頓首。

又

雲，頓首頓首。

天災橫流，禍害無常，何圖永曜，奄忽遇此，凶問卒至，痛心摧剝。奈何！奈何！想念篤性，哀悼切裂，當可堪言，無因展告，望企鯁咽，財遣表唁，悲狠不次。

---

〔註113〕（晉）陳壽撰，（劉宋）裴松之注：《三國志》（北京：中華書局，1982 年 7 月第 2 版），頁 607～608。

〔註114〕（晉）陳壽撰，（劉宋）裴松之注・《三國志》（北京：中華書局，1982 年 7 月第 2 版），頁 45～46。

〔註115〕洪順隆撰：《魏文帝曹丕年譜暨作品繫年》（臺北：臺灣商務印書館，1989 年 2 月初版），頁 202。

雲，頓首。

又

永曜茂德，遠量一時，秀生奇蹤瑋寶，灼爾凌羣，光國隆家，人士
之望，冀其永年，遂播盛業，攜手退遊，假樂此世。奈何一朝，獨
先彤落，奄聞凶諱，禍出不意，拊心痛楚，肝懷如割。奈何！奈何！
豈況至性，何可爲心。臨書鯁塞，投筆傷情。

又

與永曜相得便結願好。契闊分愛，恩同至親，憑烈三益，終始所願，
中間離別，但爾累年，結想之懷，夢寐仿佛，何圖忽爾，便成永隔，
哀心慟楚，不能自勝，痛當奈何！奈何！義在奔馳，牽役萬里，至
心不敘，東望貴舍，雨淚霑襟，今遣吏并進薄祭，不得臨哀，追增
切裂，幸損至念，書重不知所言。

又

永曜素自彊健，了不知有此患，險戲之災，遂不可救，豈惟貴門獨
喪重寶。此賢之殞，邦家以瘁，情分異他，痛心殊深，已矣遠矣！
可復奈何！追想遺規，不去心目，悠悠無期，哀至悲裂，不知何言，
可以言知，酷楚而已。〔註116〕

陳永曜病故，陸雲痛悼之，先後與其弟永長書五通，備至追悼之忱。

## （三）東晉・孔坦臨終〈與庾亮書〉——東晉成帝・咸康二年（336）

孔坦字君平，會稽・山陰人，生於西晉武帝・太康七年（286），卒於東
晉成帝・咸康二年（336）。《晉書卷七十八・列傳第四十八・孔愉從子孔坦》
曰：

坦少方直，有雅望，通《左氏傳》，解屬文。元帝爲晉王，以坦爲世
子文學。東宮建，補太子舍人，遷尚書郎。……（東晉成帝）咸和
初，遷尚書左丞，深爲臺中之所敬憚。……坦在職數年，遷侍中。
時成帝每幸丞相王導府，拜導妻曹氏，有同家人，坦每切諫。……
由是忤導，出爲廷尉，怏怏不悅，以疾去職。加散騎常侍，遷尚書，
未拜。〔註117〕

---

〔註116〕（晉）陸雲撰：《陸清河集》見（明）張溥輯：《漢魏六朝百三家集》（明崇禎
間（1628～1644）太倉張氏原刊本），卷1，頁49～50。

〔註117〕（唐）房玄齡等撰：《晉書》（北京：中華書局，1982年12月第2次印刷），

庾亮字元規，穎川・鄢陵（今河南・鄢陵縣西北）人，生於西晉武帝・太康十年（289），卒於東晉成帝・咸康六年（340）。《晉書卷七十三・列傳第四十三・庾亮》曰：

> 明穆皇后之兄也。……性好莊、老，風格峻整，動由禮節，閨門之內不肅而成，……年十六，東海王越辟爲掾，不就，隨父在會稽，嶷然自守。時人皆憚其方儼，莫敢造之。元帝爲鎮東時，聞其名，辟西曹掾。累遷給事中、黃門侍郎、散騎常侍。……明帝即位，以爲中書監，……王敦既有異志，內深忌亮，而外崇重之。

> 亮憂懼，以疾去官。復代王導爲中書監。……峻遂與祖約俱舉兵反。……亮攜其三弟懌、條、翼南奔溫嶠，嶠素欽重亮，雖在奔敗，猶欲推爲都統。亮固辭，乃與嶠推陶侃爲盟主。……峻平，帝幸溫嶠舟，亮得進見，稽顙鯁噎，詔羣臣與亮俱升御坐。……亮欲遁逃山海，自暨陽東出。詔有司錄奪舟船。亮乃求外鎮自效，出爲持節、都督豫州揚州之江西宣城諸軍事、平西將軍、假節、豫州刺史，領宣城內史。量遂受命，鎮蕪湖。陶侃薨，遷亮都督江、荊、豫、益、梁、雍六州諸軍事，領江、荊、豫三州刺史，進號征西將軍、開府儀同三司、假節。亮固讓開府，乃遷鎮武昌。……時石勒新死，亮有開復中原之謀，……時王導與亮意同，郗鑒議以資用未備，不可大舉。……咸康六年薨，時年五十二。追贈太尉，諡曰文康。〔註118〕

孔坦臨終〈與庾亮書〉云：

> 不謂疾苦，遂至頓弊，自省綿綿，奄忽無日。脩短命也，將何所悲！但以身往名沒，朝恩不報，所懷未敘，即命多恨耳！

> 足下以伯舅之尊，居方伯之重，抗威顧盼，名震天下，棟樑之佐，常顧下風。使九服式序，四海一統，封京觀于中原，反紫極于華壤，是宿昔之所味詠，慷慨之本誠矣。今中道而薨，豈不惜哉！若死而有靈，潛聽風烈。〔註119〕

---

頁 2054～2059。

〔註118〕（唐）房玄齡等撰・《晉書》（北京：中華書局，1982 年 12 月第 2 次印刷），頁 1915～1924。

〔註119〕（清）嚴可均編：《全上古三代秦漢三國六朝文・全晉文》（臺北：世界書局，1963 年 5 月二版），卷 126，頁 10。

－57－

東晉武帝委政，孔坦每以國事爲憂，臨終〈與庾亮書〉，猶以「朝恩不報，所懷未敘」爲恨，其忠誠可知。

按語：《晉書卷七十八·列傳第四十八·附孔愉傳》曰：「臨終，與庾亮書。……俄卒，時年五十一。」〔註120〕姑繫此書牘作於孔坦卒年東晉成帝·咸康二年。

## （四）東晉·庾亮〈追報孔坦書〉——東晉成帝·咸康二年（336）

廷尉孔君，神游體離。嗚呼哀哉！得八月十五日書，知疾患轉篤，遂不起濟，悲恨傷楚，不能自勝。

足下方才中年，素少疾患，雖天命有在，亦禍出不圖。且足下才經于世，世常須才，況于今日，倍相痛惜。吾以寡乏，忝當大任，國恥未雪，夙夜憂憤。常欲足下同在外藩，戮力時事。此情未果，來書奄至。申尋往復，不覺深隕。深明足下慷慨之懷，深痛足下不遂之志。邈然永隔，夫復何言！

謹遣報答，并致薄祭，望足下降神饗之。〔註121〕

這是一封孔坦逝世後庾亮寫給他的追報信，庾亮收信得知亡友的不幸，滿心悲傷。孔坦正值中年才經于世，不料卻在國家最需要他戮力時而辭世，眞是「倍相痛惜」！閱讀來信，深明亡友的「慷慨之懷」，也就更加爲其「不遂之志」而惋惜！言簡情深，令人傷痛不已。

按語：《晉書卷七十八·列傳第四十八·孔愉附孔坦傳》曰：「臨終，與庾亮書。……亮報書曰……」〔註122〕庾亮〈追報孔坦書〉書末有「望足下降神饗之」句，孔坦臨終〈與庾亮書〉，庾亮追報之。姑繫此書牘寫於孔坦卒年，東晉成帝·咸康二年。

## （五）東晉·桓玄〈答會稽王道子牋〉——東晉安帝·隆安五年（401）

桓玄字敬道，一名靈寶，生於東晉廢帝·太和四年（369），卒於晉安帝

〔註120〕（唐）房玄齡等撰：《晉書》（北京：中華書局，1982 年 12 月第 2 次印刷），頁 2058～2059。

〔註121〕（清）嚴可均編：《全上古三代秦漢三國六朝文·全晉文》（臺北：世界書局，1963 年 5 月二版），卷 37，頁 2。

〔註122〕（唐）房玄齡等撰：《晉書》（北京：中華書局，1982 年 12 月第 2 次印刷），頁 2059。

元興三年（404）。《晉書卷九十九・列傳第六十九・桓玄》曰：

> 大司馬溫之孽子也。……溫甚愛異之。臨終，命以為嗣，襲爵南郡
> 公。……及長，形貌瑰奇，風神疏朗，博綜藝術，善屬文。常負其
> 才地，以雄豪自處，眾咸憚之，朝廷亦疑而未用。年二十三，始拜
> 太子洗馬，……（孝武帝）太元末，出補義興太守，鬱鬱不得志。……
> 玄在荊楚積年，優游無事，荊州刺史殷仲堪甚敬憚之。及中書令王
> 國寶用事，謀削弱方鎮，內外騷動，……國寶既死，於是兵罷。玄
> 乃求為廣州，會稽王道子亦憚之，不欲使在荊楚，故順其意。（東晉
> 安帝司馬德宗）隆安初，詔以玄督交、廣二州、建威將軍、平越中
> 郎將、廣州刺史、假節，玄受命不行。〔註123〕

《魏書卷九十七・列傳第八十五・島夷桓玄》曰：

> 本譙國龍亢楚也。僭晉大司馬桓溫之子，溫愛之，臨終命以為後。
> 年七歲，襲封南郡公。登國五年，為司馬昌明太子洗馬。……（北
> 魏）皇始初，（東晉安帝）司馬德宗立，其會稽王道子擅權，信任尚
> 書僕射王國寶，為時所疾。玄說荊州刺史殷仲堪，令推德宗兗州刺
> 史王恭為盟主，以討國寶，仲堪從之。……（北魏）天興初，德宗
> 以玄為使持節、督交、廣二州諸軍事、建威將軍、平越中郎將、廣
> 州刺史。〔註124〕

《晉書卷六十四・列傳第三十四・簡文三子・會稽王道子》曰：

> 會稽文孝王道子字道子。出後琅邪孝王，少以清澹為謝安所稱。年
> 十歲，封琅邪王，……太元初，拜散騎常侍、中軍將軍，進驃騎將
> 軍。後公卿奏：「道子親賢莫二，宜正位司徒。」固讓不拜。使錄尚
> 書六條事，尋加開府，領司徒。〔註125〕

　　王珣（王導之孫）字元琳。生於東晉穆帝・永和六年（350），卒於東晉
安帝・隆安五年（401）。《晉書卷六十五・列傳第三十五・附王導・王珣傳》
曰：

> 弱冠與陳郡謝玄為桓溫掾，俱為溫所敬重，……珣轉主簿。時溫經

---

〔註123〕　（唐）房玄齡等撰：《晉書》（北京：中華書局，1982 年 12 月第 2 次印刷），
　　　　　頁 2585～2587。
〔註124〕　（北齊）魏收撰：《魏書》（北京：中華書局，1974 年 6 月第 1 版），頁 2117。
〔註125〕　（唐）房玄齡等撰：《晉書》（北京：中華書局，1982 年 12 月第 2 次印刷），
　　　　　頁 1732～1733。

略中夏，竟無寧歲，軍中機務並委珣焉。文武數萬人，悉識其面。從討袁眞，封東亭侯，轉大司馬參軍、琅邪王友、中軍長史、給事黃門侍郎。珣兄弟皆謝氏壻，以猜嫌致隙。太傅（謝）安既與珣絕婚，又離珉妻，由是二族遂成仇釁。時希安旨，乃出珣爲豫章太守，不之官。除散騎常侍，不拜。遷祕書監。安卒後，還侍中，孝武深杖之。轉輔國將軍、吳國內史，在郡爲士庶所悦。徵爲尚書右僕射，領吏部，轉左僕射，加征虜將軍，復領太子詹事。時帝（東晉孝武帝）雅好典籍，珣與殷仲堪、徐邈、王恭、郗恢等並以才學文章見眤於帝。及王國寶自媚於會稽王道子，而與珣不協，帝慮晏駕後怨隙必生，故出恭、恢爲方伯，而委珣端右。珣夢人以大筆如椽與之，既覺，語人云：「此當有大手筆事。」俄而帝崩，哀冊諡議，皆珣所草。

（東晉安帝）隆安初，國寶用事，謀黜舊臣，遷珣尚書令。王恭赴山陵，欲殺國寶，珣止之……恭尋起兵，國寶將殺珣等，僅而得免，……二年，恭復舉兵，假珣節，進衛將軍、都督琅邪水陸軍事。事平，上所假節，加散騎常侍。〔註 126〕

桓玄〈答會稽王道子牋〉云：

王珣神情朗悟，經史明徹，風流之美，公私所寄。雖逼于同異嫌謗，才用不盡，然君子在朝，弘益自多也。時事艱難，忽爾喪失，歎懼之深，豈但風流相悼而已！

其崎嶇九折，風霜備經，雖賴明公神鑒，亦識會居之故也。卒以壽終，殆無所哀。但情發去來，寘之未易耳。〔註 127〕

《晉書卷六十四·列傳第三十四·簡文三子·會稽王道子》曰：

中書令王國寶性卑佞，特爲道子所寵昵。官以賄遷，政刑謬亂。……時有人爲〈雲中詩〉以指斥朝廷曰：「相王沈醉，輕出教命。捕賊千秋，干豫朝政。王愷守常，國寶馳競。荊州大度，散誕難名；盛德之流，法護、王宵、仲堪、仙民，特有言詠；東山安道，執操高抗，

〔註 126〕（唐）房玄齡等撰：《晉書》（北京：中華書局，1982 年 12 月第 2 次印刷），頁 1756～1757。

〔註 127〕（清）嚴可均編：《全上古三代秦漢三國六朝文·全晉文》（臺北：世界書局，1963 年 5 月二版），卷 119，頁 3。

何不徵之，以爲朝匠？」荊州，謂王忱也；法護，即王珣；宵，即
　王恭；仙民，即徐邈字；安道，戴逵字也。〔註128〕

　　由〈雲中詩〉得知王珣被人民所愛戴，王國寶自媚於會稽王道子，而與
珣不協。東晉孝武帝崩，安帝・隆安初年王國寶用事，罷黜舊臣。王恭赴山
陵，欲除之，爲王珣所止。不久，王恭起兵，王國寶將殺王珣等，幸免。隆
安二年，王恭又舉兵討王國寶，爲王珣所平。隆安四年，以疾爲由辭職，歲
餘，卒。桓玄悼念之，寫信給會稽王道子。

　　按語：《晉書卷六十五・列傳第三十五・附王導・王珣傳》曰：「王珣
（東晉安帝）隆安四年，以疾解職。歲餘，卒，時年五十二。追贈車騎將
軍、開府，諡曰獻穆。桓玄與會稽王道子書。」〔註129〕姑繫此書牘作於王珣
卒年。

## （六）劉宋・顏延之〈弔張茂度書〉──劉宋文帝・元嘉五年（428）

　　顏延之字延年，琅邪・臨沂（今山東臨沂縣）人，生於東晉孝武帝・太
元九年（384），卒於劉宋孝武帝・孝建三年（456）。《宋書卷七十三・列傳第
三十三・顏延之》曰：

少孤貧，……好讀書，無所不覽，文章之美，冠絕當時。……宋
國建，奉常鄭鮮之舉爲博士，仍遷世子舍人。高祖（劉宋武帝）受
命，補太子舍人。……少帝即位，以爲正員郎，兼中書，尋徙員外
常侍，出爲始安太守。……世祖登阼，以爲金紫光祿大夫，領湘
東王師。……孝建三年，卒，時年七十三。追贈散騎常侍、特進，
金紫光祿大夫如故。諡曰憲子。延之與陳郡謝靈運俱以詞彩齊名，
自潘岳、陸機之後，文士莫及也，江左稱顏、謝焉。所著並傳於
世。〔註130〕

　　張茂度名裕與高祖（劉裕）諱同，故稱字，吳郡・吳人。生於東晉孝武
帝・太元元年（376），卒於劉宋文帝・元嘉十九年（442）。《宋書卷五十三・
列傳第十三・張茂度》曰：

〔註128〕（唐）房玄齡等撰：《晉書》（北京：中華書局，1982 年 12 月第 2 次印刷），
　　　　頁 1733～1735。
〔註129〕（唐）房玄齡等撰：《晉書》（北京：中華書局，1982 年 12 月第 2 次印刷），
　　　　頁 1757。
〔註130〕（梁）沈約撰：《宋書》（北京：中華書局，1983 年 4 月第 2 次印刷），頁 1891
　　　　～1904。

茂度郡上計史，主簿，功曹，州命從事史，並不就。除琅邪王衛軍參軍，員外散騎侍郎，尚書度支郎，父憂不拜。……太祖（劉宋文帝）元嘉元年，出為使持節、督益寧二州梁州之巴西梓潼宕渠南漢中秦州之懷寧安固六郡諸軍事、冠軍將軍、益州刺史。……七年，起為廷尉，加奉車都尉，領本州中正。入為五兵尚書，徙太常。以腳疾出為義興太守，加秩中二千石。……十八年，除會稽太守。素有吏能，在郡縣，職事甚理。明年，卒官。時年六十七。謚曰恭子。〔註131〕

張敷字景胤，吳郡人，生於東晉孝武帝・太元十三年（388），卒於劉宋文帝・元嘉五年（428）。《宋書卷六十二・列傳第二十二・張敷》曰：

吳興太守邵子也。……遷黃門侍郎，始興王濬後軍長史，司徒左長史。未拜，父在吳興亡，報以疾篤，敷往奔省，自發都至吳興成服，凡十餘日，始進水漿。喪畢不進鹽菜，遂毀瘠成疾。世父茂度每止譬之，輒更感慟，絕而復續。茂度曰：「我冀譬汝有益，但更甚耳。」自是不復往。未期而卒，時年四十一。琅邪顏延之書弔茂度。〔註132〕

顏延之〈弔張茂度書〉云：

賢弟子少履貞規，長懷理要，清風素氣，得之天然，言面以來，便申忘年之好，比雖艱隔成阻，而情問無暌。薄莫之人，冀其方見慰說，豈謂中年，奄為長往，聞問悼心，有兼恆痛。足下門教敦至，兼實家寶，一旦喪失，何可為懷！〔註133〕

按語：《宋書卷四十六・列傳第六・張邵》曰：

張邵字茂宗，會稽太守裕之弟也。……（劉宋文帝）元嘉五年，轉征虜將軍。……後為吳興太守，卒，追復爵邑，謚曰簡伯。〔註134〕

姑繫此書牘作於劉宋文帝・元嘉五年。

〔註131〕（梁）沈約撰：《宋書》（北京：中華書局，1983 年 4 月第 2 次印刷），頁 1509～1510。

〔註132〕（梁）沈約撰：《宋書》（北京：中華書局，1983 年 4 月第 2 次印刷），頁 1663～1664。

〔註133〕（劉宋）顏延之撰：《顏光祿集》見（明）張溥輯：《漢魏六朝百三家集》（明崇禎間（1628～1644）太倉張氏原刊本），頁 26～27。

〔註134〕（梁）沈約撰：《宋書》（北京：中華書局，1983 年 4 月第 2 次印刷），頁 1393～1395。

## （七）劉宋・王微〈以書告弟僧謙靈〉──劉宋文帝・元嘉三十年（453）

王微字景玄，琅邪・臨沂（今山東・臨沂）人，生於東晉安帝・義熙十一年（415），卒於劉宋文帝・元嘉三十年（453）。《宋書卷六十二・列傳第二十二・王微》曰：

> 微少好學，無不通覽，善屬文，能書畫，兼解音律、醫方、陰陽術數。年十六，州舉秀才，衡陽王義季右軍參軍，並不就。起家司徒祭酒，轉主簿，始興王濬後軍功曹記室參軍，太子中舍人、始興王友。〔註135〕

王微〈以書告弟僧謙靈〉云：

> 弟年十五，始居宿於外，不為察慧之譽，獨沉浮好書，聆琴聞操，輒有過目之能。討測文典，斟酌傳記，寒暑未交，便卓然可述。吾長病，或有小間，輒稱引前載，不異舊學。自爾日就月將，著名邦黨，方隆夙志，嗣美前賢，何圖一旦冥然長往，酷痛煩冤，心如焚裂。
>
> 尋念平生，裁十年中耳，然非公事，無不相對，一字之書，必共詠讀，一句之文，無不研賞，濁酒忘愁，圖籍相慰，吾所以窮而不憂，實賴此耳。奈何罪酷，煢然獨坐。憶往年散髮，極目流涕，吾不舍日夜，又恆慮吾羸病，豈圖奄忽，先歸冥冥。反覆萬慮，無復一期，音顏髣髴，觸事歷然，弟今何在？令吾悲窮。昔仕京師，分張六旬耳，其中三過，誤云今日何意不來，鍾念懸心，無物能譬。方欲共營林澤，以送餘年，念茲有何罪戾，見此天酷，沒於吾手，觸事痛恨。吾素好醫術，不使弟子得全，又尋思不精，致有枉過，念此一條，特復痛酷。痛酷奈何！吾罪奈何！
>
> 弟為志，奉親孝，事兄順，雖僮僕無所叱咄，可謂君子不失色於人，不失口於人。沖和淹通，內有臯白，舉動尺寸，吾每咨之。常云：「兄文骨氣，可推英麗以自許。又兄為人矯介欲過，宜每中和。」道此猶在耳，萬世不復一見，奈何！唯十紙手**迹**，封坼儼然，至於思戀不可懷。及聞吾病，肝心寸絕，謂當以幅巾薄葬之事累汝，奈何反

---

〔註135〕 （梁）沈約撰：《宋書》（北京：中華書局，1983 年 4 月第 2 次印刷），頁 1664
　　　　～1665。

相殯送！

弟由來意，謂「婦人雖無子，不宜踐二庭。此風若行，便可家有孝婦」。仲長《昌言》，亦其大要。劉新婦以刑傷自誓，必留供養，殷太妃感柏舟之節，不奪其志。僕射篤順，范夫知禮，求得左率第五兒，廬位有主。此必何益冥然之痛，爲是存者意耳。

吾窮疾之人，平生意志，弟實知之，端坐向窗，有何慰適，正賴弟耳。過中未來，已自惘望，今云何得立，自省憯毒，無復人理。比煩冤困慮，不能作刻石文，若靈響有識，不得吾文，豈不爲恨。儻意慮不遂謝能思之如狂，不知所告厥，明書此數紙，無復詞理，略道阡陌，萬不寫一。阿謙！何圖至此！誰復視我，誰復憂我。他日實者三光，割嗜好以祈年，今也唯速化耳。吾豈復支，冥冥中竟復云何。弟懷隨、和之實，未及光諸文章，欲收作一集，不知忽忽當辦此不？今已成服，吾臨靈，取常共飲梧，酌自釀酒，寧有仿像不？

冤痛！冤痛！〔註136〕

按語：《宋書卷六十二‧列傳第二十二‧王微》曰：「弟僧謙，亦有才譽，爲太子舍人，遇疾，微躬自處治，而僧謙服藥失度，遂卒。微深自咎恨，發病不復自治，哀痛僧謙不能已，以書告靈……僧謙卒後四旬而微終。」〔註137〕王微卒於劉宋文帝‧元嘉三十年，姑繫此書牘作於此年。

## （八）梁‧劉峻〈追答劉沼書〉──梁武帝‧天監二年（503）

劉峻字孝標，平原‧平原（今山東‧平原）人，生於劉宋孝武帝‧大明六年（462），卒於梁武帝‧普通二年（521）。《梁書卷五十‧列傳第四十四‧文學下‧劉峻》曰：

峻生期月，母攜還鄉里。宋泰始初，青州陷魏，峻年八歲，爲人所略至中山，中山富人劉實愍峻，以束帛贖之，教以書學。魏人聞其江南有戚屬，更徙之桑乾。……齊永明中，從桑乾得還，自謂所見不博，更求異書，聞京師有者，必往祈借，清河崔慰祖謂之「書淫」。時竟陵王子良博招學士，峻因人求爲子良國職，吏部尚書徐孝

---

〔註136〕（清）嚴可均編：《全上古三代秦漢三國六朝文‧全宋文》（臺北：世界書局，1963年5月二版），卷19，頁6～7。

〔註137〕（梁）沈約撰：《宋書》（北京：中華書局，1983年4月第2次印刷），頁1671～1672。

嗣抑而不許，用爲南海王侍郎，不就。至明帝時，蕭遙欣爲豫州，
爲府刑獄，禮遇甚厚。遙欣尋卒，久之不調。天監初，召入西省，
與學士賀蹤典校密祕書。……安成王秀好峻學，及遷荊州，引爲戶
曹參軍，給其書籍使抄錄事類，名曰《類苑》，未及成，復以疾去，
因遊東陽紫巖山，築室居焉。……峻居東陽，吳、會人士多從其學。
普通二年，卒，時年六十。門人諡曰玄靖先生。〔註138〕

劉沼字明信，中山・魏昌（今屬河北省）人，生卒年不詳。《梁書卷五十・
列傳第四十四・文學下・劉沼》曰：

沼幼善屬文，既長博學。仕齊起家奉朝請，冠軍行參軍。天監初，
拜後軍臨川王記室參軍，秣陵令，卒。〔註139〕

劉峻〈追答劉沼書〉云：

劉侯既重有斯難，值予有天倫之感，竟未之致也。尋而此君長逝，
化爲異物，緒言餘論，蘊而莫傳。或有自其家得而示余者，余悲其
音徽未沫，而其人已亡，青簡尚新，而宿草將列，泫然不知涕之無
從也。雖隙駟不留，尺波電謝，而秋菊春蘭，英華靡絕，故存其梗
槩，更酬其旨。若使墨翟之言無爽，宣室之談有徵，冀東平之樹，
望咸陽而西靡；蓋山之泉，聞弦歌而赴節。但懸劒空壠，有恨如何！

〔註140〕

劉峻才思敏捷，性情直爽，但仕途坎坷，因著〈辨命論〉以抒發激債之
情。提出生死、貴賤、貧富、治亂、禍福都在於天命，主張「自天之命」，想
用自然命定論反對佛教有神論，而智愚善惡在於人爲，智者善者未必長壽富
貴，愚者惡者未必短命貧賤。

〈辨命論〉成之後，劉沼一再寫信與劉孝標辯論，劉沼主張不由命而由
人，二人書信往來，互相討論，因是再一次作答，所以本文題目有「重答」
二字。其後，劉沼又作書難之，但回書未致而身已亡。劉峻既又寫有〈難辯
命論書〉，正碰上其有兄長逝死的悲悽，終於因此而未能致答劉沼。不久劉沼

〔註138〕（唐）姚思廉撰：《梁書》（北京：中華書局，1973 年 5 月第 1 版），頁 701
　　　　～707。
〔註139〕（唐）姚思廉撰：《梁書》（北京・中華書局，1973 年 5 月第 1 版），頁 707
　　　　～708。
〔註140〕（梁）劉峻撰：《劉戶曹集》見（明）張溥輯：《漢魏六朝百三家集》（明崇禎
　　　　間（1628～1644）太倉張氏原刊本），頁 4。

與世長辭，他遺留的妙言高論，蘊藏家中而沒有傳出。事後，有人從沼家得其手書，轉交劉峻。劉孝標也認真申述分析作答。因爲劉沼當過秣陵令，所以敬稱之爲劉秣陵。本文感情真摯，情意深厚，句句旋轉，淒楚纏綿，迴腸盪氣，具見悼痛之深，堪稱悼亡友之作中的名篇。

按語：《梁書卷五十‧列傳第四十四‧文學下‧劉峻》曰：

> 高祖招文學之士，有高才者，多被引進，擢以不次。峻率性而動，不能隨眾沉浮，高祖頗嫌之，故不任用，峻乃著《辨命論》以寄其懷。……論成，中山劉沼致書以難之，凡再反，峻並爲申析以答之。
> 會沼卒，不見峻後報者，峻乃爲書以序之。〔註141〕

劉沼卒於天監初，姑繫此書牘作於約梁武帝‧天監二年。

## （九）梁‧元帝〈答晉安王敘南康簡王薨書〉──梁武帝‧大通三年（529）

蕭繹字世城，生於梁武帝‧天監七年（508），卒於梁元帝‧承聖三年（554）。《梁書卷五‧本紀第五‧元帝》曰：

> 世祖孝元皇帝諱繹，字世誠，小字七符，高祖（梁武帝）第七子也。
> （武帝）天監七年（508）八月丁巳生。……（武帝）中大通四年，進號平西將軍。（武帝）大同元年，進號安西將軍。三年，進號鎮西將軍。五年，入爲安右將軍、護軍將軍，領石頭戍軍事。六年，出爲使持節、都督江州諸軍事、鎮南將軍、江州刺史。（武帝）太清元年，徙爲使持節、都督荊、雍、湘、司、郢、寧、梁、南、北秦九州諸軍事、鎮西將軍、荊州刺史。三年三月，侯景寇沒京師。四月，太子舍人蕭詔至江陵宣密詔，以世祖爲侍中、假黃鉞、大都督中外諸軍事、司徒承制，餘如故。……承聖三年……十二月……辛未，西魏害世祖，遂崩焉，時年四十七。〔註142〕

蕭績字世謹，高祖第四子。生於梁武帝‧天監四年（505），卒於梁武帝‧大通三年（529）。《梁書卷二十九‧列傳第二十三‧高祖三王‧南康簡王績》曰：

〔註141〕（唐）姚思廉撰：《梁書》（北京：中華書局，1973年5月第1版），頁702～707。

〔註142〕（唐）姚思廉撰：《梁書》（北京：中華書局，1973年5月第1版），頁113～135。

高祖八男：丁貴嬪生昭明太子統、太宗簡文皇帝、盧陵威王續，阮
脩容生世祖孝元皇帝，吳淑媛生豫章王綜，董淑儀生南康簡王績，
丁充華生邵陵攜王綸，葛脩容生武陵王紀。

南康簡王……天監八年，封南康郡王，邑二千戶。出爲輕車將軍，
領石頭戍軍事。十年，遷使持節、都督南徐州諸軍事、南徐州刺史，
進號仁威將軍。……十六年，徵爲宣毅將軍、領石頭戍軍事。十七
年，出爲使持節、都督南北、兗、徐、青、冀五州諸軍事、南兗州
刺史，在州著稱。……普通四年，徵爲侍中、雲麾將軍，領石頭戍
軍事。五年，出爲使持節、都督江州諸軍事、江州刺史。丁董淑儀
憂，居喪過禮，高祖手詔勉之，使攝州任，固求解職，乃徵授安石
將軍、領石頭戍軍事，尋加護軍。羸瘠弗堪視事。大通三年，因感
病薨于任，時年二十五。〔註143〕

梁元帝〈答晉安王敘南康簡王薨書〉云：

南康兄器宇冲貴，風神英挺，魏之中山，徒聞退讓，晉之扶風，雖
號師範，用今方昔，若吞雲夢，及尋陽私疾，孝感神明，殆不勝
喪。扶而後起，猶冀天道可期，豈謂福善虛說，且分違易久，嘉會
難逢，綢繆宮闈，不過紈綺之事，離羣作鎮，動迴星紀之曆，志異
雙鸞之集，遽切四鳥之悲，松茂柏悅，夙昔歡抃，芝焚蕙歎，今用
嗚咽。〔註144〕

按語：南康簡王卒於梁武帝・大通三年，姑繫此書牘作於此年。

## （十）梁・昭明太子〈與張緬弟纘書〉──梁武帝・中大通三年（531）

張緬字元長，范陽・方城人，生於南齊武帝・永明八年（490），卒於梁
武帝・大通三年（531）。《梁書卷三十四・列傳第二十八・張緬》曰：

（梁武帝）中大通三年，遷侍中，未拜，卒，時年四十二。詔贈侍
中，加貞威將軍，侯如故。賵錢五萬，布五十匹。高祖舉哀。〔註145〕

〔註143〕（唐）姚思廉撰：《梁書》（北京：中華書局，1973 年 5 月第 1 版），頁 427
　　　　～428。
〔註144〕（梁）梁元帝撰：《梁元帝集》見（明）張溥輯：《漢魏六朝百三家集》（明崇
　　　　禎間（1628～1644）太倉張氏原刊本），頁 39。
〔註145〕（唐）姚思廉撰：《梁書》（北京：中華書局，1973 年 5 月第 1 版），頁 491

昭明太子〈與張緬弟纘書〉云：

> 賢兄學業該通，蒞事明敏，雖倚相之讀《墳》、《典》，郤縠之敦《詩》、《書》，惟今望古，蔑以斯過。自列宮朝，二紀將及，義惟僚屬，情寔親友。文筵講席，朝遊夕宴，何曾不同茲勝賞，共此言寄？

> 如何長謝，奄然不追！且年甫強仕，方申才力，摧苗落穎，彌可傷悁。念天倫素睦，一旦相失，如何可言！言及增哽，擥筆無次。〔註146〕

昭明太子視張緬爲情感上的知音，雖「義惟僚屬，情寔親友。」對「文筵講席，朝遊夕宴，……且年甫強仕，方申才力」的摯友，忽然「摧苗落穎」，發自內心的惋惜悲切，所以「言及增哽，擥筆無次。」

按語：《梁書卷三十四·列傳第二十八·張緬》曰：「（梁武帝）中大通三年，遷侍中，未拜，卒，……昭明太子亦往臨哭，與緬弟纘書。」〔註147〕蕭統重張緬才，聞其卒，〈與張緬弟纘書〉極言傷悁之深。推知此書牘作於張緬卒年，爲梁武帝·中大通三年。

## （十一）梁·張纘〈與陸雲公叔襄兄晏子書〉——梁武帝·太清元年（547）

張纘字伯緒，范陽·方城人，生於南齊明帝·永泰元年（498），卒於梁武帝·太清二年（548）。《梁書卷三十四·列傳第二十八·附張緬·張纘傳》曰：

> 緬第三弟也，……纘年十一，尚高祖第四女富陽公主，拜駙馬都尉，封利亭侯，召補國子生。起家祕書郎，時年十七。……遷太子舍人，轉洗馬、中舍人，並掌管記。……（梁武帝）普通初，……累遷太尉諮議參軍，尚書吏部郎，俄爲長兼侍中，……大通元年，出爲寧遠華容公長史，行琅邪彭城二郡國事。二年，仍遷華容公北中郎長史、南蘭陵太守，加貞威將軍，行府州事。三年，入爲度支尚書，母憂去職。服闋，出爲吳興太守。……大同二年，徵爲吏部尚書。……九年，遷宣惠將軍、丹陽尹，未拜，改爲使持節、都督

---

〔註146〕（梁）蕭統撰：《梁昭明集》見（明）張溥輯：《漢魏六朝百三家集》（明崇禎間（1628～1644）太倉張氏原刊本），頁10。

〔註147〕（唐）姚思廉撰：《梁書》（北京：中華書局，1973年5月第1版），頁492。

～492。

湘桂東寧三州諸軍事、湘州刺史，……太清二年，徵爲領軍，俄改
授使持節、都督雍、梁、北秦、東益、郢州之竟陵、司州之隨郡諸
軍事、平北將軍、寧蠻校尉。……其年，（蕭）詧舉兵襲江陵，常載
續隨後。及軍退敗，行至健水南，防守續者慮追兵至，遂害之，棄
尸而去，時年五十一。元帝承制，贈續侍中、中衛將軍，開府儀同
三司。諡簡憲公。〔註148〕

　　陸雲公字子龍，吳郡人，生於梁武帝・天監十年（511），卒於梁武帝・
太清元年（547）。《梁書卷五十・列傳第四十四・文學下・陸雲公》曰：

雲公五歲誦《論語》、《毛詩》，九歲讀《漢書》，略能記憶。從祖
倕、沛國劉顯質問十事，雲公對無所失，顯歎異之。既長，好學有
才思。州舉秀才。累遷宣惠武陵王、平西湘東王行參軍。雲公先製
〈太伯廟碑〉，吳興太守張續罷郡經途，讀其文歎曰：「今之蔡伯喈
也。」續至都掌選，言之於高祖，召兼尚書儀曹郎，頃之即眞，入
直壽光省，以本官知著作郎事。俄除著作郎，累遷中書黃門郎，並
掌著作。〔註149〕

　　張續〈與陸雲公叔襄兄晏子書〉云：

都信至，承賢兄子賢弟黃門殞折，非唯貴門喪寶，實有識同悲，痛
惋傷惜，不能已已。賢兄子賢弟神情早著，標令弱年，經目所**觀**，
殆無再問。懷橘抱柰，稟自天情，倨生列薪，非因外獎。學以聚之，
則一著能立，問以辯之，則師心獨寤。始踰弱歲，辭藝通洽，升降
多士，秀也詩流。見與齒過肩隨，禮殊拜絕，懷抱相得，忘其年義。
朝遊夕宴，一載于斯。翫古披文，終晨詫暮。平生知舊，零落稍盡，
老夫記意，其數幾何。至若此生，寧可多過，賞心樂事，所寄伊人。
弟遷職瀟、湘，維舟洛汭，將離之際，彌見情款。夕次帝郊，亞淹
信宿，徘徊握手，忍分岐路。行役數年，羈病侵迫，識慮惛恍，久
絕人世。憑几口授，素無其功，翰動若飛，彌有多愧。

京洛遊故，咸成雲雨，唯有此生，音塵數嗣。形**迹**之外，不爲遠近

---

〔註148〕（唐）姚思廉撰：《梁書》（北京：中華書局，1973 年 5 月第 1 版），頁 493
　　　　～496。
〔註149〕（唐）姚思廉撰：《梁書》（北京：中華書局，1973 年 5 月第 1 版），頁 724
　　　　～725。

隔情，襟素之中，豈以風霜改節。客遊半紀，志切首邱，日望東歸，更敦昔款。如何此別，永成異世！揮袂之初，人誰自保，但恐衰謝，無復前期。不謂華齡，方春掩質，埋玉之恨，撫事多情。想引進之情，懷抱素篤，友于之至，兼深家寶。奄有此恤，當何可言。臨白增悲，言以無次。〔註150〕

按語：《梁書卷五十·列傳第四十四·文學下·陸雲公》曰：「雲公……太清元年，卒，時年三十七。……張纘時為湘州，與雲公叔襄、兄晏子書。」〔註151〕推知此書牘作於陸雲公卒年梁武帝·太清元年。

## （十二）陳·陳後主〈與詹事江總書〉——陳後主·至德元年（583）

陳叔寶字元秀，小字黃奴，吳興·長城（今浙江·長興）人，生於梁元帝·承聖二年（553），卒於隋文帝·仁壽四年（604）。《陳書卷六·本紀第六·後主》曰：

後主諱叔寶，……高宗（宣帝）嫡長子也。梁承聖二年十一月戊寅生于江陵。明年，江陵陷，高宗遷關右，留後主于穰城。天嘉三年，歸京師，立為安成王世子。天康元年，授寧遠將軍，置佐史。光大二年，為太子中庶子，尋遷侍中，餘如故。

（宣帝）太建元年正月甲午，立為皇太子，十四年正月甲寅，高宗（宣帝）崩。乙卯，始興王叔陵作逆，伏誅。丁巳，太子即皇帝位于太極前殿。……

（至德）四年……冬十月癸亥，尚書僕射江總為尚書令，……禎明……三年己巳，後主與王公百司發自建鄴，入于長安。隋仁壽四年十一月壬子，薨於洛陽，時年五十二。追贈大將軍，封長城縣公，謚曰煬，葬河南洛陽之芒山。〔註152〕

江總字總持，濟陽·考城人，生於北魏孝明帝·神龜二年（519），卒於隋文帝·開皇十四年（594）。《陳書卷二十七·列傳第二十一·江總》曰：

晉散騎常侍統之十世孫。……幼聰敏，有至性。……遷左民尚書，

---

〔註150〕（清）嚴可均編：《全上古三代秦漢三國六朝文·全梁文》（臺北：世界書局，1963 年 5 月二版），卷 64，頁 9～10。

〔註151〕（唐）姚思廉撰：《梁書》（北京：中華書局，1973 年 5 月第 1 版），頁 725。

〔註152〕（唐）姚思廉撰：《陳書》（北京：中華書局，1974 年 2 月第 2 次印刷），頁 105～117。

轉太子詹事，中正如故。……後主即位，除祠部尚書，又領左驍騎
將軍，參掌選事。轉散騎常侍、吏部尚書。尋遷尚書僕射，參掌如
故。至德四年，加宣惠將軍，量置佐史。尋授尚書令，給鼓吹一部，
加扶，餘並如故。……禎明二年，進號中權將軍。京城陷，入隋，
為上開府。開皇十四年，卒於江都，時年七十六。〔註153〕

陸瑜字幹玉，吳郡‧吳人，生於梁武帝‧大同六年（540），卒於陳後主‧
至德元年（583）。《陳書卷三十四‧列傳第二十八‧文學》曰：

少篤學，美詞藻。州舉秀才。解褐驃騎安成王行參軍，轉軍師晉安
王外兵參軍、東宮學士。兄琰時為管記，並以才學娛侍左右，時人
比之二應。太建二年，太子釋奠于太學，宮臣並賦詩，命瑜為序，
文甚贍麗。遷尚書祠部郎中，丁母憂去職。服闋，為桂陽王明威將
軍功曹史，兼東宮管記。累遷永陽王文學、太子洗馬、中舍人。瑜
幼長讀書，晝夜不廢，聰敏彊記，一覽無復遺失。嘗受《莊》、《老》
於汝南周弘正，學《成實論》於僧滔法師，並通大旨。時皇太子好
學，欲博覽羣書，以子集繁多，命瑜鈔撰，未就而卒，時年四十四。
太子為之流涕，手令舉哀，官給喪事，并親製祭文，遣使者弔祭。
仍與詹事江總書。……至德二年，追贈光祿卿。〔註154〕

陳後主〈與詹事江總書〉云：

管記陸瑜，奄然殂化，悲傷悼惜，此情何已！

吾生平愛好，卿等所悉。自以學涉儒雅，不逮古人，欽賢慕士，是
情尤篤。梁室亂離，天下靡沸，書史殘缺，禮樂崩淪。晚生後學，
匪無墻面，卓爾出群，斯人而已。

吾識覽雖局，未曾以言議假人，至於片善小才，特用嗟賞。**況復洪
識奇士，此故忘言之地。論其博綜子史，諳究儒墨，經耳無遺，觸
目成誦，一襃一貶，一激一揚，語玄析理，披文摘句，未嘗不聞者
心伏，聽者解頤，會意相得，自以為布衣之賞。

吾監撫之暇，事陳之辰，頗用譚笑娛情，琴樽間作，雅篇豔什，迭

---

〔註153〕（唐）姚思廉撰：《陳書》（北京：中華書局，1974年2月第2次印刷），頁
　　　　343～346。
〔註154〕（唐）姚思廉撰：《陳書》（北京：中華書局，1974年2月第2次印刷），頁
　　　　463～464。

互鋒起。每清風朗月，美景良辰，對群山之參差，望巨波之混漾，或玩新花，時觀落葉，既聽春鳥，又聆秋鴈，未嘗不促膝舉觴，連情發藻，且代琢磨，間以嘲謔，俱怡耳目，並留情致。自謂百年爲速，朝露可傷，豈謂玉折蘭摧，遽從短運！爲悲爲恨，當復何言！

遺跡餘文，觸目增泫！絕絃投筆，恆有酸恨！以卿同志，聊復敍懷。

涕之無從，言不寫意。〔註155〕

書牘中對陸瑜的文才學識加以讚賞，且表現陳後主對詩歌創作的傾向於「娛情」。書牘云：「每清風朗月，美景良辰，對群山之參差，望巨波之混漾，或玩新花，時觀落葉，既聽春鳥，又聆秋鴈。」面對自然美景而「連情發藻」，抒發性靈，使詩富有「情致」。

按語：《南史卷四十八・列傳第三十八陸慧曉附陸瑜傳》曰：「時皇太子（陳叔寶）好學，欲博覽羣書，以子集繁多，命瑜抄撰，未就而卒。太子爲之流涕，視製祭文，仍與詹事江總論述其美，詞甚傷切。」〔註156〕姑繫此書牘作於陸瑜卒年陳後主・至德元年。

## （十三）北魏・中山王熙將死〈與知故書〉──北魏孝明帝・正光元年（520）

拓跋熙字眞興，生年不詳，卒於北魏孝明帝・正光元年（520）。後魏宗室。《魏書・南安王楨附傳》曰：

好學，俊爽有文才，爲清河王懌所昵，官至相州刺史。正光元年八月起兵討元叉，被殺。靈太后反政，贈太尉冀州刺史，諡文莊王。

〔註157〕

中山王熙將死〈與知故書〉云：

吾與弟竝蒙皇太后知遇，兄據大州，弟則入侍，殷勤言色，恩同慈母。今皇太后見廢北宮，太傅清河王，橫受屠酷，主上幼年，獨在前殿。君親如此，無以自安，故率兵民建大義于天下。但智力淺短，旋見囚執，上慙朝廷，下愧相知。本以名義干心，不得不爾，流腸

---

〔註155〕 （陳）陳後主撰：《陳後主集》見（明）張溥輯：《漢魏六朝百三家集》（明崇禎間（1628～1644）太倉張氏原刊本），頁 15～16。

〔註156〕 （唐）李延壽撰：《南史》（北京：中華書局，1975 年 6 月第 1 版），頁 1203。

〔註157〕 （北齊）魏收撰：《魏書》（北京：中華書局 1974 年 6 月），頁 100。

碎首，復何言哉！昔李斯憶上蔡黃犬，陸機想華亭鶴唳。豈不以恍
惚無際，一去不還者乎？今欲對秋月，臨春風，藉芳草，蔭花樹，
廣召名勝，賦詩洛濱，其可得乎！凡百君子，各敬爾宜，為國為身，
善勖名節，立功立事，為身而已，吾何言哉！〔註158〕

按語：拓跋熙好文學，多與才學之士交，將死時，嘗遺書與知故訣別。
拓跋熙卒於北魏孝明帝‧正光元年，姑繫書牘作於此年。

## （十四）北周‧王褒〈與梁處士周弘讓書〉——北周‧明帝元年
　　　　（557）

嗣宗窮途，楊朱岐路，征蓬長逝，流水不歸，舒慘殊方，炎涼異節，
木皮春厚，桂樹冬榮，想攝衛惟宜，動靜多豫。賢兄入關，敬承欸
曲，猶依杜陵之水，尚保池陽之田，鏟跡幽蹊，銷聲窮谷，何其愉
樂。幸甚！幸甚！

弟昔因多疾，亟覽九仙之方，晚涉世途，常懷五嶽之舉。同夫關令，
物色異人。譬彼客卿，服膺高士，《上經》說道，屢聽玄北之談，中
藥養人，每稟丹砂之說。頃年事遒盡，容髮衰謝，芸其黃矣。零落
無時，還念生涯，繁憂摠集。視陰惕日，猶趙孟之徂年，負杖行吟，
同劉琨之積慘。河陽北臨，空思鞏縣，霸陵南望，還見長安，所冀
書生之魂，來依舊壤，射聲之鬼，無恨他鄉。

白雲在天，長離別矣，會見之期，邈無日矣，援筆攬紙，龍鐘橫
集。〔註159〕

按語：《梁書卷四十一‧列傳第三十五‧附王規》曰：「（梁元帝）承聖三
年，江陵陷，入于周。」〔註160〕王褒在書中沉痛地表達了他流落不歸的生活
情緒，他在流寓異域中對於故國的懷念，情致悱惻動人。《周書卷四十一‧列
傳第三十三‧王褒》曰：

孝閔帝踐阼，封石泉縣子，……東宮既建，授太子少保，遷小司空，
仍掌綸誥。乘輿行幸，褒常侍從。初，褒與梁處士汝南周弘讓相善。

〔註158〕（清）嚴可均編：《全上古三代秦漢三國六朝文‧全後魏文》（臺北：世界書
　　　　局，1963 年 5 月二版），卷 18，頁 5～6。
〔註159〕（北周）王褒撰：《王司空集》見（明）張溥輯：《漢魏六朝百三家集》（明崇
　　　　禎間（1628～1644）太倉張氏原刊本），頁 6。
〔註160〕（唐）姚思廉撰：《梁書》（北京：中華書局，1973 年 5 月第 1 版），頁 583。

及弘讓兄弘正自陳來聘，高祖許褒等通親知音問。褒贈弘讓詩，并致書。〔註161〕

姑繫此書牘作於北周明帝元年。

## 四、恬淡

人生於世，有些人一生一路走來風平浪靜，但有些人卻是坎坷一生，經不同人生歷練後，體會出世態炎涼的現實。因此不同的人生經歷，對人生都有一些不同的看法、評價和處世態度，有些人選擇奮鬥、進取，有些人選擇逃避、冷漠，有些人選擇沮喪、墮落，恬淡也是人生處世態度的一種模式。如魏‧應璩〈與從弟君苗君胄書〉云：「吾方欲秉耒耜於山陽，沉鉤緡於丹水，知其不如古人遠矣。」王羲之〈與吏部郎謝萬書〉云：「比當與安石東游山海，并行田視地利，頤養閑曠。」就是恬淡的最佳寫照。

### （一）魏‧應璩〈與從弟君苗、君胄書〉──魏齊王‧嘉平二年（250）

璩報：

間者北游，喜歡無量；登芒濟河，曠若發蒙。風伯埽涂，雨師灑道，按轡清路，周望山野，亦既至止，酌彼春酒。接武茅茨，凉過大夏。扶寸肴修，味踰方丈。逍遙陂塘之上，吟詠苑柳之下，結春芳以崇佩，折若華以翳日。弋下高雲之鳥，餌出深淵之魚，蒲且讚善，便嬛稱妙，何其樂哉！雖仲尼忘味於虞《韶》，楚人流遁於京臺，無以過也。班嗣之書，信不虛矣。

來還京都，塊然獨處。營宅濱洛，困於囂塵，思樂汶上，每發於寤寐。昔伊尹輟耕，郅惲投竿，思致君於有虞，濟蒸人於塗炭。而吾方欲秉耒耜於山陽，沉鉤緡於丹水，知其不如古人遠矣。然山父不貪天下之樂，曾參不慕晉、楚之富，亦其志也。前者，邑人念弟無已，欲令州郡崇禮，師官授邑，誠美意也。歷觀前後，來入軍府，至有皓首，猶未遇也。徒有饑寒駿奔之勞。俟河之清，人壽幾何？且宦無金、張之援，游無子孟之資，而圖富貴之榮，望殊意之寵，是隴西之游，越人之射耳。

---

〔註161〕（唐）令狐德棻撰：《周書》（北京：中華書局，1983年10月第3次印刷），頁731～733。

　　幸賴先君之靈，免負擔之勤，追蹤丈人，畜雞種黍，潛精墳籍，立身揚名，斯爲可矣。無或游言，以增邑邑。郊牧之田，宜以爲意。廣開土宇，吾將老焉。劉、杜二生，想數往來。朱明之期，已復至矣！

　　相見在近，故不復爲言。慎（盛）夏自愛。

　　璩白。〔註 162〕

　　璩欲歸田，故報二從弟。作者所說的「宦無金張之援，游無子孟之資，而圖富貴之榮，望殊意之寵，是隴西之游，越人之射耳」，卻是彼時遊仕求官的眞實寫照，反映了作者憤激的感情。

　　從正面引入，娓娓道來，具有自然移情的感染力。又喻之以理，說明當今世道混亂，非世族豪門、資財豐厚者，富貴難期、榮華無望，不要熱衷官場、仕途。有識之士雖奔走勞苦，而白首功名未就，即是實例。論述簡要中肯，頗有說服力。本文的特點是，情、理兼具，論述懇切而委婉，語重心長，盡規勸之責，而無強制之意。寫得親切自然、灑脫，不事雕琢。

　　按語：《三國志卷二十一・魏書・附王粲傳第二十一》曰：「瑒弟璩，……官至侍中。」注引《文章敘錄》曰：「齊王即位，稍遷侍中、大將軍長史。曹爽秉政，多違法度，璩爲詩以諷焉。其言雖頗諧合，多切時要，世共傳之。復爲侍中，典著作。」〔註 163〕

　　《三國志卷二十九・魏書・方伎傳第二十九・朱建平傳》曰：「璩六十一爲侍中，直省內。欣見白狗，問之眾人，悉無見者。於是數聚會，并急游觀田里，飲宴自娛，過期一年，六十三卒。」〔註 164〕應璩生於漢獻帝・初平元年，姑繫此書牘作於魏齊王・嘉平二年。

## （二）西晉・羊祜〈與從弟琇書〉——西晉武帝・咸寧三年（277）

　　羊祜字叔子，泰山・南城（今山東・費縣西南）人，生於蜀漢昭烈帝・章武元年（221），卒於西晉武帝・咸寧四年（278）。《晉書卷三十四・列傳第

〔註 162〕（魏）應璩撰：《魏應休璉集》見（明）張溥輯：《漢魏六朝百三家集》（明崇禎間（1628～1644）太倉張氏原刊本），頁 6～7。

〔註 163〕（晉）陳壽撰，（劉宋）裴松之注：《三國志》（北京：中華書局，1982 年 7月第 2 版），頁 604。

〔註 164〕（晉）陳壽撰，（劉宋）裴松之注：《三國志》（北京：中華書局，1982 年 7月第 2 版），頁 809。

四·羊祜》曰：

> 世吏二千石，至祜九世，並以清德聞。祖續，仕漢南陽太守。父衜，
> 上黨太守。祜，蔡邕外孫（父再娶蔡邕女），生徽瑜（景帝司馬師妻），
> 景獻皇后同產弟。……及長，博學能屬文，……文帝爲大將軍，辟
> 祜，未就，公車徵拜中書侍郎，俄遷給事中、黃門郎。……陳留王
> 立，賜爵關中侯，……鍾會有寵而忌，祜亦憚之。及會誅，拜相國
> 從事中郎，與荀勖共掌機密。遷中領軍，悉統宿衛，入直殿中，執
> 兵之要，事兼內外。武帝受禪，以佐命之勳，進號中軍將軍，加散
> 騎常侍，改封郡公，……帝將有滅吳之志，以祜爲都督荊州諸軍事、
> 假節，散騎常侍、衛將軍如故。祜率營兵出鎮南夏，……祜之始至
> 也，軍無百日之糧，及至季年，有十年之積。……後加車騎將軍，
> 開府如三司之儀。……會吳人寇弋陽、江夏，略戶口，詔遣侍臣移
> 書詰祜不追討之意，并欲移州復舊之宜。……祜寢疾，求入朝。……
> 疾漸篤，乃舉杜預自代。尋卒，時年五十八。〔註165〕

羊琇字稚舒，泰山·南城（今山東·費縣西南）人，生卒年不詳。《晉書
卷九十三·列傳第六十三·外戚·羊琇》曰：

> 琇少舉郡計，參鎮西鍾會軍事，從平蜀。及會謀反，琇正言苦諫，
> 還，賜爵關內侯。琇涉學有智算，少與武帝通門，甚相親狎，……
> 初，帝未立爲太子，而聲論不及弟攸，文帝素意重攸，恆有代宗之
> 議。琇密爲武帝畫策，甚有匡救。……琇性豪侈，費用無復齊限，
> 而屑炭和作獸形以溫酒，洛下豪貴咸競效之。又喜遊讌，以夜續晝，
> 中外五親無男女之別，時人譏之。〔註166〕

羊祜〈與從弟琇書〉云：

> 吾以布衣，忝荷重任，每以尸素爲愧，大命既隆，唯江南未夷，此
> 人臣之責，是以不量所能，畢力吳會，當憑朝廷之威，賴士大夫之
> 謀，以全之舉，除萬世之患。年已朽老，既定邊事，當有角巾東路，
> 還歸鄉里，于墳墓側，爲容棺之墟，假日視息，思與後生味道，此
> 吾之至願也。以凡才而居重位，何能不懼盈滿以受責邪？疏廣是吾

---

〔註165〕（唐）房玄齡等撰：《晉書》（北京：中華書局，1982 年 12 月第 2 次印刷），
頁 1013～1021。

〔註166〕（唐）房玄齡等撰：《晉書》（北京：中華書局，1982 年 12 月第 2 次印刷），
頁 2410～2411。

師也，聖主明恕，當不奪微志爾。〔註167〕

羊祜是西晉武帝時的滅吳大將，所以有〈請伐吳疏〉向武帝建言滅吳大計。如書牘中云：「大命既隆，唯江南未夷，此人臣之責，是以不量所能，畢力吳會，當憑朝廷之威，賴士大夫之謀，以全克之舉，除萬世之患。」表露他心心念茲的就是滅吳事業。然他「以清德聞」，咸寧初，雖被封為南城侯，但上〈讓封南城侯表〉以明心志，如書牘中云：「既定邊事，當有角巾東路，還歸鄉里，于墳墓側，為容棺之墟，假日視息，思與後生味道，此吾之至願也。」從書牘中可見為國盡忠，但絕不居功，且學漢太傅疏廣，如其所曰：「賢而多財，則損其志；愚而多財，則益其過。且夫富者，眾人之怨也。」〔註168〕因此不為子孫置產。

按語：《晉書卷三十四・列傳第四・羊祜》曰：

> 咸寧初，為征南大將軍、開府儀同三司，得專辟召。……其後，……封祜為南城侯，置相，與郡公同。祜讓……祜女夫嘗勸祜「有所營置，令有歸戴者，可不美乎？」祜默然不應，退告諸子曰：「此可謂知其一，不知其二。人臣樹私則背公，是大惑也。汝宜識吾此意。」嘗與從弟琇書。〔註169〕

《晉書卷三・帝紀第三・武帝》曰：「咸寧三年……八月癸亥，徙……鋸平侯羊祜為南城侯。」〔註170〕姑繫此書牘作於西晉武帝・咸寧三年。

### （三）東晉・王羲之〈與吏部郎謝萬書〉——東晉穆帝・永和十一年（355）

王羲之字逸少，瑯邪・臨沂（今山東臨沂）人，生於東晉元帝・大興四年（321），卒於東晉孝武帝・太元四年（379）。《晉書卷八十・列傳第五十・王羲之》曰：

> 司徒導之從子也。……羲之幼訥於言，人未之奇。年十三，嘗謁周

---

〔註167〕（清）嚴可均編：《全上古三代秦漢三國六朝文・全晉文》（臺北：世界書局，1963年5月二版），卷41，頁7。

〔註168〕（漢）班固撰，（唐）顏師古注：《漢書・疏廣傳》（北京：中華書局，1975年4月第3次印刷），頁3040。

〔註169〕（唐）房玄齡等撰：《晉書》（北京：中華書局，1982年12月第2次印刷），頁1017～1020。

〔註170〕（唐）房玄齡等撰：《晉書》（北京：中華書局，1982年12月第2次印刷），頁68。

顗，顗察而異之。時重牛心炙，坐客未噉，顗先割啗義之，於是始
知名。……起家祕書郎，征西將軍庾亮請爲參軍，累遷長史。亮臨
薨，上疏稱義之清貴有鑒裁。遷寧遠將軍、江州刺史。〔註171〕

謝萬字萬石，生於東晉成帝・咸和六年（331），卒於東晉簡文帝・咸安
二年（372）。《晉書卷七十九・列傳第四十九・附謝安・謝萬傳》曰：

才器儁秀，雖器量不及安，而善自衒曜，故早有時譽。工言論，善
屬文，……弱冠，辟司徒掾，遷右西屬，不就。簡文帝作相，聞其
名，召爲撫軍從事中郎。……萬再遷豫州刺史、領淮南太守、監司
豫冀并四州軍事、假節。……萬既受任北征，矜豪懻物，嘗以嘯詠
自高，未嘗撫眾。……眾遂潰散，狼狽單歸，廢爲庶人。後復以爲
散騎常侍，會卒，時年四十二。〔註172〕

王義之〈與吏部郎謝萬書〉云：

古之辭世者，或被髮佯狂，或污身穢跡，可謂艱矣。今僕坐而獲免，
遂其宿心，其爲慶幸，豈非天賜，違天不祥。

頃東游還，脩植桑果，今盛敷榮，率諸子，抱弱孫，游觀其間，有
一味之甘，割而分之，以娛目前。雖植德無殊邈，猶欲教養子孫以
敦厚退讓。戒以輕薄，庶令舉策數馬，彷彿萬石之風，君謂此何
如？

比當與安石東游山海，并行田視地利，頤養閑曠。衣食之餘，欲與
親知時共歡讌，雖不能興言高詠，銜杯引滿，語田里所行，故以爲
撫掌之資，其爲得意，可勝言耶！常依陸賈、班嗣、楊王孫之處世，
甚欲希風數子，老夫志願盡於此矣。〔註173〕

按語：東晉時玄風仍然餘波盪漾，王義之與當權者多牴觸，難免亦受此
風影響，故在此書牘中敘述依天地，法自然，不爲物役的清曠心境。《晉書卷
八十・列傳第五十・王義之》曰：

時驃騎將軍王述少有名譽，與義之齊名，而義之甚輕之，由是情好

〔註171〕（唐）房玄齡等撰：《晉書》（北京：中華書局，1982 年 12 月第 2 次印刷），
　　　　頁 2093～2094。
〔註172〕（唐）房玄齡等撰：《晉書》（北京：中華書局，1982 年 12 月第 2 次印刷），
　　　　頁 2086～2087。
〔註173〕（晉）王義之撰：《王右軍集》見（明）張溥輯：《漢魏六朝百三家集》（明崇
　　　　禎間（1628～1644）太倉張氏原刊本），卷 1，頁 9。

不協。述先爲會稽，以母喪居郡境，羲之代述，止一弔，遂不重詣。
述每聞角聲，謂羲之當候己，輒洒掃而待之。如此者累年，而羲之
竟不顧，述深以爲恨。及述爲揚州刺史，將就徵，周行郡界，而不
過羲之，臨發，一別而去。……述後檢察會稽郡，辯其刑政，主者
疲於簡對。羲之深恥之，遂稱病去郡，於父母墓前自誓曰：「維永和
十一年三月癸卯朔，……」……羲之既去官，與東士人士盡山水之
游、弋釣爲娛。初，羲之既優游無事，與吏部郎謝萬書。〔註174〕

姑繫此書牘作於東晉穆帝・永和十一年。

### （四）劉宋・陶潛〈與子儼等疏〉──晉恭帝・元熙二年（420）

陶潛一名元亮，東晉亡後更名潛，字淵明，潯陽・柴桑（今江西九江）
人，生於晉哀帝・興寧三年（365），卒於宋文帝・元嘉四年（427）。《晉書卷
九十四・列傳第六十四・隱逸》曰：

大司馬侃之曾孫也。祖茂，武昌太守。潛少懷高尚，博學善屬文，
穎脱不羈，任眞自得，爲鄉鄰之所貴。……以親老家貧，起爲州祭
酒，不堪吏職，少日自解歸。……復爲鎭軍、建威參軍，謂親朋曰：
「聊欲絃歌，以爲三徑之資可乎？」執事者聞之，以爲彭澤令。郡
遣督郵至縣，吏白應束帶見之，潛歎曰：「吾不能爲五斗米折腰，拳
拳事鄉里小人邪！」

（東晉安帝）義熙二年，乃賦〈歸去來〉。……頃之，徵著作郎，不
就。……嘗言夏月虛閑，高臥北窗之下，清風颯至，自謂羲皇上
人。性不解音，而畜素琴一張，絃徽不具，每朋酒之會，則撫而和
之，曰：「但識琴中趣，何勞絃上聲！」以宋元嘉中卒，時年六十
三。〔註175〕

陶潛〈與子儼等疏〉云：

告儼、俟、份、佚、佟：

天地賦命，生必有死，自古賢聖，誰能獨免？子夏有言：「死生有
命，富貴在天。」四友之人，親受音旨，發斯談者，將非窮達不可

妄求，壽天永無外請故耶？

吾年過五十，少而窮苦，每以家弊，東西游走。性剛才拙，與物多忤。自量爲己，必貽俗患。俛俛辭世，使汝等幼而飢寒。余嘗感孺仲賢妻之言，敗絮自擁，何慙兒子？此既一事矣，但恨鄰靡二仲，室無萊婦，抱茲苦心，良獨内愧。

少學琴書，偶愛閒靜，開卷有得，便欣然忘食。見樹木交蔭，時鳥變聲，亦復歡然有喜。常言：五、六月中，北窻下臥，遇凉風暫至，自謂是羲皇上人。意淺識罕，謂斯言可保。日月遂往，機巧好踈，緬求在昔，眇然如何！病患以來，漸就衰損，親舊不遺，每以藥石見救，自恐大分將有限也。

汝輩稚小家貧，每役柴水之勞，何時可免？念之在心，若何可言！然汝等雖不同生，當思四海皆兄弟之義。鮑叔、管仲，分財無猜；歸生、伍舉，班荊道舊，遂能以敗爲成，因喪立功。他人尚爾，况同父之人哉？潁川韓元長，漢末名士，身處卿佐，八十而終，兄弟同居，至於沒齒；濟北氾稚春，晉時操行人也，七世同財，家人無怨色。《詩》曰：「高山仰止，景行行止。」雖不能爾，至心尚之。

汝其慎哉！吾復何言。〔註176〕

這是淵明給兒子陶儼等的信。《宋書‧隱逸傳》、《南史‧隱逸傳》均言淵明「與子書以言其志，並爲訓誡」，可見「疏」就是書牘的意思。信中淵明自覺年壽有限，但他坦然面對，但使兒子們「飢寒」的處境，希望兒子們能理解、體諒。淵明滿懷著愛子深情，諄諄告誡兒子們「思四海皆兄弟之義」，以古今品德高尚的人爲榜樣，彼此眞誠相待、相扶相持。書牘中語言樸素平易，卻蘊涵著眞摯的感情。

按語：《宋書卷九十三‧列傳第五十三‧隱逸‧陶潛》曰：

義熙末，徵著作佐郎，不就。……潛弱年薄宦，不潔去就之迹，自以曾祖晉世宰輔，恥復屈身後代，自高祖王業漸隆，不復肯仕。所著文章，皆題其年月，義熙以前，則書晉氏年號，自（劉宋武帝）永初以來，唯云甲子而已。與子書以言其志，并爲訓戒。〔註177〕

---

〔註176〕（劉宋）陶潛撰：《陶彭澤集》見（明）張溥輯：《漢魏六朝百三家集》（明崇禎間（1628～1644）太倉張氏原刊本），頁9～10。

〔註177〕（梁）沈約撰：《宋書》（北京：中華書局，1983年4月第2次印刷），頁2288

陶澍《靖節先生年譜考異‧下》稱「〈與子儼等疏〉，當在劉宋受禪後，必非作於甫過五十之時。〈疏〉末曰：『濟北氾稚春，晉時操行人也。』若五十一歲，尙在義熙年間（按，晉安帝‧義熙十一年，淵明五十一歲），宜云『今之操行人』，不當謂『晉時』也。」〔註178〕因爲依據慣例，本朝人記本朝事一般是不標明朝代的，稱氾稚春是「晉時人」，就說明此信作於晉亡以後。晉亡於晉恭帝‧元熙二年（420）六月，時淵明五十六歲。回顧自己年少時喜好閑靜，酷愛自然的志趣時，更是用詩的語言作了形象的描繪，景眞情眞，使人有身臨其境之感。

### （五）劉宋‧雷次宗〈與子姪書〉——劉宋文帝‧元嘉十二年（435）

雷次宗字仲倫，豫章‧南昌人，生於東晉孝武帝‧太元十一年（386），卒於劉宋文帝‧元嘉二十五年（448）。《宋書卷九十三‧列傳第五十三‧隱逸》曰：

> 少入廬山，事沙門釋慧遠，篤志好學，尤明《三禮》、《毛詩》，隱退不交世務。……二十五年，卒於鍾山，時年六十三。〔註179〕

雷次宗〈與子姪書〉云：

> 夫生之脩短，咸有定分，定分之外，不可以智力求，但當於所稟之中，順而勿率耳。吾少嬰羸患，事鍾養疾，爲性好閑，志栖物表，故雖在童羈之年，已懷遠迹之意。暨于弱冠，遂託業廬山，逮事釋和尚。于時師友淵源，務訓弘道，外慕等夷，內懷徘發，於是洗氣神明，玩心《墳》、《典》，勉志勤躬，夜以繼日。爰有山水之好，悟言之歡，寔足以通理輔性，成夫靈靈之業，樂以忘憂，不知朝日之晏矣。自遊道餐風，二十餘載，淵匠既傾，良朋凋索，續以釁逆違天，備嘗荼蓼，疇昔誠願，頓盡一朝，心慮荒散，情意衰損，故遂與汝曹歸耕壟畔，山居谷飲，人理久絕。
>
> 日月不處，忽復十年，犬馬之齒，已踰知命。崦嵫將迫，前塗幾何，實遠想尚子五岳之舉，近謝居室瑣瑣之勤，及今耄未至惛，衰不及

---

～2289。

〔註178〕（清）陶澍撰：《晉陶靖節先生潛年譜》（臺北：臺灣商務印書館，1978 年 12 月初版），頁 60。

〔註179〕（梁）沈約撰：《宋書》（北京：中華書局，1983 年 4 月第 2 次印刷），頁 2292 ～2294。

頓，尚可屬志於所期，縱心於所託，棲誠來生之津梁，專氣暮年之攝養，玩歲日於良辰，偷餘樂於將除，在心所期，盡於此矣。汝等年各成長，冠娶已畢，脩惜衡泌，吾復何憂。但願守全所志，以保令終耳。

自今以往，家事大小，一勿見關，子平之言，可以爲法。〔註180〕

按語：《宋書卷九十三・列傳第五十三・隱逸》曰：「本州辟從事，員外散騎侍郎徵，並不就。與子姪書以言所守。……元嘉十五年，徵次宗至京師，開館於雞籠山，聚徒教授，置生百餘人。會稽朱膺之、潁川庾蔚之並以儒學，監總諸生。」〔註181〕雷次宗〈與子姪書〉云：「日月不處，忽復十年，犬馬之齒，已踰知命。」《論語・爲政》曰：「四十而不惑，五十而知天命。」姑繫此書牘作於劉宋文帝・元嘉十二年。

## （六）梁・張充〈與尚書令王儉書〉──南齊高帝・建元四年（482）

張充字延符，吳郡人。《全上古三代秦漢三國六朝文・全梁文・卷五十四・張充》曰：

宋太光祿大夫永從孫。齊永明中行撫軍參軍，遷太子舍人、尚書殿中郎。武陵王友免起爲中書侍郎，轉給事黃門侍郎。明帝鎮軍長史，出爲義興太守，歷太子中庶子，遷侍中。梁臺建，以爲大司馬諮議參軍，遷梁國郎中令，祠部尚書領屯騎校尉，轉冠軍將軍，司徒左長史。天監初，除太常卿遷吏部尚書，出爲晉陵太守，徵拜國子祭酒，歷左衛將軍、尚書僕射，除吳郡太守。十三年卒，贈侍郎護軍將軍。諡曰穆子。〔註182〕

王儉字仲實，琅琊・臨沂（今山東臨沂）人，生於劉宋文帝・元嘉二十九年（452），卒於齊武帝・永明七年（489）。《南齊書卷二十三・列傳第四・王儉》曰：

父僧綽，金紫光祿大夫。儉生而僧綽遇害，爲叔父僧虔所養。數歲，襲爵豫（章）〔寧〕侯，拜受茅土，流涕嗚咽。幼有神彩，專心

〔註180〕（清）嚴可均輯：《全上古三代秦漢三國六朝文・全宋文》（臺北：世界書局，1982 年 2 月 4 版），卷 29，頁 9。

〔註181〕（梁）沈約撰：《宋書》（北京：中華書局，1983 年 4 月第 2 次印刷），頁 2293～2294。

〔註182〕（清）嚴可均編：《全上古三代秦漢三國六朝文・全梁文》（臺北：世界書局，1963 年 5 月二版），卷 54，頁 1。

篤學，手不釋卷。丹陽尹袁粲聞其名，言之於（劉宋）明帝，尚陽
羨公主，拜駙馬都尉。……齊臺建，遷右僕射，領吏部，時年二十
八。……（南齊高帝）建元元年，改封南昌縣公，食邑二千戶。明
年，轉左僕射，領選如故。……尋以本官領太子詹事，加兵二百
人。……（南齊武帝）永明元年，進號衛軍將軍，參掌選事。二年，
領國子祭酒、丹陽尹，本官如故。三年，領國子祭酒。……四年，
以本官領吏部。……五年，即本號開府儀同三司，固讓。六年，重
申前命。……七年……改領中書監，參掌選事。其年疾，上親臨視，
薨，年三十八。〔註183〕

張充〈與尚書令王儉書〉云：

吳國男子張充，致書於琅琊王君侯侍者：

項日路長，愁霖韜晦，涼暑未平，想無虧攝，充幸以魚釣之閑，鐮
採之暇，時復以卷軸自娛，逍遙前史，從橫萬古，動默之路多端，
紛綸百年，昇降之徒不一，故以圓行方止，用之異也。金剛水柔，
性之別也，善御性者，不違金石之質，善為器者，不易方圓之用，
所以北海掛簪帶之高，河南降璽言之貴，充生平少偶，不以利欲干
懷三十六年，差得以棲貧自澹，介然之志，峭聳霜崖，確乎之情，
峰橫海岸，影縈天閣，既謝廊廟之華，綴組雲臺，終慙衣冠之秀，
所以擯跡江皐，佯狂隴畔者，實由氣岸疏凝，情塗狷隔，獨師懷抱，
不見許於俗人，孤秀神崖，每遭回於在世，故君山直上，靡壓於當
年，叔陽皇舉，惔懍乎千載。充所以長羣魚鳥，畢影松阿，半頃之
田，足以輸稅，五畝之宅，樹以桑麻，嘯歌於川澤之間，諷咏於澠
池之上，泛濫於漁父之遊，偃息於卜居之下，如此而已，充何識焉。
若夫驚巖罩日，壯海逢天，竦石崩尋，分危落仞，桂蘭綺靡，叢雜
於山幽，松柏森陰，相繚於澗曲。元卿於是乎不歸，伯休亦以茲長
往，若迺飛竿釣渚，濯足滄洲，獨浪煙霞，高臥風月，悠悠琴酒，
岫遠誰來，灼灼文談，空罷方寸，不覺鬱然，千里路阻江川，每至
西風，何嘗不眷，聊因疾隙，略舉諸襟，持此片言，輕杆高聽，丈
人歲路未彊，學優而仕，道佐蒼生，功橫海望，入朝則協長倩之誠，

出議則抗仲子之節，可謂盛德維時，孤松獨秀者也，素履未詳，斯
旅尚眇，茂陵之彥，望冠蓋而長懷，霸山之氓，佇衣車而聳歎，得
無惜乎。若鴻裝撰御，鶴駕軒空，則岸不辭枯，山被其潤，奇禽異
羽，或巖際而逢迎，若弱霧輕煙，乍林端而菴藹，東都不足奇，南
山豈為貴，充崑西之百姓，岱表之一民，蠶而衣，耕且食，不能事
王侯，覓知己，造時人，騁遊說，蓬轉於屠博之間，其歡甚矣。丈
人早遇承華，中逢崇禮，肆上之眷，望溢於早辰，鄉下之言，謬延
於造次，然舉世皆謂充為狂，充亦何能與諸君道之哉。是以披聞見，
掃心膂，述平生，論語默，所以通夢交魂，推衿送抱者，其惟丈人
而已，關山夐阻，書罷莫因，儻遇樵者，妄塵執筆。〔註184〕

按語：《南齊書卷二十三・列傳第四・王儉》曰：「上崩〔註185〕，遺詔以
儉為侍中、尚書〔令〕、（左）鎮軍將軍。」〔註186〕書牘題名〈與尚書令王儉
書〉，姑繫此書牘作於南齊高帝・建元四年。

## （七）北齊・祖鴻勳〈與陽休之書〉——北魏孝莊帝・永安元年（528）

祖鴻勳，涿郡・范陽（今北京市）人，生年不詳，卒於北齊文宣帝・天
保元年（550）。《北齊書卷四十五・列傳第三十七・文苑・祖鴻勳》曰：

弱冠與同郡盧文符並為州主簿。僕射臨淮王彧表薦鴻勳有文學，宜
試以一官，敕除奉朝請。人謂之曰：「臨淮舉卿，便以得調，竟不相
謝，恐非其宜。」鴻勳曰：「為國舉才，臨淮之務，祖鴻勳何事從而
謝之，或聞而喜曰：『吾得其人矣』及葛榮南逼出為防河別將，守滑
臺。……天保初卒官。〔註187〕

陽休之字子烈，右北平・無終人，生於梁武帝・天監八年（509），卒於
隋開皇二年（582）。《北齊書卷四十二・列傳第三十四・陽休之》曰：

〔註184〕（清）嚴可均編：《全上古三代秦漢三國六朝文・全梁文》（臺北：世界書局，
　　　　1963 年 5 月二版），卷 54，頁 1～2。
〔註185〕（梁）蕭子顯撰：《南齊書》（北京：中華書局，1972 年 1 月第 1 版），頁 38。
　　　　《南齊書卷二・本紀第二・高帝下》曰：
　　　　（建元四年）三月……壬戌，上崩于臨光殿，年五十六。
〔註186〕（梁）蕭子顯撰：《南齊書》（北京：中華書局，1972 年 1 月第 1 版），頁
　　　　436。
〔註187〕（唐）李百藥撰：《北齊書》（北京：中華書局，1973 年 4 月第 2 次印刷），
　　　　頁 605～606。

父固，魏洛陽令，贈太常少卿。休之儁爽有風概，少勤學，愛文藻，弱冠擅聲，爲後來之秀。……（北魏）莊帝立，解褐員外散騎侍郎，尋以本官領御史，遷給事中、太尉記室參軍，加輕車將軍。……（北魏節閔帝）普泰中，兼通直散騎侍郎，加鎮遠將軍，尋爲太保長孫稚府屬。……（北魏孝武帝）太昌初，除尚書祠部郎中，尋進征虜將軍、中散大夫。……（東魏孝靜帝）元象初，錄荊州軍功，封新泰縣開國伯，食邑六百户，除平東將軍、太中大夫、尚書左民郎中。（東魏孝靜帝）興和二年，兼通直散騎常侍，副清河崔長謙使於梁。（東魏孝靜帝）武定二年，除中書侍郎。……五年，兼尚食典御。七年，除太子中庶子，遷給事黃門侍郎，進號中軍將軍、幽州大中正。八年，兼侍中，持節奉璽書詣并州，……齊受禪，除散騎常侍，修起居注。……尋以禪讓之際，參定禮儀，別封始平縣開國男，以本官兼領軍司馬。後除都水使者，歷司徒掾、中書侍郎，尋除中山太守。……（北齊廢帝）乾明元年，兼侍中，巡省京邑。仍拜大鴻臚卿，領中書侍郎。……（北齊武成帝）大寧中，除都官尚書，轉七兵、祠部。（北齊武成帝）河清三年，出爲西兗州刺史。（北齊後主）天統初，徵爲光祿卿，監國史。……（北齊後主）武平元年，除中書監，尋以本官兼尚書右僕射。二年，加左光祿大夫，兼中書監。三年，加特進。五年，正中書監，餘並如故。尋以年老致仕，抗表辭位，帝優答不許。六年，除正尚書右僕射。未幾，又領中書監。……周武平齊，……令隨駕後赴長安。……尋除開府儀同，歷納言中大夫、太子少保。大象末，進位上開府，除和州刺史。隋開皇二年，罷任，終於洛陽，年七十四。〔註188〕

祖鴻勳〈與陽休之書〉云：

陽生大弟：

吾比以家貧親老，時還故郡。在本縣之西界，有雕山焉。其處閑遠，水石清麗，高巖四匝，良田數頃，家先有野舍于斯，而遭亂荒廢，今復經始。即石成基，憑林起棟。蘿生映宇，泉流遶階。月松風草，緣庭綺合，日華雲實，旁沼星羅。簷下流**烟**，共霄氣而舒卷，園中

---

〔註188〕（唐）李百藥撰：《北齊書》（北京：中華書局，1973 年 4 月第 2 次印刷），
　　　　頁 560～56。

桃李，雜椿柏而蒽蒨。時一褰裳涉澗，負杖登峯，心悠悠以孤上，身飄飄而將逝，杳然不復自知在天地閒矣。若此者久之，乃還所住。孤坐危石，撫琴對水，獨詠山阿，舉酒望月，聽風聲以興思，聞鶴唳以動懷。企莊生之逍遙，慕尚子之清曠。首戴萌蒲，身衣縕襏，出薅粱稻，歸奉慈親，緩步當車，無事爲貴，斯已適矣，豈必撫塵哉。

而吾生既繫名聲之韁鑶，就良工之剞劂。振佩紫臺之上，鼓袖丹墀之下。采金匱之漏簡，訪玉山之遺文。敝精神於丘墳，盡心力于河漢。摛藻期之璧繡，發議必在芬香。茲自美耳，吾無取焉。

嘗試論之，夫崑峯積玉，光澤者前毀；瑤山叢桂，芳茂者先折。是以東都有挂冕之臣，南國見捐情之士。斯豈惡梁錦，好蔬布哉？蓋欲保其七尺，終其百年耳。今弟官位既達，聲華已遠。象由齒斃，膏用明煎。既覽老氏谷神之談。應體留侯止足之逸。若能翻然清尚，解佩捐簪，則吾于茲山莊，可辦一得。把臂入林，挂巾垂枝，攜酒登巘，舒席平山，道素志，論舊款，訪丹法，語玄書，斯亦樂矣，何必富貴乎？去矣陽子，途乖趣別，緬尋此旨，杳若天漢。已矣哉。書不盡意。〔註189〕

魏晉南北朝時期社會動蕩不安，官場黑暗使許多人產生老莊思想。在信中「蘿生映宇，泉流遶階。月松風草，緣庭綺合，日華雲實，旁沼星羅。」祖鴻勳把感情寄託於山水，融入自己的思想情趣，無一物不滲透出靈氣。

按語：《北齊書卷四十五・列傳第三十七・文苑・祖鴻勳》曰：

（北魏孝莊帝）永安初，元羅爲東道大使，署封隆之、邢邵、李渾、李象、鴻勳並爲子使。除東濟北太守，以父老疾爲請，竟不之官。後城陽王徽奏鴻勳爲司徒法曹參軍事，赴洛，徽謂之曰：「吾聞臨淮相舉，竟不到門，今來何也？」鴻勳曰：「今來赴職，非爲謝恩。」轉廷尉正。後去官歸鄉里。與陽休之書。」〔註190〕

姑繫此書牘作於北魏孝莊帝・永安元年。

〔註189〕（清）嚴可均輯：《全上古三代秦漢三國六朝文・全北齊文》（臺北：世界書局，1982 年 2 月 4 版），卷 2，頁 11～12。

〔註190〕（唐）李百藥撰：《北齊書》（北京：中華書局，1973 年 4 月第 2 次印刷），頁 605。

## 五、惻豔

　　惻豔指書牘文辭華麗玄奇，讀之令人惻然。如陳‧伏知道〈爲王寬與婦義安主書〉云：「恆開錦幔，速望人歸，鏡臺新去，應餘落粉，熏鑪未徙，定有餘煙。」一幅美女想情人早歸，坐於妝臺前之景象油然而生。梁‧何遜〈爲衡山侯與婦書〉、陳‧伏知道〈爲王寬與婦義安主書〉和北周‧庾信〈爲梁上黃侯世子與婦書〉並稱六朝香奩三絕作。

### （一）梁‧何遜〈爲衡山侯與婦書〉──梁武帝‧天監十六、七年（517～518）

　　何遜字仲言，東海‧郯（山東‧郯城縣西南）人，生於劉宋後廢帝‧元徽三年（475），卒於梁武帝‧天監十七年（518）。《梁書卷四十九‧列傳第四十三‧文學上‧何遜》曰：

> 曾祖承天，宋御史中丞。……八歲能賦詩，弱冠州舉秀才，南鄉范雲見其對策，大相稱贊，因結忘年交好。……沈約亦愛其文，嘗謂遜曰：「吾每讀卿詩，一日三復，猶不能已。」……天監中，起家奉朝請，遷中衛建安王水曹行參軍，兼記室。王愛文學之士，日與遊宴，及遷江州，遜猶掌書記。還爲安西安成王參軍事，兼尚書水部郎，母憂去職。服闋，除仁威盧陵王記室，復隨府江州，未幾卒。……初，遜文章與劉孝綽並見重於世，世謂之「何劉」。世祖著論論之云：「詩多而能者沈約，少而能者謝朓、何遜。」〔註191〕

《南史卷三十三‧列傳第二十三‧附何承天傳‧何遜》曰：

> 遜……八歲能賦詩，弱冠，州舉秀才。梁天監中，爲尚書水部郎，南平王引爲賓客，掌記室事，後薦之武帝，與吳均俱進倖。後稍失意，帝曰：「吳均不均，何遜不遜。未若吾有朱异，信則異矣。」自是疏隔，希復得見。〔註192〕

　　蕭恭字敬範，生於南齊明帝‧永泰元年（498），卒於南梁武帝‧太清三年（549）。《梁書卷二十二‧列傳第十六‧太祖五王‧南平元襄王偉傳》曰：

> 太祖十男。……陳太妃生……南平元襄王偉。……偉四子：恪、恭、虔、祗。恭……天監八年，封衡山縣（今湖南衡陽縣東北）侯，……善解吏事，所在見稱，而性尚華侈，廣營第宅，重齋步櫩，模寫宮

---

〔註191〕　（唐）姚思廉撰：《梁書》（北京：中華書局，1973 年 5 月第 1 版），頁 693。
〔註192〕　（唐）李延壽撰：《南史》（北京：中華書局，1975 年 6 月第 1 版），頁 871。

殿。尤好賓友，酬讌終辰，座客滿筵，言談不倦。……侯景亂，卒
于城中，時年五十二。〔註193〕

何遜〈爲衡山侯與婦書〉云：

昔人邀遊洛汭，會遇陽臺，神仙髣髴，有如今別。雖帳前微笑，涉
想猶存，而幄裏餘香，從風且歇。掩屏爲疾，引領成勞。鏡想分鸞，
琴悲別鶴。心如膏火，獨夜自煎；思等流波，終朝不息。始知萋萋
萱草，忘憂之言不實；團團輕扇，合歡之用爲虛。路邇人遐，音塵
寂絕。一日三秋，不足爲喻。聊陳往翰，寧寫款懷！遲枉瓊瑤，慰
其杼軸。〔註194〕

此是何遜爲衡山侯捉刀寫給其妻的書牘，突出了夫妻分居，一日三秋不
足爲喻的主題。書牘云：「雖帳前微笑，涉想猶存，而幄裏餘香，從風且歇。
掩屏爲疾，引領成勞。鏡想分鸞，琴悲別鶴。」饒有風姿，含思宛轉，淡寫
胸懷，情感溫柔。

按語：何遜於梁天監中，南平王偉引爲賓客，掌記室事，衡山侯蕭恭是
南平王偉之子，天監八年，封衡山縣侯，他長大成親後與婦分離，而何遜卒
於梁武帝・天監十七年，姑繫此書牘約作於天監十六、七年間。

### （二）梁・簡文帝〈答新渝侯和詩書〉——梁武帝・中大通四年（532）

《南史卷五十二・列傳第四十二・梁宗室下・始興忠武王憺子映傳》曰：

始興忠武王憺天監十八年，薨，……諡曰忠武。……子亮嗣。亮弟
映字文明，年十二，爲國子生。天監十七年，詔諸生答策，宗室則
否。帝知映聰解，特令問策，又口對，並見奇。謂祭酒袁昂曰：「吾
家千里駒也。」起家淮南太守，諸兄未有除命，乃抗表讓焉。映美
容儀。普通二年，封廣信縣侯。丁父憂，隆冬席地，哭不絕聲，不
嘗穀粒，唯飲冷水，因患癥結。除太子洗馬。詔以憺艱難王業，追
贈國封。嗣王陳讓，既不獲許，乃乞頒邑諸弟。帝許之，改封新渝
侯。……後歷給事黃門侍郎，衛尉卿，廣州刺史，卒官，諡曰寬

〔註193〕（唐）姚思廉撰：《梁書》（北京：中華書局，1973 年 5 月第 1 版），頁 348
～349。

〔註194〕（梁）何遜撰：《何記室集》見（明）張溥輯：《漢魏六朝百三家集》（明崇禎
間（1628～1644）太倉張氏原刊本），頁 4。

侯。〔註195〕

梁‧簡文帝〈答新渝侯和詩書〉云：

> 垂示三首，風雲吐於行間，珠玉生于字裏，跨躡曹、左，含超潘、
> 陸。雙鬢向光，風流已絕，九梁插花，步搖爲古。高樓懷怨，結眉
> 表色，長門下泣，破粉成痕。

> 復有影裏細腰，令與真類，鏡中好面，還將畫等。此皆性情卓絕，
> 新致英奇。故知吹簫入秦，方識來鳳之巧，鳴瑟向趙，始覩駐雲之
> 曲。手持口誦，喜荷交并也。〔註196〕

蕭映爲蕭綱「東宮四友」之一，其時「宮體詩」盛行，簡文詩尚輕豔，
當時號爲宮體，新渝和詩，大旨亦宗此體，故書中及之〔註197〕，他們唱和詩
作爲描寫美人妝扮、體態爲主。

按語：《南史卷五十二‧列傳第四十二‧梁宗室下‧始興忠武王憺子映傳》
曰：

> 映弟曄……初封安陸侯。……憺薨，扶而後起。服闋，改封上黃侯，
> 位兼宗正卿。簡文入居監撫，曄獻〈儲德頌〉，遷給事黃門侍郎。出
> 爲晉陵太守。……名盛海內，爲宗室推重，特被簡文友愛，與新渝
> （映）、建安（乂理）、南浦（推）並預密宴，號東宮四友。〔註198〕

《梁書卷四‧本紀第四‧簡文帝》曰：

> （梁武帝）中大通三年四月乙巳，昭明太子薨。……四年九月，移
> 還東宮。〔註199〕

姑繫此書牘作於梁武帝‧中大通四年。

## （三）北周‧庾信〈為梁上黃侯世子與婦書〉──梁元帝‧承聖三年（554）、西魏恭帝元年（554）

庾信字子山，小字蘭成，南陽‧新野（今河南省新野縣）人，生於梁武

---

〔註195〕（唐）李延壽撰：《南史》（北京：中華書局，1975 年 6 月第 1 版），頁 1301
　　　　～1303。

〔註196〕（梁）簡文帝撰：《梁簡文帝集》見（明）張溥輯：《漢魏六朝百三家集》（明
　　　　崇禎間（1628～1644）太倉張氏原刊本），卷 1，頁 62。

〔註197〕（清）王文濡選註：《南北朝文評註讀本》（臺北：廣文書局，1981 年 12 月
　　　　初版），冊 1，頁 67。

〔註198〕（唐）李延壽撰：《南史》（北京：中華書局，1975 年 6 月第 1 版），頁 1303
　　　　～1304。

〔註199〕（唐）姚思廉撰：《梁書》（北京：中華書局，1973 年 5 月第 1 版），頁 104。

帝・天監十二年（513），卒於隋文帝・開皇元年（581）。《周書卷四十一・列傳第三十三・庾信》曰：

> 父肩吾，梁散騎常侍、中書令。信幼而俊邁，聰敏絕倫。博覽羣書，尤善《春秋左氏傳》。……起家湘東國常侍，轉安南府參軍。時肩吾爲梁太子中庶子，掌管記。東海徐摛爲左衛率。摛子陵及信，並爲抄撰學士。父子在東宮，出入禁闥，恩禮莫與比隆。既有盛才，文並綺豔，故世號爲徐、庾體焉。當時後進，競相模範。每有一文，京都莫不傳誦。累遷尚書度支郎中、通直正員郎。出爲郢州別駕。尋兼通直散騎常侍，聘于東魏。文章辭令，盛爲鄴下所稱。還爲東宮學士，領建康令。侯景作亂，梁簡文帝命信率宮中文武千餘人，營於朱雀航。及景至，信以眾先退。臺城陷後，信奔于江陵。梁元帝承制，除御史中丞。及即位，轉右衛將軍，封武康縣侯，加散騎常侍，來聘于我。屬大軍南討，遂留長安。……孝閔帝踐阼，封臨清縣子，邑五百戶，除司水下大夫。出爲弘農郡守，遷驃騎大將軍、開府儀同三司、司憲中大夫，進爵義城縣侯。俄拜洛州刺史。信多識舊章，爲政簡靜，吏民安之。時陳氏與朝廷通好，南北流寓之士，各許還其舊國。陳氏乃請王襃及信等十數人。高祖唯王克、殷不害等，信及襃並留而不遣。尋徵爲司宗中大夫。〔註200〕

梁上黃侯世子，即蕭愨。《北齊書卷四十五・列傳第三十七・文苑》曰：「蕭愨字仁祖，梁上黃侯曄之子。天保中入國，（北齊後主）武平中太子洗馬。」〔註201〕

庾信〈爲梁上黃侯世子與婦書〉云：

> 昔仙人導引，尚刻三秋，神女將梳，猶期九日。未有龍飛劍匣，鶴別琴臺。莫不銜怨而心悲，聞猿而下淚。人非新市，何處尋家；別異邯鄲，那應知路。

> 想鏡中看影，當不含啼，欄外將花，居然俱笑。分杯帳裏，**却**扇床前，故是不思，何昔能憶？當學海神，逐潮風而來往，勿如織女，

〔註200〕（唐）令狐德棻撰：《周書》（北京：中華書局，1983 年 10 月第 3 次印刷），頁 733～734。

〔註201〕（唐）李百藥撰：《北齊書》（北京：中華書局，1973 年 4 月第 2 次印刷），頁 627。

待填河而相見。〔註202〕

按語：西魏於恭帝元年陷江陵，愨本梁朝宗室隨列入關後，請庾信代爲捉刀寫信，與妻訣別。姑繫此書牘作於梁元帝・承聖三年。

### （四）陳・伏知道〈爲王寬與婦義安主書〉

伏知道，平昌・安丘人。梁武康令伏挺從子，饒文才，有聲於時。

王寬，琅琊・臨沂人。《陳書卷二十一・列傳第十五・附王固傳》曰：「固子寬，官至司徒左長史、侍中。」〔註203〕

陳・伏知道〈爲王寬與婦義安主書〉云：

> 昔魚嶺逢車，芝田息駕，雖見妖婬，終成揮忽。遂使家勝陽臺，爲歡非夢，人慙蕭史，相偶成仙。

> 輕扇初開，欣看笑靨，長眉始畫，愁對離妝，猶聞徒佩，顧長廊之未盡，尚分行憶，冀迴陌之難迴，廣攝金屏，莫令愁擁。恆開錦幔，速望人歸，鏡臺新去，應餘落粉，燻鑪未徙，定有餘煙。淚滴芳衾，錦花常溼，愁隨玉軫，琴鶴恆驚，已覺錦水丹鱗，素書稀遠，玉山青鳥，仙使難通，綵筆試操，香牋遂滿，行雲可託，夢想還勞。

> 九重千日，詎想倡家，單枕一宵，便如蕩子。當令照影雙來，一驚差鏡，勿使窺窗獨坐，姮娥笑人。〔註204〕

此爲伏知道爲王寬與婦義安主的代筆之作。書牘云：「九重千日。」《楚辭・九辯》曰：「豈不鬱陶而思君兮，君之門以九重。」此疑義安公主歸省父皇，故曰「九重」。

## 六、牢騷

遇逆境或遭人誤解，發舒心中不滿是人之常情，這種不滿情緒的發洩一般稱之爲牢騷。趙至〈與嵇茂齊書〉云：「飄颻遠游之士，託身無人之鄉……吁其悲矣！心傷悴矣！然後乃知步驟之士不足爲貴也！」這「步驟之士不足

---

〔註202〕（北周）庾信撰：《庾開府集》見（明）張溥輯：《漢魏六朝百三家集》（明崇禎間（1628～1644）太倉張氏原刊本），卷1，頁51。

〔註203〕（唐）姚思廉撰：《陳書》北京：中華書局，1974年2月第2次印刷），頁283。

〔註204〕（清）嚴可均輯：《全上古三代秦漢三國六朝文・全陳文》（臺北：世界書局，1982年2月4版），卷16，頁8。

爲貴也」是感慨，也是牢騷。

### （一）西晉・趙至〈與嵇茂齊書〉──西晉武帝・泰始四年（268）

趙至字景眞，代郡（轄境約當今河北懷安、蔚縣以西、山西陽高、渾源以東的內外長城間地和長城外的東洋河流域）人，約生於魏齊王・正始八年（247），卒於西晉武帝・太康四年（283）。《晉書卷九十二・列傳六十二・文苑・趙至》曰：

> 寓居洛陽。緱氏令初到官，至年十三，與母同觀。母曰：「汝先世本非微賤，世亂流離，遂爲士伍耳。爾後能如此不？」至感母言，詣師受業。聞父耕叱牛聲，投書而泣。……年十四，詣洛陽，游太學，遇嵇康於學寫石經，徘徊視之不能去，而請問姓名。康曰：「年少何以問邪？」曰：「觀君風器非常，所以問耳。」康異而告之。後乃亡到山陽，求康不得而還。……遼西舉郡計吏，到洛，與父相遇。時母已亡，父欲令其宦立，弗之告，仍戒以不歸，至乃還遼西。幽州（漢武帝所置十三刺史部之一，轄境約當今河北省北部、遼寧省大部分和朝鮮大同江流域）三辟部從事，斷九獄，見稱精審。太康中，以良吏赴洛，方知母亡。初，至自恥士伍，欲以宦學立名，期於榮養。既而其志不就，號憤慟哭，嘔血而卒，時年三十七。〔註205〕

嵇蕃字茂齊，嵇康兄子，曾任太子舍人。

趙至〈與嵇茂齊書〉云：

> 安白：

> 昔李叟入秦，及關而歎；梁生適越，登岳長謠。夫以嘉遯之舉，猶懷戀恨，況乎不得已者哉！惟別之後，離羣獨游，背榮宴，辭倫好，經迴路，涉沙漠。鳴雞戒旦，則飄爾晨征；日薄西山，則馬首靡託。尋歷曲阻，則沈思紆結；乘高遠眺，則山川悠隔。或乃迴飆狂屬，白日寢光，踦嶇交錯，陵隰相望；徘徊九皐之內，慷慨重阜之巔，進無所依，退無所據；涉澤求蹊，披榛覓路，嘯詠溝渠，良不可度。斯亦行路之艱難，然非吾心之所懼也。

> 至若蘭茝傾頓，桂林移植，根萌未樹；牙淺絃急，常恐風波潛駭、

---

〔註205〕（唐）房玄齡等撰：《晉書》（北京：中華書局，1982 年 12 月第 2 次印刷），頁 2377～2379。

危機密發，斯所以怵惕於長衢，按轡而歎息者也！又北土之性，難
以託根；投人夜光，鮮不按劍。今將植橘柚於玄朔，蒂華藕于修陵，
表龍章于裸壤，奏《韶》舞于聾俗，固難以取貴矣！夫物不我貴則
莫之與，莫之與則傷之者至矣！

飄飄遠遊之士，託身無人之鄉，總轡遐路，則有前言之艱；懸宲陋
宇，則有後慮之戒；朝霞啓暉，則身疲于遄征；太陽戢曜，則情劬
於夕惕；肆目平隰，則遼廓而無覩；極聽修原，則淹寂而無聞。吁
其悲矣！心傷悴矣！然後乃知步驟之士不足爲貴也！

若迺顧影中原，憤氣雲踊，哀物悼世，激情風烈。龍睎大野，虎嘯
六合，猛氣紛紜，雄心四據。思蹠雲梯，橫奮八極，披艱埽穢，蕩
海夷岳，蹴崑崙使西倒，踏太山令東覆，平滌九區，恢維宇宙。斯
亦吾之鄙願也！時不我與，垂翼遠逝，鋒鉅靡加，翅翮摧屈，自非
知命，誰能不憤悒者哉！

吾子植根芳苑，擢秀清流，布葉華崖，飛藻雲肆。俯據潛龍之淵，
仰蔭棲鳳之林，榮曜眩其前，豔色餌其後，良儔交其左，聲名馳其
右。翱翔倫黨之閒，弄姿帷房之裏，從容顧眄，綽有餘裕，俯仰吟
嘯，自以爲得志矣！豈能與吾同大丈夫之憂樂者哉？

去矣！嵇生，永離隔矣！煢煢飄寄，臨沙漠矣！悠悠三千，路難涉
矣！攜手之期，邈無日矣！思心彌結，誰云釋矣！無金玉爾音，而
有遐心。身雖胡越，意存斷金。各敬爾儀，敦履璞沈，繁華流蕩，
君子弗欽。臨書悵然，知復何云。〔註206〕

本文是趙景眞寫給嵇康兄子嵇茂齊的一封信，歷述去遼東沿途種種行路
的艱難情況。訴說得不到社會的賞識，仕途的艱難甚於行路之難，如今置身
於一個遼廓荒寂的地方，這種身心的孤獨更是可傷悲。胸懷濟世的雄心壯志，
卻爲環境所限，得不到施展，抒發了壯志難酬的憂憤。〈與嵇茂齊書〉表達了
對朋友深切的思念之情情眞意切，辭意暢達，筆鋒凌厲，個性鮮明，爲世所
稱道，是一篇書牘佳作。

按語：《嵇紹集》曰：「『趙景眞與從兄茂齊書，時人誤謂呂仲悌與先君書，

〔註206〕 （清）嚴可均輯：《全上古三代秦漢三國六朝文・全晉文》（臺北：世界書局，
1963 年 5 月二版），卷 67，頁 3～4。

故具列本末：趙至字景眞，代郡人，州辟遼東從事。從兄太子舍人蕃，字茂齊，與至同年相親。至始詣遼東時，作此書與茂齊。』干寶《晉紀》，以爲呂安與嵇康書。二說不同，故題云景眞，而書曰安。」〔註207〕按：嵇紹爲嵇康之子，《嵇紹集》所言爲實。

《晉書卷九十二・列傳六十二・文苑・趙至》曰：

> 年十六，游鄴，復與康相遇，隨康還山陽，改名浚，字允元。……
> 及康卒，至詣魏興見太守張嗣宗，甚被優遇。嗣宗遷江夏相，隨到
> 溳川，欲因入吳，而嗣宗卒，乃向遼西（古郡名，轄境約當今河北
> 遷西、樂亭以東、長城以南、遼寧省松嶺山以東、大凌河下游以西
> 地區），而占戶焉。初，至與康兄子蕃友善，及將遠適，乃與蕃書敍
> 離，并陳其志，……論議精辯，有從橫才氣。〔註208〕

書牘中云：「嗣宗遷江夏相，隨到溳川，欲因入吳，而嗣宗卒。」張嗣宗似未到江夏任所而卒於途，趙至僅抵溳水之濱，便不赴吳而赴遼。姑繫此書牘作於西晉武帝・泰始四年。〔註209〕

### （二）梁・王僧孺〈與何炯書〉——梁武帝・天監二年（503）

王僧孺字僧孺，東海・郯人，生於劉宋明帝・泰始元年（465），卒於梁武帝・普通三年（522）。《梁書卷三十三・列傳第二十七・王僧孺》曰：

> （梁武帝）天監初，除臨川王後軍記室參軍，待詔文德省。尋出爲
> 南海太守。……尋以公事降爲雲騎將軍，兼職如故，頃之即眞。是
> 時高祖（梁武帝）製〈春景明志詩〉五百字，敕在朝之人沈約已下
> 同作，高祖以僧孺詩爲工。遷少府卿，出監吳郡。還除尚書吏部郎，
> 參大選，請謁不行。……普通三年卒，時年五十八。〔註210〕

何炯字士光，盧江・灊（安徽霍山縣東北）人，生卒不詳。《梁書卷四十七・列傳第四十一・孝行・何炯》曰：

---

〔註207〕（梁）蕭統撰，（唐）李善注：《文選》（臺北：臺灣中華書局，聚珍倣宋版印，1966 年 3 月臺一版），卷 43，頁 9。

〔註208〕（唐）房玄齡等撰：《晉書》（北京：中華書局，1982 年 12 月第 2 次印刷），頁 2378。

〔註209〕陸侃如撰：《中古文學繫年》（北京：人民文學出版社，1998 年 7 月第 1 次印刷），頁 634。

〔註210〕（唐）姚思廉撰：《梁書》（北京：中華書局，1973 年 5 月第 1 版），頁 469～474。

炯年十五，從兄胤受業，一期並通《五經》章句。……炯常慕恬退，不樂進仕。……以父疾經旬，衣不解帶，頭不櫛沐，信宿之間，形貌頓改。及父卒，號慟不絕聲，枕藉地，腰虛腳腫，竟以毀卒。〔註211〕

王僧儒〈與何炯書〉云：

近別之後，將隔暄寒，思子爲勞，未能忘弭。昔季叟入秦，梁生適越，猶懷悵恨，且或吟謠，況岐路之日，將離嚴網，辭無可憐，罪有不測。蓋畫地刻木，昔人所惡，叢棘既累，於何可聞，所以握手戀戀，離別珍重。弟愛同鄒季，泣泣承睫，吾猶復抗手分背，羞學婦人。素鍾肇節，金飆戒序，起居無恙，動靜履宜。子雲筆札，元瑜書記，信用既然，可樂爲甚。且使目明，能袪首疾。甚善！甚善！

吾無昔人之才而有其病，癲眩屢動，消渴頻增。委化任期，故不復呼醫飲藥，但恨一旦離大辱，蹈明科，去皎皎而非自汙，抱鬱結而無誰告，丁年蓄積，與此銷亡，徒竊高價厚名，橫叨公器人爵，智能無所報，筋力未之酬，所以悲至撫膺，泣盡而繼之以血。

顧惟不肖，文質無所底，蓋困於衣食，迫於飢寒，依隱易農，所志不過鍾庾。久爲尺板斗食之吏，以從皁衣黑綬之役，非有奇才絕學，雄略高謨，吐一言可以匡俗振民，動一議可以固邦興國。全璧歸趙，飛矢救燕，偃息藩魏，甘臥安郢，腦日逐，髓月支，擁十萬而橫行，提五千而深入，將使執圭裂壤，功勒景鍾，錦繡爲衣，朱丹被轂，斯大丈夫之志，非吾曹之所能及已。直以章句小才，蟲篆末藝，含吐緗縹之上，翩躚縛俎之側，委曲同之鍼縷，繁碎譬之米鹽，孰致顯榮，何能至到。加性疏澀，拙於進取，未嘗去來許、史，遨游梁、竇，俛首脅肩，先意承旨，是以三葉靡遷，不與運并，十年未徙，孰非能薄。及除舊布新，清晷方旦，抱樂銜圖，謳謠有主，而猶限一吏於岑石，隔千里於泉亭，不得奉板中涓，預衣裳之會，提戈後勁，廁龍豹之謀。及其投刃歸來，恩均舊隸，升文石，登玉陛，一見而降顏色，再覿而接話言，非藉左右之容，無勞

〔註211〕　（唐）姚思廉撰：《梁書》（北京：中華書局，1973 年 5 月第 1 版），頁 655。

犖公之助。又非同席共研之夙逢，笥餌卮酒之早識，一旦陪武帳，仰文陛，備耶、佚之柱下，充嚴、朱之席上，入班九棘，出專千里，據操撮之雄官，參人倫之顯職，雖古之爵人不次，取士無名，未有躡景追風，奔驟之若此者也。蓋基薄牆高，塗遙力躓，傾蹶必然，顛蹎可俟。竟以福過災生，人指鬼瞰，將均宥器，有驗傾后，是以不能早從曲影，遂乃取疑邪徑。故司隸懍懍，思得應弦，譬縣廚之獸，如離繳之鳥，將充庖鼎，以餌鷹鸇。雖事異鑽皮，文非刺骨，猶復因茲舌杪，成此筆端，上可以投畀北方，次可以論輸左校，變爲丹赭，充彼舂薪。

幸聖王留善貸之德，紆好生之施，解網祝禽，下車泣罪，愍茲恚詬，憐其觳觫，加肉朽骴，布葉枯株，輟薪止火，得不銷爛，所謂還魂斗極，追氣泰山，止復除名爲民，幅巾家巷，此五十年之後，人君之賜焉。木石感陰陽，犬馬識厚薄，員首方足，孰不戴天？而竊自有悲者，蓋士無賢不肖，在朝見嫉，女無美惡，入宮見妒。家貧，無苞苴可以事朋類，惡其鄉原，恥彼戚施，何以從人，何以徇物？外無奔走之友，內乏強近之親。是以構市之徒，隨相媒蘗。及一朝損棄，以快怨者之心，吁可悲矣。

蓋先貴後賤，古富今貧，季倫所以發此哀音，雍門所以和其悲曲。又迫以嚴秋殺氣，萬物多悲，長夜展轉，百憂俱至。況復霜銷草色，風搖樹影。寒蟲夕叫，合輕重而同悲，秋葉晚傷，雜黃紫而俱墜。蜘蛛絡幕，熠燿爭飛，故無車轍馬聲，何聞鳴雞吠犬。俛眉事妻子，舉手謝賓遊。方與飛走爲鄰，永用蓬蒿自沒。愾其長息，忽不覺生之爲重。素無一廛之田，而有數口之累。豈曰飽而不食，方當長爲傭保，糊口寄身，溘死溝渠，以實螻蟻，悲夫！豈復得與二三士友，抗首接膝，履足差肩，撝綺縠之清文，談希夷之道德。惟吳馮之遇夏馥，范或之值孔嵩，愍其留貧，憐此行乞耳。儻不以垢累，時存寸札，則雖先犬馬，猶松喬焉。去矣何生，高樹芳烈。裁書代面，筆淚俱下。〔註212〕

按語：《梁書卷三十三·列傳第二十七·王僧孺》曰：

---

〔註212〕　（清）嚴可均編：《全上古三代秦漢三國六朝文·全梁文》（臺北：世界書局，1963 年 5 月二版），卷 51，頁 4～6。

（梁武帝）天監初，……出爲仁威南康王長史，行府、州、國事。王典籤湯道愍暱於王，用事府內，僧孺每裁抑之，道愍遂謗訟僧孺，逮詣南司。……僧孺坐免官，久之不調。友人廬江何炯猶爲王府記室，乃致書於炯，以見其意。〔註213〕

《梁書卷四十七・列傳第四十一・孝行・何炯》曰：

年十九，解褐揚州主簿。舉秀才，累遷王府行參軍，尚書兵、庫部二曹郎。出爲永康令，以和理稱。還爲仁威南康王限內記室，遷治書侍御史。〔註214〕

姑繫此書牘作於梁武帝・天監二年。

## 七、抒懷

凡透過言詞，舒暢心中之積鬱，高談抱負、規劃遠景、頃訴衷情都可以說是抒懷，如曹丕〈與王朗書〉中談人生抱負，阮籍與友人談志節都是著名之抒懷之作。

### （一）魏・曹丕〈與王朗書〉——東漢獻帝・建安二十二年（217）

王朗字景興，東海・郯人，約生於東漢桓帝・永壽元年（155）〔註215〕，卒於魏明帝・太和二年（228）。《三國志卷十三・魏書・王朗傳第十三》曰：

以通經，拜郎中，除菑丘長。……孫策渡江略地。朗功曹虞翻以爲力不能拒，不如避之。朗自以身爲漢吏，宜保城邑，遂舉兵與策戰，敗績，浮海至東冶。……魏國初建，以軍祭酒領魏郡太守，遷少府、奉常、大理。……文帝即王位，遷御史大夫，封安陵亭侯。……及文帝踐阼，改爲司空，進封樂平鄉侯。……太和二年薨，諡曰成侯。〔註216〕

曹丕〈與王朗書〉云：

生有七尺之形，死惟一棺之土。惟立德揚名，可以不朽，其次莫如著篇籍。

---

〔註213〕（唐）姚思廉撰：《梁書》（北京：中華書局，1973年5月第1版），頁471。

〔註214〕（唐）姚思廉撰：《梁書》（北京：中華書局，1973年5月第1版），頁655。

〔註215〕陸侃如撰：《中古文學繫年》（北京：人民文學出版社，1998年7月第1次印刷），頁278。

〔註216〕（晉）陳壽撰，（劉宋）裴松之注：《三國志》（北京：中華書局，1982年7月第2版），頁406～414。

疫癘數起，士人彫落，余獨何人，能全其壽？故論撰所著《典論》詩
賦，蓋百餘篇，集諸儒于肅城門內，講論大義，侃侃無倦。〔註217〕

曹丕在東宮時，疫癘大起，死亡甚多，丕深感嘆，因與素所敬者大理王
朗書，故論撰所著《典論》詩賦百餘篇，集諸儒於肅城門內，講論大義，侃
侃無倦。他論人生短暫，但不消極頹廢，反而更激起立德揚名以求不朽的抱
負，促使他更勤奮著書立說以垂後世，對生命的慨嘆在他身上獲得了一種積
極的意義。

按語：曹丕〈與王朗書・序〉曰：「帝初在東宮，疫癘大起，時人雕傷，
帝深感歎，與大理王朗書。」〔註218〕

《魏文帝曹丕年譜暨作品繫年》曰：「《魏書》載操令曰：『去冬天降疫
癘，民有凋傷。』蓋疫癘發生於丕立為太子後，時劉楨、徐幹、陳琳、應瑒
皆卒。則此書牘當作於（建安）二十二年十一月至十二月間。」〔註219〕

## （二）魏・應璩〈與侍郎曹長思書〉

璩白：

足下去後，甚相思想。叔田有無人之歌，閭闔有匪存之思，風人之
作，豈虛也哉！

王肅以宿德顯授，何曾以後進見拔，皆鷹揚虎眡，有萬里之望。薄
援助者，不能追參於高妙，復斂翼於故枝，塊然獨處，有離群之志。
汲黯樂在郎署，何武恥為丞相，千載揆之，知其有由也。德非陳平，
門無結駟之跡；學非楊雄，堂無好事之客；才劣仲舒，無下帷之思；
家貧孟公，無置酒之樂。悲風起於閨闥，紅塵蔽於几榻。幸有袁生，
時步玉趾。樵蘇不爨，清談而已，有似周黨之過閔子。

夫皮朽者毛落，川涸者魚逝，春生者繁華，秋榮者零悴，自然之數，
豈有恨哉！聊與大弟陳其苦懷耳！想還在近，故不益言。

璩白。〔註220〕

---

〔註217〕（清）嚴可均編：《全上古三代秦漢三國六朝文・全三國文》（臺北：世界書
　　　　局，1963年5月二版），卷7，頁7。

〔註218〕（魏）曹丕撰：《魏文帝集》見（明）張溥輯：《漢魏六朝百三家集》（明崇禎
　　　　間（1628～1644）太倉張氏原刊本），卷1，頁57。

〔註219〕洪順隆撰：《魏文帝曹丕年譜暨作品繫年》（臺北：臺灣商務印書館，1989年
　　　　2月初版），頁250。

〔註220〕（魏）應璩撰：《魏應休璉集》見（明）張溥輯：《漢魏六朝百三家集》（明崇

這是應璩寫給朋友曹長思的信，曹長思大概當過尚書省的屬官，故稱他為侍郎。

全文除開頭幾句寫作者對朋友的思念之情外，其餘都是作者覽古察今，追昔撫今的感慨言辭，表達作者的憤激之情和淡泊之志。先以王肅、何曾為例，說明人無老少都要有遠大的理想，但現實卻是「薄援助者，不能追參於高妙」，無援助之勢，因而不得不「塊然獨處」。再以汲黯、何武為例，說明事出有因，聊以解嘲。然後和陳平、揚雄、陳遵作對比，無顯世之學，無交遊之資，因而只能過「樵蘇不爨」的淡泊生活。最後以「皮朽者毛落，川涸者魚逝，春生者繁華，秋榮者零悴」四句富有哲理性的語言作結束，讓彼此在精神上得到安慰和滿足。

曹長思，事蹟不詳，信中稱其為「大弟」，當是作者的親故。此信的主旨是「陳其苦懷」。應璩的苦懷主要有兩點：

其一，當時作者雖為大將軍曹爽的長史，但曹爽多行不法，作者也曾多次規諫曹爽，不被納用。「薄援助者」不得重用，因而作者門庭冷落，不免有懷才不遇的感嘆。

其二，政局混亂，當時君主曹芳年幼，大將軍曹爽擅權，而太傅司馬懿也企圖控制政權。在這種內亂方興的時勢中，「依世則廢道，違俗則危殆。」因而傲兀不羣「塊然獨處，有離羣之志」。這種危機感在信中沒有直說，但「汲黯樂在郎署，何武恥為宰相，千載揆之，知其有由也。」數句，足以透露其中消息，他如「皮朽者毛落，川涸者魚逝」，「秋榮者零悴」，也均以比興手法，含蓄地透露了作者生不逢時的感慨。

## （三）西晉・阮籍〈答伏義書〉──魏元帝・景元元年（260）

阮籍字嗣宗，陳留・尉氏（今河南・開封）人，生於東漢獻帝・建安十五年（210），卒於魏元帝・景元四年（263）。《晉書四十九卷・列傳第十九・阮籍》曰：

> 父瑀，魏丞相掾，知名於世。籍容貌瑰傑，志氣宏放，傲然獨得，任性不羈，而喜怒不形於色。或閉戶視書，累月不出；或登臨山水，經日忘歸。博覽羣籍，尤好《莊》、《老》。……（魏元帝）景元四年冬卒，時年五十四。〔註221〕

禎間（1628～1644）太倉張氏原刊本），頁4。
〔註221〕（唐）房玄齡等撰：《晉書》（北京：中華書局，1982年12月第2次印刷），

伏義字公表，事跡不詳。

阮籍〈答伏義書〉云：

籍白：

承音覽旨，有心翰跡。夫九蒼之高，迅羽不能尋其巔；四冥之深，
幽鱗不能測其底；矧無毛分所能論哉！且玄雲無定體，應龍不常儀；
或朝濟夕卷，翕忽代興；或泥潛天飛，晨降宵升。

舒體則八維不足暢**迹**，促節則無間足以從容；是又瞽夫所不能瞻，
璅蟲所不能解也。然則弘脩淵邈者，非近力所能究矣；靈變神化者，
非局器所能察矣。何吾子之區區，而吾眞之務求乎！

人力勢不能齊，好尚舛異。鸞鳳凌雲漢以舞翼，鳩鷃悅蓬林以翱翔；
蟻浮八濱以濯鱗，**鼇**娛行潦而**羣**逝；斯用情各從其好以取樂焉。據
此非彼，胡可齊乎？

夫人之立節也，將舒網以籠世，豈樽樽以入罔；方開模以範俗，何
暇毀質以適檢。若良運未協，神機無準，則騰精抗志，邈世高超，
蕩精舉於玄區之表，擸妙節於九垓之外。而翱翔之乘景，躍躑躅，
陵忽慌，從容與道化同逌，逍遙與日月**竝**流，交名虛以齊變，及英
祇以等化，上乎無上，下乎無下，居乎無室，出乎無門，齊萬物之
去留，隨六氣之虛盈，總玄綱於太極，撫天一於寥廓，飄埃不能揚
其波，飛塵不能垢其潔；徒寄形軀於斯域，何精神之可察。雖業無
不聞，略無不稱，而明有所逮，未可怪也。

觀吾子之趨：欲衒傾城之金，求百錢之售；制造天之禮，儗膚寸之
檢勞玉躬以役物，守躁穢以自畢；沈牛跡之洿薄，慍河漢之無根其
陋可愧，其事可悲。亮規略之懸踰，信大道之弘幽，且局步於常衢，
無爲思遠以自愁。比連疹憤，力喻不多。

阮籍白。〔註222〕

　　本文是一封與禮法之士直接交鋒的書信，阮籍不聽伏義的規戒用十分鄙
視的態度給予了堅決的回擊。書牘中云：「夫九蒼之高，迅羽不能尋其巔；四

頁 1359～1361。

〔註222〕（晉）阮籍撰：《阮步兵集》見（明）張溥輯：《漢魏六朝百三家集》（明崇禎
　　　　間（1628～1644）太倉張氏原刊本），頁 19～20。

冥之深，幽鱗不能測其底；矧無毛分所能論哉！且玄雲無定體，應龍不常儀；或朝濟夕卷，翕忽代興；或泥潛天飛，晨降宵升。」信中阮籍以飛鳥不能尋九蒼之高，幽鱗不能測四冥之身，且玄雲無定體，應龍不常儀爲喻，說明志在高遠的人非伏義之流的淺陋之人所能理解，一針見血地指出了伏義所作所爲的淺陋可笑。通過動物順應各自的性情獲得樂趣的事例，論證了人力不能齊同，好尚各異的觀點。質問伏義：「何吾子之區區，而吾眞之務求乎？」接著闡述了在良機時運未至的情況下，應該「騰精抗志，邈世高超」的觀點，表達了自己「飄埃不能揚其波，飛塵不能垢其潔」的高尚情懷。

　　此信詞鋒犀利，語勢緊逼，比喻精巧，行文舒展，不失爲一篇優秀的論駁文章。劉師培說，阮籍之文「語重意奇」、「頗事華采」，〈答伏義書〉，亦足窺阮氏文體概略。

　　按語：《晉書四十九卷·列傳第十九·阮籍》曰：

> 及曹爽輔政，召爲參軍。籍因以疾辭，屏於田里。歲餘而爽誅，時人服其遠識。宣帝（司馬懿）爲太傅，命籍爲從事中郎。及帝崩，復爲景帝（司馬師）大司馬從事中郎。高貴鄉公即位，封關內侯，徙散騎常侍。……籍本有濟世志，屬魏晉之際，天下多故，名士少全者，籍由是不與世事，遂酣飲爲常。文帝（司馬昭）初欲爲武帝（司馬炎）求婚於籍，籍醉六十日，不得言而止。鍾會數以時事問之，欲因其可否而致之罪，皆以酣醉獲免。及文帝輔政，……帝引爲大將軍從事中郎。……籍聞步兵廚營人善釀，有貯酒三百斛，乃求爲步兵校尉。遺落世事，雖去佐職，恆游府內，朝宴必與焉。……籍雖不拘禮教，然發言玄遠，口不臧否人物。〔註223〕

　　阮籍生活在魏、晉易代之際，迫於司馬氏的黑暗統治，又不能不時時應付統治者的籠絡與拉攏，因而與當權者若即若離，縱酒談玄，不問世事以避禍。阮籍深諳《莊子》「與世透迆」的處世之道，在政治上尤爲審愼，故他能在名士少有自全的時代免於殺戮。此書牘爲伏義〈與阮嗣宗書〉的回信，姑繫作於魏元帝·景元元年。

## （四）劉宋·王微〈報何偃書〉──劉宋文帝·元嘉十一年（434）

　　何偃字仲弘，盧江·灊（安徽霍山縣東北）人，生於東晉安帝·義熙九

---

〔註223〕　（唐）房玄齡等撰：《晉書》（北京：中華書局，1982年12月第2次印刷），頁1360～1361。

年（413），卒於劉宋孝武帝・大明二年（458）。《宋書卷五十九・列傳第十九・何偃》曰：

> 司空尚之中子也。州辟議曹從事，舉秀才，除中軍參軍，臨川王義慶平西府主簿。召爲太子洗馬，不拜。元嘉十九年，爲丹陽丞，除廬陵王友，太子中舍人，中書郎，太子中庶子。時義陽王昶任東官，使偃行義陽國事。〔註224〕

王微〈報何偃書〉云：

> 卿昔稱吾於義興，吾常謂之見知，然復自怪鄙野，不參風流，未有一介熟悉於事，何用獨識之也。近日何見綽送卿書，雖知如戲，知卿固不能相哀。苟相哀之未知，何相期之可論。
>
> 卿少陶玄風，淹雅脩暢，自是正始中人。吾眞庸性人耳，自然志操不倍王、樂。小兒時尤麤笨無好，常從博士讀小小章句，竟無可得，口吃不能劇讀，遂絕意於尋求。至二十左右，方復就觀小說，往來者見牀頭有數帙書，便言學問，試就檢，當何有哉？乃復持此擬議人邪！尚獨愧笑揚子之褒贍，猶恥辭賦爲君子，若吾篆刻，菲亦甚矣。卿諸人亦當尤以此見議。或謂言深博，作一段意氣，鄙薄人世，初不敢然。是以每見世人文賦書論，無所是非，不解處，即日借問，此其本心也。
>
> 至於生平好服上藥，起年十二時病虛耳。所撰服食方中，粗言之矣。自此始信攝養有徵，故門冬昌朮，隨時參進。寒溫相補，欲以扶護危羸，見冀白首。家貧乏役，至於春秋令節，輒自將兩三門生，入草采之。吾實倦遊醫部，頗曉和藥，尤信《本草》，欲其必行，是以躬親，意在取精。世人便言希仙好異，矯慕不羈，不同家頗有罵之者。又性知畫繢，蓋亦鳴鵠識夜之機，盤紆糾紛，或記心目，故兼山水之愛，一往迹求，皆仿像也。不好詣人，能忘榮以避權右，宜自密應對舉止，因卷慚自保，不能勉其所短耳。由來有此數條，二三諸賢，因復架累，致之高塵，詠之清壑。瓦礫有資，不敢輕廁金銀也。
>
> 而頃年嬰疾，沉淪無已，區區之情，惕於生存，自恐難復，而先命

---

〔註224〕 （梁）沈約撰：《宋書》（北京：中華書局，1983 年 4 月第 2 次印刷），頁 1607～1608。

猥加，魂氣褰繭，常人不得作常自處疾苦，正亦臥思已熟，謂有記自論。既仰天光，不夭庶類，兼望諸賢，共相哀體，而卿首唱誕言，布之翰墨，萬石之慎，或未然邪。好盡之累，豈其如此。綽大駭歎，便是闔朝見病者。吾本儜人，加疹意愔，一旦聞此，便惶怖矣。五六日來，復苦心痛，引喉狀如匈中悉腫，甚自憂。力作此答，無復條貫，貴布所懷，落漠不舉，卿既不可解，立欲便別，且當笑。〔註225〕

王微是山水畫家，書牘中云：「性知畫繢，蓋亦鳴鵠識夜之機，盤紆糾紛，或記心目，故兼山水之愛，一往迹求，皆仿像也。」可知其山水畫論重在追求形似，強調形迹「仿像」的逼真。

按語：《宋書卷六十二・列傳第二十二・王微》曰：

> 父孺，光祿大夫。……父憂去官。服闋，除南平王鑠右軍諮議參軍。微素無宦情，稱疾不就。仍除中書侍郎，又擬南琅邪、義興太守，並固辭。吏部尚書江湛舉（王）微為吏部郎……微既為始興王濬府吏，濬數相存慰，微奉答牋書，輒飾以辭采。微為文古甚，頗抑揚，袁淑見之，謂為訴屈，……時論者或云微之見舉，廬江何偃亦豫其議，慮為微所答，與書自陳。微報之。〔註226〕

書牘中云：「至二十左右，方復就觀小說，往來者見牀頭有數帙書，便言學問，試就檢，當何有哉？」，王微生於東晉安帝・義熙十一年，姑繫此書牘作於劉宋文帝・元嘉十一年。

## （五）劉宋・周朗〈報羊希書〉——劉宋文帝・元嘉二十七年（450）

周朗字義利，汝南・安成人，生年劉宋文帝・元嘉二年（425），卒於劉宋孝武帝・大明四年（460）。《宋書卷八十二・列傳第四十二・周朗》曰：

> 朗少而愛奇，雅有風氣，……初為南平王鑠冠軍行參軍，太子舍人，司徒主簿，坐請急不待對，除名。又為江夏王義恭太尉參軍。……世祖即位，除建平王宏中軍錄事參軍。時普責百官讜言，朗上書……書奏忤旨，自解去職。又除太子中舍人，出為廬陵內史。……稱疾

---

〔註225〕（清）嚴可均輯：《全上古三代秦漢三國六朝文・全宋文》（臺北：世界書局，1982年2月4版），卷19，頁5～6。
〔註226〕（梁）沈約撰：《宋書》（北京：中華書局，1983年4月第2次印刷），頁1664～1670。

去官，遂爲州司所糾。……大明四年，……傳送寧州，於道殺之，時年三十六。〔註227〕

羊希字泰聞，生卒年不詳。《宋書卷五十四·列傳第十四·附羊玄保》曰：

少有才氣……大明初，爲尚書左丞。……大明末，爲始安王子眞征虜司馬，黃門郎，御史中丞。泰始三年，出爲寧朔將軍、廣州刺史。〔註228〕

周朗〈報羊希書〉云：

羊生足下：

豈當適使人進哉，何卿才之更茂也。宅生結意，可復佳耳，屬華比綵，何更工邪。視己反覆，慰亦無已。觀諸紙上，方審卿復逢知己。動以何術，而能每降恩明，豈不爲足下欣邪，然更憂不知卿死所處耳。

夫匈奴之不誅有日，皇居之亡辱舊矣。天下孰不憤心悲腸，以惄胡人之患，靡衣媮食，以望國家之師。自智士鉗口，雄人蓄氣，不得議圖邊之事者，良淹歲紀。

今天子以炎、軒之德，冢輔以姬、呂之賢，故赫然發怒，將以匈奴釁旗，惻然動仁，欲使餘氓被惠。及取士之令朝發，宰士暮登英豪，調兵之詔夕行，主公旦升雄俊。延賢人者，固非一日，況復加此焉。夫天下之士，砥行磨名，欲不辱其志氣，運奇蓄異，將進善於所天。非但有建國之謀不及，安民之論不與，至反以孝潔生議於鄉曲，忠烈起謗於君棻。身不綰王臣之錄，名不廁通人之班，顛倒國門，湮銷丘里者，自數十年以往，豈一人哉。

若吾身無他伎，而出值明君，變官望主，歲增恩賞，竟不能柔心飾帶，取重左右。校於向士，則榮已多，料於今識，則笑亦廣。而足下方復廣吾以馳志之時，求予以安邊之術，何足下不知言也。若以賢未登，則今之登賢如此，以才應進，則吾之非才若是。豈可欲以

---

〔註227〕（梁）沈約撰：《宋書》（北京：中華書局，1983年4月第2次印刷），頁2089～2101。

〔註228〕（梁）沈約撰：《宋書》（北京：中華書局，1983年4月第2次印刷），頁1536～1538。

殞海之鱉，望鼓鰓於豎鱗之肆，墜風之羽，覬振翮於軒轟之閒。其不能具陪㳂水，竝負青天，可無待於明見。若乃關奇謀深智之術，無悅主狎俗之能，亦不可復稍爲卿說。但觀以上國再毀之臣，望府一逐之吏，當復是天下才否，此皆足下所親知。

吾雖疲冗，亦嘗聽君子之餘論，豈敢忘之。凡士之置身有三耳：一則雲戶岫寢，孌危桂榮，秣芝浮霜，剪松沉雪，憐肌蓄髓，寶氣愛魂，非但土石侯卿，腐鳩梁錦，實迺苧意天后，睇目羽人。次則刓心掃智，剖命驅生，橫議於雲臺之下，切辭於宣室之上，衍王德而批民患，進貞白而酖姦猜，委玉人而齊聲禮，搹金出而烹勍寇，使車軌一風，句道共德。令功口濟而已無迹，道日富而君難名，致諸侯斂手，天子改觀。其末則屪粘而出，望斿而入，結冤兩宮之下，鼓袖六王之閒，俛眉脅肩，言天下之道德，瞋目扤腕，陳從橫於四海，理有泰則止而進，調覺迕則反而還，閒居違官，交造頓罷，捐慕遺憂，夷毀銷譽，呼噏以補其氣，繕嚼以輔其生。凡此三者，皆志士仁人之所行，非吾之所能也。若吾幸病不及死，役不至身，蓬藜既滿，方杜長者之轍，穀稼是諮，自絕世豪之顧。塵生牀帷，苔積階月，又櫳中山木，時華月深，池上海草，歲榮日蔓。且室閒軒左，幸有陳書十篋，席隅奧右，頗得宿酒數壺。按絃拭徽，鑴方校石，時復陳局露初，奠爵星晚，驪然不覺是羲、軒後也。近春田三頃，秋園五畦，若此無災，山裝可具。侯振飲之罷，俟封勒之畢，當敬觀邠、鄹，肅尋伊、鄗，傍眺燕、隴，邪履遼、衛，覓我周之軫迹，弔他賢之憂天。當其少涉，未休此欲，但理實詭固，物好交加，或徵勢而笑其言，或觀謀而害其意。夫楊朱以此，猶見嗤於梁人，況才減揚子之器，物甚魏君之意者哉。若如漢宗之言李廣，此固許天下之有才，又知天下之時非也。豈若黨巷閭里之間，忌見貞士之遭遇，便謂是臧獲庸人之徒耳。士固願呈心於其主，露奇於所歸。卿相，末事也。若廣者，何用侯爲。至迺復有致謁於爲亂之日，被訕於害正之徒，心奇而無由露，事直而變爲枉，豈不痛哉！豈不痛哉！

若足下可謂冠負日月，籍踐淵海，心支身首，無不通照。今復出入燕、河，交關姬、衛，整笋振豪，已議於帷筵之上，提鞭鳴劍，復

呵於軍場之間，身超每深恩之所集，心動必明主之所亮。可不直議
正身，輔人君之過誤，明目張膽，謀軍家之得失，操志勇之將，薦
俊正之士，此迺足下之所以報也。不爾，便擐甲脩戈，徘徊左右，
衛君王之身，當馬首之鏑，關必固之壘，交死進之戰，使身分而主
豫，寇滅而兵全，此亦報之次也。如是，則繫匈奴於北闕無日矣，
亡但默默，窺寵而坐，謂子有心，敢書薄意。〔註229〕

　　周朗一生，仕途不順，此書稱「凡士之置身有三耳」，心馳神往，實則有
其苦衷。可見他求隱而無此修爲，求仕又無此機遇的苦悶心情。朗之辭意倜
儻，類皆如此。

　　按語：《宋書卷八十二‧列傳第四十二‧周朗》曰：

元嘉二十七年春，朝議當遣義恭出鎮彭城，爲北討大統。朗聞之解
職。及義恭出鎮，府主簿羊希從行，與朗書戲之，勸令獻其奇進
策。朗報書。〔註230〕

　　故知此書牘作於劉宋文帝‧元嘉二十七年。

## （六）梁‧江淹〈報袁叔明書〉──劉宋明帝‧泰始四年（468）
〔註231〕

　　江淹字文通，濟陽‧考城（今河南‧蘭考東）人，生於劉宋文帝‧元嘉
二十一年（444），卒於梁武帝‧天監四年（505）。《梁書卷十四‧列傳第八‧
江淹》曰：

少孤貧好學，沉靖少交遊。起家南徐州從事，轉奉朝請。宋建平王
景素好士，淹隨景素在南兗州。廣陵令郭彥文得罪，辭連淹，繫州
獄。淹獄中上書……景素覽書，即日出之。尋舉南徐州秀才，對策
上第，轉巴陵王國左常侍。景素爲荊州，淹從之鎮。少帝即位，多
失德。景素專據上流，咸勸因此舉事。淹每從容諫……景素不納。
及鎮京口，淹又爲鎮軍參軍事，領南東海郡丞。景素與腹心日夜謀
議，淹知禍機將發，乃贈詩十五首以諷焉。會南東海太守陸澄丁艱，

〔註229〕（清）嚴可均輯：《全上古三代秦漢三國六朝文‧全宋文》（臺北：世界書局，
　　　　　1982 年 2 月 4 版），卷 48，頁 7～9。
〔註230〕（梁）沈約撰：《宋書》（北京：中華書局，1983 年 4 月第 2 次印刷），頁 2091
　　　　　～2092。
〔註231〕曹道衡、劉躍進著：《南北朝文學編年史》（北京：人民文學出版社，2000 年
　　　　　11 月第 1 版），頁 204。

淹自謂郡丞應行郡事，景素用司馬柳世隆。淹固求之，景素大怒，言於選部，黜爲建安吳興令。淹在縣三年。昇明初，齊帝輔政，聞其才，召爲尚書駕部郎、驃騎參軍事。……天監元年，爲散騎常侍，左衛將軍，封臨沮先開國伯，食邑四百戶。……其年，以疾遷金紫光祿大夫，改封醴陵侯。四年，卒，時年六十二。……淹少以文章顯，晚節才思微退，時人皆謂之才盡。〔註232〕

江淹〈袁叔明傳〉曰：

友人袁炳，字叔明，陳郡·陽夏人。其人天下之士，幼有異才，學無不覽，文章俶儻，清贍出一時，任心觀書，不爲章句之學，其篤行，則信義惠和，義罄如也。常念陰松柏，詠詩書，志氣跌宕，不與俗人交。俛眉暫仕，歷國常侍員外郎府功曹臨湘令，粟之入者，悉散以贍親，其爲節也如此，數百年未有此人焉。至乃好妙賞文，獨絕於世也，又撰晉史，奇功未遂，不幸卒官，春秋二十有八。與余有青雲之交，非直銜杯酒而已。嗟乎！斯才也？斯命也？天之報施善人。何如哉！何如哉！〔註233〕

江淹〈報袁叔明書〉云：

僕知之矣，高阜爲別，執手未期。浮雲色曉，悵然魂飛。前辱贈書，知命僕息心越地，採藥稽山，友人幸甚！去歲迫名茂才，冬盡不獲有報，引領於邑，情詎可及！足下推僕者，不一二談也。

僕聞狂士之行有三，竊嘗志之。其奇者，則以紫天爲宇，環海爲池，保身大笑，被髮行歌。其次，則堅坐崩岸，僵臥深窟，朝飡松屑，夜誦仙經。其下，則辭榮城市，退耕巖谷，塞逕絕賓，杜牆不出。然者，皆羞爲西山之餓夫，東國之黜臣，而況其鄉黨乎？或有社稷之士，入而忘歸，則爭論南宮之前，衛主於邪；伏身北闕之下，納君於治。至乃一說之奇，驚畏左右，一劍之功，震慄鄰國。夫能者，惟橫議漢庭，怒髮燕路，且猶不數，而況於鄰里乎！

若僕之行止，已無可言矣。材不肖，文質無所直，徒以結髮游學，

〔註232〕　（唐）姚思廉撰：《梁書》（北京：中華書局，1973 年 5 月第 1 版），頁 247～251。

〔註233〕　（梁）江淹撰：《江醴陵集》見（明）張溥輯：《漢魏六朝百三家集》（明崇禎間（1628～1644）太倉張氏原刊本），卷 1，頁 120～121。

備聞士大夫言曰：「在國忠，處家孝，取與廉，交友義。」故拂衣於梁齊之館，抗手於楚趙之門，且十年矣。容貌不能動人，智謀不足自遠。竟慙君子之恩，卒離飢寒之禍。近親不言，左右莫教。涼秋陰陰，獨立閑館，輕塵入戶，飛鳥無迹，命保琴書而守妻子，其可得哉？

故國史，小官也，而子長爲之，執戟，下位也，而子雲居之。僕非有輕車驃騎之略，交河雲險之功，幸以盜竊文史之末，因循卜祝之間。故俛首求衣，斂眉寄食耳。若十口之隸，去爲飢寒。從疾舊里，斥歸故鄉。箕坐高視，舉酒極望。雖五侯交書，羣公走幣，僕亦在南山之南矣。此可爲智者道，難與俗士言也。

方今仲秋風飛，平原影色。水鳥立於孤洲，蒼葭變於河曲。寂然淵視，憂心辭矣！獨念賢明蚤世，英華殂落。僕亦何人，以堪久長？一旦松柏被地，墳壟刺天，何時復能銜杯酒者乎？忽忽若狂，願足下自愛也。〔註234〕

江淹與袁叔明爲莫逆之交，〈自序〉曰：「所與神遊者，唯陳留袁叔明而已。」袁叔明死，他談到兩人的友誼，在〈袁友人傳〉曰：「與余有青雲之交，非直銜杯酒而已」。

這封以眞情取勝的作品，抒發了懷才不遇的憤恨。江淹直抒胸臆，高歌悲吟，欲建功立業的心，激蕩得如波濤，所以盡情地向友人傾吐滿腹的牢騷，無所顧忌。率直中又流露出孤獨寂寞之感，加之對淒涼秋景的渲染，令人備感哀愁。在蕭瑟清風當中，有敢於大自然的殞落、凋零，作者不禁想到了生死，想到了與友人的重聚，益發感到眼下處境的窘迫。

## （七）梁・江淹〈與交友論隱書〉──劉宋後廢帝・元徽二年（474）

淹者，海濱窟穴，弋釣爲伍。自度非奇力異才，不足聞見於諸侯。每承梁伯鸞臥於會稽之墅，高伯達坐於華陰之山，心常慕之，而未能及也。嘗感子路之言，不拜官而仕，無青組、紫紱、龜紐、虎符之志。但欲史曆巫卜，爲世俗賤事耳。

而翻然十載，竟不免衣食之敗。何則？性有所短，不可韋弦者有五：

〔註234〕（梁）江淹撰：《江醴陵集》見（明）張溥輯：《漢魏六朝百三家集》（明崇禎間（1628～1644）太倉張氏原刊本），卷1，頁107～109。

一則體本疲緩，臥不肯起；二則人間應修，酷嬾作書；三則賓客相
對，口不能言；四則性甚畏動，事絕不行；五則愚婞妄發，輒被口
語。有五短而無一長，豈可處人間耶？知短而不可易者，所謂輪椎
分定也。猶如雞鶩之有毛，不能得鸞鳳之光采矣。

**況**今年已三十，白髮雜生，長夜輾轉，亂憂非一。以溢至之命，如
星殞天，促光半路，不攀長意，徒自欺取。筋駑髓冷，殊多災恙，
心頑質堅，偏好冥默。既信神農服食之言，久固天竺道士之說。守
清淨，煉神丹，心甚愛之；行善業，度一世，意甚美之。今但願拾
薇藋，誦詩書，樂天理性，斂骨折步，不踐過失之地耳。猶以妻孥
未奪，桃李須陰。望在五畝之宅，半頃之田。鳥赴簷上，水匝階下，
則請從此隱，長謝故人。若乃登峨嵋，度流沙，**殖**金石，讀仙經，
嘗聞其驗，非今日之所言也。誰謂難知，青鳥明之。貴布筆墨，然
亦焉足道哉！〔註235〕

　　江淹因爲「感子路之言，不拜官而仕，無青組、紫紋、龜紐、虎符之志，
但欲史歷巫卜，爲世俗賤事耳。」「飄然十載，竟不免衣食之敗，何則？性有
所短，不可韋絃者有五。」

　　在仕與隱的問題上，江淹內心的矛盾是很深的，痛苦也很多。這篇文章
在寫法上它借鑑了嵇康的〈與山巨源絕交書〉，以數說「五短」的形式來表現
自己不爲世用的憤慨，酷似嵇康的「有必不堪者七，甚不可者二」的寫法。
這是在「意有所鬱結」之時發憤而爲之作。當然，江淹缺乏嵇康那樣的勇氣，
始終沉迷官場，他的憤慨不過是表示了沉鬱於下僚的苦悶，等到富貴安樂之
時，一腔激憤也就煙消雲散了。

　　按語：書牘中云：「況今年以三十，白髮雜生。」姑繫此書作於劉宋後廢
帝・元徽二年。

## （八）南齊・劉善明〈遺崔祖思書〉──南齊高帝・建元二年（480）

　　劉善明，平原人，生於劉宋文帝・元嘉九年（432），卒於齊高帝・建元
二年（480）。《南齊書卷二十八・列傳第九・劉善明》曰：

少而靜處讀書，刺史杜驥聞名候之，辭不相見。……沈攸之反，太
祖深以爲憂。善明獻計……事平，太祖召善明還都，謂之曰：「卿

---

〔註235〕（梁）江淹撰：《江醴陵集》見（明）張溥輯：《漢魏六朝百三家集》（明崇禎
　　　　間（1628～1644）太倉張氏原刊本），卷1，頁106～107。

策沈攸之，雖復張良、陳平，適如此耳。」仍遷散騎常侍，領長水校尉，黃門郎，領後軍將軍、太尉右司馬。齊臺建，爲右衛將軍，辭疾不拜。……少與崔祖思友善，祖思出爲青、冀二州，善明遺書。〔註236〕

崔祖思字敬元，清河・東武城人，生於劉宋文帝・元嘉九年（432），卒於齊高帝・建元二年（480）。《南齊書卷二十八・列傳第九・崔祖思》曰：

祖思少有志氣，好讀書史。初州辟主簿，……太祖在淮陰，祖思聞風自結，爲上輔國主簿，甚見親待，參豫謀議。除奉朝請，安成王撫軍行參軍，員外正員郎，冀州中正。……建元元年，轉長兼給事黃門侍郎。……二年，進號征虜將軍，軍主如故。仍遷假節、督青、冀二州刺史，將軍如故。少時，卒。〔註237〕

劉善明〈遺崔祖思書〉云：

昔時之遊，于今邈矣。或攜手春林，或負杖秋澗，逐清風於林杪，追素月於園垂，如何故人，徂落殆盡。足下方擁旄北服，吾剖竹南甸，相去千里，閒以江山，人生如寄，來會何時。嘗覽書史，數千年來，略在眼中矣。歷代參差，萬理同異。

夫龍虎風雲之契，亂極必夷之幾，古今豈殊，此實一揆。日者沈攸之擁長蛇於外，粲、秉復爲異識所推，唯有京鎭，創爲聖基。遂乃擢吾爲首佐，授吾以大郡，付吾關中，委吾留任。既不辨有抽劍兩城之用，橫槊搴旗之能，徒以斝瓶小智，名參佐命，常恐朝露一下，深恩不酬。憂深責重，轉不可據，還視生世，倍無次緒。藿羹布被，猶篤鄙好，惡色憎聲，暮齡尤甚。出蕃不與台輔別，入國不與公卿遊，孤立天地之間，無猜無託，唯知奉主以忠，事親以孝，臨民以潔，居家以儉。足下今鳴笳舊鄉，衣繡故國，宋季荼毒之悲已蒙蘇泰，河朔倒懸之苦方須救拔。遣遊辯之士，爲鄉導之使，輕裝啓行，經營舊壤，令泗上歸業，稷下還風，君欲誰讓邪？聊送諸心，敬申貧贈。〔註238〕

---

〔註236〕（梁）蕭子顯撰：《南齊書》（北京：中華書局，1972 年 1 月第 1 版），頁 522～523。

〔註237〕（梁）蕭子顯撰：《南齊書》（北京：中華書局，1972 年 1 月第 1 版），頁 517～518。

〔註238〕（清）嚴可均輯：《全上古三代秦漢三國六朝文・全齊文》（臺北：世界書局，

劉善明與崔祖思一相友好，南齊高帝・建元二年時，祖思出爲青、冀二州刺史，善明寫信書與祖思敘舊，情理兼善。

按語：《南齊書卷二十八・列傳第九・劉善明》曰：「少與崔祖思友善，祖思出爲青、冀二州，善明遺書。」〔註239〕《南齊書卷二十八・列傳第九・崔祖思》曰：「建元二年，進號征虜將軍，軍主如故。仍遷假節、督青、冀二州刺史，將軍如故。少時，卒。」〔註240〕姑繫此書牘作於南齊高帝・建元二年。

### （九）梁・伏挺〈致徐勉書〉──梁武帝・天監二年（503）

伏挺字士標，生年不詳，卒於梁武帝・太清二年（548）。《梁書卷五十・列傳第四十四・文學下・伏挺》曰：

> 挺幼敏寤，七歲通《孝經》、《論語》。及長，有才思，好屬文，爲五言詩，善效謝康樂體。父友人樂安任昉深相歎異，常曰：「此子日下無雙。」齊末，州舉秀才，對策爲當時第一。高祖義師至，挺迎謁於新林，高祖見之甚悦，謂曰「顏子」，引爲征東行參軍，時年十八。天監初，除中軍參軍事，宅居在潮溝，於宅講《論語》，聽者傾朝，還建康正，俄以劾免。久之，入爲上書儀曹郎，遷西中郎記室參軍，累爲晉陵、武康令。罷縣還，仍於東郊築室，不復仕。……太清中，客遊吳興、吳郡，侯景亂中卒。著《邇説》十卷，文集二十卷。〔註241〕

徐勉字脩仁，東海・郯人，生於劉宋明帝・泰始二年（466），卒於梁武帝・大同元年（535）。《梁書卷二十五・列傳第十九・徐勉》曰：

> 勉幼孤貧，早勵清節。年六歲，時屬霖雨，家人祈霽，率爾爲文，見稱耆宿。及長，篤志好學。起家國子生。太尉文憲公王儉時爲祭酒，每稱勉有宰輔之量。射策舉高第，補西陽王國侍郎。尋遷太學博士，鎮軍參軍，尚書殿中郎，以公事免。又除中兵郎、領軍長史。……初與長沙宣武王（蕭懿，蕭衍長兄）遊，高祖深器賞之。及義兵至京邑（建鄴），勉於新林謁見，高祖（梁武帝蕭衍）甚加恩

---

1982 年 2 月 4 版），卷 18，頁 8。

〔註239〕　（梁）蕭子顯撰：《南齊書》（北京：中華書局，1972 年 1 月第 1 版），頁 523。

〔註240〕　（梁）蕭子顯撰：《南齊書》（北京：中華書局，1972 年 1 月第 1 版），頁 518。

〔註241〕　（唐）姚思廉撰：《梁書》（北京：中華書局，1973 年 5 月第 1 版），頁 719～723。

禮，使管書記。……（梁武帝）中大通三年，又以疾自陳，移授特
進、右光祿大夫、侍中、中衛將軍，置佐史，餘如故。……（梁武
帝）大同元年，卒，時年七十。高祖聞而流涕，即日車駕臨殯，乃
詔贈特進、右光祿大夫、開府儀同三司，餘並如故。……諡曰簡肅
公。〔註242〕

伏挺〈致徐勉書〉云：

昔士德懷顧，戀興數日；輔嗣思友，情勞一旬。故知深心所係，貴
賤一也。況復恩隆世親，義重知己，道庇生人，德弘覆蓋。而朝野
懸隔，山川邈殊，雖咳唾時沾，而顏色不覯。〈東山〉之歎，豈云旋
復；西風可懷，孰能無思。加以靜居廓處，顧影莫酬，秋風四起，
園林易色，凉野寂寞，寒蟲吟叫。懷抱不可直置，情慮不能無託，
時因吟詠，動輒盈篇。揚生沉鬱，且猶覆盎；惠子五車，彌多踦駁。
一日聊呈小文，不期過賞，還逮隆渥，累牘兼翰，紙縟字磨，誦復
無已，徒恨許與過當，有傷準的。昔子建不欲妄讚陳琳，恐見嗤哂
後代。今之過奢餘論，將不有累清談。挺竄迹草萊，事絕聞見，藉
以謳謠，得之輿牧。仰承有事砭石，仍成簡通，娛腸悅耳，稍從擯
落，宴處榮觀，務在滌除。綺羅絲竹，二列頓遣；方丈員案，三梠
僅存。故以道變區中，情沖域外；操彼絃誦，貰茲觀損。追留侯之
卻粒，念韓卿之辭榮，睠想東都，屬懷南岳，鑽仰來眤，有符下風。
雖云幸甚，然則未喻。雖復帝道康寧，走馬行卻，〈由庚〉得所，寅
亮有歸。悠悠之人，展氏猶且攘袂；浩浩白水，甯叟方欲褰裳。是
知君子拯物，義非徇己。思與赤松子遊，誰其克遂。願驅之仁壽，
綏此多福。雖則不言，四時行矣。然後黔首有庇，薦紳靡奪，白駒
不在空谷，屠羊豫蒙其賚。豈不休哉，豈不休哉。昔杜眞自閉深室，
郎宗絕迹幽野，難矣，誠非所希。井丹高潔，相如慢世，尚復遊涉
權門，雍容鄉邑，常謂此道爲泰，每竊慕之。方念擁篲延思，以陳
侍者，請至農隙，無待邀求。

挺誠好屬文，不會今世，不能促節局步，以應流俗。事等昌菹，謬
彼偏嗜，是用不羞固陋，無憚龍門。昔敬通之賞景卿，孟公之知仲

〔註242〕（唐）姚思廉撰：《梁書》（北京：中華書局，1973 年 5 月第 1 版），頁 377
　　〜387。

蔚，止乎通人，猶稱盛美，況在時宗，彌爲未易。近以蒲鞂勿用，箋素多闕，聊效東方，獻書丞相，須得善寫，更請潤訶，儻逢子侯，比復削牘。〔註243〕

按語：《梁書卷五十‧列傳第四十四‧文學下‧伏挺》曰：

挺少有盛名，又善處當世，朝中勢素，多與交遊，故不能久事隱靜。時僕射徐勉以疾假還宅，挺致書以觀其意。〔註244〕

《梁書卷二十五‧列傳第十九‧徐勉》曰：

天監二年，除給事黃門侍郎、尚書吏部郎，參掌大選。遷侍中。時王師北伐，候驛填委。勉參掌軍書，劬勞夙夜，動經數旬，乃一還宅。〔註245〕

姑繫此書牘作於梁武帝‧天監二年。

## （十）梁‧徐勉〈報伏挺書〉──梁武帝‧天監二年（503）

復覽來書，累牘兼翰，事苞出處，言兼語默，辭義周悉，意致深遠。發函伸紙，倍增憤歎。

卿雄州擢秀，弱冠升朝，穿綜百家，佃漁六學，觀眸表其韶慧，視色見其英朗，若魯國之名駒，邁雲中之白鶴。及占顯邑，試吏腴壤，將有武城弦歌，桐鄉謠詠，豈與卓魯斷斷同年而語邪？方當見賞良能，有加寵授，飾茲簪帶，寔彼周行。而欲遠慕卷舒，用懷愚智，既知益之爲累，爰悟滿則辭多，高蹈風塵，良所欽挹。況以金商戒節，素秋御序，蕭條林野，無人相樂，偃臥墳籍，遊浪儒玄，物我兼忘，寵辱誰滯？誠乃歡羨，用有殊同。今逖聽傍求，興懷寤宿，白駒空谷，幽人引領，貧賤爲恥，鳥獸難羣，故當捐此薜蘿，出從鵷鷺，無乖隱顯，不亦休哉！

吾智乏佐時，才懇濟世，稟承朝則，不敢荒窒，力弱途遙，愧心非一。天下有道，堯人何事，得因疲病，念從閑逸。若使車書混合，尉候無警，作樂制禮，紀石封山，然後乃返服衡門，寔爲多幸。但

〔註243〕（清）嚴可均編：《全上古三代秦漢三國六朝文‧全梁文》（臺北：世界書局，1963 年 5 月二版），卷 40，頁 10。

〔註244〕（唐）姚思廉撰：《梁書》（北京：中華書局，1973 年 5 月第 1 版），頁 720～721。

〔註245〕（唐）姚思廉撰：《梁書》（北京：中華書局，1973 年 5 月第 1 版），頁 377。

凤有風欵，遘茲虛眩，瘠類士安，羸同長孺，簿領沉廢，臺閣未理，
娛耳爛腸，因事而息，非關欲追松子，遠慕留侯。若乃天假之年，
自當靖恭所職。擬非倫匹，良覺辭費。覽復循環，爽焉如失。清塵
獨遠，白雲飄蕩，依然何極。猥降書札，示之文翰，覽復成誦，流
連繞紙。昔仲宣才敏，藉中郎而表譽，正平穎悟，賴北海以騰聲。
望古料今，吾有慙德。倘成卷帙，力爲稱首。無令獨耀隨掌，空使
辭人扼腕。式閭願見，宜事掃門。亦有來思，赴其懸榻。輕苕魚網，
別當以薦。城闕之歎，曷日無懷。

所遲萱蘇，書不盡意。〔註246〕

按語：《梁書卷五十·列傳第四十四·文學下·伏挺》曰：

勉報……挺後遂出仕，尋除南臺治書，因事納賄，當被推劾，挺懼
罪，遂變服爲道人，久之藏匿，後遇赦，乃出天心寺。

會邵陵王爲江州，攜挺之鎮，王好文義，深被恩禮，挺因此還俗。

復隨王遷鎮郢州，徵入爲京尹，挺留夏首，久之還京師。〔註247〕

此書牘爲徐勉〈報伏挺書〉姑繫作於梁武帝·天監二年。

## （十一）陳·陳暄〈與兄子秀書〉

陳暄，義興·國山人，生卒年不詳。《南史卷六十一·列傳第五十一·陳
慶之附陳暄傳》曰：

學不師受，文才俊逸。尤嗜酒，無節操，徧歷王公門，沉湎諧謔，
過差非度。其兄子秀常憂之，致書於暄友人何胥，冀以諷諫。暄聞
之，與秀書。〔註248〕

〈與兄子秀書〉云：

旦見汝書與《孝典》，陳吾飲酒過差。吾有此好五十餘年，昔吳國張
長公亦稱耽嗜，吾見張時，伊已六十，自言引滿大勝少年時。吾今
所進亦多于往日。老而彌篤，唯吾與張季舒耳。吾方與此子交歡于
地下，汝欲笑吾所志邪？昔阮咸、阮籍同遊竹林，宣子不聞斯言。

〔註246〕 （清）嚴可均編：《全上古三代秦漢三國六朝文·全梁文》（臺北：世界書局，
　　　　 1963 年 5 月二版），卷 50，頁 5～6。

〔註247〕 （唐）姚思廉撰：《梁書》（北京：中華書局，1973 年 5 月第 1 版），頁 721
　　　　 ～723。

〔註248〕 （唐）李延壽撰：《南史》（北京：中華書局，1975 年 6 月第 1 版），頁 1502。

王湛能玄言巧騎，武子呼爲癡叔。何陳留之風不嗣，太原之氣歸然，翻成可怪！

吾既寂漠當世，朽病殘年，產不異于顏原，名未動于卿相，若不日飲醇酒，復欲安歸？汝以飲酒爲非，吾不以飲酒爲過。昔周伯仁度江唯三日醒，吾不以爲少；鄭康成一飲三百盃，吾不以爲多。然洪醉之後，有得有失。成廚養之志，是其得也；使次公之狂，是其失也。吾常譬酒之猶水，亦可以濟舟，亦可以覆舟。故江諮議有言：「酒猶兵也，兵可千日而不用，不可一日而不備。酒可千日而不飲，不可一飲而不醉。」美哉江公，可與共論酒矣。汝驚吾墮馬侍中之門，陷池武陵之第，徧布朝野，自言焦悚。「丘也幸，苟有過，人必知之。」吾生平所願，身沒之後，題吾墓云：陳故酒徒陳君之神道」。若斯志意，豈避南征之不復，賈誼之慟哭者哉。何水曹眼不識盃鎕，吾口不離瓢杓，汝寧與何同日而醒，與吾同日而醉乎？政言其醒可及，其醉不可及也。速營糟丘，吾將老焉。爾無多言，非爾所及。〔註249〕

按語：書中云「吾既寂漠當世，朽病殘年，產不異於顏原，名未動於卿相，若不日飲醇酒，復欲安歸？」可見其功名未就，所以才遊戲人生。

# 第二節　論說類

書牘往來若用於溝通思想，闡述見解或舒發心志，其中最重要的在「理」，俗話說「有理走遍天下，無理寸步難行」。曹丕《典論‧論文》曰：「書論宜理」論理都在敘述一個核心價值，並應用「理」以強化它的真實與重要，以獲得他人認同。在魏晉南北朝書牘中，無論論學、論文、論經、論字、論政、論兵或辯駁，見解清新，立論有據，娓娓道來，無不令人懾服。

## 一、論學

古人以爲，作學問的最終目標是能求得一官半職，光耀門庭，故有「學而優則仕」之說。因此在告誡子女，朋友談論，常以做好學問爲話題。以爲有學問才能躋身於上流社會，才有機會名留青史，這是人人夢寐以求的夢想，

---

〔註249〕（清）嚴可均編：《全上古三代秦漢三國六朝文‧全陳文》（臺北：世界書局，1963年5月二版），卷16，頁3。

古人如此，今人有何差異？梁·簡文帝〈誡當陽公大心書〉說得好「可久可大，其唯學歟！」

## （一）南齊·王僧虔〈誡子書〉——劉宋明帝·泰始二年（466）

王僧虔，琅邪·臨沂人，生於劉宋文帝·元嘉三年（426），卒於南齊武帝·永明三年（485）。《南齊書卷三十三·列傳第十四·王僧虔》曰：

> 祖珣，晉司徒。伯父太保弘，（劉）宋（文帝）元嘉世為宰輔。……父曇首，右光祿大夫。……僧虔弱冠，弘厚，善隸書。宋文帝見其書素扇，歎曰：「非唯跡逾子敬，方當器雅過之。除秘書郎，太子舍人。退默少交接，與袁淑、謝莊善。轉義陽王文學，太子洗馬，遷司徒左西屬。……還為中書郎，轉黃門郎，太子中庶子。……尋遷豫章內史。入為侍中，遷御史中丞，領驍騎將軍。……尋以白衣兼侍中，出監吳郡太守，遷使持節、都督湘州諸軍事、建武將軍、行湘州事，仍轉輔國將軍，湘州刺史。……（劉宋順帝）昇明元年，遷尚書僕射，尋轉中書令，左僕射，二年，為尚書令。……（南齊高帝）建元元年，轉侍中，撫軍將軍，丹陽尹。二年，進號左衛將軍，固讓不拜。改授左光祿大夫，侍中、尹如故。……其年冬，遷持節、都督湘州諸軍〔事〕、征南將軍、湘州刺史，侍中如故。……世祖（武帝）即位，僧虔以風疾欲陳解，會遷侍中、左光祿大夫、開府儀同三司。……（南齊武帝）永明三年，薨。……時年六十。追贈司空，侍中如故。諡簡穆。〔註250〕

王僧虔〈誡子書〉云：

> 知汝恨吾不許汝學，欲自悔厲，或以闔棺自期，或更擇美業，且得有慨，亦慰窮生。但亙斯唱，未睹其實。請從先師聽言觀行，冀此不復虛身。吾未信汝，非徒然也。往年有意於史，取《三國志》聚置林頭，百日許，復徙業就玄，自當小差於史，猶未近彷彿。曼倩有云：「談何容易！」見諸玄，志為之逸，腸為之抽，專一書，轉誦數十家注，自少至老，手不釋卷，尚未敢輕言。汝開《老子》卷頭五尺許，未知輔嗣何所道，平叔何所說，馬、鄭何所異，《指》、《例》何所明，而便盛於麈尾，自呼談士，此最險事。設

---

〔註250〕（梁）蕭子顯撰：《南齊書》（北京：中華書局，1972年1月第1版），頁591～597。

令袁令命汝言《易》，謝中書挑汝言《莊》，張吳興叩汝言《老》，端可復言未嘗看邪？談故如射，前人得破，後人應解，不解即輸賭矣。且論注百氏，荊州《八袠》，又《才性四本》、〈聲無哀樂〉皆言家口實，如客至之有設也。汝皆未經拂耳瞥目。豈有庖廚不脩，而欲延大賓者哉？就如張衡思侔造化，郭象言類懸河，不自勞苦，何由至此？汝曾未窺其題目，未辨其指歸；六十四卦，未知何名；《莊子》眾篇，何者內外；《八袠》所載，凡有幾家；四本之稱，以何爲長。而終日欺人，人亦不受汝欺也。由吾不學，無以爲訓。然重華無嚴父，放勳無令子，亦各由己耳。汝輩竊議亦當云：「阿越（何日）不學，在天地間可嬉戲，何忽自課謫？幸及盛時逐歲暮，何必有所減？」汝見其一耳，不全爾也。設令吾學如馬、鄭，亦必甚勝；復倍不如，今亦必大減。致之有由，從身上來也。汝今壯年，自勤數倍許勝，劣及吾耳。世中比例舉眼是，汝足知此，不復具言。

吾在世，雖乏德業，要復推排人間數十許年，故是一舊物，人或以比數汝等耳。即化之後，若自無調度，誰復知汝事者？舍中亦有少負令譽弱冠越超清級者，於時王家門中，優者則龍鳳，劣者則虎豹，失蔭之後，豈龍虎之議？況吾不能爲汝蔭，政應各自努力耳。或有身經三公，蔑爾無聞；布衣寒素，卿相屈體。或父子貴賤殊，兄弟名聲異。何也？體盡讀數百卷書耳。吾今悔無所及，欲以前車誡爾後乘也。汝年入立境，方應從官，兼有室累，牽役情性，何處復得下帷如王郎時邪？爲可作世中學，取過一生耳。試復三思，勿諱吾言，猶捶撻志輩，冀脫萬一，未死之間，望有成就者，不知當有益否？各在爾身己切，身豈復關吾邪？鬼唯知愛深松茂柏，寧知子弟毀譽事！因汝有感，故略敍胷懷。〔註251〕

　　王僧虔在書牘中舉出許多例子，從歷史，從現實，從他本人的感受，告誡他們爲學之不易，希望他們努力具備眞才實學，不要當空談的高士。

　　〈誡子書〉云：

　　汝開《老子》卷頭五尺許，未知輔嗣何所道，平叔何所說，馬、鄭

─────────────

〔註251〕　（清）嚴可均編：《全上古三代秦漢三國六朝文·全齊文》（臺北：世界書局，1963 年 5 月二版），卷 8，頁 13～14。

何所異，《指》、《例》何所明，而便盛於麈尾，自呼談士，此最險事。
設令袁令命汝言《易》，謝中書挑汝言《莊》，張吳興叩汝言《老》，
端可復言未嘗看邪？

他不希望兒子們展開《老子》，而不知輔嗣（王弼字）的《周易注》、《老子注》何所道，平叔（何晏字）作得道德論何所說，馬融、鄭玄的撰述有何不同的看法，還有對嚴遵《老子指歸十一卷》、毋丘望之《老子指趣三卷》和王弼《易略例一卷》、虞翻、陸績《周易日月變例六卷》瞭解否？就自稱清談名家。王僧虔認為這是很危險的事。倘使碰到袁粲要和你們談《易經》，謝莊與你們言《莊子》，張緒叩問你們《老子》，還能說沒看過嗎？

〈誡子書〉亦云：

且論注百氏，荊州《八表》，又《才性四本》、〈聲無哀樂〉皆言家口實，如客至之有設也。汝皆未經拂耳瞥目，豈有庖廚不脩，而欲延大賓者哉？

王僧虔又說兒子們對玄學方面的論注，如劉表命綦毋闓、宋忠等新撰的《五經章句後定》，又鍾會撰的《四本論》，在漢魏時期討論一個人的才能與本性同、異、離、合，做為人物評鑑的標準的書籍，和嵇康的〈聲無哀樂〉都是現在清談的重要課題，而你們聽沒聽過，看也沒看過，如何與人們高談闊論呢？

〈誡子書〉亦云：

六十四卦，未知何名？《莊子》眾篇，何者內外？《八表》所載，凡有幾家？四本之稱，以何為長？而終日欺人，人亦不受汝欺也。

玄學三部主要經典為《易》、《老》、《莊》，及歷來大家注解，和才性、自然與人的主觀感情，都是清談的重要課題，如果空求虛名，這是欺騙不了人的。

按語：《南齊書卷三十三·列傳第十四·王僧虔》曰：「僧虔宋世嘗有書誡子。」〔註252〕〈誡子書〉云：「況吾不能為汝蔭，政應各自努力耳。」《南齊書卷三十三·列傳第十四·王僧虔》曰：

（劉宋明帝）泰始中，出為輔國將軍、吳興太守，秩中二千石。……徙為會稽太守，秩中二千石，將軍如故。中書舍人阮佃夫〔家〕在

〔註252〕（梁）蕭子顯撰：《南齊書》（北京：中華書局，1972年1月第1版），頁598～599。

會（下）〔稽〕，請假東歸。客勸僧虔以佃夫要倖，宜加禮接。僧虔
曰：「我立身有素，豈能曲意此輩。彼若見惡，當拂衣去耳。」佃夫
言於宋明帝，使御史中丞孫夐奏：「僧虔前位吳興，多有謬命，檢
到郡至遷，凡用功曹五官主簿至二禮吏署三傳及度與弟子，合四百
四十八人。又聽民何係先等一百十家爲舊門。委州檢削。」坐免
官。〔註253〕

《宋書卷八十五·列傳第四十五·謝莊》曰：

謝莊字希逸，陳郡陽夏人。……太宗（劉宋明帝）定亂，得出。及
即位，以莊爲散騎常侍、光祿大夫，加金章紫綬，領尋陽王師，頃
之，轉中書令，常侍、王師如故。尋加金紫光祿大夫，給親信二十
人，本官並如故。泰始二年，時年四十六。〔註254〕

《宋書卷八十九·列傳第四十九·袁粲》曰：

袁粲字景倩，陳郡陽夏人。……太宗（劉宋明帝）泰始二年，徙中
書令。〔註255〕

《南齊書卷三十三·列傳第十四·張緒》曰：

張緒字思曼，吳郡吳人。……（劉）宋明帝每見緒，輒歎其清淡。……
吏部尚書袁粲言於帝曰：「臣觀張緒有正始遺風，宜爲宮職。」……
緒長於《周易》，言精理奧，見宗一時。〔註256〕

〈誡子書〉中描寫當時士人談論玄學之風盛行，書牘中云：「設令袁令命
汝言《易》，謝中書挑汝言《莊》，張吳興叩汝言《老》，端可復言未嘗看邪？」
袁令應指袁粲爲中書令時，謝中書應指謝莊爲中書令時，張吳興應指張緒，
姑繫此書牘作於劉宋明帝·泰始二年。〔註257〕

〔註253〕（梁）蕭子顯撰：《南齊書》（北京：中華書局，1972 年 1 月第 1 版），頁 592。
〔註254〕（梁）沈約撰：《宋書》（北京：中華書局，1983 年 4 月第 2 次印刷），頁 2167
　　　　～2177。
〔註255〕（梁）沈約撰：《宋書》（北京：中華書局，1983 年 4 月第 2 次印刷），頁 2229
　　　　～2231。
〔註256〕（梁）蕭子顯撰：《南齊書》（北京：中華書局，1972 年 1 月第 1 版），頁 600
　　　　～601。
〔註257〕安田二郎撰：〈王僧虔誡子書考〉，《日本文化研究所研究報告》第 17 集（仙
　　　　臺：東北大學日本文化研究所 1981 年 3 月），頁 127。

## 附〈誡子書〉關連琅邪王氏系圖〔註258〕

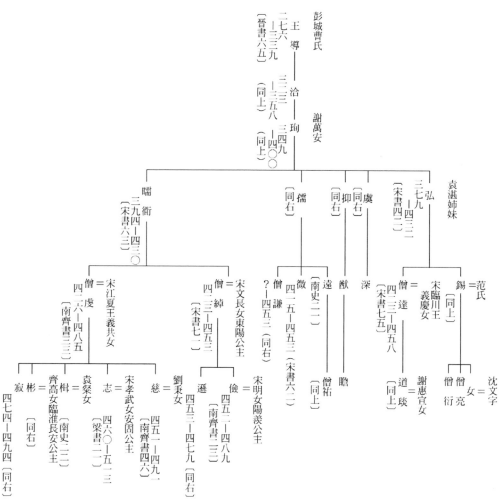

### （二）梁・簡文帝〈誡當陽公大心書〉——梁武帝・中大通四年（532）

蕭大心字仁恕，生於梁武帝・普通四年（523），卒於梁簡文帝・大寶二年（551）。《梁書卷四十四・列傳第三十八・太宗十一王》曰：

> 太宗……陳淑容生尋陽王大心……幼而聰朗，善屬文。……（梁武
> 帝）大同元年，出爲使持節、都督郢南北司定新五州諸軍事、輕車
> 將軍、郢州刺史。時年十三，……（梁武帝）太清二年，侯景寇京

〔註258〕安田二郎撰：〈王僧虔誡子書考〉，《日本文化研究所研究報告》第 17 集（仙臺：東北大學日本文化研究所 1981 年 3 月），頁 152。

邑，大心招集士卒，遠近歸之，……（梁簡文帝）大寶元年，封尋陽王，邑二千戶。……（大寶）二年秋，遇害，時年二十九。〔註259〕

簡文帝〈誡當陽公大心書〉云：

汝年時尚幼，所闕者學。可久可大，其惟學歟！所以孔丘言：「吾嘗終日不食，終夜不寢，以思，無益，不如學也。」若使墻面而立，沐猴而冠，吾所不取。

立身之道，與文章異：立身先須謹重，文章且須放蕩。〔註260〕

蕭綱與子大心書，勗其力學。以「立身先須謹重，文章且須放蕩。」兩句名言傳世。蕭綱認為：為人處世要謹慎莊重，而揮翰為文不妨恣意馳騁、吟詠性靈。其意是勿以人品定文品，突破了傳統以文如其人的文學觀為評判標準。

按語：《梁書卷四十四·列傳第三十八·太宗十一王》曰：「梁武帝·中大通四年，以皇孫封當陽公。」〔註261〕時年十歲。梁·簡文帝〈誡當陽公大心書〉云：「汝年時尚幼」姑繫此書牘作於約梁武帝·中大通四年。

（三）梁·元帝〈與學生書〉

吾聞斲玉為器，喻乎知道，惟山出泉，譬乎從學。是以執射執御，雖聖猶然；為弓為箕，不無以矣。抑又聞曰：「漢人流麥，晉人聚螢」，安有挾冊讀書，不覺風雨以至，朗月章奏，不知爝火為微，所以然者，良有以夫！可久可大，莫過乎學。求之於己，道在則尊。〔註262〕

蕭繹勉勵國子監學生要努力向學才有成就，否則即使聖人也不會騎射，良弓之子也未必會做弓。書牘中舉「漢人流麥，晉人聚螢」的例子，說明學習沒什麼捷徑可走，認為「可久可大，莫過乎學。求之於己，道在則尊。」

## 二、論文

討論文章之書牘甚多，因觀點各異，理論基礎亦殊，娓娓道來，十分精

---

〔註259〕（唐）姚思廉撰：《梁書》（北京：中華書局，1973年5月第1版），頁613。

〔註260〕（梁）簡文帝撰：《梁簡文帝集》見（明）張溥輯：《漢魏六朝百三家集》（明崇禎間（1628～1644）太倉張氏原刊本），卷1，頁62。

〔註261〕（唐）姚思廉撰：《梁書》（北京：中華書局，1973年5月第1版），頁613。

〔註262〕（梁）元帝撰：《梁元帝集》見（明）張溥輯：《漢魏六朝百三家集》（明崇禎間（1628～1644）太倉張氏原刊本），頁39。

采。但以曹植〈與楊德祖書〉最為有名，他建立了文學價值評論之理論基礎。認為文章都有病，良窳要他人來論斷，不好的應改正，但批評者也必須要有一定之文學造詣。以下是精采之論文書牘。

### （一）魏·曹植〈與楊德祖書〉——東漢獻帝·建安二十一年（216）

楊脩字德祖，弘農·華陰（今陝西華陰）人，生於東漢靈帝·熹平四年（175）〔註263〕，卒於東漢獻帝·建安二十四年（219）。《三國志卷十九·魏書·陳思王傳》注引《典略》曰：

> 太尉彪子也。謙恭才博。建安中，舉孝廉，除郎中，丞相請署倉曹屬主簿。是時，軍國多時事，脩總知外內，事皆稱意。自魏太子已下，並爭與交好。又是時臨菑侯植以才捷愛幸，來意投脩，數與脩書。……其相往來，如此甚數。植後以驕縱見疏，而植故連綴脩不止，脩亦不敢自絕。至（建安）二十四年秋，公以脩前後漏泄言教，交關諸侯，乃收殺之。脩臨死，謂故人曰：「我固自以死之晚也。」其意以為坐曹植也。脩死後百餘日而太祖崩，太子立，遂有天下。〔註264〕

曹植〈與楊德祖書〉云：

> 植白：

> 數日不見，思子為勞，想同之也。

> 僕少小好為文章，迄至於今，二十有五年矣。然今世作者，可略而言也：昔仲宣獨步於漢南；孔璋鷹揚於河朔；偉長擅名於青土；公幹振藻於海隅；德璉發跡於北魏；足下高視於上京。當此之時，人人自謂握靈蛇之珠，家家自謂抱荊山之玉。吾王於是設天網以該之，頓八紘以掩之，今悉集茲國矣！然此數子猶復不能飛鶱絕跡，一舉千里也。以孔璋之才，不閑於辭賦，而多自謂能與司馬長卿同風，譬畫虎不成，反為狗者也。前有書嘲之，反作論盛道僕讚其文。夫鍾期不失聽，于今稱之，吾亦不能妄歎者，畏後世之嗤余也！

〔註263〕陸侃如撰：《中古文學繫年》（北京：人民文學出版社，1998年7月第1次印刷），頁261～262。

〔註264〕（晉）陳壽撰，（劉宋）裴松之注：《三國志》（北京：中華書局，1982年7月第2版），頁558～560。

世人之著述，不能無病。僕常好人譏彈，其文有不善者，應時改定。昔丁敬禮嘗作小文，使僕潤飾之。僕自以才不過若人，辭不爲也。敬禮謂僕：「卿何所疑難？文之佳惡，吾自得之，後世誰相知定吾文者邪？」吾常歎此達言，以爲美談。昔尼父之文辭，與人通流，至於制《春秋》，游、夏之徒，乃不能措一辭。過此而言不病者，吾未之見也。

蓋有南威之容，乃可以論於淑媛；有龍淵之利，乃可以議於斷割。劉季緒才不能逮於作者，而好詆訶文章，掎摭利病。昔田巴毀五帝、罪三王、呰五霸於稷下，一旦而服千人，魯連一說，使終身杜口。劉生之辯，未若田氏，今之仲連，求之不難，可無歎息乎？

人各有好尚：蘭茝蓀蕙之芳，眾人之所好，而海畔有逐臭之夫；〈咸池〉、〈六莖〉之發，眾人所共樂，而墨翟有非之之論，豈可同哉！今往僕少小所著辭賦一通相與。夫街談巷說，必有可采；擊轅之歌，有應《風》《雅》，匹夫之思，未易輕棄也。辭賦小道，固未足以揄揚大義，彰示來世也。昔楊子雲，先朝執戟之臣耳，猶稱壯夫不爲也。吾雖薄德，位爲蕃侯，猶庶幾戮力上國，流惠下民，建永世之業，流金石之功，豈徒以翰墨爲勳績，辭賦爲君子哉！若吾志未果，吾道不行，則將採庶官之實錄，辨時俗之得失，定仁義之衷，成一家之言，雖未能藏之於名山，將以傳之於同好。非要之皓首，豈以今日之論乎？其言之不慚，恃惠子之知我也。

明早相迎，書不盡懷。

曹植白。〔註265〕

曹植〈與楊德祖書〉中表示自己對當時文學現狀的評價：建安諸子雖各有特色，但也不能沒有局限。並以陳琳爲例，說明作家貴在自知，切忌自我吹噓。

曹植信中云：「世人著述，不能無病」主要論說作家應當虛心，多聽取別人的批評，而不可自以爲是。且對批評家應採取的態度提出自己的看法：「有南威之容，乃可以論於淑媛，有龍淵之利，乃可以議於斷割。」認爲批評者

---

〔註265〕（魏）曹植撰：《陳思王集》見（明）張溥輯：《漢魏六朝百三家集》（明崇禎間（1628～1644）太倉張氏原刊本），頁56～58。

要有較高的文學修養，才會有深刻、中肯的文學評論，像劉季緒那樣自己夠
不上著作家水準，卻喜歡信口雌黃，是作者深惡痛絕的。

　　信尾曹植指出應當重視民間的傳說、民歌等，從中汲取精華。最後，對
老朋友講述了自己「戮力上國，流惠下民，建永世之業，留金石之功」的雄
心壯志，即使不得已而求其次，也要「成一家之言」以期「傳之同好」。

　　曹植在信中說辭賦是小道，這只是與建功立業的大事相比而言，其實他
還是相當重視文章的。這些意見大抵有現實的依據，是有所感而發的，反映
曹植的文學主張。

　　曹植與楊脩爲密友，使得曹植寫這封書信時，惜乎其志未果其道不行，
只得寄情詩賦，託言文字而傳之同好。既表達了作者成一家之言的興趣，又
流露出滿腔的抑鬱之氣，反映出曹植懷才不遇的無奈與對朋友的信賴。用語
直率而又懇切，放言無忌，暢抒胸臆，讀者從信中足以見出作者的思想、個
性和才情。全信寫得氣勢不凡，論述簡明而飄灑自如。句法上已帶明顯的駢
偶傾向，運用得自然得體。

　　按語：此信據作者自述，「僕少小好爲文章，迄至於今，二十有五年矣。」
東漢獻帝‧建安二十四年脩被刑時，植僅二十八歲，可證這裡所說二十五，
乃有生之年，非好賦之年。〔註266〕曹植生於初平二年（192），至建安二十一
年（216），虛數二十五年。姑繫此書牘作於東漢獻帝‧建安二十一年。

## （二）魏‧楊德祖〈答臨淄侯牋〉──東漢獻帝‧建安二十一年（216）

　　脩，死罪死罪。

　　不侍數日，若彌年載。豈由愛顧之隆，使係仰之情深邪？損辱嘉
命，蔚矣其文！誦讀反覆，雖諷《雅》、《頌》，不復過此。若仲宣之
擅漢表，陳氏之跨冀域，徐、劉之顯青、豫，應生之發魏國，斯皆
然矣。至於脩者，聽采風聲，仰德不暇，自周章於省覽，何遑高視
哉？

　　伏惟君侯，少長貴盛，體發、旦之資，有聖善之教。遠近觀者，徒
謂能宣昭懿德，光贊大業而已，不復謂能兼覽傳記，留思文章。今

---

〔註266〕陸侃如撰：《中古文學繫年》（北京：人民文學出版社，1998年7月第1次印
　　　　刷），頁404。

乃含王超陳，度越數子矣！觀者駭視而拭目，聽者傾首而竦耳。非夫體通性達，受之自然，其孰能至於此乎？

又嘗親見執事，握牘持筆，有所造作，若成誦在心。借書於手，曾不斯須少留思慮。仲尼日月，無得踰焉。脩之仰望，殆如此矣。是以對鵑而辭，作〈暑賦〉彌日而不獻。見西施之容，歸憎其貌者也。

伏想執事，不知其然，猥受顧錫，教使刊定。《春秋》之成，莫能損益，《呂氏》、《淮南》，字直千金。然而弟子箝口，市人拱手者，聖賢卓犖，固所以殊絕凡庸也。

今之賦頌，古詩之流，不更孔公，《風》、《雅》無別耳。脩家子雲，老不曉事，強著一書，悔其少作。若此仲山、周旦之儔，爲皆有譽邪！君侯忘聖賢之顯迹，述鄙宗之過言，竊以爲未之思也。

若乃不忘經國之大美，流千載之英聲，銘功景鐘，書名竹帛，斯自雅量素所蓄也，豈與文章相妨害哉？

輒受所惠，竊備曚瞍，誦詠而已。敢望惠施，以忝莊氏！季緒璅璅，何足以云。反答造次，不能宣備。

脩，死罪死罪。〔註267〕

　　其中論及當時文人盛況與二人文事、交誼，文情相諧，自是佳作。《文選》選此篇入編，蓋因其文章典麗而文采斐然故也。曹植〈與楊德祖書〉時，曾以「少小所作辭賦一通」，請楊脩刊定。楊脩在回信中對曹植作品，給予極高的評價：「今乃含王超陳，度越數子矣！觀者駭視而拭目，聽者傾首而竦耳。」讚賞曹植的成就已超越建安七子，具有震撼人心的感染力。書牘中云：「今之賦頌，古詩之流，不更孔公，《風》、《雅》無別耳。」楊脩更以人中孔子，文中《雅》、《頌》，比擬曹植文章的崇高地位。書牘中亦云：「若乃不忘經國之大美，流千載之英聲，銘功景鐘，書名竹帛，斯自雅量素所蓄也，豈與文章相妨害哉？」楊脩認爲辭賦的創作與「經國大業」是完全一致的。

　　按語：《三國志卷十九・魏書・陳思王傳》注引《典略》曰：「又是時臨淄侯植以才捷愛幸，來意投脩，數與脩書。……脩答曰……其相往來，如此

〔註267〕（梁）蕭統撰，（唐）李善注：《文選》（臺北：臺灣中華書局，聚珍倣宋版印，1966年3月臺一版），卷40，頁9～10。

甚數。」〔註268〕即答曹植〈與楊德祖書〉所作之書，亦當作於東漢獻帝・建安二十一年。

### （三）魏・陳琳〈答東阿王牋〉——東漢獻帝・建安二十一年（216）

陳琳字孔璋，廣陵（今江蘇・揚州）人，約生於東漢桓帝・延熹三年（160）〔註269〕，卒於建安二十二年（217）。《三國志卷二十一・魏書・附王粲傳第二十一・陳琳》曰：

> 琳前爲何進主簿。進欲誅宦官，太后不聽，進乃召四方猛將，並使引兵向京城，欲以劫恐太后。琳諫進，……進不納其言，竟以取禍。琳避難冀州，袁紹使典文章。袁氏敗，琳歸太祖。太祖謂曰：「卿昔爲本初移書，但可罪狀孤而已，惡惡止其身，何乃上及父祖邪？」琳謝罪，太祖愛其才而不咎。〔註270〕

劉宋・裴松之注引《典略》曰：

> 琳作諸書及檄，草呈太祖（曹操），太祖先苦頭風，是日疾發，臥讀琳所作，翕然而起曰：「此愈我病。」數加厚賜。〔註271〕

陳琳〈答東阿王牋〉云：

> 琳，死罪死罪。
>
> 昨加恩辱命，并示〈龜賦〉，披覽粲然。君侯體高俗之才，秉青萍、干將之器，拂鐘無聲，應機立斷，此乃天然異稟，非鑽仰者所庶幾也。音義既遠，清詞妙句，焱絕煥炳。譬猶飛兔流星，超山越海，龍驥所不敢追，**況**於駑馬，可得齊足哉！
>
> 夫聽〈白雪〉之音，觀〈綠水〉之節，然後〈東野〉、〈巴人〉，蚩鄙益著。載歡載笑，欲罷不能，謹韜檀玩耽，以爲吟頌。
>
> 琳，死罪死罪。〔註272〕

---

〔註268〕（晉）陳壽撰，（劉宋）裴松之注：《三國志》（北京：中華書局，1982年7月第2版），頁558。

〔註269〕陸侃如撰：《中古文學繫年》（北京：人民文學出版社，1998年7月第1次印刷），頁299。

〔註270〕（晉）陳壽撰，（劉宋）裴松之注：《三國志》（北京：中華書局，1982年7月第2版），頁600。

〔註271〕（晉）陳壽撰，（劉宋）裴松之注：《三國志》（北京：中華書局，1982年7月第2版），頁601。

〔註272〕（魏）陳琳撰：《陳記室集》見（明）張溥輯：《漢魏六朝百三家集》（明崇禎

陳琳以文學與曹植友善，曹植以所著〈龜賦〉示陳琳，琳讚賞不已，報書致謝。對曹植的才幹、人品、學識、文章也倍加稱揚。對曹植的作品，從內容、音節、辭采三方面予以高度贊許。此書牘寫得情真意切，行文流暢，顯示了陳琳長於章、表、書、記的特色。

按語：陳琳給東阿王曹植所寫的這封信箋，史書上沒有記載，故其寫作年月不得而知，但陳琳卒於建安二十二年，所以此書應作於建安二十二年前。〔註273〕

## （四）魏·曹丕〈又與吳質書〉——東漢獻帝·建安二十三年（218）

二月三日，丕白：

歲月易得，別來行復四年。三年不見，〈東山〉猶歎其遠，**況**又過之，思何可支？雖書疏往返，未足解其勞結。

昔年疾疫，親故多離其災，徐、陳、應、劉，一時俱逝，痛可言邪！昔日游處，行則連輿，止則接席，何曾須臾相失？每至觴酌流行，絲竹並奏，酒酣耳熱，仰而賦詩，當此之時，忽然不自知樂也。謂百年己分，長共相保，何圖數年之間，零落略盡，言之傷心！頃撰其遺文，都為一集，觀其姓名，已為鬼錄。追思昔遊，猶在心目，而此諸子化為糞壤，可復道哉！

觀古今文人，類不護細行，鮮皆能以名節自立。而偉長獨懷文抱質，恬淡寡欲，有箕山之志，可謂「彬彬君子」矣。著《中論》二十餘篇，成一家之業，辭義典雅，足傳於後，此子為不朽矣。德璉常斐然有述作意，其才學足以著書，美志不遂，良可痛息。間者歷覽諸子之文，對之抆淚，既痛逝者，行自念也。孔璋章表殊健，微為繁富。公幹有逸氣，但未遒耳，至其五言詩妙絕當時。元瑜書記翩翩，致足樂也。仲宣獨自善於辭賦，惜其體弱，不足起其文，至於所善，古人無以遠過也。昔伯牙絕絃於鍾期，仲尼覆醢於子路，愍知音之難遇，傷門人之莫逮也。諸子但為未及古人，自一時之**儁**也。今之存者，已不逮矣。後生可畏，來者難誣，然吾與足下不及

---

間（1628～1644）太倉張氏原刊本），頁17。

〔註273〕鄧永康編：《魏曹子建先生植年譜》（臺北：臺灣商務印書館，1981年12月初版），頁14。

見也。

年行已長大，所懷萬端，時有所慮，至乃通夕不瞑，何時復類昔日？已成老翁，但未白頭耳！光武言：「年已三十，在軍十年，所更非一。」吾德雖不及，年與之齊。以犬羊之質，服虎豹之文；無眾星之明，假日月之光，動見瞻觀，何時易邪？恐永不復得爲昔日遊也。少壯眞當努力，年一過往，何可攀援！古人思秉燭夜游，良有以也。

頃何以自娛？頗復有所造述否？東望於邑，裁書敘心。

丕白。〔註274〕

　　吳質比曹丕大十歲，從建安八年（203）起就遊於曹氏兄弟和建安七子間，以文才受到曹丕、曹植兄弟的禮遇。建安二十二年（217），中原大疫，徐幹、陳琳、應瑒、劉楨一時俱逝。次年，曹丕爲故友編纂文集，給吳質寫了這封信，表達了傷悼亡友以及懷舊之情。曹丕在本文中與吳質追懷當年他們詩酒論交，脫略形跡的宴遊情景，也就是追憶文學史上所謂「鄴下文學集團」的盛況。既是寫給吳質的信，自然先由對吳質的思念勞結起筆，進而轉入對亡友的追思。昔日游處時日連興接席的情義與歡樂猶在心目，而其人卻化爲糞壤，此痛此悲，可復道哉！于是作者又一一評述亡友的德才成就，中肯恰當，皆爲一時之俊，自可以不朽矣。語辭之間，充溢著深切的懷舊情愫。遺憾的是年壽不久，盛事難再，撫今追昔，不勝感慨，一種難以抑制的今昔盛亡之感，充溢在這封傷逝懷舊的信中。由亡友的早逝，又聯想到今之存者，因而，曹丕又轉而抒發自己的人生感嘆。深有所悟地說道「少壯眞當努力」，實際上仍然充滿了對昔日志意的留戀與懷念。信的結尾，又轉回對吳質的關懷和問訊，言簡而情長。文章由生及死，撫今追昔，將議論、抒情與述事三者合而爲一，詞美情摯，簡潔明確，過渡自然，懷舊之情貫穿始終，繁而不亂，疏而不散。

　　按語：《曹丕年譜暨作品繫年》曰：「丕書（〈與吳質書〉）云：『頃撰其遺文』如丕撰諸人遺文是在此年，並爲作序。」〔註275〕曹丕〈又與吳質書〉云：

---

〔註274〕（魏）曹丕撰：《魏文帝集》見（明）張溥輯：《漢魏六朝百三家集》（明崇禎間（1628～1644）太倉張氏原刊本），卷1，頁50～51。

〔註275〕洪順隆撰：《魏文帝曹丕年譜暨作品繫年》（臺北：商務印書館，1989年2月初版），頁270～272。

「昔年疾疫，親故多離其災，徐、陳、應、劉，一時俱逝，痛可言邪！」徐幹、陳琳、應瑒、劉楨卒於建安二十二年，可知寫信之時已非建安二十二年。據《三國志卷二十一‧魏書‧附王粲傳》劉宋‧裴松之注引《魏略》曰：「（建安）二十三年，太子（曹丕）又與質書曰：『歲月易得，別來行復四年。……』」〔註276〕可確知本文作於建安二十三年。

### （五）西晉‧陸雲〈與兄平原書〉廿三篇——西晉惠帝‧永康元年（300）至西晉惠帝‧太安二年（303）

陸機字士衡，吳郡‧華亭（今上海市松江）人，生於吳景帝‧永安四年（261），卒於西晉惠帝‧泰安二年（303）。《晉書卷五十四‧列傳第二十四‧陸機》曰：

> 少有異才，文章冠世，伏膺儒術，非禮不動。……年二十而吳滅，退居舊里，閉門勤學，積有十年。……至（西晉武帝）太康末，與弟雲俱入洛，……初，宦人孟玖弟超並爲穎所嬖寵。……玖疑機殺之，遂譖機於穎，言其有異志。……因與穎牋，詞甚悽惻。既而歎曰：「華亭鶴唳，豈可復聞乎！」遂遇害於軍中，時年四十三。〔註277〕

陸雲與〈與兄平原書〉共卅五篇，其中第三篇、第四篇、第五篇、第七篇、第九篇、第十篇、第十一篇至第十八篇、第廿一篇、第廿二篇、第廿四篇、第廿五篇、第廿七篇、第廿九篇、第卅二篇、第卅四篇、第卅五篇，常與兄平原君討論文章的寫作。茲述如下：

第三篇

> 雲再拜：
>
> 前省皇甫士安〈高士傳〉、復作〈逸民賦〉，今復送之，如欲報稱，久不作文，多不悅澤。兄爲小潤色之，可成佳物。願必留思，三言五言，非所長，頗能作賦，爲欲作十篇許，小者以爲一分生于愁思，遂復文，誨欲得雲論，聞在郡紛紛有所鈞定，言語流行斷絕。欲更定之，而了不可以思慮。今自好，醜不可視，想冬下體中佳，能定

---

〔註276〕（晉）陳壽撰，（劉宋）裴松之注：《三國志》（北京：中華書局，1982 年 7 月第 2 版），頁 608。

〔註277〕（唐）房玄齡等撰：《晉書》（北京：中華書局，1982 年 12 月第 2 次印刷），頁 1467～1480。

之耳。兄文章已自行天下，多少無所在，且用思困人，亦不事復及，以此自勞役閒居，恐復不能，不願當日消息。

謹啓。

### 第四篇

雲再拜：

〈祠堂頌〉已得省，兄文不復稍論，常佳；然了不見出語，意謂非兄文之休者。前後讀兄文，一再過便上口語，省此文雖未大精，然了無所識，然此文甚自難事，同又相佀，益不古，皆新綺，用此已自爲洋洋耳。〈答少明詩〉亦未爲妙，省之如不悲苦，無惻然傷心言。今重復精之，一日見正叔與兄讀古五言詩，此生歎息欲得之。

謹啓。

### 第五篇

雲再拜：

〈二祖頌〉甚爲高偉，雲作雖時有一佳語，見兄作，又欲成貧儉家，無緣當致兄，此謙辭。又雲亦復不以苟自退耳，然意故復謂之微多。「民不輟歎」一句，謂可省。武烈未得有吳説桓王之事，而云建其孤，恐大祖不得爲桓王之孫，雲前作此頌，及信，以白兄作〈遊仙詩〉，故自能。〈劉氏頌〉極佳，但無出言耳。二頌不減，復過所望，如此已欲解此，公之半〈歲暮賦〉，甚欲成之，而不可自用，得此百數十字，今送不知于諸賦者不罷少不？想少佳，成當送到洛，陳琳大荒甚極，自雲作必過之，想終能自果耳。

謹啓。

### 第七篇

雲再拜：

誨欲定《吳書》，雲昔嘗已商之兄，此眞不朽事，恐不與十分好書。同是出千載事，兄作必自與昔人相去。辯亡則已是過秦對事，求當可得耳。陳壽《吳書》有魏賜九錫文，及分天下文，《吳書》不載，又有嚴陸諸君傳，今當寫送兄體中佳者，可竝思諸應作傳，及作引甚單，當欲引之，未得所作引甚好，雲方欲更作引。

〈述思賦〉黨自竭屬，然雲意皆已盡，不知本復何言？方當積思，

思有利鈍，如兄所賦，恐不可須。願兄且以示伯聲兄弟。前日觀習，先欲作講武賦，因欲遠言大體，欲獻之大將軍。才不便作大文，得少許家語，不知此可出不？故鈔以白兄。

若兄意謂此可成者，欲試成之。大文難作，庶可以爲〈關雎〉之見微。

謹啓。

第九篇

雲再拜：

省諸賦皆有高言絕典，不可復言。頃有事復不大快，凡得再三視耳。其未精，倉卒未能爲之次第。省〈述思賦〉，流深情至言，實爲清妙，恐故復未得爲兄賦之最。兄文自爲雄，非累日精拔，卒不可得言。〈文賦〉甚有辭，綺語頗多。文適多體，便欲不清，不審兄呼爾不？〈詠德頌〉甚復盡美，省之惻然。〈扇賦〉腹中愈，首尾發頭一而不快。言「烏雲龍見」，如有不體。〈感逝賦〉愈前，恐故當小，不然一至不復減。〈漏賦〉可謂清工，兄頓作爾多文，而新奇乃爾，眞令人怖，不當復道作文。

謹啓。

第十篇

雲再拜：

〈祠堂贊〉甚已盡美，不與昔同，既此不容多說，又皆一事，非兄亦不可得。

見〈弔少明〉殊復勝前，〈弔蔡君〉清妙不可言。漢功臣頌甚美，恐〈弔蔡君〉，故當爲最，使雲作文，好惡爲當，又可成耳，至于定見文，唯兄亦怒其無遺情而不自盡耳。〈丞相贊〉云：「披結散紛」辭中原不清利，兄已自作銘，此但頌實事耳，亦謂可如兄意，眞說事而已，若當復屬文于引，便當書前銘耳。

謹啓。

第十一篇

雲再拜：

往日論文，先辭而後情，尚絜而不取悅澤。嘗憶兄道張公父子論

文，實自欲得，今日便欲宗其言。兄文章之高遠絕異，不可復稱言，然猶皆欲微多，但清新相接，不以此爲病耳。若復令小省，恐其妙欲不見，可復稱極，不審兄由以爲爾不？〈茂曹碑〉皆自是蔡氏碑之上者，比視蔡氏數十碑，殊多不及言，亦自清美。愚呂無疑。不存三祖贊不可，聞武帝贊如欲管流澤，有以常相稱美，如不史願更視之，小跛幾而悦奕爲盡理。雲今意視文，乃好清省，欲無以尚，意之至此，乃出自然。張公在者必罷，必復呂此見調。不知〈九愍〉不多，不當小減；〈九悲〉、〈九愁〉連日鈔除，所去甚多。才本不精，正自極此，願兄小爲之，定一字兩字。出之便欲得遲，望不言。

謹啓。

第十二篇

雲再拜：

仲宣文，如兄言，實得張公力，如子桓書，亦自不乃重之，兄詩多勝其思親耳。〈登樓賦〉無乃煩〈感丘〉，其弔夷齊，辭不爲偉，兄二弔自美之。但其呵二子小工，正當以此言爲高文耳。文中有于是爾，乃于轉句誠佳，然得不用之益快，有故不如無。又于文句中，自可不用之，便少亦常云四言轉句，以四句爲佳。

往曾以兄〈七羨〉「回煩手而沈哀」結上兩句爲孤，今更視定，自有不應用，時期當爾，復以爲不快，故前多有所去。〈喜霽〉「俯順習坎，仰熾重離」，此下重得如此語爲佳，思不得其韻，願兄爲益之。

謹啓。

第十三篇

雲再拜：

嘗問湯仲歎《九歌》，昔讀《楚辭》，意不大愛之。項日視之，實自清絕滔滔。故自是識者，古今來爲如此種文，此（屯）爲宗矣，視《九章》，時有善語，大類是穢文，不難舉意，視《九歌》，便自歸謝絕，思兄常欲其作詩文，獨未作此曹語，若消息小佳（往），願兄可試作之，兄復不作者，恐此文獨單行千載，聞常謂此曹語，不好視《九歌》，正自可歎息，王襃作〈九懷〉，亦極佳，恐猶自繼，眞

玄盛稱《九辯》，意甚不愛。

第十四篇

雲再拜：

項得張公封禪事，平平耳，不及李氏，其文無比，恐非其所作，欲
見此公劉氏世頌，有信願付雲。項又爲輔吳奮威作頌，欲愈前頌，
然意**並**不以快，遣信當送〈九愍〉三賦，脫然謂可舉意，假彼頌便
有怯處，想無又聞便可耳，大類不便作四言五言。

謹啓。

第十五篇

雲再拜：

誨二賦佳，久不復作文，又不復視文章，都自無次第，文章既自可
羨，且解愁忘憂；但作之不工，煩勞而棄力，故久絕意耳。在此悲
思，視書不能解，前作二篇後，爲復欲有所作以慰，小思慮，便大
頓極，不知何以乃爾？前登城門，意有懷，作〈登臺賦〉，極未能
成；而崔君苗作之，聊復成前意，不能令佳，而羸瘁累日。猶云逾
前二賦，不審兄平之云何，願小有損益，一字兩字，不敢望多。326
音楚，願兄便定之。兄音與獻彥之屬，皆願仲宣須賦獻與服繁。張
公語雲云：「兄文故自楚，須作文爲思昔所識文。」乃視兄作誄，又
令結使說音耳。兄所撰，願且可付之，此有書者更校善書送信，還
望之。

謹啓。

第十六篇

雲再拜：

疏成高作未得去，省登遐傳，因作登遐頌，須臾便成，視之復謂可
行，今**並**送之，尚未刊（定）利及比信，今更有何所損益，後八人
了無事，合會之才得二篇耳。索度是淫鬼，無緣在此中，故不可作
頌，愁邑忽欲復作文，臨時輒自云佳，小久報不能視，爲此故息意，
文欲定前于用功夫，大小文隨了，爲以解愁作爾。今視所作不謂乃
極，更不自信，恐年時間復損棄之，徒自困苦爾，兄小加潤色，便
欲可出極不？苦作文，但無新奇，而體力甚困瘁耳。謹索幼安在此，
令之草，今住一弘，不呼作工。謹啓。

第十七篇

雲再拜：

誨頌兄乃以爲佳，甚以自慰，文章當貴經緯（綺），如謂後頌語如漂漂，故謂如小勝耳。〈九愍〉如兄所誨亦殊過望，雲意自謂當不如三賦情雖非體所長，欲**徧**周流，雲意亦謂爲佳耳，然不云其逾于與漁父，吾今多少有所定及所欲去留粗爾。今送本往不審能勝，故不覺亦殊，爲以爲了南去轉遠洛中，勿勿少暇，願兄敕所遺留爲當爾，可須來不佳思慮益處，爲能補所欲去。「徹」與「察」皆不與「日」韻，思惟不能得，願賜此一字。雲作文如兄所論，已過所望，況乃當敢今兄有張蔡之懷，得此乃懷怖也。

謹啓。

第十八篇

雲再拜：

誨〈歲暮〉如兄如所誨，雲意亦如前啓，情言深至述恩自難，希每憶當侍自論文爲當復自力耳。雲意呼發頭，但當小不如復耳，兄乃不好者，試當更思之所誨，雲文所比〈愁霖〉、〈喜霽〉之徒，實有可爾者，登樓名高，恐未可越爾。楊四公，黃胡頌恐此不得見，比聞兄此誨，若有喜懼交集，〈祖德頌〉無大諫語耳，然靡靡清工，用辭緯澤，亦未易，恐兄未熟視之耳。兄文方當日多，但文實無貴于爲多；多而如兄文者，人不屬其多也。屢視諸，故時文皆有恨文體成爾然新聲，故自難復過。〈九悲〉多好語，可耽詠，但小不韻耳。皆已行天下，天下人歸高如此，亦可不復更耳。兄作大賦，必好意精時故願兄作數大文，近日視子安賦，亦對之歎息絕工矣，兄誨又爾，故自是高手。

謹啓。

第廿一篇

雲再拜：

誨前二賦佳視之，行已復不如初昔，文自無可成藏之，甚密而爲復漏顯世欲爲益者豈有謂之不善，而不爲懷此不成意，想兄已得懷之耳。有作文唯尚多，而家多豬羊之徒。作〈蟬賦〉二千餘言，〈隱士賦〉三千餘言，既無藻偉體，都自不**偓**事。文章實自不當多。古今

之能爲新聲絕曲者，無又過兄。兄往日文雖多瑰鑠，至于文體，實不如今日。閒在洛有所視已當赦而比更隆，以今意觀文見此眞史，呂爲不盡善文罷云，故日向人歎兄文人終來同殂，以此爲病，張公文，無他異，正自情（清）省，無煩長。作文正爾，自復佳。兄文章已顯一世，亦不足復多自困苦，適欲白兄，可因今清靜，盡定昔日文，但當鉤除，差易爲功力。誨已，定敬長誄意當闇與兄合。雲久絕音于文章，由前日見教之後，而作文解愁，聊復作數篇，爲復欲有所爲以忘憂。貧家佳物便欲盡，但有錢穀復羞出之而。體中殊不可以思慮，腹立滿，背便熱，亦誠可悲。閒視〈大荒傳〉，欲作〈大荒賦〉，既自難工，又是大賦，恐交自困絕。異往經比干墓悵然，欲弔之無又既意又事業。

## 第廿二篇

雲再拜：

張公藏誄自過五言詩耳，但雲自不便五言詩由已而言耳，玄泰誄自不及士祚誄，兄〈丞相箴〉小多，不如〈女史〉清約耳。恐兄無緣思于此意猶云何而況乃有高倫更復無意，雲故日不作文而當少，張公文今所作，兄輒復云過之得作此公筆便可斐然，有所謝，故自爲不及諸碑藏筆甚極不足與校歌亦平平彼見人讚敍者，當與令伯倫吳百官次第公卿名伯略盡識少交當具頃作頌及吳事有愴然，且公傳未成諸人所作多不盡理，兄作之公私竝敍，且又非常業，從雲兄來作之今略已成甚復可借事少功夫亦易耳，猶可得五十卷。

謹啓。

## 第廿四篇

雲再拜：

《吳書》是大業，既可垂不朽且非兄述此一國事遂亦失兄諸列人皆是名士，不知姚公足爲作傳，不可著儒林中耳。不大識唐子正事，愚謂常侍便可連于尚書傳下書定自難，雲少作書，至今不能令成日見其不易，前數卷爲時有佳語，近來意亦殊已莫莫，猶當一定之，恐不全此七卷，無意復望，增欲作文章六七紙卷十分可令皆如，今所作筆爲復差徒爾。文章誠不用多，苟卷必佳，便謂此爲足。

今見已向四卷比五十可得成，但恐胸中成爾爾，恐兄胸疾，必述作

人，故計兄凡著此之自損胸中無緣，不病作書猶差易讚敘，亦復無幾年，歲根之猶當小復。

謹啓。

第廿五篇

雲再拜：

一日會公，大欽欣命坐者皆賦諸詩了不作備，此日又病極得思惟立草復不爲，乃倉卒退還，猶復多，少有所定，猶不副意與頌雖同體然佳，不如頌不解此意，可以王弘遠去當祖道**佀**，當復作詩，搆作此一篇至積思復欲，不如前倉卒時不知爲可存錄不？諸詩未出別寫送弘遠詩極佳中靜作，亦佳張魏郡作急，就詩公甚笑，燕王亦**佀**不復祖道弘遠已作爲存耳，見〈園蔡詩〉清工，然猶復非兄詩妙者。雲詩亦唯爲彼一語，如佳先已先得，便自委頓欲更作之，昔如已身先此篇詩了不復恢佛識，有此語此語于常言爲佳。

謹啓。

第廿七篇

雲再拜：

一日視伯嗒〈祖德頌〉，亦以述作宜襃揚祖考爲先，聊復作此頌，今送之，願兄爲損益之，欲令省而正自輒多。欲無可，如省碑文通大悦愉，有**佀**賦，愚謂小復質之爲佳，前作此頌，書之行欲遣信以白兄，昨聞有賦消息愁憤無賴既冀又然又已成書，聊以付信耳。尋得李寵〈勸封禪〉草，信自有才，頗多煩長耳。令送閒人，又有張公所作，已令寫別送臨紙罔罔不知復所言。

謹啓。

第廿九篇

雲再拜：

君苗文天才中亦少爾，然自復能作文，雲唯見其〈登臺賦〉及詩頌作〈愁霖賦〉，極佳，頗仿雲，雲所如多恐，故當在二人後，然未究（見其文）。見兄文，輒云欲燒筆硯，以爲此故，不喜出之。曹志，苗之婦公，其婦及兒，皆能作文，項借其《釋詢》二十七卷，當欲百餘紙寫之，不知兄盡有不？李氏云「雪」與「列」韻，曹便復不

用。人亦復云：「曹不可用者，音自難得正。」

謹啓。

第卅二篇

雲再拜：

誨頌，兄意乃以爲佳，甚以自慰。今易上韻，不知差前不？不佳者，願兄小爲損益，今定下云：「靈旆電揮」。因兄見許，意遂不恪，不知可作蔡氏〈祖德頌〉比不？景猶有蔡氏文四十餘卷，小者六七紙，大者數十紙，文章亦足爲然，然其可貴者，故復是常所文耳。雲頃不佳思慮，胸腹如鼓，夜不便眠。了不可又以有意，兄不佳。文章已足垂不朽。不足又多。

謹啓。

第卅四篇

雲再拜：

頃哀思，更力成〈歲暮賦〉，適且畢，猶未大定。自呼前後所未有，是雲文之絕無；又憶兄常云：「文後成者，恆謂之佳。」貞小爾，恐數自後轉，不如今且欲寄之，既未大定，又恐此信至兄已發，當因著洛。

謹啓。

第卅五篇

雲再拜：

兄前表甚有深情遠旨可耽味，高文也。兄文雖復自相爲作多少然，無不爲高。

體中不快，不足復以自勞役耳。前集兄文爲二十卷，適訖一十當黃之書，不工紙，又惡恨不精。

謹啓。

劉師培《中古文學史》曰：「陸雲〈答兄平原書〉多論文之作，於文章得失，詮及細微。」〔註278〕陸雲在〈與兄平原書〉中，談到與朋友在文學創作上的切磋之樂，及對文學批評應該採取的態度。

---

〔註278〕劉師培著：《中古文學史》（上海：上海書店，1991年9月第一版），頁75。

按語：陸雲〈與兄平原書〉三十五篇，筆者在此僅舉有關陸雲與兄陸機論文學創作或評論其詩文的書牘。據陸侃如與逯欽立辯證，寫作年代一說全部爲西晉惠帝・永寧元年（301）；一說爲西晉惠帝・永康元年（300）至西晉惠帝・太安二年（303）。〔註279〕筆者採陸侃如之說，可參酌陸侃如撰的《中古文學繫年》。〔註280〕

## （六）劉宋・范曄〈與諸甥姪書〉——劉宋文帝・元嘉二十二年（445）

范曄字蔚宗，順陽（今河南浙川東）人，生於東晉安帝・隆安二年（398），卒於劉宋文帝・元嘉廿二年（445）。《宋書卷六十九・列傳第二十九・范曄》曰：

> 車騎將軍泰少子也。……出繼從伯弘之，襲封武興縣五等侯。少好學，博涉經史，善爲文章，能隸書，曉音律。年十七，州辟主簿，不就。高祖相國掾，彭城王義康冠軍參軍，隨府轉右軍參軍，入補尚書外兵郎，出爲荊州別駕從事史。尋召爲祕書丞，父憂去職。服終，爲征南大將軍檀道濟司馬，領新蔡太守。……元嘉九年左遷曄宣城太守。不得志，乃刪眾家《後漢書》爲一家之作。在郡數年，遷長沙王義欣鎮軍長史，加寧朔將軍。元嘉十六年，母亡，……服闋，爲始興王濬後軍長史，領南下邳太守。及濬爲揚州，未親政事，悉以委曄。尋遷左衛將軍、太子詹事。〔註281〕

范曄〈與諸甥姪書〉云：

> 吾狂釁覆滅，豈復可言？汝等皆當以罪人棄之。然平生行己在懷，猶應可尋。至於能不意中所解，汝等或不悉知。
>
> 吾少懶，學問晚成，人年三十許，政始有向耳。自爾以來，轉爲心化，推老將至者，亦當未已也。往往有微解，言乃不能自盡。爲性不尋注書，心氣惡，小苦思，便憒悶。口機又不調利，以此無談功。至於所通解處，皆自得之於胸懷耳。文章轉進，但才少思難，所以

---

〔註279〕逯欽立撰：〈關於〈文賦〉——逯欽立先生〈文賦撰出年代考〉書〉《陸侃如古典文學論文集》（上海：上海古籍出版社，1987 年 1 月），頁 651～654。

〔註280〕陸侃如撰：《中古文學繫年》（北京：人民文學出版社，1998 年 7 月第 1 次印刷），頁 790～791、799、802、810～811。

〔註281〕（梁）沈約撰：《宋書》（北京：中華書局，1983 年 4 月第 2 次印刷），頁 1819～1820。

每於操筆，其所成篇，殆無全稱者。常恥作文士。

文患其事盡於形，情急於藻，義牽其旨，韻移其意。雖時有能者，大較多不免此累。政可類工巧圖繢，竟無得也。常謂情志所託，故當以意爲主，以文傳意。以意爲主，則其旨必見；以文傳意，則其詞不流。然後抽其芬芳，振其金石耳。此中情性旨趣，千條百品，屈曲有成理。自謂頗識其數，嘗爲人言，多不能賞，意或異故也。

性別宮商，識清濁，斯自然也。觀古今文人，多不全了此處，縱有會此者，不必從根本中來。言之皆有實證，非爲空談。年少中，謝莊最有其分，手筆差易，文不拘韻故也。吾思乃無定方，特能濟難，適輕重，所稟之分猶當未盡。但多公家之言，少於事外遠致，以此爲恨，亦由無意於文名故也。

本未關史書，政恆覺其不可解耳。既造《後漢》，轉得統緒。詳觀古今著述及評論，殆少可意者。班氏最有高名，既任情無例，不可甲乙辨，後贊於理近無所得，唯志可推耳。博贍不可及之，整理未必愧也。吾雜傳論，皆有精意深旨，既有裁味，故約其詞句。至於《循吏》以下及《六夷》諸序論，筆勢縱放，實天下之奇作。其中合者，往往不減《過秦》篇。嘗共比方班氏所作，非但不愧之而已。欲徧作諸志，《前漢》所有者悉令備。雖事不必多，且使見文得盡。又欲因事就卷內發論，以正一代得失，意復未果。贊自是吾文之傑思，殆無一字空談，奇變不窮，同合異體，乃自不知所以稱之。此書行，故應有賞音者。紀、傳例爲舉其大略耳，諸細意甚多。自古體大而思精，未有此也。恐世人不能盡之，多貴古賤今，所以稱情狂言耳。

吾於音樂，聽功不及自揮，但所精非雅聲，爲可恨。然至於一絕處，亦復何異邪？其中體趣，言之不盡，弦外之意，虛響之音，不知所從而來。雖少許處，而旨態無極。亦嘗以授人，士庶中未有一豪似者，此永不傳矣！

吾書雖小小有意，筆勢不快，餘竟不成就，每愧此名。〔註282〕

---

〔註282〕　（清）嚴可均編：《全上古三代秦漢三國六朝文・全宋文》（臺北：世界書局，

　　范曄因生於東晉末年，劉宋之世，時風好文，期間文人雅士，騰聲標舉，受文風影響，其亦喜文墨。故著《後漢書》，創作〈文苑傳〉，又於獄中〈與諸甥姪書〉論述文章文質、聲律等問題。

　　范曄曉音律，書牘中云：「吾於音樂，聽功不及自揮，但所精非雅聲。」強調「弦外之意，虛響之音。」這思想也表現於他的文學創作之中，認為「文患其事盡於形，情急於藻……常謂情志所託，當以意為主，以文傳意。」為文應含蓄而留餘韻，且應在「以意為主」的原則下務辭采、講聲韻：「以文傳意，則其詞不流。然後抽其芬芳，振其金石耳。」批評為文不應該「義牽其旨，韻移其意。」他提出「清」、「濁」的聲律概念：「性別宮商，識清濁，斯自然也。」，范曄此時已意識到文字聲調與音樂的「宮商」之調相類似，但未將其述諸文字，就辭世。直到沈約，才真正論及詩歌聲律理論。

　　按語：《宋書卷六十九‧列傳第二十九‧范曄》曰：

> 初，魯國孔熙先博學有縱橫才志，……為員外散騎侍郎，不為時所知，久不得調。初熙先父默之為廣州刺史，以贓貨得罪下廷尉，大將軍彭城王義康保持之，故得免。及義康被黜，熙先密懷報效，欲要朝廷大臣，未知誰可動者，以曄意志不滿，欲引之。……曄累經義康府佐，見待素厚。……元嘉二十二年，與孔熙先謀立義康，事泄下獄。……曄及子藹、遙……並伏誅。曄時年四十八。〔註283〕

《宋書卷六十八‧列傳第二十八‧武二王‧彭城王義康》曰：

> 彭城王義康，年十二，宋臺除督豫、司、雍、并四州諸軍事、冠軍將軍、豫州刺史。時高祖（宋武帝）自壽陽被徵入輔，留義康代鎮壽陽。又領司州刺史，進督徐州之鍾離、荊州之義陽諸軍事。永初元年，封彭城王，食邑三千戶，進號右將軍。
>
> 二年，徙監南豫、豫、司、雍、并五州諸軍事、南豫州刺史，將軍如故。三年，遷使持節、都督南徐、兗二州揚州之晉陵諸軍事、南徐州刺史，將軍如故。太祖（宋文帝）即位，增邑二千戶，進號驃騎將軍，加散騎常侍，給鼓吹一部。尋加開府儀同三司。元嘉三年，改授都督荊、湘、雍、梁、益、寧、南、北秦八州諸軍事、荊州刺

---

　　　　1963 年 5 月二版），卷 15，頁 11～12。

〔註283〕 （梁）沈約撰：《宋書》（北京：中華書局，1983 年 4 月第 2 次印刷），頁 1820
　　　　～1829。

史，給班劍三十人，持節、常侍、將軍如故。……二十二年，太子
詹事范曄等謀反，事逮義康，……二十四年，豫章胡誕世、前吳平
令袁惲等謀反，襲殺豫章太守桓隆、南昌令諸葛智之，聚眾據郡，
復欲奉戴義康。……上……二十八年正月，遣中書舍人嚴龍齎藥賜
死。義康不肯服藥，曰：「佛教自殺不復得人身，便隨宜見處分。」
乃以被掩殺之，時年四十三，以侯禮葬安成。〔註284〕

范曄於元嘉二十二年，與孔熙先等密謀弒劉宋文帝，擁立彭城王義康，
事洩被捕下獄，於獄中與諸甥姪書以自序。且《宋書卷六十九・列傳第二十
九・范曄》曰：「藹（范曄之子）時二十。」〔註285〕藹生於劉宋文帝・元嘉三
年。姑繫此書牘作於劉宋文帝・元嘉二十二年。

## （七）南齊・陸厥〈與沈約書〉──南齊明帝・建武元年（494）

陸厥字韓卿，吳郡・吳（今江蘇・蘇州）人，生於劉宋明帝・泰豫元年
（472），卒於南齊東昏侯・永元元年（499）。《南齊書卷五十二・列傳第三十
三・文學・陸厥》曰：

> 厥少有風概，好屬文，五言詩體甚新變。（劉宋武帝）永明九年，詔
> 百官舉士，同郡司徒左西掾顧暠之表薦焉。州舉秀才，王宴少傳主
> 簿，遷後軍行參軍。……永元元年，始安王（蕭）遙光反，厥父閑
> 被誅，厥坐繫尚方，尋有赦令，厥惜父不及，感慟而卒，年二十八。
> 文集行於世。〔註286〕

沈約字休文，吳興・武康（今浙江・德清）人，生於劉宋少帝・元嘉十
八年（441），卒於梁武帝・天監十二年（513）。《梁書卷十三・列傳第七・沈
約》曰：

> 父璞，淮南太守。璞元嘉末被誅，約幼潛竄，會赦免。既而流寓孤
> 貧，篤志好學，晝夜不倦。……而晝之所讀，夜輒誦之，遂博通羣
> 籍，能屬文。起家奉朝請。……齊初為征虜記室，帶襄陽令，所奉
> 之王，齊文惠太子也。……時竟陵王亦招士，約與蘭陵蕭琛、琅邪

〔註284〕（梁）沈約撰：《宋書》（北京：中華書局，1983年4月第2次印刷），頁1789
　　　　～1797。
〔註285〕（梁）沈約撰：《宋書》（北京：中華書局，1983年4月第2次印刷），頁
　　　　1831。
〔註286〕（梁）蕭子顯撰：《南齊書》（北京：中華書局，1972年1月第1版），頁897
　　　　～900。

王融、陳郡謝朓、南鄉范雲、樂安任昉等皆遊焉，當世號為得人。〔註287〕俄兼尚書左丞，尋為御史中丞，轉車騎長史。隆昌元年，除吏部郎，出為寧朔將軍、東陽太守。……梁臺建，為散騎常侍、吏部尚書，兼右僕射。高祖受禪，為尚書僕射，封建昌縣侯，邑千戶，常侍如故。……俄遷尚書左僕射，常侍如故。尋兼領軍，加侍中。……（梁武帝‧天監）十二年，卒官，時年七十三。……諡曰隱。〔註288〕

陸厥〈與沈約書〉云：

范詹事〈自序〉：「性別宮商，識清濁，特能適輕重，濟艱難。古今文人，多不全了斯處，縱有會此者，不必從根本中來。」（沈）尚書亦云：「自靈均以來，此秘未覩。或闇與理合，匪由思至。張、蔡、曹、王，曾無先覺，潘、陸、顏、謝，去之彌遠。」大旨鈞使「宮羽相變，低昂舛節，若前有浮聲，則後須切響。一簡之內，音韻盡殊，兩句之中，輕重悉異。」辭既美矣，理又善焉。但觀歷代眾賢，似不都闇此，而云「此秘未覩」，近於誣乎？

案范云：「不從根本中來」，尚書云：「匪由思至」，斯可謂揣情謬於玄黃，擿句差其音律也。范又云：「時有會此者」，尚書云：「或闇與理合」，則美詠清謳，有辭章調韻者，雖有差謬，亦有會合，推此以往，可得而言。夫思有合離，前哲同所不免，文有開塞，即事不得無之。子建所以好人譏彈，士衡所以遺恨終篇。既曰遺恨，非盡美之作，理可詆訶。君子執其詆訶，便謂合理為闇。豈如指其合理而寄詆為遺恨邪？

自魏文屬論，深以清濁為言，劉楨奏書，大明體勢之致，岨峿妥帖之談，操末續顛之說，「興玄黃於律呂，比五色之相宣」，苟此秘未覩，茲論為何所指邪？故愚謂前英已早識宮徵，但未屈曲指的，若今論所申。至於掩瑕藏疾，合少謬多，則臨淄所云：「人之著述，不能無病」者也。非知之而不改，謂不改則不知，斯曹、陸又稱「竭

---

〔註287〕沈約與蕭衍、王融、謝朓、任昉、范雲、蕭琛、陸倕同遊竟陵王蕭子良門下，號稱「竟陵八友」。

〔註288〕（唐）姚思廉撰：《梁書》（北京：中華書局，1973年5月第1版），頁232～242。

情多悔，不可力強」者也。今許以有病有悔爲言，則必自知無悔無病之地，引其不了不合爲聞，何獨誣其一合一了之明乎？意者亦質文時異，今古好殊，將急在情物，而緩於章句。情物，文之所急，美惡猶且相半；章句，意之所緩，故合少而謬多。義兼於斯，必非不知明矣。

〈長門〉、〈上林〉殆非一家之賦；〈洛神〉、〈池雁〉，便成二體之作。孟堅精整，〈詠史〉無虧於東主；平子恢富，〈羽獵〉不累於馮盧。王粲〈初征〉，他文未能稱是；楊修敏捷，〈暑賦〉彌日不獻。率意寡尤，則事促乎一日；翳翳愈伏，而理賒於七步。一人之思，遲速天懸；一家之文，工拙壤隔。何獨宮商律呂，必貴其如一邪？論者乃可言未窮其致，不得言曾無先覺也。〔註289〕

陸厥舉出曹丕、劉楨、陸機、范曄等人的相關論述，已早識聲律，指責沈約不該自認爲是聲律學說的創始人。但前人對聲律之美雖然有所體會，是自然的聲律，並非沈約從理論方面給予規律性的人爲聲律。

沈約對詩歌聲律美的追求，提出「四聲」、「八病」與一系列音韻和諧，低昂互節的聲律原則。如陸厥〈與沈約書〉云：「「宮羽相變，低昂舛節，若前有浮聲，則後須切響。一簡之內，音韻盡殊，兩句之中，輕重悉異。」此句話是沈約在《宋書·謝靈運傳論》中對聲律所定的理論。

按語：《南齊書卷五十二·列傳第三十三·文學·陸厥》曰：

永明末，盛爲文章。吳興沈約、陳郡謝朓、琅邪王融以氣類相推轂。汝南周顒善識聲韻。約等文皆用宮商，以平上去入爲四聲，以此制韻，不可增減，世呼爲「永明體」。沈約《宋書·謝靈運傳》後又論宮商。厥與約書。〔註290〕

書牘中稱沈約爲尚書。《梁書卷十三·列傳第七·沈約》曰：「（南齊）明帝即位，進號輔國將軍，徵爲五兵尚書。」〔註291〕姑繫此書牘作於南齊明帝·建武元年。

---

〔註289〕（清）嚴可均編：《全上古三代秦漢三國六朝文·全齊文》（臺北：世界書局，1963 年 5 月二版），卷 24，頁 6~7。

〔註290〕（梁）蕭子顯撰：《南齊書》（北京：中華書局，1972 年 1 月第 1 版），頁898。

〔註291〕（唐）姚思廉撰：《梁書》（北京：中華書局，1973 年 5 月第 1 版），頁 233。

（八）梁·沈約〈答陸厥問聲韻書〉——南齊明帝·建武元年（494）

宮商之聲有五，文字之別累萬，以累萬之繁，配五聲之約，高下低
昂，非思力所舉。又非止若斯而已也。十字之文，顛倒相配，字不
過十，巧歷已不能盡，何況復過於此者乎？靈均以來，未經用之於
懷抱，固無從得其仿佛矣。若斯之妙，而聖人不尚，何邪？此蓋曲
折聲韻之巧，無當於訓義，非聖哲立言之所急也。是以子雲譬之
「雕蟲篆刻」，云「壯夫不爲」。

自古詞人，豈不知宮羽之殊，商徵之別？雖知五音之異，而其中參
差變動，所昧實多。故鄙意所謂「此秘未睹」者也。

以此而推，則知前世文士便未悟此處。若以文章之音韻，同弦管之
聲曲，則美惡妍蚩，不得頓相乖反。譬猶子野操曲，安得忽有闡緩
失調之聲？以〈洛神〉比陳思他賦，有似異手之作。故知天機啓，
則律呂自調；六情滯，則音律頓舛也。

士衡雖云「煥若濯錦」，寧有濯色江波，其中復有一片是衡文之服？
此則陸生之言，即復不盡者矣。韻與不韻，復有精粗，輪扁不能言
之，老夫亦不盡辨。〔註292〕

按語：《梁書卷十三·列傳第七·沈約》曰：

撰《四聲譜》，以爲在昔詞人，累千載而不寤，而獨得胸衿，窮其妙
旨，自謂入神之作，高祖雅不好焉。帝問周捨曰：「何謂四聲？」捨
曰：「天子聖哲」是也，然帝竟不遵用。〔註293〕

陸厥〈與沈約書〉中指責沈約不該自詡爲聲律學說的創始者，因此沈約
申辯。〈答陸厥問聲韻書〉云：

自古詞人，豈不知宮羽之殊，商徵之別？雖知五音之異，而其中參
差變動，所昧實多。故鄙意所謂「此秘未觀」者也。

前人只是不自覺的自然的分別「宮商」、「徵羽」的聲調，而沈約首創自
覺的人爲聲律，對於「十字之文，顛倒相配」的聲律原則而能具體掌握。且
明確將「曲折聲韻」放在屬於內容的「訓義」之下。〈答陸厥問聲韻書〉云：
「曲折聲韻之巧，無當於訓義，非聖哲立言之所急也。」在「以情緯文」的

---

〔註292〕（梁）沈約撰：《沈隱侯集》見（明）張溥輯：《漢魏六朝百三家集》（明崇禎
間（1628～1644）太倉張氏原刊本），卷1，頁61。

〔註293〕（唐）姚思廉撰：《梁書》（北京：中華書局，1973年5月第1版），頁243。

原則下，強調詩歌的聲律之美。

此書牘爲沈約對陸厥的覆信，姑繫作於劉宋武帝・永明十年。

（九）梁・昭明太子〈答湘東王求《文集》及《詩苑英華》書〉
　　　——梁武帝・普通四年（523）

> 得疏，知須《詩苑英華》及諸文製。發函伸紙，閱覽無輟。雖事涉
> 烏有，義異擬倫，而清新卓爾，殊爲佳作。夫文典則累野，麗則傷
> 浮。能麗而不浮，典而不野，文質彬彬，有君子之致，吾嘗欲爲之，
> 但恨未逮耳。觀汝諸文，殊與意會，至於此書，彌見其美。遠兼邃
> 古，傍綜典墳，學以聚益，居焉可賞。
>
> 吾少好斯文，迄茲無倦。譚經之暇，斷務之餘，陟龍樓而靜拱，掩
> 鶴關而高臥。與其飽食終日，寧游思於文林？或日因春陽，其物韶
> 麗，樹花發，鶯鳴和，春泉生，暄風至，陶嘉月而熙游，籍芳草而
> 眺矚。或朱炎受謝，白藏紀時，玉露夕流，金風時扇，悟秋山之心，
> 登高而遠託。或夏條可結，倦於邑而屬詞，冬雪千里，覿紛霏而興
> 詠。密親離則手爲心使，昆弟宴則墨以硯露。又愛賢之情，與時而
> 篤，冀同市駿，庶匪畏龍。不追子晉，而事似洛濱之游；多愧子桓，
> 而興同漳川之賞。漾舟玄圃，必集應阮之儔；徐輪博望，亦招龍淵
> 之侶。校覈仁義，源本山川，旨酒盈罍，嘉殽益俎。曜靈既隱，繼
> 之以朗月，高舂既夕，申之以清夜。並命連篇，在茲彌博。
>
> 又往年因暇，搜採《英華》，上下數十年間，未易詳悉，猶有遺恨，
> 而其書已傳。雖未爲精覈，亦粗足諷覽，集乃不工，而並作多麗。
>
> 汝既須之，皆遣送也。
>
> 某啓。〔註294〕

　　蕭統重視日常生活中寫景抒情之作，他在〈答湘東王求《文集》及《詩
苑英華》書〉中，說到自己從小愛好文學，碰到四時氣候變化，感物興懷，
常有吟詠，「或夏條可結，倦於邑而屬詞，冬雪千里，覿紛霏而興詠。」又遇
親人朋友分離聚會，也常命筆寫作，「手爲心使，墨以硯露」，「並命連篇」，
說明他對於這類抒寫日常情景、用以陶冶性靈的作品也頗爲喜愛。

---

〔註294〕（梁）蕭統撰：《梁昭明集》見（明）張溥輯：《漢魏六朝百三家集》（明崇禎
　　　　間（1628～1644）太倉張氏原刊本），頁 8～9。

書牘中云:「又往年因暇,搜採《英華》,上下數十年間,未易詳悉,猶有遺恨,而其書已傳。雖未爲精覈,亦粗足諷覽,集乃不工,而並作多麗。」蕭統不太滿意《詩苑英華》僅收錄數十年間的詩,因此後來又編了一本《文選》,上起周代,下迄南朝梁,時間跨約八百年,所選作品包括詩、賦、上書、啓、箋、書等三十八類。

按語:《文集》與《詩苑英華》大約成書於梁武帝・普通三年,書牘中云:「得疏,知須《詩苑英華》及諸文製。」而沒提到《文選》〔註295〕,姑繫此書牘作於梁武帝・普通四年。

### （十）梁・簡文帝〈答湘東王和受試詩書〉──梁武帝・中大通四年（532）（〈與湘東王論文書〉）

吾輩亦無所遊賞,止事披閱,性既好文,時復短詠。雖是庸音,不能閣筆,有懃伎癢,更同故態。比見京師文體,懦鈍殊常,競學浮疎,爭爲闡緩。玄冬修夜,思所不得,既殊比興,正背《風》、《騷》。若夫六典三禮,所施則有地,吉凶嘉賓,用之則有所。未聞吟詠情性,反擬〈內則〉之篇;操筆寫志,更摹〈酒誥〉之作;遲遲春日,翻學《歸藏》;湛湛江水,遂同〈大傳〉。

吾既拙於爲文,不敢輕有掎摭。但以當世之作,歷方古之才人,遠則楊、馬、曹、王,近則潘、陸、顏、謝,而觀其遣辭用心,了不相似。若以今文爲是,則古文爲非;若昔賢可稱,則今體宜棄。俱爲盍各,則未之敢許。

又時有效謝康樂、裴鴻臚文者,亦頗有惑焉。何者?謝客吐言天拔,出於自然,時有不拘,是其糟粕;裴氏乃是良史之才,了無篇什之美。是爲學謝則不屆其精華,但得其冗長;師裴則蔑絕其所長,惟得其所短。謝故巧不可階,裴亦質不宜慕。故胸馳臆斷之侶,好名忘實之類,方分肉於仁獸,逞郤克於邯鄲,入鮑忘臭,效尤致禍。

---

〔註295〕謝康等著:《昭明太子和他的文選》（臺北:臺灣學生書局,1971 年 10 月初版）,頁 65～94。

〈文選編撰時期及編者考略／何融〉曰:

《文選》錄有徐悱、陸倕的作品,如果《文選》選文標準爲不錄存者,而徐悱卒於梁武帝・普通五年（據《梁書・徐勉子悱傳》),陸倕卒於梁武帝・普通七年（據《梁書・陸倕傳》),據何融考《文選》開始著手編撰於梁武帝・普通三年至六年間,完稿於梁武帝・普通七年之後。

決羽謝生，豈三千之可及？伏膺裴氏，懼兩唐之不傳。故玉徽金銑，
反爲拙目所嗤，〈巴人〉、〈下里〉，更合鄭中之聽。〈陽春〉高而不和，
妙聲絕而不尋。竟不精討錙銖，覈量文質，有異〈巧心〉，終愧妍手。
是以握瑜懷玉之士，瞻鄭邦而知退；章甫翠履之人，望閩鄉而歎息。
詩既若此，筆又如之。徒以烟墨不言，受其驅染；紙札無情，任其
搖襞。甚矣哉，文之橫流，一至於此！

至如近世謝朓、沈約之詩，任昉、陸倕之筆，斯實文章之冠冕，述
作之楷模。

張士簡之賦，周升逸之辯，亦成佳手，難可復遇。文章未墜，必有
英絕，領袖之者，非弟而誰？每欲論之，無可與語，吾子建一共商
搉。辯茲清濁，使如涇、渭；論茲月旦，類彼汝南。朱丹既定，雌
黃有別，使夫懷鼠知慚，濫竽自恥。

譬斯袁紹，畏見子將；同彼盜牛，遙羞王烈。相思不見，我勞如
何！〔註296〕

《梁書卷四十九・列傳第四十三・文學上・附庾於陵・弟庾肩吾傳》曰：
　　初，太宗（梁簡文帝蕭綱）在藩，雅好文章之士，時肩吾與東海徐
　　摛，吳郡陸杲，彭城劉遵、劉孝儀，儀弟孝威，同被賞接。及居東
　　宮，又開文德省，置學士，肩吾子信、徐摛子陵、吳郡張長公、北
　　地傅弘、東海鮑至等充其選。齊永明中，文士王融、謝朓、沈約文
　　章，始用四聲，以爲新變，至是轉拘聲韻，彌尚麗靡，復踰於往時。
　　時太子與湘東王（蕭繹）書論之。〔註297〕

　　蕭綱入東宮後，批評京師流行的文體——「懦鈍」，「浮疏」、「闡緩」，皆
因時人將六典、三禮等經義之道引入文章，文學因此「既殊比興，正背《風》、
《騷》。……未聞吟詠情性。」且當時京師「效謝康樂、裴鴻臚文者」，蕭綱
覺得疑惑。蕭綱認爲謝靈運因才氣，爲文多繁蕪，裴子野爲文，「典而速，不
尙麗靡之詞。」〔註298〕所以了無篇什之美，「質不宜慕」。

---

〔註296〕　（梁）簡文帝撰：《梁簡文帝集》見（明）張溥輯：《漢魏六朝百三家集》（明
　　　　　崇禎間（1628～1644）太倉張氏原刊本），卷1，頁55～56。
〔註297〕　（唐）姚思廉撰：《梁書》（北京：中華書局，1973年5月第1版），頁690。
〔註298〕　（唐）姚思廉撰：《梁書》（北京：中華書局，1973年5月第1版），頁443。
　　　　　《梁書卷三十・列傳第二十四・裴子野》曰：

　　蕭綱在書牘中云：「吾既拙於爲文，不敢輕有掎摭。但以當世之作，歷方古之才人，遠則楊、馬、曹、王，近則潘、陸、顏、謝，而觀其遣辭用心，了不相似。若以今文爲是，則古文爲非；若昔賢可稱，則今體宜棄。俱爲盍各，則未之敢許。」他認爲文人各有其贊許之處，一代應有一代的文學特色。且例舉近世模範文人，如謝朓、沈約之詩，任昉、陸倕之筆，張士簡（率）之賦，周升逸（捨）之辯。

　　《梁書卷四十九・列傳第四十三・文學上・附庾於陵・弟庾肩吾傳》曰：

> 齊永明中，文士王融、謝朓、沈約文章，始用四聲，以爲新變，至是轉拘聲韻，彌尚麗靡，復踰於往時。時太子與湘東王（蕭繹）書論之。〔註299〕

　　蕭綱在東宮，他的文學集團爲求新變，大唱「宮體詩」，配以「麗靡」之音，柔和嫵媚，但被梁武帝聽到大加怒斥，因此希望有文采的弟弟蕭繹（湘東王）來投入宮體詩行列，並以領袖許之。書牘中云：「文章未墜，必有英絕，領袖之者，非弟而誰？每欲論之，無可與語，吾子建一共商推。」

　　按語：據《梁書卷四・本紀第四・簡文帝》曰：

> （梁武帝）中大通三年四月乙巳，昭明太子薨。……（梁簡文帝蕭綱）七月乙亥，臨軒策拜，以脩繕東宮，權居東府。四年九月，移還東宮。〔註300〕

　　《梁書卷五・本紀第五・元帝》曰：

> 世祖孝元皇帝諱繹，……（武帝）天監十三年，封湘東郡王，邑二千戶。初爲寧遠將軍、會稽太守，入爲侍中、宣威將軍、丹陽尹。普通七年，出爲使持節、都督荊、湘、郢、益、寧、南梁六州諸軍事、西中郎將、荊州刺史。中大通四年，進號平西將軍。〔註301〕

　　姑繫此書牘作於梁武帝・中大通四年。

## （十一）梁・簡文帝〈答張纘謝示集書〉——梁武帝・中大通五年（533）

　　綱好文章，於今二十五載矣。竊嘗論之，日月參辰，火龍黼黻，尚

---

　　（梁武帝）普通七年，王師北伐，敕子野爲喻魏文，受詔立成，……子野爲文典而速，不尚麗靡之詞，其制作多法古，與今文體異。
〔註299〕（唐）姚思廉撰：《梁書》（北京：中華書局，1973年5月第1版），頁690。
〔註300〕（唐）姚思廉撰：《梁書》（北京：中華書局，1973年5月第1版），頁104。
〔註301〕（唐）姚思廉撰：《梁書》（北京：中華書局，1973年5月第1版），頁113。

且著於玄象，章乎人事，而**況**文辭可止，詠歌可輟乎？不爲壯夫，揚雄實小言破道；非謂君子，曹植亦小辯破言。論之科刑，罪不在赦！

至如春庭樂景，轉蕙承風，秋雨且晴，檐梧初下，浮雲生野，明月入樓，時命親賓，乍動嚴駕，車渠屢酌，鸚鵡驟傾。伊昔三邊，久留四戰，胡霧連天，征旗拂日，時聞塢笛，遙聽塞茄，或鄉思悽然，或雄心憤薄。是以沈吟短翰，補綴庸音，寓日寫心，因事而作。〔註302〕

蕭綱爲了強調文學的獨立性，因此他批判西漢・揚雄詆斥作辭賦是「彫蟲篆刻」、「壯夫不爲」之說〔註303〕，曹植亦認爲辭賦是小道，〈與楊德祖書〉云：「戮力上國，流惠下民，建永世之業，流金石之功，豈徒以翰墨爲勳績，辭賦爲君子哉！若吾志未果，吾道不行，則將採庶官之實錄，辨時俗之得失，定仁義之衷，成一家之言。」蕭綱將他倆「論之科刑，罪不在赦！」

且認爲作文因「寓日寫心，因事而作。」應自然的景色，及內心情志的感觸。

按語：蕭綱生於梁武帝・天監二年（503），《梁書卷四・本紀第四・簡文帝》曰：「太宗簡文皇帝諱綱，六歲便屬文。」〔註304〕書牘云：「綱少好文章，於今二十五載矣。」姑繫此書作於梁武帝・中大通五年。

## （十二）陳・徐陵〈與李那書〉──陳文帝・天嘉二年（561）

徐陵字孝穆，東海・郯人，生於梁武帝・天監六年（507），卒於陳後主・至德元年（583）。《陳書卷二十六・列傳第二十・徐陵》曰：

八歲，能屬文。十二，通《莊》、《老》義。既長，博涉史籍，縱橫有口辯。梁（武帝）普通二年，晉安王爲平西將軍、寧蠻校尉，父摛爲王諮議，王又引陵參蠻府軍事。（梁武帝）〔中〕大通（二）〔三〕年，王立皇太子，東宮置學士，陵充其選。稍遷尚書度支郎。出爲上虞令，御史中丞劉孝儀與陵先有隙，風聞劾陵在縣贓汙，因坐

---

〔註302〕（梁）簡文帝撰：《梁簡文帝集》見（明）張溥輯：《漢魏六朝百三家集》（明崇禎間（1628〜1644）太倉張氏原刊本），卷1，頁62。

〔註303〕（漢）揚雄撰，高時顯、吳汝霖輯校《揚子法言・吾子》（上海：中華書局，1936年據江都秦氏本校刊），卷2，頁1。

〔註304〕（唐）姚思廉撰：《梁書》（北京：中華書局，1973年5月第1版），頁103〜109。

免。久之，起爲南平王府行參軍，遷通直散騎侍郎。梁簡文在東宮撰《長春殿義記》，使陵爲序。又令於少傅府述所製《莊子義》。尋遷鎮西湘東王中記室參軍。……（梁貞陽侯蕭淵明·天成元年）（陳）高祖率兵誅（王）僧辯，仍進討韋載。時任約、徐嗣徽乘虛襲石頭，陵感僧辯舊恩，乃往赴（任）約。及約等平，高祖釋陵不問。尋以爲貞威將軍、尚書左丞。（梁敬帝）紹泰二年，又使于（北）齊還除給事黃門侍郎、祕書監。（陳）高祖受禪，加散騎常侍，左丞如故。（陳文帝）天嘉初，除太府卿。四年，遷五兵尚書，領大著作。六年，除散騎常侍、御史中丞。……（陳後主）至德元年卒，時年七十七。〔註305〕

李那名昶，小名那，頓丘·臨黃（今山東·觀城縣東南）人，生於北魏孝明帝·熙平元年（516），卒於北周武帝·保定五年（565）。《周書卷三十八·列傳第三十·李昶》曰：

祖彪，名重魏朝，爲御史中尉。父遊，亦有才行，爲當世所稱。……昶性峻急，不雜交遊。幼年已解屬文，有聲洛下。……初謁太祖（北周孝閔帝），太祖深奇之，厚加資給，令入太學。……累遷都官郎中、相州大中正、丞相府東閤祭酒、中軍將軍、銀青光祿大夫。昶雖處郎官，太祖恆欲以書記委之。於是以昶爲丞相府記室參軍、著作郎，修國史。轉大行臺郎中、中書侍郎。頃之，轉黃門侍郎，封臨黃縣伯，邑五百戶。……世宗（北周明帝）初，行御伯中大夫。（北周明帝）武成元年，除中外府司錄。（北周武帝）保定初，進驃騎大將軍、開府儀同三司。二年，轉御正中大夫。時以近侍清要，盛選國華，乃以昶及安昌公元則、中都公陸逞、臨淄公唐瑾等並爲納言。尋進爵爲公。……五年，出爲昌州刺史，在州遇疾，求入朝，詔許之。還未至京，卒於路。時年五十。贈相、瀛二州刺史。昶於太祖世已當樞要，兵馬處分，專以委之，詔冊文筆，皆昶所作也。及晉公護（宇文泰）執政，委任如舊。昶常曰：「文章之事，不足流於後世，經邦致治，庶及古人。」故所作文筆，了無藁草，唯留心政事而已。又以父在江南，身寓關右，自少及終，不飲酒聽樂，

〔註305〕（唐）姚思廉撰：《陳書》（北京：中華書局，1974年2月第2次印刷），頁325～334。

時論以此稱焉。〔註306〕

徐陵〈與李那書〉云：

籍甚清徽，常懷虛眷。山川緬邈，河渭像於經星；顧望風流，長安
遠於朝日。

青葽戒節，白露為霜。君子惟宜，福履多豫，雍容廊廟，獻納便繁，
留使催書，駐馬成檄。車騎將軍，賓客盈座，丞相長史，瞻對有勞。
脫惠箋繒，慰其翹想。

吾栖遲茂陵之下，臥病漳水之濱，迫以崦嵫，難為砭藥。平生壯意，
竊愛篇章，忽覿高文，載懷勞佇。此後殷儀同至止，王人授館，用
阻班荊，常在公筵。敬析名作，獲殷公所借〈陪駕終南〉、〈入重陽
閣詩〉及〈荊州大乘寺〉、〈宜陽石像碑〉四首。鏗鏘並奏，能驚趙
鞅之魂；輝煥相華，時瞬安豐之眼。山澤晻靄，松竹參差，若見三
峻之峰，依然四皓之廟。甘泉鹵簿，盡在清文；扶風輦路，悉陳華
簡。昔魏武虛帳，韓王故臺，自古文人，皆為詞賦，未有登茲舊閣，
歎此幽宮。標句清新，發言哀斷，豈止悲聞帝瑟，泣望羊碑！一詠
歌梁之言，便掩盈懷之淚。至如披文相質，意致縱橫，才壯風雲，
義深淵海。方今二乘斯悟，同免化城，六道知歸，皆踰火宅。宜陽
之作，特會幽衿，所覯黃絹之詞，彌懷白雲之頌。但恨者闉遠嶽，
檀特高峰，開士羅浮，康公懸溜，不獲銘茲《雅》《頌》，耀彼幽巖。
循環省覽，用忘饑渴。握之不置，恆如趙璧；翫之不足，同於玉枕。
京師長者，好事才人，爭造蓬門，請觀高製。軒車滿路，如看太學
之碑；街巷相填，無異華陰之市。

但豐城兩**劍**，尚不俱來；韓子雙環，必希皆見。莫以好龍無別，木
鴈可嗤。載望瓊瑤，因乏行李，金風已勁，玉質宜調。書不盡言，
但聞《爻繫》。

徐陵頓首。〔註307〕

書牘云：「此後殷儀同至止，王人授館，用阻班荊，常在公筵。敬析名作，

---

〔註306〕（唐）令狐德棻等撰：《周書》（北京：中華書局，1983 年 10 月第 3 次印刷），
頁 686～687。
〔註307〕（陳）徐陵撰：《徐僕射集》見（明）張溥輯：《漢魏六朝百三家集》（明崇禎
間（1628～1644）太倉張氏原刊本），頁 86～88。

獲殷公（殷不害）所借〈陪駕終南〉、〈入重陽閣詩〉及〈荊州大乘寺〉、〈宜陽石像碑〉四首。」徐陵從北周使殷不害處見到李昶的四首詩文，寫信讚譽其「標句清新，發言哀斷」。如〈入重陽閣詩〉〔註308〕曰：

> 銜悲向玉關，垂泪上瑤臺。舞閣懸新網，歌梁積故埃。
>
> 紫庭生綠草，丹墀染碧苔。金扉晝常掩，珠簾夜暗開。
>
> 方池含水思，芳樹結風哀。行雨歸將絕，朝雲去不廻。
>
> 獨有西陵上，松聲薄暮來。〔註309〕

重陽閣成於北周明帝・武成二年，帝崩於此年，李昶作此詩悲明帝，故詩曰：「舞閣懸新網，歌梁積故埃。紫庭生綠草，丹墀生碧苔。」所以書牘云：「一詠歌梁之言」。

徐陵稱讚李那披文相質，意致縱橫，才壯風雲，義深淵海。」表現出與梁、盛行的「宮體詩」不同的風格。本文雖為書牘，實為抒情文，其文風骨高華，情韻縣邈。

按語：《周書卷五・帝紀第五・武帝上》曰：「保定元年六月乙酉，遣治御正殷不害等使於陳。」〔註310〕此即書牘中所稱之「殷儀同」，姑繫此書牘作於北周武帝・保定元年（561）。

## （十三）北周・李昶〈答徐陵書〉——北周武帝・保定元年（561）

繁霜應管，能響豐山之鍾；玄雲觸石，又動流泉之奏。矧伊物候，且或冥符；況乃衿期，相忘道術。楚齊風馬，吳會浮雲，行李無因，音塵不嗣。殷御正銜命來歸，嘉言累札。江南橘茂，薊北桑枯，陰慘陽舒，行止多福。

足下泰山竹箭，浙水明珠，海內風流，江南獨步。扶風計吏，議折祥禽；平陵李廉，辯訓文約。況復麗藻星鋪，雕文錦縟；風雲景物，義盡緣情；經綸獻章，辭殫表奏。久已京師紙貴，天下家藏；調移齊右之音，韻改西河之俗。豈直揚雲藻翰，獨留千金；嗣宗文雅，

---

〔註308〕曹道衡、劉躍進著：《南北朝文學編年史》（北京：人民文學出版社，2000年11月第1版），頁560。

北周明帝・武成二年（560）李昶四十五歲，作〈入重陽閣詩〉。

〔註309〕（宋）李昉等編：《文苑英華》（明隆慶元年（1567）胡維新等福建刊本），卷240，頁8。

〔註310〕（唐）令狐德棻等撰：《周書》（北京：中華書局，1983年10月第3次印刷），頁65。

唯傳好事？

僕世傳經術，才謝劉歆；家有賜書，學匪班嗣。弱年有意，頗愛雕
蟲；歲月三餘，無忘肄業。戶牖之間，時安筆硯。顰眉難巧，學步
非工；恆經牧孺之譏，屢被陳思之誚。差逢仲子，類居山之鼓琴；
屢覿子將，同本初之車服。不謂殷侯虛談成價，遂同布鼓輕闞雷門。
燕右空雕，終慙比德；楚鑾雖拂，實愧棲桐。豈若邯鄲舉袖，唯聞
變曲；協律飛塵，必應不顧。是以日南寶貝，遙望歸秦；合浦文犀，
更希還漢。

芳春行獻，矗其鳴矣。懸豫章之床，置長安之驛。厚築牆垣，思逢
鄭僑之聘；工歌周頌，竚奏延陵之樂。書繪有復，道意無伸。

李那頓首。〔註311〕

　　書牘中李昶對徐陵的評價，反映出徐陵在南方文壇的地位，且為北方
的影響。指出其為為駢文高手，作品的特色是「雕文」、「麗藻」、「緣情」、
「風流」。從這兩封書牘看出當時南朝詩風柔媚，北朝詩風剛勁，有其不同的
格調。

　　按語：徐陵〈與李那書〉中稱的「殷儀同」，即李昶〈答徐陵書〉中所稱
的「殷御正」。此書牘是李昶對徐陵〈與李那書〉的回信，故姑繫其作於北周
武帝・保定元年。

# 三、論經

## （一）南齊・陸澄〈與王儉書〉──南齊武帝・永明元年（483）

　　陸澄字彥淵，吳郡・吳人，生於劉宋廢帝・景平元年（423），卒於南齊
明帝・建武元年（494）。《南齊書卷三十九・列傳第二十・陸澄》曰：

澄少好學，博覽無所不知，行坐眠食，手不釋卷。起家太學博士，
中軍衛軍府行佐，太宰參軍，補太常丞，郡主簿，北中郎行參軍。（劉）
宋泰始初（466），為尚書殿中郎。……（鬱林王）隆昌元年，以老
疾，轉光祿大夫，加散常侍，未拜，卒。年七十。諡靖子。〔註312〕

---

〔註311〕（清）嚴可均編：《全上古三代秦漢三國六朝文・全後周文》（臺北：世界書
　　　　　局，1963年5月二版），卷6，頁11～12。

〔註312〕（梁）蕭子顯撰：《南齊書》（北京：中華書局，1972年1月第1版），頁681
　　　　　～685。

陸澄〈與王儉書〉云：

> 《易》近取諸身，遠取諸物，彌天地之道，通萬物之情。自商瞿至
> 田何，其間五傳。年未爲遠，無訛雜之失；秦所不焚，無崩壞之弊。
> 雖有異家之學，同以象數爲宗。數百〔註313〕

按語：據《南齊書卷三十九・列傳第二十・陸澄》曰：

> （齊武帝）永明元年，轉度支尚書。尋領國子博士。時國學置鄭、
> 王《易》，杜、服《春秋》，何氏《公羊》，麋氏《穀梁》，鄭玄《孝
> 經》。澄謂尚書令王儉曰：「《孝經》，小學之類，不宜列在帝典。」
> 乃與儉書論之。〔註314〕

姑繫此書牘作於南齊武帝・永明元年。

## （二）南齊・王儉〈答陸澄書〉——南齊武帝・永明元年（483）

> 《易》體微遠，實貫羣籍，施、孟異聞，周韓殊旨，豈可專據小王，
> 便爲該備？依舊存鄭，高同來說。元凱注《傳》，超邁前儒，若不列
> 學官，其可廢矣。賈氏注《經》，世所罕習，《穀梁》小書，無俟兩
> 注，存麋略范，率由舊式。凡此諸義，並同雅論。疑《孝經》非鄭
> 所注，僕以此書明百行之首，實人倫所先，《七畧》、《藝文》並陳之
> 六藝，不與《蒼頡》、《凡將》之流也。鄭注虛實，前代不嫌，意謂
> 可安，仍舊立置。〔註315〕

按語：此書牘爲王儉回覆陸澄的信，姑繫作於南齊武帝・永明元年。

# 四、論字

## （一）梁・陶弘景〈與武帝論書啟〉五首——約梁武帝・天監二年（503）

陶弘景字通明，丹陽・秣陵人（今江蘇南京市），生於劉宋孝武帝・孝建
三年（456），卒於梁武帝・大同二年（536）。《南史卷七十六・列傳第六十
六・隱逸下・陶弘景》曰：

---

〔註313〕（南齊）王儉撰：《王文憲集》見（明）張溥輯：《漢魏六朝百三家集》（明崇
　　　　禎間（1628～1644）太倉張氏原刊本），頁33。
〔註314〕（梁）蕭子顯撰：《南齊書》（北京：中華書局，1972年1月第1版），頁683。
〔註315〕（南齊）王儉撰：《王文憲集》見（明）張溥輯：《漢魏六朝百三家集》（明崇
　　　　禎間（1628～1644）太倉張氏原刊本），頁33。

宋孝建三年景申歲夏至日生。幼有異操，……至十歲，得葛洪《神仙傳》，晝夜研尋，便有養生之志。謂人曰：「仰青雲，覩白日，不覺爲遠矣。」……善琴棊，工草隸。未弱冠，齊高帝作相，引爲諸王侍讀，除奉朝請。雖在朱門，閉影不交外物，唯以披閱爲務。朝儀故事，多所取焉。

永明十年，……上表辭祿，詔許之，……於是止於句容之句曲山。恒曰：「此山下是第八洞宮，名金壇華陽之天，……」乃中山立館，自號華陽隱居。……始從東陽孫遊嶽受符圖經法。徧歷名山，尋訪仙藥。身旣輕捷，性愛山水，每經澗谷，必坐臥其間，吟詠盤桓，不能已已。……沈約爲東陽郡守，高其志節，累書要之，不至。……（南齊東昏侯）永元初，更築三層樓，弘景處其上，弟子居其中，賓客至其下，與物遂絕，唯一家僮得至其所。……特愛松風，庭院皆植松，每聞其響，欣然爲樂。有時獨遊泉石，望見者以爲仙人。性好著述，尚奇異，顧惜光景，老而彌篤。……及梁武兵至新林，遣弟子戴猛之假道奉表。及聞議禪代，弘景援引圖讖，數處皆成「梁」字，令弟子進之。……（梁武帝）天監四年，移居積金東澗。弘景善辟穀導引之法，年逾八十而有壯容。……大同二年，卒，時年八十一。顏色不變，屈申如常。詔贈太中大夫，謚曰貞白先生。〔註316〕

陶弘景〈與武帝論書啓一〉云：

奉旨，左右中書復稍有能者，惟周喜賛。夫以含心之荄，實俟夾鍾吐氣。今旣自上體妙，爲下理用成工。每惟申鍾、王論於天下，進藝方興，所恨微臣沈朽，不能鑽仰高深，自懷歎慕。前奉神筆三紙，并今爲五。非但字字注目，乃畫畫抽心。

日覺勁媚，轉不可說。以筭昔歲，不復相類，正此即爲楷式，何復多尋鍾、王。臣心本自敬重，今者彌增愛服。俯仰悅豫不能自已。啓。〔註317〕

〔註316〕（唐）李延壽撰：《南史》（北京：中華書局，1975 年 6 月第 1 版），頁 1897～1900。

〔註317〕（梁）陶弘景撰：《陶隱居集》見（明）張溥輯：《漢魏六朝百三家集》（明崇禎間（1628～1644）太倉張氏原刊本），頁 5。

又

適復蒙給二卷，伏覽標帖，皆如聖旨。既不顯垂允少留，不敢久停。
已就摹素者，**一叚**未畢，不赴今信。紙卷先已經有，兼多他，雜無
所復取，亦請俟俱了日奉送。

兼此諸書是篇章體，臣今不辨，復得修習。惟願細書如〈樂毅論〉、
〈太師箴〉例，依倣以寫經傳，永存冥顯中精要而已。〔註318〕

陶弘景〈與武帝啓二〉云：

〈樂毅論〉，愚心近甚疑是摹，而不敢輕言。今旨以爲非眞，竊自信
頗涉有悟。箴詠吟贊，過爲淪弱。許靖素**叚**，遂蒙永給。仰銘矜獎，
益無喻心。此書雖不在法例，而致用理均，背間細楷，兼復兩玩。
先於都下，偶得飛白一卷，云是逸少好蹟。臣不嘗別見，無以能辨。
惟覺勢力驚絕，謹以上呈。於臣非用，脱可充閣。願仍以奉上。臣
昔於馬澄處見逸少正書目錄一卷，澄云：「右軍〈勸進〉、〈洛神賦〉
諸書十餘首，皆作今體，惟〈急就章〉二篇，古法緊細。」近脱憶
此語，當是零落，已不復存。澄又云：「帖注出裝者，皆擬賚諸王及
朝士。」臣近見三卷，首帖亦謂久已分。本不敢議此，正復希於三
卷中一兩條，更得預出裝之例耳。天旨遂復頓給完卷，下情益深悚
息。近初見卷題云第二十三、四，已欣其多。今者賜書，卷第遂至
二百七十，惋訝無已。天府如海，非一缾所汲，良用息心。前後都
已蒙見大小五卷，於野拙之分，實已過幸。若非殊恩，豈可覬望。
愚固本博涉而不能精，昔患無書可看，乃願作主書令史。晚愛隸法，
又羨典掌之人，常言人生數紀之內，識解不能周流天壤。區區惟充
恣五慾，實可**恥**愧。每以爲得作才鬼，亦當勝於頑仙，至今猶然，
始欲翻然之。自無射以後，國政方殷，山心歉默，不敢復以聞，虛
塵觸謹。於此題事，故遂成煩黷。伏願聖慈照錄誠慊。〔註319〕

陶弘景〈與武帝啓三〉云：

二卷中有雜**迹**，謹疏注如別，恐未允衷。并竊所摹者，亦以上呈。

〔註318〕（梁）陶弘景撰：《陶隱居集》見（明）張溥輯：《漢魏六朝百三家集》（明崇
　　　　禎間（1628～1644）太倉張氏原刊本），頁5。
〔註319〕（梁）陶弘景撰：《陶隱居集》見（明）張溥輯：《漢魏六朝百三家集》（明崇
　　　　禎間（1628～1644）太倉張氏原刊本），頁6～7。

近十餘日，情慮悚悸，無寧涉事，遂至淹替，不宜復待塡畢。餘條並非用，惟叔夜、威輦二篇，是經書體式，追以單郭爲恨。伏按卷上第數甚爲不少，前旨惟有四卷。

此書似是宋元嘉中撰集，當由自後，多致散失。逸少有名之**迹**，不過數首，〈黃庭〉、〈勸進〉、〈像讚〉、〈洛神〉，此等不審猶得存不？

第二十三卷，今見有十二條在別紙。按此卷是右軍書者惟有八條。前〈樂毅論〉書乃極勁利，而非甚用意，故頗有壞字。〈太師箴〉、〈大雅吟〉，用意甚至，而更成小拘束，乃是書扇題屏風好體。其餘五片，無的可稱。「臣濤言」一紙，此書乃不惡，而非右軍父子，不識誰人**迹**，又似是摹。「給事黃門」一紙、「治廉瀝」一紙，凡二篇，并是謝安衛軍參軍任靖書。後又「治廉瀝狸骨方」一紙，是子敬書，亦似摹**迹**。

伏恐未垂，許以區別，今謹上許先生書，任靖書，如別，比方即可知。王**珉**、張澄、謝安、張翼書，公家應有。〔註320〕

陶弘景〈與武帝啓四〉云：

啓，伏覽前書，用意雖止二六，而規矩必周。後字不出二百，亦褒貶大備。一言以蔽，便書情頓極。使元常老骨，更蒙榮造；子敬懦肌，不沈泉夜。逸少得進退其間，則玉科顯然可觀。若非聖證品析，恐愛附近習之風，永遂淪迷矣。伯英既稱草聖，元常寔自隸絕。論旨所謂，殆同璿璣神寶，曠世以來，莫繼斯理。既明諸畫虎之徒，當日就輟筆反古歸眞。方弘盛世。愚管預聞，喜佩無屆。比世皆高尚子敬，子敬、元常，繼以齊代名實，脫略海內，非惟不復知有元常，於逸少亦然。非排**弃**所可黜，涅而不淄，不過數族。今奉此論，自舞自蹈，未足逞泄明願。以所摹竊示洪遠、思曠，此二人皆是均思者，必當贊仰踴躍，有盈半之益。臣與洪遠雖不相識，從子訹以學業往來，故因之有會。但既在閣，恐或已應聞知。摹者所採字大小不甚均調，熟看乃尚可，恐筆意大殊。此篇方傳千載，故宜令**迹**隨名偕老，益增美晚。所奉三旨，伏循字跡，大覺勁密。竊恐既以言發意，意則應言，而手隨意運，筆與手會，故益得諧

〔註320〕　（梁）陶弘景撰：《陶隱居集》見（明）張溥輯：《漢魏六朝百三家集》（明崇禎間（1628～1644）太倉張氏原刊本），頁7～8。

稱。下情歡仰，實奉愈至。世論咸云：「江東無復鍾跡。」常以歎
息。比日竚望，中原廓清，太丘之碑，可就摹採。今論旨云：「眞跡
雖少，可得而推。」是猶有存者，不審可復幾字。既無出見理，冒
願得工人，摹塡數行。脫蒙見賜，實爲過幸。又逸少學鍾，勢巧形
密，勝於自運。不審此例，復有幾紙。來旨以〈黃庭〉、〈像讚〉等
諸文，可更有出給理。自運之跡，今不復希。請學鍾妙，仰惟殊
恩。〔註321〕

陶弘景〈與武帝啓五〉云：

逸少自吳興以前諸書，猶爲未稱。凡厥好迹，皆是向在會稽時，永
和十許年中者。從失郡告靈不仕，以後略不復自書。皆使此一人，
世中不能別也。見其緩異，呼爲末年書。逸少亡後，子敬年十七八，
全放此人書，故遂成與之相似。今聖旨標題，足使眾識頓悟，於逸
少無復末年之譏。阮研間近有一人學研書，遂不復可別。臣比郭摹
所得，雖粗寫字形，而無復其用筆跡。勢不審前後諸卷，一兩條謹
密者，可得在出裝之例？復蒙垂給至年末間不？此澤自天，直以啓
審，非敢必覬。〔註322〕

王羲之，字逸少，官至右軍將軍，因此被尊稱爲王右軍。初學書法於衛
夫人，取法於張芝、鍾繇等人，博採各家優點。據《書斷・王羲之》曰：「逸
少善草隸、八分、飛白、章、行，備精諸體，自成一家法。」〔註323〕但廣爲
流傳的是楷書和行書。

他在對鍾繇的楷書進行精心研究和深入剖析的基礎上，創造性地完成了
從帶有隸意的質樸的書體到遒逸瑰麗的楷書的蛻變。這在其楷書代表作〈黃
庭經〉、〈樂毅論〉和〈東方朔畫讚〉中，表現得淋漓盡致。〔註324〕

梁武帝草隸尺牘，騎射弓馬，莫不奇妙。……歷觀古昔帝王人君，恭儉
莊敬，藝能博學，罕或有焉。〔註325〕梁武帝御府內盡藏魏晉以來的書法作

---

〔註321〕（梁）陶弘景撰：《陶隱居集》見（明）張溥輯：《漢魏六朝百三家集》（明崇
　　　　禎間（1628～1644）太倉張氏原刊本），頁8～9。

〔註322〕（梁）陶弘景撰：《陶隱居集》見（明）張溥輯：《漢魏六朝百三家集》（明崇
　　　　禎間（1628～1644）太倉張氏原刊本），頁10。

〔註323〕（唐）張懷瓘撰：《書斷》（上海：商務印書館排印本，1927年），頁6。

〔註324〕李志平撰：〈魏晉南北朝書法藝術管窺〉，《內蒙古師大學報》第6期（1998
　　　　年12月），頁83。

〔註325〕（唐）姚思廉撰：《梁書》（北京：中華書局，1973年5月第1版），頁96～

品，其中尤愛鍾繇作品，居二王（王羲之、王獻之）之上，其〈觀鍾繇書法〉曰：「子敬（王獻之）不迨逸少，逸少（王羲之）不迨元常（鍾繇）。學子敬者，如畫虎也；學元常者，比畫龍也。」〔註326〕

　　按語：梁武帝〈淨業賦并序〉曰：「少愛山水，有懷丘壑。」〔註327〕年少時喜隱居生活，即位前，與道士陶弘景友好，武帝即位後，每有國家大事，輒以諮詢之，時人謂爲山中宰相。《南史卷七十六・列傳第六十六・隱逸下・陶弘景》曰：

> 武帝既早與之游，及即位後，恩禮逾篤，書問不絕，冠蓋相望。……
> 國家每有吉凶征討大事，無不前以諮詢。月中常有數信，時人謂爲
> 山中宰相。〔註328〕

姑繫這些書牘作於武帝即位後，約梁武帝・天監二年。

## （二）梁・武帝〈答陶弘景論書書〉四首——約梁武帝・天監二年（503）

　　蕭衍字叔達，南蘭陵・中都里人，生於劉宋孝武帝・大明八年（464），卒於梁武帝・太清三年（549）。《梁書卷一・本紀第一・武帝上》曰：

> 高祖武皇帝諱衍……小字練兒……漢相國何之後也。……齊高帝族
> 弟也。參預佐命，封臨湘縣侯。歷官侍中，衛尉，太子詹事，領軍
> 將軍，丹陽尹，贈鎮北將軍。……起家巴陵王南中郎法曹行參軍，
> 遷衛將軍王儉東閤祭酒。儉一見深相器異，謂盧江何憲曰：「此蕭
> 郎三十內當作侍中，出此則貴不可言。」竟陵王子良開西邸，招文
> 學，高祖與沈約、謝朓、王融、蕭琛、范雲、任昉、陸倕等並遊焉，
> 號曰八友。……南齊東昏侯永元三年三月乙巳，南康王即帝位於江
> 陵，改永元三年爲中興元年，遙廢東昏爲涪陵王。以高祖爲尚書左
> 僕射，加征東大將軍、都督征討諸軍事，假黃鉞。〔註329〕

《梁書卷二・本紀第二・武帝中》曰：

---

97。

〔註326〕（清）嚴可均編：《全上古三代秦漢三國六朝文・全梁文》（臺北：世界書局，1963年5月二版），卷6，頁13。

〔註327〕（清）嚴可均編：《全上古三代秦漢三國六朝文・全梁文》（臺北：世界書局，1963年5月二版），卷1，頁4。

〔註328〕（唐）李延壽撰：《南史》（北京：中華書局，1975年6月第1版），頁1899。

〔註329〕（唐）姚思廉撰：《梁書》（北京：中華書局，1973年5月第1版），頁1～9。

天監元年夏四月丙寅，高祖即皇帝位於南郊。〔註330〕

《梁書卷三・本紀第三・武帝下》曰：

太清三年夏四月己丑，京師地震。丙申，地又震。己酉，高祖以所
求不供，憂憤寢疾。是月，青、冀二州刺史明少遐、東徐州刺史湛
海珍、北青州刺史王奉伯各舉州附于魏。五月丙辰，高祖崩于淨居
殿，時年八十六。辛巳，遷大行皇帝梓宮于太極前殿。冬十一月，
追尊爲武皇帝，廟曰高祖。乙卯，葬于脩陵。〔註331〕

梁・武帝〈答陶弘景論書書一〉云：

近二卷欲少留，差不爲異。紙卷是出裝書，既須見，前所以付耳。
無正，可取備於此。及欲更須細書如論、箴例。逸少書無甚極細書，
〈樂毅論〉乃微麁健，恐非眞蹟。〈太師箴〉小復方媚，筆力過嫩，
書體乖異。二者已經至鑒，此外便無可付也。〔註332〕

梁・武帝〈答陶弘景論書書二〉云：

又省別疏云：「故當宜微以著賞，此既勝事，雖風訓非嫌」，然非所
習，聊試略言。夫運筆邪則無芒角，執手寬則書緩弱。點掣短則法
臃腫，點掣長則法離澌。畫促則字橫，畫疎則字形慢。拘則乏勢，
放又少則。純骨無媚，純肉無力。少墨浮澀，多墨笨鈍，比並皆然。
任意所之，自然之理也。若抑揚得所，趣舍無違，隨筆廉斷，觸勢
峰鬱，揚波折節，中規合矩，分間下注，濃纖有方，肥瘦相和，骨
力相稱，婉婉曖曖，視之不足，稜稜凜凜，常有生氣，適眼合心，
便爲甲科。眾家可識，亦當復貫串耳；六義可工，亦當復由習耳。
一聞能持，一見能記，且古且今，不無其人。大抵爲論，終歸是習。
程邈所以能變書體，爲之舊也；張芝所以能善書，工學之積也。既
舊且積，方可以肆其談。吾少來乃至不能嘗畫甲子，無論於篇紙。
老而言之，亦復何謂。正足見嗤於當今，貽笑於後代。遂有獨冠之
言，覽之背熱，隱眞於是乎累眞矣。此直一藝之精，非吾所謂勝事；
此道心之塵，非吾所謂無欲也。〔註333〕

---

〔註330〕 （唐）姚思廉撰：《梁書》（北京：中華書局，1973年5月第1版），頁33。
〔註331〕 （唐）姚思廉撰：《梁書》（北京：中華書局，1973年5月第1版），頁95。
〔註332〕 （梁）蕭衍撰：《梁武帝集》見（明）張溥輯：《漢魏六朝百三家集》（明崇禎
　　　　 間（1628～1644）太倉張氏原刊本），頁100。
〔註333〕 （梁）蕭衍撰：《梁武帝集》見（明）張溥輯：《漢魏六朝百三家集》（明崇禎

梁・武帝〈答陶弘景論書書三〉云：

> 省區別諸書，良有精賞。異同所未可知，悉可否耳。「給事黃門」二
> 紙為任靖書，觀所送靖書，諸字相附近。彼二紙，靖書體解雜，便
> 當非靖書，復當以點畫波譽論，極諸家之致。此亦非可倉卒運於毫
> 楮，且保拙守中也。許、任二跡并摹者並付反。〔註334〕

梁・武帝〈答陶弘景論書書四〉云：

> 鍾書乃有一卷，傳以為真。意謂悉是摹學，多不足論。有兩三行許
> 似摹，微得鍾體。逸少學鍾的可知。近有二十許首。此外，字細畫
> 短，多是鍾法。今欲令人帖裝，未便得付，來月有竟者，當遣送
> 也。〔註335〕

李志平〈魏晉南北朝書法藝術管窺〉歸納王羲之行書的藝術特徵如下：

### 1、用筆精到自然而講究法度

王羲之尤其擅長用勾挑、牽絲來加強筆畫間的呼應，使整篇作品脈絡連通，意態流動，揖讓挪移，顧盼有情，增加了行書的靈動性和呼應關係。至於他在用筆過程中以敧側代替平整，以圓轉代替方折，朝揖向背，斂放有度等方法，都無不精妙。

### 2、結構順其自然，而富於變化

王羲之〈筆勢論〉曰：「若作一紙之書，須字字意別，勿使相同。……若平直相似，狀如算子，上下方整，前後齊平便不是書，但得點畫耳。」結體或修長、或渾圓、或縮小、或誇張，徹底突破了隸書扁平方正的形態約束。

### 3、章法渾然天成而不失法度

王羲之行書的章法，採用縱有行，橫無列，行款緊湊，首尾呼應的方式，字與字之間大小參差，不求劃一，行與行之間長短配全，錯落有致，通篇作品給人以行雲流水，天然瀟灑之美。〔註336〕

王羲之的作品，由於戰火頻頻，已無真跡留下，所以陶弘景與梁武帝論

---

間（1628～1644）太倉張氏原刊本），頁100～101。

〔註334〕（梁）蕭衍撰：《梁武帝集》見（明）張溥輯：《漢魏六朝百三家集》（明崇禎間（1628～1644）太倉張氏原刊本），頁102。

〔註335〕（梁）蕭衍撰：《梁武帝集》見（明）張溥輯：《漢魏六朝百三家集》（明崇禎間（1628～1644）太倉張氏原刊本），頁102。

〔註336〕李志平撰：〈魏晉南北朝書法藝術管窺〉，《內蒙古師大學報》第 6 期（1998年 12 月），頁83。

書，認爲他們所看到的都是從眞跡摹拓下來的拓本和以眞跡爲藍本的刻本。

按語：此四首皆爲梁武帝答陶弘景，論書法方面的書牘，姑繫作於約梁武帝・天監二年。

## 五、論政

魏晉南北朝時期，由於社會動盪，朝代更迭頻繁，人民生活塗炭，使文人或在朝爲官者不能不關心國事，不關心天下蒼生。因此，論爲官之道，談救蒼生之方，彼此交換經驗心得，在當時書牘中極爲普遍的討論題材。

### （一）魏・應璩〈與廣川長岑文瑜書〉

璩白：

頃者炎旱，日更增甚。沙礫銷鑠，草木焦卷。處凉臺而有鬱蒸之煩，浴寒氷而有灼爛之慘；宇宙雖廣，無陰以憩；〈雲漢〉之詩，何以過此。土龍矯首於玄寺，泥人鶴立於閭里。修之歷旬，靜無徵效，明勸教之術，非致雨之備也。知恤下民，躬自暴露，拜起靈壇，勤亦至矣。

昔夏禹之解陽盱，殷湯之禱桑林，言未發而水旋流，辭未卒而澤滂沛。今者雲重積而復散，雨垂落而復收，得無賢聖殊品，優劣異姿，割鬚宜及膚，翦爪宜侵肌乎？周征殷而年豐，衛伐邢而致雨；善否之應，甚於影響，未可以爲不然也。

想雅思所未及，謹書起予。

應璩白。〔註337〕

廣川縣時旱，縣令岑文瑜祈雨不能得，應璩作書以戲之。此信大體可分成三個部分：先描繪了廣川縣旱勢的嚴重，可與周宣王時期的大旱相比，文辭誇張而不失眞實之感，再述廣川令以土龍、泥人求雨，「修之歷旬，靜無徵效」，但肯定其體恤下民，以身作則的動機與行爲是正確的，最後說明要求得甘霖，長吏必須眞正具備賢德精誠，使吏治肅清，方能感應上天，通過求雨的歷史對比，夏禹、商湯求禱之應，「周征殷而年豐，衛伐邢而致雨。」借以證明廣川令德、善不足，故「雲重積而復散，雨重落而復收」。但不是嚴詞訓

---

〔註337〕（魏）應璩撰：《魏應休璉集》見（明）張溥輯：《漢魏六朝百三家集》（明崇禎間（1628～1644）太倉張氏原刊本），頁4～5。

斥，而是摯友之間的戲謔之筆，調侃之言。書信寫得跌宕起伏，一波三折，欲擒先縱，欲抑先揚，作者才思之妙，於此可見。

### （二）東晉・殷仲堪〈致謝玄書〉——東晉孝武帝・太元八年（383）

殷仲堪，陳郡人，生年不詳，卒於東晉安帝・隆安三年（399）。《晉書卷八十四・列傳第五十四・殷仲堪》曰：

> 仲堪能清言，善屬文，每云三日不讀《道德經》，便覺舌本間強。其談理與韓康伯齊名，士咸愛慕之。調補佐著作郎。〔註338〕

謝玄字幼度，陳郡・陽夏人，生於東晉康帝・建元元年（343），東晉孝武帝・太元十三年（388）。《晉書卷七十九・列傳第四十九・附謝安傳》曰：

> 少穎悟，與從兄朗俱爲叔父安所器重。……及長，有經國財略，屢辟不起。後與王珣俱被桓溫辟爲掾，並禮重之。轉征西將軍桓豁司馬、領南郡相、監北征諸軍事。于時符堅強盛，邊境數被侵寇，朝廷求文武良將可以鎮禦北方者，安乃以玄應舉。……拜建武將軍、兗州刺史、領廣陵相、監江北諸軍事。……玄既興疾之郡，十三年，卒于官，時年四十六。追贈車騎將軍、開府儀同三司，諡曰獻武。〔註339〕

殷仲堪〈致謝玄書〉云：

> 胡亡之後，中原子女驅於江東者不可勝數，骨肉星離，荼毒終年，怨苦之氣，感傷和理，誠喪亂之常，足以懲戒，復非王澤廣潤，愛育蒼生之意也。

> 當世大人既慨然經略，將以救其塗炭，而使理至于此，良可歎息！願節下弘之以道德，運之以神明，隱心以及物，垂理以禁暴，使足踐晉境者必無懷戚之心，枯槁之類莫不同漸天潤，仁義與干戈竝運，德心與功業俱隆，實所期于明德也。

> 請聞抄掠所得，多皆採樵飢人，壯者欲以救子，少者志在存親，行者傾筐以顧念，居者吁嗟以待延。而一旦幽繫，生離死絕，求之于情，可傷之甚。

---

〔註338〕（唐）房玄齡等撰：《晉書》（北京：中華書局，1982年12月第2次印刷），頁2192～2193。

〔註339〕（唐）房玄齡等撰：《晉書》（北京：中華書局，1982年12月第2次印刷），頁2080～2085。

昔孟孫獵而得麑，使秦西以之歸，其母隨而悲鳴，不忍而放之，孟孫赦其罪以傳其子。禽獸猶不可離，況于人乎！夫飛鴞，惡鳥也，食桑葚，猶懷好音。雖曰戎狄，其無情乎！苟感之有物，非難化也。必使邊界無貪小利，強弱不得相陵，德音一發，必聲振沙漠，二寇之黨，將靡然向風，何憂黃河之不濟，函谷之不開哉！〔註340〕

按語：《晉書卷七十九‧列傳第四十九‧附謝安傳》曰：

時符堅遣軍圍襄陽，……玄率何謙、戴遂、田洛追之，戰于君川，復大破之。……詔遣殿中將軍慰勞，進號冠軍，加領徐州刺史，還于廣陵，以功封東興侯。……堅進屯壽陽，列陣臨肥水，玄軍不得渡。……玄、琰仍進，決戰肥水南。……堅眾奔潰，自相蹈藉投水死者不可勝計，肥水追不流。〔註341〕

《晉書卷八十四‧列傳第五十四‧殷仲堪》曰：

冠軍謝玄鎮京口，請為參軍。除尚書郎，不拜。玄以為長史，後任遇之。仲堪致書於玄。……玄深然之。〔註342〕

張儐生《魏晉南北朝史》曰：

（東晉孝武帝）太元八年八月，（前秦符）堅下詔伐晉，……十一月，謝玄遣廣陵相劉牢之率精兵五千趨洛澗。……洛澗既捷，晉軍氣盛。謝石、謝玄等水陸並進。

秦軍逼淝水而陣。……玄與琰等渡水擊之。……秦軍大潰而奔。……堅中流矢單騎遁淮北，遇慕容垂部始得安全返長安。……謝玄還屯壽陽，戰事告終。史稱此役為淝水之戰。〔註343〕

姑繫此書牘作於東晉孝武帝‧太元八年。

## （三）劉宋‧武帝〈與臧燾書〉──東晉恭帝‧元熙元年（419）

臧燾字德仁，東莞‧莒人，生於東晉穆‧永和九年（353），卒於劉宋武

---

〔註340〕（清）嚴可均編：《全上古三代秦漢三國六朝文‧全晉文》（臺北：世界書局，1963年5月二版），卷129，頁6～7。

〔註341〕（唐）房玄齡等撰：《晉書》（北京：中華書局，1982年12月第2次印刷），頁2081～2082。

〔註342〕（唐）房玄齡等撰：《晉書》（北京：中華書局，1982年12月第2次印刷），頁2193。

〔註343〕張儐生著：《魏晉南北朝史》（臺北：幼獅文化公司，1978年12月），頁279～280。

帝・永初三年（422）。《宋書卷五十五・列傳第十五・臧燾》曰：

> 少好學，善《三禮》。貧約自立，操行爲鄉里所稱。晉孝武帝太元
> 中，衛將軍謝安始立國學，徐、兗二州刺史謝玄舉燾爲助教。……
> 參高祖中軍軍事，入補尚書度支郎，改掌祠部。襲封高陵亭侯。……
> 遷通直郎，高祖鎮軍、車騎、中軍、太尉諮議參軍。高祖北伐關、
> 洛，大司馬琅邪王同行，除大司馬從事中郎，總留府事。義熙十四
> 年，除侍中。元熙元年，以腳疾去職。高祖受命，徵拜太常，雖外
> 戚貴顯，而彌自沖約，茅屋蔬飧，不改其舊，所得奉祿，與親戚共
> 之。永初三年，致仕，拜光祿大夫，加金章紫綬。其年卒，時年七
> 十。〔註344〕

劉宋・武帝〈與臧燾書〉云：

> 頃學尚廢弛，後進頹業，衡門之內，清風輟響。良由戎車屢警，禮
> 樂中息，浮夫恣志，情與事染，豈可不敷崇墳籍，敦厲風尚。此境
> 人士，子姪如林，明發搜訪，想聞令軌。然荊玉含寶，要俟開瑩，
> 幽蘭懷馨，事資扇發，獨習寡悟，義著周典。
>
> 今經師不遠，而赴業無聞，非唯志學者鮮，或是勸誘未至邪。想復
> 弘之。〔註345〕

按語：《宋書卷五十五・列傳第十五・臧燾》曰：

> 義旗建，爲太學博士，參右將軍何無忌軍事，隨府轉鎮南參軍。高
> 祖鎮京口，與燾書。〔註346〕

姑繫此牘作於東晉恭帝・元熙元年。

## 六、論兵

　　處身於朝代更迭，戰爭頻仍時代，無論官宦或百姓，人人飽受戰爭之苦，
對戰爭用兵都感到厭煩和無奈，如何拒敵以鞏固國防；如何用兵以求速勝，
並保太平，都是有識者當務之急，武將論兵，文人也論兵談謀略，在書牘中

---

〔註344〕（梁）沈約撰：《宋書》（北京：中華書局，1983年4月第2次印刷），頁1543
　　　　～1544。
〔註345〕（清）嚴可均編：《全上古三代秦漢三國六朝文・全宋文》（臺北：世界書局，
　　　　1963年5月二版），卷1，頁13。
〔註346〕（梁）沈約撰：《宋書》（北京：中華書局，1983年4月第2次印刷），頁
　　　　1544。

談用兵也是當代書牘之特色之一。

## （一）魏・曹植〈與司馬仲達書〉──魏明帝・太和三年（229）

司馬懿字仲達，河內・溫縣・孝敬里人，生於東漢靈帝・光和二年（179），卒於魏齊王・嘉平三年（251）。《晉書卷一・帝紀第一・宣帝》曰：

> 魏國既建，遷太子中庶子。……及魏武薨于洛陽，朝野危懼。帝綱紀喪事，內外肅然。乃奉梓宮還鄴。魏文帝即位，封河津亭侯，轉丞相長史。及魏受漢禪，以帝爲尚書。頃之，轉督軍、御史中丞，封安國鄉侯。黃初二年，督軍官罷，遷侍中、尚書右僕射。……後以丞相執國政。孫司馬炎篡魏，建立晉朝，追諡爲宣帝。〔註347〕

曹植〈與司馬仲達書〉云：

> 今賊徒欲保江表之城，守區區之吳爾。無有爭雄於宇內，角勝於平原之志也。故其俗蓋以洲渚爲營壁，江淮爲城壍而已。若可得挑致，則吾一旅之卒，足以敵之矣！蓋弋鳥者矯其矢，釣魚者理其綸，此皆度彼爲慮，因象設宜者也。
>
> 今足下曾無矯矢、理綸之謀，徒欲候其離舟，伺其登陸，乃圖并吳會之地，收陳野之民，恐非主上授節將軍之心也。〔註348〕

按語：《晉書卷一・帝紀第一・宣帝》曰：

> 太和初……時邊郡新附，多無戶名，魏朝欲加隱實。屬帝（司馬懿）朝於京師，天子訪之於帝。帝對曰：「賊以密網束下，故下棄之。宜弘以大綱，則自然安樂。」又問二虜宜討，何者爲先？對曰：「吳以中國不習水戰，故敢散居東關。凡攻敵必扼其喉而搤其心。夏口、東關，賊之心喉。若爲陸軍以向皖城，引權東下爲水戰軍向夏口，乘其虛而擊之，此神兵從天而墮，破之必矣。」天子並然之，復命帝屯於宛。〔註349〕

曹植與司馬懿論兵，譏其無謀。司馬懿的破吳方略，看似有理，但有些不切實際，故曹植在此信中深表不以爲然，指出孫吳固守其地，難以誘其出

〔註347〕（唐）房玄齡等撰：《晉書》（北京：中華書局，1982 年 12 月第 2 次印刷），頁 1～7。

〔註348〕（魏）曹植撰：《陳思王集》見（明）張溥輯：《漢魏六朝百三家集》（明崇禎間（1628～1644）太倉張氏原刊本），頁 59～60。

〔註349〕（唐）房玄齡等撰：《晉書》（北京：中華書局，1982 年 12 月第 2 次印刷），頁 6。

動，並勸告司馬懿在軍事上應當審時度勢，適時調整用兵作戰的策略、部署。此信分析局勢，陳說利害，指謬摘瑕，顯示了作者的遠見卓識。姑繫此書作於魏明帝‧太和三年。

### （二）東晉‧譙王承〈答安南將軍甘卓書〉──東晉元帝‧永昌元年（322）

譙閔王承字敬才，生於魏元帝‧咸熙元年（264），卒於東晉元帝‧永昌元年（322）。《晉書卷三十七‧列傳第七‧宗室‧譙剛王遜　子閔王承》曰：

> 少篤厚有志行。……元帝爲晉王，承制更封承爲譙王。……承居官儉約，家無別室。尋加散騎常侍，輔國、左軍如故。王敦有無君之心，表疏輕慢。……
>
> 帝詔曰：「……今以承監湘州諸軍事、南中郎將、湘州刺史。」……
>
> 魏乂檻送承荊州，刺史王廙承敦旨於道中害之，時年五十九。〔註350〕

甘卓字季思，丹楊人，生年不詳，卒於東晉元帝‧永昌元年（322）。《晉書卷七十‧列傳第四十‧甘卓》曰：

> 吳平，卓退居自守。郡命主簿、功曹，察孝廉，州舉秀才，爲吳王常侍。……元帝初渡江，授卓前鋒都督、揚威將軍、歷陽內史。……卓雖懷義正，而性不果毅，且年老多疑，計慮猶豫，軍次豬口，累旬不前。敦大懼，遣卓兄子行參軍印求和，……卓性先寬和，忽便強塞，徑還襄陽，意氣騷擾，舉動失常，自照鏡不見其頭，視庭樹而頭在樹上，心甚惡之。……主簿何無忌及家人皆勸令自警。
>
> 卓轉更很愎，聞諫輒怒。……襄陽太守周慮等密承敦意，知卓無備，詐言湖中多魚，勸卓遣左右皆捕魚，乃襲害卓于寢，傳首于敦。〔註351〕

譙王承〈答安南將軍甘卓書〉云：

> 季思足下：
>
> 勞於王事。天綱暫圮，中原丘墟。四海義士，方謀剋復，中興江左，

---

〔註350〕（唐）房玄齡等撰：《晉書》（北京：中華書局，1982年12月第2次印刷），頁1103～1106。

〔註351〕（唐）房玄齡等撰：《晉書》（北京：中華書局，1982年12月第2次印刷），頁1862～1866。

草創始爾，豈圖惡逆，萌自寵臣。吾以闇短，託宗皇屬。仰豫密命，作鎮南夏，親奉中詔，成規在心。伯仁諸賢，扼腕岐路，至止尚淺，凡百茫然。豺狼易驚，遂肆醜毒，聞知駭踊，神氣衝越。子來之儀，人思自百，不命而至，眾過數千。誠足以決一旦之機，攄山海之憤矣。然迫於倉卒，舟檝未備，魏乂、李恆，尋見圍逼。是故事與意違，志力未展。猥辱來使，深同大趣，嘉謀英算，發自深衷。執讀周復，欣無以量。足下若能卷甲電赴，猶或有濟，若有狐疑，求我枯魚之肆矣。兵聞拙速，未覩工遲。

季思足下，勉之勉之！書不盡意，絕筆而已。〔註352〕

按語：《晉書卷三十七·列傳第七·宗室·譙剛王遜　子閔王承》曰：

> 初，劉隗以王敦威權太盛，終不可制，勸（元）帝出諸心復，以鎮方隅。故先以承爲湘州，續用隗及戴若思等，並爲州牧。承行達武昌，釋戎備見王敦。……敦遣南蠻校尉魏乂、將軍李恆、田嵩等甲卒二萬以攻承。承且戰且守，……初，安南將軍甘卓與承書，勸使固守，當以兵出沔口，斷敦歸路，則湘圍自解。承答書。〔註353〕

《晉書卷七十·列傳第四十·甘卓》曰：

> 元帝初渡江，授卓前鋒都督、揚威將軍、歷陽內史。……卓尋遷安南將軍、梁州刺史、假節、督沔北諸軍，鎮襄陽。……王敦稱兵，遣使告卓。卓乃僞許，而心不同之。及敦升舟，而卓不赴，使參軍孫雙詣武昌諫止敦。……時湘州刺史譙王承遣主簿鄧騫說卓。〔註354〕

王敦，生於西晉武帝·泰始二年（266），卒於東晉明帝·太寧二年（324）。東晉元帝·永昌元年正月，王敦舉兵武昌，以誅劉隗、刁協爲名。東下建業，敗王師，入石頭。刁協走死江乘（今江蘇句容縣北），劉隗北投石勒。戴淵、周顗皆被殺。敦加王導尚書令，以王含爲荊州刺史，改易百官及諸軍鎮。轉徙黜免者以百數。四月，還武昌，別將破長沙，殺譙王承，襄陽太守周慮亦殺梁州刺史甘卓以附敦。姑繫此書牘作於東晉元帝·永昌

---

〔註352〕（清）嚴可均編：《全上古三代秦漢三國六朝文·全晉文》（臺北：世界書局，1963年5月二版），卷15，頁4～5。

〔註353〕（唐）房玄齡等撰：《晉書》（北京：中華書局，1982年12月第2次印刷），頁1104～1105。

〔註354〕（唐）房玄齡等撰：《晉書》（北京：中華書局，1982年12月第2次印刷），頁1862。

元年。

## （三）東晉·庾龢〈諫叔父翼徙鎮襄陽書〉──東晉康帝·建元元年（343）

庾龢字道季，生年不詳，卒於東晉廢帝·太和元年（366）。《晉書卷七十三·列傳第四十三·庾亮子龢》曰：

> 好學，有文章。……（穆帝）升平中，代孔嚴爲丹楊尹，表除重役六十餘事。太和初，代王恰爲中領軍，卒於官。〔註355〕

庾翼字稚恭，鄢陵人，生於西晉惠帝·永興二年（305），東晉穆帝·永和元年（345）。《晉書卷七十三·列傳第四十三·庾亮弟翼》曰：

> 風儀秀偉，少有經綸大略。……蘇峻作逆，翼時年二十二，兄亮使白衣領數百人，備石頭。亮敗，與翼俱奔。事平，始辟太尉陶侃府，轉參軍，累遷從事中郎。……翼如廁，見一物如方相，俄而疽發背。疾篤，表第二子爰之行輔國將軍、荊州刺史，司馬朱燾爲南蠻校尉，以千人守巴陵。永和元年卒，時年四十一。〔註356〕

庾龢〈諫叔父翼徙鎮襄陽書〉云：

> 承進據襄陽，耀武荊、楚，且田且戍，漸臨河洛，使向化之萌懷德而附，凶愚之徒畏威反善，太平之基，便在于旦夕。昔殷伐鬼方，三年而剋，樂生守齊，遂至歷載。今皇朝雖隆，無有殷之盛，凶羯雖衰，猶醜類有徒。
>
> 而沔漢之水，無萬仞之固，方城雖峻，無千尋之險。加以運漕供繼有泝流之艱，征夫勤役有勞來之歎。若窮寇慮逼，送死一決，東西互出，首尾俱進，則廩糧有抄截之患，遠略乏率然之勢。進退惟思，不見其可。此明闇所共見，賢愚所共聞，況于臨事者乎！願迴師反斾，詳擇全勝，修城池，立壘壁，勤耕農，練兵甲。
>
> 若凶運有極，天亡此虜，則可泛舟燕澤，方軌齊進，水陸騁邁，亦不踰旬朔矣。願詳思遠猷，算其可者。〔註357〕

---

〔註355〕（唐）房玄齡等撰：《晉書》（北京：中華書局，1982年12月第2次印刷），頁1925～1926。

〔註356〕（唐）房玄齡等撰：《晉書》（北京：中華書局，1982年12月第2次印刷），頁1931～1935。

〔註357〕（清）嚴可均編：《全上古三代秦漢三國六朝文·全晉文》（臺北：世界書局，

庾龢勸叔父庾翼用兵不可躁急，舉殷伐鬼方，三年而克之例說明，並以今皇朝雖隆，無有殷之盛，敵人雖弱，但凶狠可怕來提醒其叔父。更說明目前情勢，因為沔漢濱水，無萬仞堅固之高牆，雖有高峻方城，每處都隱藏著危險。同時分析如逼急了窮寇，反對自己不利之原因。將利害得失分析極為透徹，一氣呵成，頗有說服力，庾翼甚奇之。

按語：《晉書卷七十三‧列傳第四十三，附庾亮傳》曰：「叔父翼將遷襄陽，龢年十五，以書諫。」〔註358〕《晉書卷七十三‧列傳第四十三，附庾亮傳》曰：

> 康帝即位，翼欲率眾北伐，……時欲向襄陽，慮朝廷不許，故以安陸為辭。帝及朝士皆遣使譬止，車騎參軍孫綽亦致書諫。翼不從，遂違詔輒行。〔註359〕

姑繫此書牘作於東晉康帝‧建元元年。

## （四）東晉‧王羲之〈與會稽王牋〉──東晉穆帝‧永和九年（353）

簡文帝初為會稽王，輔政羲之與王牋。《晉書卷九‧帝紀第九‧簡文帝》曰：

> 簡文皇帝諱昱，字道萬，元帝之少子也。……咸和元年，所生鄭夫人薨。帝時年七歲，號慕泣血，固請服重。成帝哀而許之，故徙封會稽王，拜散騎常侍。九年，遷右將軍，加侍中。咸康六年，進撫軍將軍，領祕書監。……永和元年，崇德太后臨朝，進位撫軍大將軍、錄尚書六條事。……八年，進位司徒固讓不拜。穆帝始冠，帝稽首歸政，不許。〔註360〕

王羲之〈與會稽王牋〉云：

> 古人**恥**其君不為堯舜，北面之道，豈不願尊其所事，比隆往代，況遇千載一時之運？顧智力屈於當年，何得不權輕重而處之也。今雖有可欣之會，內求諸己，而所憂乃重於所欣。《傳》云：「自非聖人，

---

1963 年 5 月二版），卷 37，頁 10～11。

〔註358〕（唐）房玄齡等撰：《晉書》（北京：中華書局，1982 年 12 月第 2 次印刷），頁 1925。

〔註359〕（唐）房玄齡等撰：《晉書》（北京：中華書局，1982 年 12 月第 2 次印刷），頁 1932～1933。

〔註360〕（唐）房玄齡等撰：《晉書》（北京：中華書局，1982 年 12 月第 2 次印刷），頁 219。

外寧必有內憂」。

今外不寧，內憂已深。古之弘大業者，或不謀於眾，傾國以濟一時功者，亦往往而有之。誠獨運之明，足以邁眾，暫勞之弊終獲永逸者可也。求之於今，可得擬議乎！

夫廟算決勝，必宜審量彼我，萬全而後動。功就之日，便當因其眾而即其實。今功未可期，而遺黎殲盡，萬不餘一。且千里饋糧，自古爲難，況今轉運供繼，西輸許洛，北入黃河。雖秦政之弊，未至於此，而十室之憂，便以交至。今運無還期，徵求日重，以區區吳越經緯天下十分之九，不亡何待！而不度德量力，不弊不已，此封內所痛心歎悼，而莫敢吐誠。

往者不可諫，來者猶可追，願殿下更垂三思，解而更張，令殷浩、荀羨還據合肥、廣陵、許昌、譙郡、梁、彭城諸軍皆還保淮，爲不可勝之基，須根立勢舉，謀之未晚，此實當今策之上者。若不行此，社稷之憂，可計日而待。安危之機，易於反掌，考之虛實，著於目前願運獨斷之明，定之於一朝也。

地淺而言深，豈不知其未易。然古人處閭閻行陣之間，尚或干時謀國，評裁者不以爲譏，況廁大臣末行，豈可默而不言哉！存亡所係，決在行之，不可復持疑後機，不定之於此，後欲悔之，亦無及也。

殿下德冠宇內，以公室輔朝，最可直道行之，致隆當年，而未允物望，受殊遇者所以寤寐長歎，實爲殿下惜之。國家之慮深矣，常恐伍員之憂不獨在昔，糜鹿之游將不止林藪而已。願殿下暫廢虛遠之懷，以救倒懸之急，可謂以亡爲存，轉禍爲福，則宗廟之慶，四海有賴矣。〔註361〕

時東土饑荒，羲之輒開倉振貸。然朝廷賦役繁重，吳會尤甚，羲之每上疏爭之，談論國家大事，事多見從。

按語：《晉書卷八十·列傳第五十·王羲之》曰：

及浩將北伐，羲之以爲必敗，以書止之，……又與會稽王（簡文帝）

〔註361〕（晉）王羲之撰：《王右軍集》見（明）張溥輯：《漢魏六朝百三家集》（明崇禎間（1628～1644）太倉張氏原刊本），卷1，頁3～5。

牋陳浩不宜北伐，并論時事。〔註362〕

張儐生《魏晉南北朝史‧伐秦》曰：

> （永和）九年十月，浩自壽春再出兵北伐以姚襄爲前鋒。襄引兵壯
> 行，伏軍，桑邀浩大破之，俘斬萬計。浩走保譙城。此浩二次出兵
> 之又敗也。〔註363〕

姑繫此書牘作於東晉穆帝‧永和九年。

## （五）北魏‧孝文帝〈遺曹虎書〉──南齊明帝‧建武四年（497）、北魏‧孝文帝‧太和廿一年（497）

北魏孝文帝字名宏，生於北魏獻文帝（拓跋弘）‧皇興元年（467），卒年不詳。《魏書卷七上‧高祖紀第七上》曰：

> 高祖孝文帝皇帝，諱宏，顯祖獻文皇帝之長子，母曰李夫人。皇興
> 元年八月戊申，生於平城紫宮，……三年夏六月辛未，立爲皇太
> 子。五年秋八月丙午，即皇帝位於太華前殿，大赦，改元延興元
> 年。〔註364〕

曹虎本名虎頭字士威，下邳‧下邳人，生於劉宋文帝‧元嘉十六年（439），卒於東昏侯‧永元二年（500）。《南齊書卷三十‧列傳第十一‧曹虎》曰：

> （劉）宋明帝末，爲直廂。桂陽賊起，隨太祖（南齊高帝）出新亭
> 壘出戰，先斬一級持還，由是識太祖。太祖爲領軍，虎訴勳，補防
> 殿隊主，直西齋。……累至屯騎校尉，帶南城令。……（南齊高帝）
> 建元元年冬，虎啓乞度封侯官，尚書奏侯官戶數殷廣，乃改封監利
> 縣。二年，除游擊將軍，本官如故。……世祖（南齊武帝）即位，
> 除員外常侍，遷南中郎司馬，加寧朔將軍、南新蔡太守。永明元
> 年，徙爲安成王征虜司馬，餘官如故。……〔七〕年，遷冠軍將
> 軍，驍騎如故。明年，遷太子左率，轉西陽王冠軍司馬、廣陵太
> 守。……十一年，收雍州刺史王奐，敕領步騎數百，步道取襄陽。

〔註362〕（唐）房玄齡等撰：《晉書》（北京：中華書局，1982 年 12 月第 2 次印刷），頁 2094〜2097。

〔註363〕張儐生著：《魏晉南北朝史》（臺北：幼獅文化事業公司，1978 年 12 月），頁 264。

〔註364〕（北齊）魏收撰：《魏書》（北京：中華書局，1974 年 6 月第 1 版），頁 135〜137。

仍除持節、督梁、南、北秦、沙四州諸軍事、西戎校尉、梁、南秦二州刺史，將軍如故。尋進號征虜將軍。鬱林即位，進號前將軍。隆昌元年，遷督雍州郢州之竟陵司州之隨郡軍事、冠軍將軍、雍州刺史。（南齊明帝）建武元年，進號右將軍。二年，進督爲監，進號平北將軍，爵爲侯，增邑三百戶。……東昏即位，還前將軍，鎮軍司馬。永元元年，始安王遙光反，虎領軍屯青溪中橋。事寧，轉散騎常侍、右衛將軍。虎形幹甚毅，善於誘納，……帝疑虎舊將，兼利其財，新除未及拜，見殺。時年六十餘。和帝中興元年，追贈安北將軍、徐州刺史。〔註365〕

北魏・孝文帝〈遺曹虎書〉云：

皇帝謝僞雍州刺史：

神運兆中，皇居闡洛。化總元天，方融八表。而南有未賓之吳，治爲兩主之隔。幽顯含嗟，人靈雍閼。且漢北江邊，密邇乾縣，故先動鳳駕，整我神邑。卿進無陳平歸漢之智，退闕關羽殉節之忠，嬰閉窮城，憂頓長沔，機勇兩缺，何其嗟哉。朕比乃欲造卿，逼冗未果，且還新都，饗厥六戎，入彼春月，遲遲揚斾，善脩爾略，以俟義臨。〔註366〕

按語：《南齊書卷三十・列傳第十一・曹虎》曰：

（南齊明帝）建武四年，虜寇沔北，虎聚軍襄陽，與南陽太守房伯玉不協，不急赴救，乃移頓樊城。虜主元宏遺虎書。……（南齊明帝）永泰元年，遷給事中，右衛將軍，持節，隸都督陳顯達停襄陽伐虜。度支尚書崔慧景於鄧地大敗，虜追至沔北。元宏率十萬眾，從羽儀華蓋，圍樊城。虎閉門固守。虜去城數里立營頓，設氈屋，復再圍樊城，臨沔水，望襄陽岸乃去。虎遣軍主田安之等十餘軍出逐之，頗相傷殺。」〔註367〕

姑繫此書牘作於北魏・孝文帝・太和廿一年。

〔註365〕（梁）蕭子顯撰：《南齊書》（北京：中華書局，1972 年 1 月第 1 版），頁 561 ～564。

〔註366〕（清）嚴可均編：《全上古三代秦漢三國六朝文・全後魏文》（臺北：世界書局，1963 年 5 月二版），卷 7，頁 10。

〔註367〕（梁）蕭子顯撰：《南齊書》（北京：中華書局，1972 年 1 月第 1 版），頁 562 ～563。

## （六）南齊・曹虎〈答魏主托跋宏書〉——南齊明帝・建武四年（497）、北魏・孝文帝・太和廿一年（497）

自金精失道，皇居徙縣，喬木空存，茂草方鬱。七狄交侵，五胡代起，顧瞻中原，每用弔焉。知棄皐蘭，隨水瀘澗，伊川之象，爰在茲日。古人有云：「匪宅是卜，而鄰是卜。」樊、漢無幸，咫尺殊風，折膠入塞，乘秋犯邊，親屬窮於斬殺，士女困於虜劉。與彼蠢左，共爲脣齒，仁義弗聞，苛暴先露。乃復改易甎裘，妄自尊大。我皇開運，光宅區夏，而式亂逋逃，棄同即異。每欲出車鞠旅，以征不庭，所冀干戚兩階，叛命咸格，遂復遊魂不戢，亂猾孔熾。孤總連率，任屬方邵，組甲十萬，雄戟千羣，以此戡難，何往不克。主上每矜率土，哀彼民黎，使不戰屈敵，兵無血刃。故部勒小戍，閉壁清野，抗威遵養，庶能懷音。若遂迷復，知進亡退，當金鉦戒路，雲旗北掃，長驅燕代，併羈名王，使少卿忽諸，頭曼不祀。兵交無遠，相爲憫然。〔註368〕

按語：此書牘爲曹虎答魏主元宏書，姑繫此書牘作於南齊明帝・建武四年。

# 七、辯駁

辯駁是對自己見解提出以說明原委，如魏・陳琳〈爲曹洪與世子書〉針對曹丕的來信，提出自己的不同看法。在書牘中用詞委婉，引經據典，讀之無不懾服。

## （一）魏・陳琳〈為曹洪與世子（曹丕）書〉——東漢獻帝・建安二十年（215）

十一月五日，洪白：

前初破賊，情奓意奢，說事頗過其實。得九月二十日書讀之，喜咲把翫無厭。亦欲令陳琳作報，琳頃多事，不能得爲念，欲遠以爲懽，故自竭老夫之思。辭多不可一二，粗舉大綱，以當談笑。

漢中地形，實有險固，四嶽三塗，皆不及也。彼有精甲數萬，臨高守要，一夫揮戟，萬人不得進。而我軍過之，若駭鯨之決細綱，奔

---

〔註368〕 （清）嚴可均編：《全上古三代秦漢三國六朝文・全齊文》（臺北：世界書局，1963年5月二版），卷21，頁1。

兕之觸魯縞，未足以喻其易。雖云：「王者之師，有征無戰。」不義而彊，古人常有。故唐虞之世，蠻夷猾夏。周宣之盛，亦讐大邦。《詩》《書》歎載，言其難也。斯皆憑阻恃遠，故使其然。是以察茲地勢，謂爲中材處之殆難。倉卒來命，陳彼妖惑之罪，序王師曠蕩之德，豈不信然？是夏、殷所以喪，苗、扈所以斃；我之所以克，彼之所以敗也。不然，商、周何以不敵哉？

昔鬼方聾昧，崇虎讒囚，殷辛暴虐，三者皆下科也。然高宗有三年之征，文王有退修之軍，盟津有再駕之役，然後殪戎勝殷，有此武功焉。未有星流景集，飈奮霆擊，長驅山河，朝至暮捷，若今者也。由此觀之，彼固不逮下愚，則中才之守，不然明矣。在中才則謂不然，而來示乃以爲彼之惡稔，雖有孫、田、墨、氂，猶無所救，竊又疑焉。何者？古之用兵，敵國雖亂，尚有賢人，則不伐也。

是故三仁未去，武王還師；宮奇在虞，晉不加戎；李梁猶在，彊楚挫謀。纍至眾賢奔絀，三國爲墟。明其無道有人，猶可救也。且夫墨子之守，縈帶爲垣，高不可登；折箸爲械，堅不可入。若乃距陽平、據石門，攎八陣之列，騁奔牛之權，焉肯土崩魚爛哉？設令守無巧拙，皆可攀附，則公輸已陵宋城，樂毅已拔即墨矣。墨翟之術何稱？田單之智何貴？老夫不敏，未之前聞。

蓋聞過高唐者，效王豹之謳；遊雎渙者，學藻績之綵。閒自入益部，仰司馬、揚、王遺風，有子勝斐然之志，故頗奮文辭，異於他日。怪乃輕其家丘，謂爲倩人，是何言歟？夫騄驥垂耳於坰牧，鴻雀戢翼於汙池，褻之者固以爲園囿之凡鳥，外廄之下乘也。及整蘭筋，揮勁翮，陵厲清浮，顧眄千里，豈可謂借翰於晨風，假足於六駁哉？恐猶未信丘言，必大噱也。

洪白。〔註 369〕

這是建安二十年十一月，曹操平定漢中後，陳琳模擬曹操的堂弟曹洪口吻，寫曹洪在曹操平定張魯以後，竭盡文思，回信曹丕。陳琳稟承曹洪旨意，一方面緊扣曹丕九月二十日來信，抒發讀信後的感想；另一方面又結合西征漢中，大破張魯的戰役，「盛稱彼方土地形勢」，分析了「我之所以克，彼之

〔註 369〕（魏）陳琳撰：《陳記室集》見（明）張溥輯：《漢魏六朝百三家集》（明崇禎間（1628～1644）太倉張氏原刊本），頁 14～16。

所以敗」的原因。信中明確指出，不義、不德而「憑阻恃遠」，是靠不住的，同時也指出「無道有人，猶可救也」的道理。陳琳將戰爭正義與否同有無賢人結合起來，分析成敗原因，引經據典，歷數史載仁義之師，把魏軍的得道正義和張魯的無德無才，渲染得淋漓盡致，極具感染的力量。時而從反面寫，時而從正面說，筆力雄健，論述嚴密，駢散並用，辭藻雋美，充分展現了陳琳散文的特色。雖係代筆，卻也充滿了武將的雄風，字裡行間透露出得勝之師的喜悅之情。

　　按語：《魏文帝曹丕年譜暨作品繫年》曰：「陳琳〈爲曹洪與文帝書〉云：『來命陳彼妖惑之罪，敘王師曠蕩之德，豈不信然？』李善注：「文帝〈答洪書〉曰：『今魯包凶邪之心。肆蠱惑之政。天兵神拊。師徒無暴。樵牧不臨。』又曹洪書：『而來示乃以爲彼之惡稔，雖有孫、田、墨、氂，猶無所救，竊又疑焉。』……由此二段可知此書（曹丕〈答曹洪書〉）乃爲回此曹洪書（陳琳〈爲曹洪與世子書〉）而作。李善於曹洪書題下注引「文帝集序」曰：『上平定漢中，族父都護還書與余，盛稱彼方土地形勢，觀其辭，如陳琳所敘爲也。』」〔註370〕

　　《三國志卷一‧魏書‧武帝紀第一》曰：

　　　建安二十年三月，公（曹操）西征張魯，……秋七月，公至陽平。
　　　張魯使弟衛與將楊昂等據陽平關，橫山築城十餘里，攻之不能拔，
　　　乃引軍還。賊見大軍退，其守備解散。公乃密遣解剽、高祚等乘險
　　　夜襲，大破之，斬其將楊任，進攻衛，衛等夜遁，魯潰奔巴中。公
　　　軍入南鄭（今陝西漢中東），盡得魯府庫珍寶。十一月，魯自巴中將
　　　其餘眾降。〔註371〕

　　當時，曹操的從弟曹洪（字子廉），任都護將軍，隨曹操西征漢中。姑繫此書牘作於東漢獻帝‧建安二十年。

## （二）南齊‧竟陵王子良〈與孔中丞（稚珪）釋疑惑書〉──南齊武帝‧永明九年（491）

　　孔稚珪字德璋，會稽‧山陰（今浙江紹興）人，生於劉宋文帝‧元嘉二

---

〔註370〕洪順隆撰：《魏文帝曹丕年譜暨作品繫年》（臺北：臺灣商務印書館，1989年2月初版），頁213。

〔註371〕（晉）陳壽撰，（劉宋）裴松之注：《三國志》（北京：中華書局，1982年7月第2版），頁45～46。

十四年（447），卒於南齊東昏侯‧永元三年（501）。《南齊書卷四十八‧列傳
第二十九‧孔稚珪》曰：

> （劉宋後廢帝）元徽中，爲中散、太中大夫。頗解星文，好術
> 數。……稚珪少學涉，有美譽。太守王僧虔見而重之，引爲主簿。
> 州舉秀才。解褐宋安成王車騎法曹行參軍，轉尚書殿中郎。太祖
> （南齊高帝）爲驃騎，以稚珪有文翰，取爲記室參軍，與江淹對掌
> 辭筆。遷正員郎，中書郎，尚書左丞。……
>
> （南齊武帝）永明七年，轉驍騎將軍，復領左丞。遷黃門郎，左丞
> 如故。轉太子中庶子，廷尉。……稚珪風韻清疎，好文詠，飲酒七
> 八斗。……不樂世務，居宅盛營山水，憑机獨酌，傍無雜事。門庭
> 之內，草萊不剪，中有蛙鳴，……（南齊東昏侯）永元元年，爲都
> 官尚書，遷太子詹事，加散騎常侍。三年，稚珪疾，東昏屏除，以
> 牀舉走，因此疾甚，遂卒。年五十五。贈金紫光祿大夫。〔註372〕

竟陵王子良〈與孔中丞釋疑惑書〉云：

> 覽君書具一二，每患浮言之妨正道，激烈之傷純和，亦已久矣。孟
> 子有云：「君王無好智，君王無好勇，勇智之過，生乎患禍，所遵正
> 當仁義爲本。」今因修釋訓，始見斯行之所發，誓念履行，欲卑高
> 同其美，且取解脫之喻，不得不小失存其大。
>
> 至於形外之間，自不足及言，眞俗之教，其致一耳，取之者未達，
> 故橫起異同。君云積業栖信，便是言行相乖，豈有奉親一毀一敬，
> 而云大孝，未之前聞。夫仁人之行，非是殘害加其美，廉潔之操，
> 不藉貪竊成其德。如此則三歸五戒，豈一念而可捨，十善八正，寧
> 瞥想之可遺，未見輕其本，而能重其末。所謂本既傾矣，而後枝葉
> 從之。今云二途雖異，何得相順，此言故是見其淺近之談耳。
>
> 君非不覩經律所辨，何爲偏志一方，埋沒通路。夫士未嘗離俗施
> 訓，即世之教，可以知之。若云斯法空成詭妄，更增疑惑，應當毀
> 滅，就即因而言，閨門孝悌者，連鄉接黨，竟有幾人。今可得以無
> 其多絓，諸訓詁經史箴誡，悉可焚之不？君今遲疑於內教，亦復與

---

〔註372〕 （梁）蕭子顯撰：《南齊書》（北京：中華書局，1972 年 1 月第 1 版），頁 835
〜840。

此何殊哉。所以歸心勝法者，本不以禮敬標其心，兢仰祇崇者，不以在我故忘物。今之懇懃克己者，政為君輩之徒耳。欲今相與去憍矜、除慢憿、節情慾、制貪求、修禮讓、習謙恭、奉仁義、敦孝弟。課之以博施；廣之以汎愛；賞之以英賢；拔之以儁異，復何懃於鬼神乎！

孜孜策勵，良在於斯，雖未有奉遵，亦意不忘之。今未有夜炎之投，而按劍已起，欲相望於道德，寧不多愧，當緣未見此情，故常信斯心耳。在懷則不然，每苦其不及。司徒之府，本五教是勸，方共敦斯美行，以率無慾，使之詭諂佞，望門而自殄，浮僞蕩逸，踐庭而變迹，等彼息心之館，齊此無慾之臺，不亦善乎。一則仰順宸極普天之慈，二則敬奉儲皇垂愛之善，宵旦而警惕者，正患此心無遂耳。悠悠之語，好自多端，其云願善，政言未知傷化之重，儻令詭事以忠孝，佞悅以仁義，虛設以禮讓，假枉以方直，乃至一日克己，天下歸仁，況能旬則有餘，所望過矣。本自開心所納正，若此矯不多，如其此煩未廣，故鄙薄深慨。君正應規諫其乖，開發未達云何言傷孝本，語損義基，於邑有懷，非所望也。若此事可棄，則欣聞餘善，又云未必勸人持戒，當令善緣下發，必如此而弘教者，放勛須四凶革而啟聖，虞舜待商均賢而德明，如斯而遂美其可望乎。君之此意，則應廣有所折便當，詰堯以土階之儉，嘉離宮之麗，貶禹以茅茨之陋，崇阿房之貴，恥汲黯之正容，榮祝鮀之媚色，其餘節義貞信，謙恭之德，皆當改途而反面，復何行之可修也。凡聞於言，必察其行；覩於行，必求於理，若理不乖而行不越者，請無造於異端，真殊途同歸，未必屑然一貫，頃亦多有與君此意同者。

今寄言此紙，情不專一者，厝心於疑妄，國君普宣示之，略言其懷無見髣髴，翰迹易煩，中不盡意，比見君別，更委悉也。〔註373〕

按語：南齊武帝‧永明七年，江左相承用晉世張杜律二十卷，世祖留心法令，數訊囚徒，詔獄官詳正舊注。於是公卿八座參議，考正舊注。有輕重處，竟陵王子良下意，多使從輕。其中朝議不斷者，制旨平決。至九年，稚

〔註373〕 （南齊）蕭子良撰：《竟陵王集》見（明）張溥輯：《漢魏六朝百三家集》（明崇禎間（1628～1644）太倉張氏原刊本），卷1，頁17～20。

珪上表曰：

> 臣聞匠萬物者以繩墨爲正，馭大國者以法理爲本。是以古之聖王，臨朝思理，遠防邪萌，深杜姦漸，莫不資法理以成化，明刑賞以樹功者也。伏惟陛下躡曆登皇，乘圖踐帝，天地更築，日月再張，五禮裂而復縫，六樂積而爰緝。乃發德音，下明詔，降恤刑之文，申慎罰之典，敕臣與公卿八座共刪注律。謹奉聖旨，諮審司徒臣子良，稟受成規，創立條緒。……詔報從納，事竟不施行。〔註374〕

姑繫此書牘作於南齊武帝・永明九年。

## （三）陳・徐陵〈在北齊與楊僕射書〉──北齊文宣帝・天保元年（550）

楊愔字遵彥，小名秦王，弘農・華陰人，生於北魏宣武帝・永平三年（510），卒於北齊廢帝・乾明元年（559）。《北齊書卷三十四・列傳第二十六・楊愔》曰：

> 六歲學史書，十一受《詩》、《易》，好《左氏春秋》。……（北齊文宣帝）天保初，以本官領太子少傅，別封陽夏縣男。又詔監太史，遷尚書右僕射。……（北齊廢帝）乾明元年二月，爲孝昭帝所誅，時年五十。〔註375〕

徐陵〈在北齊與楊僕射書〉云：

> 陵，叩頭叩頭：
>
> 夫一言所感，凝暉照於魯陽，一志冥通，飛泉涌於疏勒，況復元首康哉，股肱良哉，鄰國相聞，風教相期者也？天道窮剝，鍾亂本朝，情計馳惶，公私哽懼，而骸骨之請，徒淹歲寒，顛沛之祈，空盈卷軸，是所不圖也，非所仰望也。
>
> 執事不聞之乎！昔分鼇命鳷之世，觀河拜洛之年，則有日烏流災，風禽騁暴，天傾西北，地缺東南，盛旱坼三川，長波含五嶽。我大梁應金圖而有亢，纂玉鏡而猶屯。何則？聖人不能爲時，斯固窮通之恆理也。至如荊州刺史湘東王，機神之本，無寄名言，陶鑄之餘，

〔註374〕　（梁）蕭子顯撰：《南齊書》（北京：中華書局，1972 年 1 月第 1 版），頁 836～838。

〔註375〕　（唐）李百藥撰：《北齊書》（北京：中華書局，1973 年 4 月第 2 次印刷），頁 453～456。

猶為堯、舜，雖復六代之舞，陳于總章，九州之歌，登于司樂，虞夔拊石，晉曠調鐘，未足頌此英聲，無以宣其盛德者也。若使郊徑楚翼，寧非祀夏之君，戡定艱難，便是匡周之霸，豈徒酆王徙雍，蒼月為都，姚帝遷河，周年成邑。方今越裳藐藐，馴雉北飛，肅眘茫茫，風牛南偃，吾君之子，含識知歸，而答旨云何所不投身，斯其未喻一也。

又晉熙等郡，皆入貴朝，去我潯陽，經塗何幾。至於鑪鑪曉漏，的的宵烽，隔激浦而相聞，臨高臺而可望。泉流寶盌。遙憶湓城，峰號香鑪，依然盧嶽。日者鄱陽嗣王，治兵匯派，屯戍潯波，朝夕牋書，春秋方物，吾無從以躡屬，彼何路而齊鑣。豈其然乎？斯不然矣。又近者邵陵王通和此國，郢中上客，雲聚魏都，鄴下名卿，風馳江浦，豈盧龍之徑，于彼新開，銅駝之街，于我長閉？何彼途甚易，非勞于五丁，我路為難，如登于九折？地不私載，何其爽歟？而答旨云還路無從，斯所未喻二也。晉熙、盧江，義陽、安陸，皆云欸附，非復危邦，計彼中途，便當靜晏。自斯以北，桴鼓不鳴，自此以南，封疆未壹。如其境外，脫殞輕軀，幸非邊吏之羞，何在匹夫之命。又此段賓遊，通無貨殖，忝非韓起聘鄭，私買玉環，吳札過徐，躬要寶劍。由來宴錫，凡厥囊裝，行役淹留，皆已虛罄，散有限之微財，供無期之久客，斯可知矣。且據圖刎首，愚者不為，運斧全身，庸流所鑒。何則？生輕一髮，自重千鈞，不以賈盜明矣。骨肉不任充鼎俎，皮毛不足入貨財，盜有道焉，吾無憂矣。又公家遣使，脫有資須，本朝非隆平之時，遊客豈皇華之勢。輕裝獨宿，非勞聚橐之儀，微騎閒行，寧望軺軒之禮。歸人將從，私具驢騾，緣道亭郵，唯希蔬粟。若曰留之無煩於執事，遣之有費於官司，或以顛沛為言，或云資裝可懼，固非通論，皆是外篇。斯所未喻三也。

又若以吾徒應還侯景，侯景兇逆，殲我國家，天下含靈，人懷憤屬，既不獲投身社稷，衛難乘輿，四家磔蚩尤，千刀剬王莽，安所謂俛首頓膝，歸奉寇讐，佩弭腰鞬，為其包隸？日者通和，方敦囊睦，凶人蹢狙詐，遂駭狼心，頗疑宋萬之誅，彌懼荀罃之請，所以奔蹄勁角，專恣憑陵，凡我行人，偏膺讎憾。政復菹筋醢骨，抽

舌探肝，於彼凶情，猶當未雪，海內之所知也，君侯之所具焉。又聞本朝王公，都人士女，風行雨散，東播西流，京邑丘墟，蓬蓬蕭瑟，偃師還望，咸爲草萊，霸陵回首，俱沾霜露，此又君之所知也。彼以何義，爭免寇讎？我以何親，爭歸委質？昔鋸平貴將，懸重于陸公，叔向名流，深知于羈蒡。吾雖不敏，常慕前修，不圖明庶，有懷翻其，以此量物。昔魏氏將亡，羣凶挺爭，諸賢戮力，想得其朋。爲葛榮之黨邪？爲邢杲之徒邪？如曰不然，斯所未喻四也。

假使吾徒還爲凶黨，侯景生於趙代，家自幽恆，居則台司，行爲連率，山川形勢，軍國彝章，不勞請箸爲籌，便當屈指能算。重以逋逃小醜，羊豕同羣，身寓江臯，家留河朔，舂舂井井，如鬼如神。其不然乎？抑又君之所知也。且夫宮闈秘事，竝若雲霄，英俊討謨，寧非帷幄，或陽驚以定策，或焚薰而奏書，朝廷之士，猶難參預，羈旅之人，何階耳目。至於禮樂沿革，刑政寬猛，則謳歌已遠，萬舞成風，不知手之舞之，足之蹈之也。安在搖其牙齒，爲間諜者哉？若謂復命西朝，終奔東虜，雖齊、梁有隔，尉候奚殊？豈以河曲之難浮，而曰江關之可濟？河橋馬度，寧非宋典之姦？關路雞鳴，皆曰田文之客。何其通蔽，乃爾相妨？斯所未喻五也。

又兵交使在，雖著前經，儻同狗僕之尤，追肆寒山之怒，則凡諸元帥，竝釋縲囚，爰及偏裨，同無蔎蔎。乃至鍾儀見赦，朋笑遵途，襄老蒙歸，《虞歌》引路。

吾等張廬拭玉，修好尋盟，涉泗之與浮河，郊勞至於贈賄，公恩既被，賓敬無違，今者何愆，翻蒙貶責？若以此爲言，斯所未喻六也。

若曰祅氛永久，喪亂悠然，哀我奔波，存其形魄，固已銘茲厚德，戴此洪恩，譬渤澥而俱深，方嵩華而猶重。但山梁飲啄，非有意于籠樊；江海飛浮，本無情于鐘鼓。況吾等營魂已謝，餘息空留，悲默爲生，何能支久？是則雖蒙養護，更夭天年。若以此爲言，斯所未喻七也。

若云逆豎殲夷，當聽反命，高軒繼路，飛蓋相隨，未解其言，何能

善謔？夫屯亨治亂，豈有意於前期。謝常侍今年五十有一，吾今四十有四，介已知命，寶又杖鄉，計彼后生，肩隨而已。豈銀臺之要，彼未從師，金竈之方，吾知其訣，政恐南陽菊水，竟不延齡，東海桑田，無由佇望。若以此為言，斯所未喻八也。

足下清襟勝託，書囿文林，凡自洪荒，終乎幽、屬，如吾今日，寧有其人，爰至《春秋》，微宜商榷。夫宗姬殄墜，霸道昏凶，或執政之多門，或陪臣之涼德，故臧孫有禮，翻囚與國之寶，周伯無愆，空怒天王之使，遷箕卿于兩館，繫驥子於三年。斯匪貪亂之風邪？寧當今之高例也？至於雙崤且帝，四海爭雄，或搆趙而侵燕，或連韓而謀魏，身求盟於楚殿，躬奪璧于秦庭，輸寶鼎以託齊王，馳安車而誘梁客。其外膏脣販舌，分路揚鑣，無罪無辜，如兄如弟。逮乎中陽受命，天下同規，巡省諸華，無聞幽辱。及三方之霸也，孫甘言以娬媚，曹屈詐以羈縻，旌軑歲到於句吳，冠蓋年馳於庸蜀，則客嘲殊險，寶戲已深，共盡遊談，誰云猜忤。若使搜求故實，脫有前蹤，恐是叔世之姦謀，而非為邦之勝算也。

抑又聞之，雲師火帝，澆淳乃異其風；龍躍麟驚，王霸雖殊其道，莫不崇君親以詔物，敦敬養以治民，預有邦司，曾無隆替。吾奉違溫清，仍屬亂離，寇虜猖狂，公私播越，蕭軒靡御，王舫誰持，瞻望鄉關，何心天地？自非生憑廩竹，源出空桑，行路含情，猶其相愍。常謂擇官而仕，非曰孝家，擇事而趨，非云忠國。況乎欽承有道，駿篤前王，郎吏明經，鷗鳶知禮，巡方省化，咸問高年，東序西膠，皆尊者黌。吾以圭璋玉帛，通聘來朝，屬世道之屯期，鍾生民之否運，兼年累載，無申元直之祈，銜泣吞聲，長對公閭之怒，情禮之訴，將同逆鱗，忠孝之言，皆應齚舌，是所不圖也，非所仰望也。

且天倫之愛，何得忘懷？妻子之情，誰能無累？夫以清河公主之貴，餘姚書左之家，莫限高卑，皆被驅略，自東南醜虜，抄販饑民，臺署郎官，俱餒墻壁，況吾生離死別，多歷暄寒，孀室嬰兒，何可言念。如得身還鄉土，躬自推求，猶冀提攜，俱免凶虐。

夫四聰不達，華陽君所謂亂臣，百姓無冤，孫叔敖稱為良相。足下

高才重譽，參贊經綸，非豹非貔，聞《詩》聞《禮》，而中朝大議，
曾未矜論，清禁嘉謀，安能相及，諤諤非周舍，容容類胡廣，何其
無諍臣哉？歲月如流，半生幾何，晨看旅雁，心赴江淮，昏望牽牛，
情馳揚越，朝千悲而掩泣，夜萬緒而迴腸，不自知其為生，不自知
其為死也。足下素挺詞鋒，兼長理窟，匡丞相解頤之說，樂令君清
耳之談，向所諮疑，誰能曉喻。若鄙言為戮，來旨必通，分請灰釘，
甘從斧鑕，何但規規默默，齰舌低頭而已哉。若一理存焉，猶希矜
眷，何必期令我等，必死齊都，足趙魏之黃塵，加幽、并之片骨，
遂使東平拱樹，長懷向漢之悲，西洛孤墳，恆表思鄉之夢。干祈以
屢，哽慟增深。

徐陵，叩頭。再拜。〔註376〕

徐陵為駢文大家，他以四六句間隔作對，可謂是徐陵導其風。清・李兆
洛《駢體文鈔・卷十九》曰：「孝穆長於書札」閱此書牘，洋洋灑灑數千言，
通篇駢四儷六，氣象高偉。

按語：《陳書卷二十六・列傳第二十・徐陵》曰：

（梁武帝）太清二年，兼通直散騎常侍。使（東）魏，魏人授館宴
賓。……及侯景寇京師，陵父摛先在圍城之內，陵不奉家信，便蔬
食布衣，若居憂恤。會（北）齊受（東）魏禪，梁元帝承制於江陵，
復通使於（北）齊。陵累求復命，終拘留不遣，陵乃致書於僕射楊
遵彥。……遵彥竟不報書。及江陵陷，齊送貞陽侯蕭淵明為梁嗣，
乃遣陵隨還。太尉王僧辯初拒境不納，淵明往復致書，皆陵詞也。
及淵明入，僧辯得陵大喜，接待饋遺，其禮甚優。以陵為尚書吏部
郎，掌詔誥。〔註377〕

梁武帝・太清二年徐陵使東魏，值侯景亂，不得回國。東魏孝靜帝・武
定八年（550），高洋篡東魏，國號齊（北齊），梁元帝承制於江陵，復通使於
（北）齊，陵乃致書於北齊楊僕射。且據書牘中云：「吾今四十有四」，姑繫
此書牘作於北齊文宣帝・天保元年。

〔註376〕（陳）徐陵撰：《徐僕射集》見（明）張溥輯：《漢魏六朝百三家集》（明崇禎
　　　　間（1628～1644）太倉張氏原刊本），頁53～60。

〔註377〕（唐）姚思廉撰：《陳書》（北京：中華書局，1973年5月第1版），頁326
　　　　～332。

# 第三節 敘事類

敘事用於闡明事理，亦多引用經典，以彰顯事體。或為薦揚、辭謝、祈請，或為餽贈、致謝、稱頌、責讓，或為絕交、陳述，或為誡訓、諷勸、激勵及規戒，都緊扣著情、理、義、利以說服對方，引經據典、借用對比，是此類書牘的特色。

## 一、薦揚

### （一）魏・孔融〈與曹操論盛孝章書〉──東漢獻帝・建安九年（204）

孔融字文舉，魯國（今山東・曲阜）人，生於東漢桓帝・永興元年（153），卒於東漢獻帝・建安十三年（208）。《後漢書卷七十・列傳第六十・孔融》曰：

> 融幼有異才。年十歲，隨父詣京師。……曹操既積嫌忌，而郗慮復構成其罪，遂令丞相軍謀祭酒路粹枉狀奏融……書奏，下獄弃市。時年五十六。〔註378〕

孔融〈與曹操論盛孝章書〉云：

> 歲月不居，時節如流。五十之年，忽焉已至，公為始滿，融又過二。海內知識，零落殆盡，惟會稽盛孝章尚存。其人困於孫氏，妻孥湮沒，單子獨立，孤危愁苦，若使憂能傷人，此子不得復永年矣。《春秋傳》曰：「諸侯有相滅亡者，桓公不能救，則桓公恥之。」今孝章實丈夫之雄也，天下談士，依以揚聲，而身不免於幽執，命不期於旦夕，是吾祖不當復論損益之友，而朱穆所以絕交也。公誠能馳一介之使，加咫尺之書，則孝章可致，友道可弘矣。

> 今之少年，喜謗前輩，或能譏評孝章。孝章要為有天下大名，九牧之人，所共稱歎。燕君市駿馬之骨，非欲以騁道里，乃當以招絕足也。維公匡復漢室，宗社將絕，又能正之。正之之術，實須得賢。珠玉無脛而自至者，以人好之也，況賢者之有足乎！昭王築臺以尊郭隗，隗雖小才，而逢大遇，竟能發明主之至心，故樂毅自魏往，劇辛自趙往，鄒衍自齊往。嚮使郭隗倒懸而王不解，臨溺而王不拯，

則士亦將高翔遠引，莫有北首燕路者矣。凡所稱引，自公所知，而
復有云者，欲公崇篤斯義也。因表不悉。〔註379〕

本文除了用少量篇幅說明盛孝章處境險惡和「九牧之人，所共稱歎」幾句讚美孝章之語而外，集中筆墨寫曹操救人之易，救盛孝章的意義之大，不僅容獲好賢之名，且有用賢之實，甚至可以「匡復漢室」振興國家，為正面向曹操請求救援盛孝章的書牘。

先引《公羊傳》齊桓公救邢不得而以為恥的事，繼引孔子論損益之友和朱穆寫〈絕交論〉的事，用以激發對方，同時論述孝章之不凡和處境的危險，請求曹操恢弘友道，援救盛孝章。且引經據典用燕昭王招賢納士，振興弱燕，終於報怨雪恥的故事，著重講述了吸引人才的重要性及其方法和策略。他主張像燕昭王那樣，從尊重「小才」做起，提高其社會地位，優化其物質生活，便會有眾多的大才蜂擁而至。如果像孫策視賢才為異己，必欲除之而後快；或者像有些人，口頭空喊尊重人才，實坐觀其「倒懸」而不救；或者只欲「騁道里」，求實用，拿著鞭子趕其拉車，卻吝嗇得不給草吃，那麼，樂毅一流的千里馬者，倘不幻想著死後有人出重金買它們的骨頭，就只好「高翔遠引」，離開本土，跑到「燕國」去了。孔融博學，有關求賢若渴的歷史掌故，信手拈來，運用自如，詞意委婉動人，氣度不凡，縱橫捭闔，盡意傾吐，使人感到淋漓酣暢。

按語：晉·虞預撰《會稽典錄·卷上·十九》曰：「盛憲字孝章，初為臺郎，常出游逢一童子，容貌非常，憲怪而問之，是魯國孔融。融時年十餘歲，憲下車執融手載以歸舍，與融談知不凡，便結為兄弟。因升堂見親，憲自為壽以賀母，母曰：『何賀？』憲曰：『母昔有憲，憲今有弟，家國所賴，是以賀耳。』融果以英才煒豔冠世。憲器量雅偉，舉孝廉，補尚書郎，稍遷吳郡太守，以疾去官。孫策平定吳會，誅其英豪，憲素有高名，策深忌之。初，憲與少府孔融善，融憂其不免禍，乃與曹公書，由是徵為騎都尉。詔命未至，果為權所害。」〔註380〕

孔融〈與曹操論盛孝章書〉云：「歲月不居，時節如流。五十之年，忽焉已至，公為始滿，融又過二。」姑繫此書牘作於東漢獻帝·建安九年。

〔註379〕　（漢）孔融撰：《孔少府集》見（明）張溥輯：《漢魏六朝百三家集》（明崇禎間（1628～1644）太倉張氏原刊本），頁8～9。
〔註380〕　（晉）虞預撰，周樹人輯，王德毅主編：《會稽典錄》（臺北：新文豐出版公司，1989年7月臺一版），冊229，頁172。

## （二）魏‧繁休伯〈與曹丕牋〉——東漢獻帝‧建安十七年（212）

繁欽字休伯，潁川人，約生於東漢靈帝‧建寧三年（170）〔註381〕，卒於建安二十三年（218）。《三國志卷二十‧魏書‧附王粲傳》劉宋‧裴松之注引《典略》曰：「以文才機辯，少得名於汝、潁。欽既長於書記，又善為詩賦。……為丞相主簿。」〔註382〕

魏‧繁休伯〈與曹丕牋〉云：

正月八日壬寅，領主簿繁欽，死罪死罪。

近屢奉牋，不足自宣。頃諸鼓吹廣求異妓，時都尉薛訪車子，年始十四，能喉囀引聲，與笳同音。白上呈見，果如其言。即日故共觀試，乃知天壤之所生，誠有自然之妙物也。潛氣內轉，哀音外激，大不抗越，細不幽散，聲悲舊笳，曲美常均。及與黃門鼓吹溫胡迭唱迭和，喉所發音，無不響應，曲折沉浮，尋變入節。

自初呈試，中閒二旬，胡欲慠其所不知，尚之以一曲，巧竭意匱，既已不能。

而此孺子遺聲抑揚，不可勝窮，優遊轉化，餘弄未盡。暨其清激，悲吟雜以怨慕。詠北狄之遐征，奏胡馬之長思。悽入肝脾，哀感頑豔。是時，日在西隅，涼風拂衽，背山臨溪，流泉東逝。同坐仰嘆，觀者俯聽，莫不泫泣殞涕，悲懷慷慨。

自左䫏、史妠、謇姐名倡能識以來，耳目所見，僉曰詭異，未之聞也。竊惟聖體，兼愛好奇，是以因牋先白委曲。伏想御聞，必含餘懽，冀事速訖，旋侍光塵，寓目階庭，與聽斯調。宴喜之樂，蓋亦無量。

欽，死罪死罪。〔註383〕

漢獻帝時，都尉薛訪的車夫，年僅十四，而善為喉囀引聲，音同胡笳。「喉所發音，無不響應，曲折沉浮，尋變入節。」甚至黃門鼓吹溫胡欲以取

---

〔註381〕陸侃如撰：《中古文學繫年》（北京：人民文學出版社，1998 年 7 月第 1 次印刷），頁 313。

〔註382〕（晉）陳壽撰，（劉宋）裴松之注：《三國志》（北京：中華書局，1982 年 7 月第 2 版），頁 603。

〔註383〕（梁）蕭統撰，（唐）李善注：《文選》（臺北：臺灣中華書局，聚珍倣宋版印，1966 年 3 月臺一版），卷 40，頁 10～11。

難之，也沒有成功。當車子吹詠北狄遠征、胡馬長思等古歌的時候，觀者人人動情，個個泫然。確實是見所未見，聞所未聞的奇事。繁欽與曹丕相知，特函告其事，望其公餘即返，目睹「詭異」。

　　按語：《魏文帝曹丕年譜暨作品繫年》曰：「《文帝集序》云：『上西征，余守譙，繁欽從。時薛訪車子能喉囀，與笳同音。』」〔註384〕壬寅爲九日，時從征將返未返。此書牘作於東漢獻帝·建安十七年。〔註385〕

## （三）魏·曹丕（魏文帝）〈答繁欽書〉——東漢獻帝·建安十七年（212）

　　披書歡笑，不能自勝，奇才妙伎，何其善也。頃守宮王孫世有女曰瑣，年始九歲，夢與神通，寤而悲吟，哀聲激切，涉歷六載，于今十五，近者督將，具以狀聞，是日博延眾賢，遂奏名倡，曲極數彈，歡情未逞，乃令從官引內世女，須臾而至，厥狀甚美，素顏玄髮，皓齒丹唇，詳而問之，云善歌舞，於是提袂徐進，揚蛾微眺，芳聲清激，逸足橫集，然後脩容飾粧，改曲變度，斯可謂聲協鐘石，氣應風律。今之妙舞莫巧於絳樹，清歌莫激於宋騰，豈能上亂靈祇，下變庶特，漂悠風雲，橫屬無方，若斯也哉！固非車子喉囀長吟所能逮也。吾鍊色知聲，雅應此選，謹卜良日，納之閒房。〔註386〕

清·嚴可均編《全上古三代秦漢三國六朝文·全三國文》與明·張溥輯《漢魏六朝百三家集·魏文帝集》稍異，今并載之：

　　披書歡笑，不能自勝，奇才妙伎，何其善也。頃守宮王孫世有女曰瑣，年始九歲，夢與神通，寤而悲吟，哀聲激切，涉歷六載，于今十五，近者督將，具以狀聞，是日戊午，祖于北園，博延眾賢，遂奏名倡，曲極數彈，歡情未逞，白日西逝，清風赴闈，羅幬徒祛，玄燭方微。乃令從官引內世女，須臾而至，厥狀甚美，素顏玄髮，皓齒丹唇，詳而問之，云善歌舞，于是振袂徐進，揚蛾微眺，芳聲清激，逸足橫集，眾倡騰遊，羣賓失席。然后脩容飾妝，改曲變席，

---

〔註384〕洪順隆撰：《魏文帝曹丕年譜暨作品繫年》（臺北：臺灣商務印書館，1989年2月初版），頁175。

〔註385〕陸侃如撰：《中古文學繫年》（北京：人民文學出版社，1998年7月第1次印刷），頁387。

〔註386〕（魏）曹丕撰：《魏文帝集》見（明）張溥輯：《漢魏六朝百三家集》（明崇禎間（1628～1644）太倉張氏原刊本），卷1，頁54～55。

清激角揚，白雪接孤，聲赴危節。于是商風振條，春鷹度吟，飛霧成霜，斯可謂聲協鐘石，氣應風律，網羅《韶》《濩》，囊括鄭、衛者也。今之妙舞莫巧于絳樹，清歌莫善于宋騰，豈能上亂靈祇，下變庶物，漂悠風雲，橫屬無方，若斯也哉！固非車子喉轉長吟所能逮也。吾練色知聲，雅應此選，謹卜良日，納之閒房。〔註387〕

繁欽告知曹丕有一車夫「喉所發音，無不響應，曲折沉浮，尋變入節。」此為曹丕的回信。

按語：《魏文帝曹丕年譜暨作品繫年》曰：「建安十七年春正月至三月間在鄴，受父命與兄弟同登銅雀臺，並受命同作賦，後又作〈登城賦〉。作品有〈答繁欽書〉。」〔註388〕這都是（指繁休伯〈與魏文帝牘〉和曹丕〈答繁欽書〉）本年（建安十七年）正月接繁欽信後，曹操東還前作的。〔註389〕

## （四）西晉・陸機〈與趙王倫薦戴淵牘〉——西晉惠帝・永康元年（300）

趙王（司馬）倫字子彝，生年不詳，卒於西晉惠帝・永寧元年（301）。《晉書卷五十九・列傳第二十九・趙王倫》曰：

宣帝（司馬懿）第九子也，母曰柏夫人。魏（齊王）嘉平初，封安樂亭侯。五等建，改封東安子，拜諫議大夫。武帝（司馬炎）受禪，封琅邪郡王。……後改封趙王。〔註390〕

戴淵字若思，廣陵人，生年不詳，卒於東晉元帝・永昌元年（322）。《晉書卷六十九・列傳第三十九・戴若思》曰：

戴若思……名犯高祖廟諱。祖烈，吳左將軍。父昌，會稽太守。若思有風儀，性閒爽，少好遊俠，不拘操行。遇陸機赴洛，船裝甚盛，遂與其徒掠之。若思登岸，據胡床，指麾同旅，皆得其宜。機察見之，知非常人，在舫屋上遙謂之曰：「卿才器如此，乃復作劫邪！」

---

〔註387〕（清）嚴可均編：《全上古三代秦漢三國六朝文・全三國文》（臺北：世界書局，1963年5月二版），卷7，頁3。

〔註388〕洪順隆撰：《魏文帝曹丕年譜暨作品繫年》（臺北：臺灣商務印書館，1989年2月初版），頁174～175。

〔註389〕陸侃如撰：《中古文學繫年》（北京：人民文學出版社，1998年7月第1次印刷），頁387。

〔註390〕（唐）房玄齡等撰：《晉書》（北京：中華書局，1982年12月第2次印刷），頁1597～1600。

若思感悟，因流涕，投劍就之。機與言，深加賞異，歲與定交焉。若思後舉孝廉，入洛，機薦之於趙王倫。……倫乃辟之，除沁水令，不就，遂往武陵省父。……累轉東海王越軍諮祭酒，出補豫章太守，……元帝召爲鎮東右司馬。將征杜弢，加若思前將軍，未發而弢滅。……出爲征西將軍、都督兗、豫、幽、冀、雍、并六州諸軍事、假節，加散騎常侍。……爲王敦所害。若思素有重望，四海之內，莫不惜焉。〔註391〕

陸機〈與趙王倫薦戴淵牋〉云：

蓋聞繁弱登御，然後高埇之功顯；孤竹在肆，然後降神之曲成。是以高世之主，必假遠邇之器；蘊匱之才，思託大音之和。

伏見處士廣陵戴若思，年三十，清沖履道，德量允塞，思理足以研幽，才鑒足以辯物，安窮樂志，無風塵之慕；砥節立行，有井渫之潔，誠東南之遺寶，宰朝之奇璞也。

若得託跡康衢，則能結軌驥騄，曜質廓廟，必能垂光璵璠矣。惟明公垂神採察，不使忠允之言以人而廢！〔註392〕

虞預《晉書》與明·張溥輯《漢魏六朝百三家集·陸平原集》稍異，今并載之：

蓋聞繁弱登御，然後高埇之功顯；孤竹在肆，然後降神之曲成。

伏見處士戴淵，砥節立行，有井渫之潔；安窮樂志，無風塵之慕。

若得寄**迹**康衢，必能結軌驥騄，耀質廓廟，必能垂光瑜璠。夫枯岸之民，果於輸珠；潤山之客，烈於貢玉，蓋明暗呈形，則庸識所甄也。〔註393〕

陸機是太康時期文壇的代表作家，所以善雕琢排偶，開六朝綺靡文風，這封信以主要用駢文寫成。「蓋聞繁弱登御，然後高埇之功顯。」比喻只有得到有用的人才，人主的事業才能成功，「孤竹在肆，然後降神之曲成。」比喻只有遇上合適的人主，人才才能發揮自己的作用。「清沖履道，德量允塞。」

〔註391〕（唐）房玄齡等撰：《晉書》（北京：中華書局，1982 年 12 月第 2 次印刷），頁 1846～1848。

〔註392〕（晉）陸機撰：《陸平原集》見（明）張溥輯：《漢魏六朝百三家集》（明崇禎間（1628～1644）太倉張氏原刊本），頁 33。

〔註393〕（晉）虞預撰：《晉書》（清道光中甘泉黃氏刊本），頁 6。

誇讚戴若思德，「思理足以研幽，才鑒足以辯物。」講其才能，「安窮樂志，無風塵之慕。」講其節操，「砥節立行，有井渫之潔。」總括其才德。

〈與趙王倫薦戴淵牋〉在章法上層次分明，先寫與趙王倫的依存關係，再寫戴淵的道德才能，最後希望趙王能加以重用。

按語：《晉書卷六十九‧列傳第三十九‧戴若思》曰：「（機）入洛，機薦之於趙王倫……倫乃辟之，除沁水令，不就。」〔註394〕《晉書卷五十四‧列傳第二十四‧陸機》曰：「（西晉武帝）太康末，與弟雲俱入洛，……累遷太子洗馬、著作郎。趙王倫輔政，引爲相國參軍。豫誅賈謐功，賜爵關中侯。倫將篡位，以爲中書郎。」〔註395〕姑繫此書牘作於西晉惠帝‧永康元年。

### （五）劉宋‧謝靈運〈與廬陵王牋〉──劉宋少帝‧景平元年（423）

《宋書卷六十七‧列傳第二十七‧謝靈運》曰：

> 廬陵王義眞少好文籍，與靈運情款異常。少帝即位，權在大臣，靈運構扇異同，非毀執政，司徒徐羨之等患之，出爲永嘉太守。郡有名山水，靈運素所愛好，出守既不得志，遂肆意游遨，徧歷諸縣，動踰旬朔，……在郡一周，稱疾去職，從弟晦、曜、弘微等並與書止之，不從。靈運父祖並葬始寧縣，并有故宅及墅，遂移籍會稽，修營別業，傍山帶江，盡幽居之美。與隱士王弘之、孔淳之等縱放爲娛，有終焉之志。每有一詩至都邑，貴賤莫不競寫，宿昔之間，士庶皆徧，遠近欽慕，名動京師。〔註396〕

廬陵孝獻王義眞，生於東晉安帝‧義熙三年（407），卒於劉宋少帝‧景平二年（424）。《宋書卷六十一‧列傳第二十一‧附武三王‧廬陵王》曰：

> （劉宋）武帝七男：張夫人生少帝，孫修華生廬陵孝獻王義眞，……美儀貌，神情秀徹。初封桂陽縣公，食邑千戶。年十二，從北征大軍進長安，留守柏谷塢，除員外散騎常侍，不拜。……（劉宋武帝）永初元年，封廬陵王，食邑三千戶，移鎮東城。明年，遷司徒。高祖（劉宋武帝）不豫，以爲使持節、侍中、都督南豫豫雍司秦并六

---

〔註394〕（唐）房玄齡等撰：《晉書》（北京：中華書局，1982 年 12 月第 2 次印刷），頁 1846～1847。

〔註395〕（唐）房玄齡等撰：《晉書》（北京：中華書局，1982 年 12 月第 2 次印刷），頁 1472～1473。

〔註396〕（梁）沈約撰：《宋書》（北京：中華書局，1983 年 4 月第 2 次印刷），頁 1753～1775。

州諸軍事、車騎將軍、開府儀同三司、南豫州刺史，出鎮歷陽。未
之任而高祖崩。義真聰明愛文義，而輕動無德業。與陳郡謝靈運、
琅邪顏延之、慧琳道人並周旋異常，云得志之日，以靈運、延之爲
宰相，慧琳爲西豫州都督。徐羨之等嫌義真與靈運、延之暱狎過甚，
故使范晏從容戒，……景平二年六月癸未，羨之等遣使殺義真於徙
所，時年十八。〔註397〕

謝靈運〈與廬陵王牋〉云：

會境既豐山水，是以江左嘉遁，並多居之。但季世慕榮，幽棲者寡，
或復才爲時求，弗獲從志。至若王弘之拂衣歸耕，踰歷三紀；孔淳
之隱約窮岫，自始迄今；阮萬齡辭事就閒，纂成先業。浙河之外，
棲遲山澤，如斯而已。既遠同義、唐，亦激貪屬競。殿下愛素好古，
常若布衣。每意昔聞，虛想巖穴，若遣一介，有以相存，眞可謂千
載盛美也。〔註398〕

按語：謝靈運於景平元年秋，離永嘉郡回會稽郡始寧縣東山隱居，與王
弘之、阮萬齡、孔淳之等隱者爲伍。《宋書卷九十三・列傳第五十三・隱逸・
王弘之》曰：

（弘之）性好釣，上虞江有一處名三石頭，弘之常垂綸於此。……
始寧沃川有佳山水，弘之又依巖築室。謝靈運、顏延之並相欽重，
靈運與廬陵王義眞牋。〔註399〕

《宋書卷九十三・列傳第五十三・隱逸・阮萬齡》曰：

萬齡家在會稽剡縣，頗有素情，（劉宋武帝）永初末，自侍中解職東
歸，徵爲祕書監，加給事中，不就。〔註400〕

《宋書卷九十三・列傳第五十三・隱逸・孔淳之》曰：

淳之少有高尚，愛好墳籍，爲太原王恭所稱。居會稽剡縣，性好山
水，每有所游，必窮其幽峻，或旬日忘歸。……（劉宋文帝）元嘉

---

〔註397〕（梁）沈約撰：《宋書》（北京：中華書局，1983 年 4 月第 2 次印刷），頁 1633
　　　　～1638。
〔註398〕（劉宋）謝靈運撰：《謝康樂集》見（明）張溥輯：《漢魏六朝百三家集》（明
　　　　崇禎間（1628～1644）太倉張氏原刊本），卷 1，頁 45。
〔註399〕（梁）沈約撰：《宋書》（北京：中華書局，1983 年 4 月第 2 次印刷），頁
　　　　2282。
〔註400〕（梁）沈約撰：《宋書》（北京：中華書局，1983 年 4 月第 2 次印刷），頁
　　　　2283。

初，復徵爲散騎侍郎，乃逃于上虞縣界，家人莫知所之。〔註401〕

且《宋書卷六十一‧列傳第二十一‧附武三王‧盧陵王》曰：

少帝失德，羡之等密謀廢立，則次第應在義眞，以義眞輕訬，不任
主社稷，因其與少帝不協，乃奏廢之。〔註402〕

《宋書卷四十三‧列傳第三‧徐羡之》曰：

少帝後失德，羡之等將謀廢立，而盧陵王義眞輕動多過，不任四海，
乃先廢義眞，然後廢帝。〔註403〕

《宋書卷四‧本紀第四‧少帝》曰：

（少帝）景平二年春二月癸巳朔，日有蝕之。廢南豫州刺史盧陵王
義眞爲庶人，徙新安郡（今浙江‧淳安縣西）。〔註404〕

書牘中仍稱殿下，未提被廢之事，姑繫此書牘作於劉宋少帝‧景平元
年。

## 二、辭謝

### （一）魏‧阮籍〈辭蔣太尉辟命奏記〉──魏齊王‧正始三年（242）

蔣濟字子通，楚國平阿人，生年不詳，卒於魏齊王‧正始元年（240）。
《三國志卷十四‧魏書‧蔣濟傳第十四》曰：

仕郡計吏、州別駕。……文帝即王位，轉爲相國長史。及踐阼，出
爲東中郎將。……明帝即位，賜爵關內侯。〔註405〕

阮籍〈辭蔣太尉辟命奏記〉云：

籍，死罪死罪。

伏惟明公以含一之德，據上台之位，羣英翹首，俊賢抗足。開府之
日，人人自以爲掾屬，辟書始下，下走爲首。子夏在於西河之上，
而文侯擁篲，鄒子居黍谷之陰，而昭王陪乘。夫布衣窮居韋帶之士，

---

〔註401〕（梁）沈約撰：《宋書》（北京：中華書局，1983 年 4 月第 2 次印刷），頁 2283
　　　　～2284。

〔註402〕（梁）沈約撰：《宋書》（北京：中華書局，1983 年 4 月第 2 次印刷），頁
　　　　1636。

〔註403〕（梁）沈約撰：《宋書》（北京：中華書局，1983 年 4 月第 2 次印刷），頁
　　　　1331。

〔註404〕（梁）沈約撰：《宋書》（北京：中華書局，1983 年 4 月第 2 次印刷），頁 65。

〔註405〕（晉）陳壽撰，（劉宋）裴松之注：《三國志》（北京：中華書局，1982 年 7
　　　　月第 2 版），頁 450～452。

王公大人所以屈體而下之者，爲道存也。籍無鄰卜之道，而有其陋，狠煩大禮，何以當之，方將耕於東皐之陽，輸泰稷之稅以避當塗者之路。負薪疲病，足力不彊，補吏之召，非所克堪。乞迴謬恩，以光清舉。〔註406〕

《晉書四十九卷・列傳第十九・阮籍》曰：

籍嘗隨叔父至東郡，兗州刺史王昶請與相見，終日不開一言，自以次能測。太尉蔣濟聞其有雋才而辟之，籍詣都亭奏記……初，濟恐籍不至，得記，欣然遣卒迎之，而籍已去，濟大怒。於是鄉親共喻之，乃就吏。後謝病歸。復爲尚書郎，少時，又以病免。〔註407〕

按語：《三國志卷四・魏書・三少帝紀第四》曰：「三年……秋七月……乙酉以領軍將軍蔣濟爲太尉。」《三國志卷十四・魏書・蔣濟傳第十四》曰：「蔣濟……齊王即位，徙爲領軍將軍，進爵昌陵亭侯，遷太尉。」〔註408〕姑繫此書作於魏齊王・正始三年。

## 三、祈請

祈請是一種請求或乞求，要把乞求寫得不卑不亢實非易事，過卑流於虛僞，令人不恥，過亢視之爲傲，易遭非議，欲於書牘中表現不卑不亢，其遣詞、用語及對人性的透析都需高人一等，且看前人如何陳述。

### （一）魏・吳質在元城〈與魏太子牋〉——東漢獻帝・建安十九年（214）

臣質言：

前蒙延納，侍宴終日，燿靈匿景，繼以華燈。雖虞卿適趙，平原入秦，受贈千金，浮觴旬日，無以過也。小器易盈，先取沈頓，醒寤之後，不識所言。即以五日到官，初至承前，未知深淺，然觀地形，察土宜，西帶恆山，連岡平、代；北鄰栢人，乃高帝之所忌也。重以泜水，漸漬疆宇，喟然歎息。

---

〔註406〕（晉）阮籍撰：《阮步兵集》見（明）張溥輯：《漢魏六朝百三家集》（明崇禎間（1628～1644）太倉張氏原刊本），頁16。

〔註407〕（唐）房玄齡等撰：《晉書》（北京：中華書局，1982年12月第2次印刷），頁1359～1360。

〔註408〕（晉）陳壽撰，（劉宋）裴松之注：《三國志》（北京：中華書局，1982年7月第2版），頁454。

思淮陰之奇謾，亮成安之失策。南望邯鄲，想廉藺之風。東接鉅鹿，存李齊之流。都人士女，服習禮教，皆懷慷慨之節，包左車之計。而質闇弱，無以莅之。若乃邁德種恩，樹之風聲，使農夫逸豫於疆畔，女工吟詠於機杼，固非質之所能也。至于奉遵科教，班揚明令，下無威福之吏，邑無豪俠之傑，賦事行刑，資于故實，抑亦懷懷有庶幾之心。

往者嚴助釋承明之歡，受會稽之位，壽王去侍從之娛，統東郡之任。其後皆克復舊職，追尋前軌。今獨不然，不亦異乎？張敞在外，自謂無奇；陳咸憤積，思入京城。彼豈虛談夸論，誑燿世俗哉！斯實薄郡守之榮，顯左右之勤也。古今一揆，先後不貿，焉知來者之不如今？聊以當觀，不敢多云。

質，死罪死罪。〔註409〕

吳質遷元城令，到任作牋與太子丕，牋文表面上說到任之後察看地形，元城東接鉅鹿，西連常山，北鄰柏人，南抵邯鄲，由這四方而聯想到歷史上的人物事件，思古之幽情。然實申感慨之情，言下之意，不願久出外任，還望早日返回京城。言短意長，回味深永。

按語：《三國志卷二十一・魏書・附王粲傳第二十一》注引《魏略》曰：「質出為朝歌長，後遷元城令。其後大將軍西征，太子（曹丕）南在孟津小城，〈與質書〉曰：『季重無恙……足下所治僻左，書問致簡，益用增勞。』……（建安）二十三年，太子〈又與質書〉曰：『歲月易得，別來行復四年。』」〔註410〕《三國志卷一・魏書・武帝紀第一》曰：「（建安）二十年三月，公（曹操）西征張魯。」〔註411〕可知此信寫於「大軍西征，太子南在孟津小城」之前，姑繫此書牘作於東漢獻帝・建安十九年。

## （二）東晉・杜弢〈遺應詹書〉──東晉元帝・建武元年（317）

杜弢字景文，蜀郡・成都人，生卒年不詳。《晉書卷一百・列傳第七十・

〔註409〕（清）嚴可均編：《全上古三代秦漢三國六朝文・全三國文》（臺北：世界書局，1963 年 5 月二版），卷 30，頁 8～9。

〔註410〕（晉）陳壽撰，（劉宋）裴松之注：《三國志》（北京：中華書局，1982 年 7 月第 2 版），頁 607～608。

〔註411〕（晉）陳壽撰，（劉宋）裴松之注：《三國志》（北京：中華書局，1982 年 7 月第 2 版），頁 45。

杜弢》曰：「弢初以才學著稱，州舉秀才。」〔註412〕

　　應詹字思遠，汝南・南頓人，生於西晉武帝・咸寧五年（279），卒於東晉成帝・咸和六年（331）。《晉書卷七十・列傳第四十・應詹》曰：

> 魏侍中（應）璩之孫也。……初辟公府，為太子舍人。……遷南平太守。……鎮南將軍山簡復假詹督五郡軍事。會蜀賊杜疇作亂，來攻詹郡力戰摧之。尋與陶侃破杜弢於長沙，賊中金寶溢目，詹一無所取，唯收圖書，莫不歎之。……咸和六年卒，時年五十三。〔註413〕

　　杜弢〈遺應詹書〉云：

> 天步艱難，始自吾州，州黨流移，在于荊土。其所遇值，蔑之如遺，頓伏死亡者略復過半，備嘗荼毒，足下之所鑒也。客主難久，嫌隙易構，不謂樂鄉起變出于不意，時與足下思散疑結，求摛其黨帥，惟患算不經遠，力不陷堅耳。及在湘中，懼死求生，遂相結聚，欲守善自衛，天下小定，然後輸誠盟府。尋山公鎮夏口，即具陳之。此公鑒開塞之會，察窮通之運，納吾于眾疑之中，非高識玄**覩**，孰能若此！西州人士得沐浴於清流，豈惟滌蕩瑕穢，乃骨肉之施。此公薨逝，斯事中廢，賢愚痛毒，竊心自悼。欲遣滕永文、張休豫詣大府備列起事以來本末，但恐貪功殉名之徒將讒閒于聖主之聽，戮吾使于市朝以彰叛逆之罪，故未敢遣之。而甘陶卒至，水陸十萬，旌旗曜于山澤，舟檻盈於三江，威則威矣，然吾眾竊未以為懼。晉文伐原，以全信為本，故能使諸侯歸之。

> 陶侃宣赦書而繼之以進討，豈所以崇奉明詔，示軌憲于四海，逼向義之夫以為叛逆之虜，跆思善之眾以極不赦之責，非不戰而屈人之算也。驅略烏合，欲與必死者求一戰，未見爭衡之機權也。吾之赤心，貫于神明，西州人士，卿粗悉之耳。寧當令抱杠于時，不證于大府邪！昔虞卿不榮大國之相，與魏齊同其安危；司馬遷明言于李陵，雖刑殘而無慨。

> 足下抗威千里，聲播汶衡，進宜為國思靖難之略，退與舊交措杠直

---

〔註412〕（唐）房玄齡等撰：《晉書》（北京：中華書局，1982 年 12 月第 2 次印刷），頁 2620～2621。

〔註413〕（唐）房玄齡等撰：《晉書》（北京：中華書局，1982 年 12 月第 2 次印刷），頁 1857～1861。

之正，不亦綽然有餘裕乎！望卿騰吾箋令，時達盟府，遣大司光臨，使吾得披露肝膽，沒身何恨哉！伏想盟府必結紐于紀綱，爲一匡于聖世，使吾廁列義徒，負戈前驅，迎皇輿於閭闔，掃長蛇于荒裔，雖死之日，猶生之年也。若然，先清方夏，卻定中原，吾得一年之糧，使沂流西歸，夷李雄之逋寇，脩《禹貢》之舊獻，展微勞以補往愆，復州邦以謝鄰國，亦其志也，惟所裁處耳。

吾遠州寒士，與足下出處殊倫，誠不足感神交而濟其傾危。但顯吾忠誠，則汶嶽荷忠順之怨，衡湘無伐叛之虞，隆足下安納之望，拯吾徒陷溺之艱，焉可金玉其音哉！然顯顯十餘萬口，亦勞瘁于警備，思放逸于南畝矣。衡嶽、江、湘列吾左右，若往言有貳，血誠不亮，益梁受殃，不惟鄙門而已。〔註414〕

按語：《晉書卷一百·列傳第七十·杜弢》曰：

遭李庠之亂，避地南平，太守應詹愛其才而禮之。後爲醴陵令。時巴蜀流人汝班、蹇碩等數萬家，布在荊、湘間，而爲舊百姓之所侵苦，並懷怨恨。會蜀賊李驤殺縣令，屯聚樂鄉，眾數百人，弢與應詹擊驤，破之。蜀人杜疇、蹇撫等復擾湘州，參軍馮素與汝班不協，言於刺史荀眺曰：「流人皆欲反。」眺以爲然，欲盡誅流人。班等懼死，聚眾以應疇。時弢在湘中，賊眾共推弢爲主，弢自稱梁、益二州牧、平難將軍、湘州刺史，攻破郡縣，眺委城走廣州。廣州刺史郭訥遣始興太守嚴佐率眾攻弢，弢逆擊破之。荊州刺史王澄復遣王機擊弢，敗於巴陵。弢遂縱兵肆暴，僞降於山簡，簡以爲廣漢太守。眺之走也，州人推安成太守郭察領州事，因率眾討弢，反爲所敗，察死之。弢遂南破零陵，東侵武昌，害長沙太守崔敷、宜都太守杜鑒、邵陵太守鄭融等。元帝命征南將軍王敦、荊州刺史陶侃等討之，前後數十戰，弢將士多物故，於是請降。帝不許。弢乃遺應詹書。……詹甚哀之，乃啓呈弢書。……帝乃使前南海太守王運受弢降，宣詔書大赦，凡諸反逆一皆除之家弢巴東監軍。弢受命後，諸將殉功者攻擊之不已，弢不勝憤怒，遂殺運而使其將王眞領精卒三千爲奇兵，出江南，向武陵，斷官軍運路。陶侃使伏波將軍鄭攀邀擊，大破之，

〔註414〕 （清）嚴可均編：《全上古三代秦漢三國六朝文·全晉文》（臺北：世界書局，1963 年 5 月二版），卷 116，頁 1～2。

眞步走湘城。於是侃等諸軍齊進，眞遂降侃，眾黨散潰。發乃逃遁，不知所在。〔註415〕

《晉書卷六十六・列傳第三十六・陶侃》曰：

（東晉）元帝使侃擊杜弢，令振威將軍周訪、廣武將軍趙誘受侃節度。侃令二將爲前鋒，兄子輿爲左甄，擊賊，破之。遣參軍王貢告捷于王敦，……敦然之，即表拜侃爲使持節、寧遠將軍、南蠻校尉、荊州刺史，領西陽、江夏、武昌，鎮于沌口，又移入泝江。……賊王沖自稱荊州刺史，據江陵。……侃復率周訪等進軍入湘，使都尉楊舉爲先驅，擊杜弢，大破之，屯兵于城西。〔註416〕

姑繫此書牘作於東晉元帝・建武元年。

## （三）南齊・張融〈與從叔永書〉——劉宋後廢帝・元徽二年（474）

張融字思光，吳郡・吳人，生於劉宋文帝・元嘉二十一年（444），卒於南齊明帝・建武四年（497）。《南齊書卷四十一・列傳第二十二・張融》曰：

融年弱冠，道士同郡陸脩靜以白鷺羽麈尾扇遺融，曰：「此既異物，以奉異人。」宋孝武聞融有早譽，解褐爲新安王北中郎參軍。……舉秀才，對策中第，爲尚書殿中郎，不就，爲儀曹郎。（宋明帝）泰始五年，明帝取荊、郢、湘、雍四州射手，叛者斬亡身及家長者，家口沒奚官。元徽初，郢州射手有叛者，融議家人家長罪所不及，亡身刑五年。……爲安成王撫軍倉曹參軍，轉南陽王友。……辟太祖太傅掾，歷驃騎豫章王司空諮議參軍，遷中書郎，非所好，乞爲中散大夫，不許。……又爲長沙王鎮軍、竟陵王征北諮議，並領記室，司徒從事中郎。（南齊武帝）永明二年，總明觀講，勒朝臣集聽。融扶入就榻，私索酒飲之，難問既畢，乃長嘆曰：「嗚呼！仲尼獨何人哉！」爲御史中丞到撝所奏，免官，尋復。……融假東出，世祖（南齊武帝）問融住在何處？融答曰：「臣陸處無屋，舟居非水。」……八年，朝臣賀眾瑞公事，融扶入拜起，復爲有司所奏，見原。遷司徒右長史。……遷黃門郎，太子中庶子，司徒左長

---

〔註415〕　（唐）房玄齡等撰：《晉書》（北京：中華書局，1982 年 12 月第 2 次印刷），
　　　　　　頁 2621～2624。

〔註416〕　（唐）房玄齡等撰：《晉書》（北京：中華書局，1982 年 12 月第 2 次印刷），
　　　　　　頁 1770～1771。

－197－

史。……建武四年，病卒。年五十四。〔註417〕

張融〈與從叔永書〉云：

> 融昔稱幼學，早訓家風，雖則不敏，率以成性。布衣葦席，弱年所
> 安，簞食瓢飲，不覺不樂。但世業清貧，民生多待，榛栗棗修，女
> 贄既長，束帛禽鳥，男禮已備。勉身就官，十年七仕，不欲代耕，
> 何至此事。昔者三吳一丞，雖屢舛錯。今聞南康缺守，頗得爲之。
> 融不知階級，階級亦可不知，融政以求丞不得，所以求郡，以求郡
> 不得，亦可復求丞。〔註418〕

按語：《南齊書卷四十一‧列傳第二十二‧張融》曰：「融家貧願祿，出
與從叔征北將軍永書。」〔註419〕《宋書卷五十三‧列傳第十三‧張茂度子永》
曰：「永字景雲，初爲郡主簿，州從事，轉司徒士曹參軍，出補餘姚令，入爲
尚書中兵郎。……（劉宋‧後廢帝）元徽二年，遷使持節、都督南兗、徐、
青、冀、益五州諸軍事、征北將軍。」〔註420〕姑繫此書牘作於約劉宋後廢帝‧
元徽二年。

## （四）南齊‧張融〈與王僧虔書〉──劉宋後廢帝‧元徽二年（474）

張融字思光，吳郡‧吳人，生於劉宋文帝‧元嘉二十一年（444），卒於
南齊明帝‧建武四年（497）。《南齊書卷四十一‧列傳第二十二‧張融》曰：

> 融年弱冠，道士同郡陸脩靜以白鷺羽塵尾扇遺融，曰：「此既異物，
> 以奉異人。」宋孝武聞融有早譽，解褐爲新安王北中郎參軍。……
> 舉秀才，對策中第，爲尚書殿中郎，不就，爲儀曹郎。（宋明帝）泰
> 始五年，明帝取荊、郢、湘、雍四州射手，叛者斬亡身及家長者，
> 家口沒奚官。元徽初，郢州射手有叛者，融議家人家長罪所不及，
> 亡身刑五年。……爲安成王撫軍倉曹參軍，轉南陽王友。……辟太
> 祖太傅掾，歷驃騎豫章王司空諮議參軍，遷中書郎，非所好，乞爲
> 中散大夫，不許。……又爲長沙王鎮軍、竟陵王征北諮議，並領記

〔註417〕（梁）蕭子顯撰：《南齊書》（北京：中華書局，1972年1月第1版），頁721
～728。
〔註418〕（南齊）張融撰：《張長史集》見（明）張溥輯：《漢魏六朝百三家集》（明崇
禎間（1628～1644）太倉張氏原刊本），頁8。
〔註419〕（梁）蕭子顯撰：《南齊書》（北京：中華書局，1972年1月第1版），頁726。
〔註420〕（梁）沈約撰：《宋書》（北京：中華書局，1983年4月第2次印刷），頁1511
～1514。

室，司徒從事中郎。

　　（南齊武帝）永明二年，總明觀講，勒朝臣集聽。融扶入就榻，私
索酒飲之，難問既畢，乃長嘆曰：「嗚呼！仲尼獨何人哉！」爲御史
中丞到撝所奏，免官，尋復。……融假東出，世祖（南齊武帝）問
融住在何處？融答曰：「臣陸處無屋，舟居非水。」……八年，朝
臣賀眾瑞公事，融扶入拜起，復爲有司所奏，見原。遷司徒右長
史。……遷黃門郎，太子中庶子，司徒左長史。……建武四年，病
卒。年五十四。〔註421〕

張融〈與王僧虔書〉云：

　　融，天地之逸民也。進不辨貴，退不知賤，兀然造化，忽如草木。
實以家貧累積，孤寡傷心，八姪俱孤，二弟頗弱，撫之而感，古人
以悲。豈能山海陋祿，申融情累。阮籍愛東平土風，融亦欣晉平閑
外。〔註422〕

按語：《南齊書卷四十一・列傳第二十二・張融》曰：

　　融家貧願祿，……與吏部尚書王僧虔書……時議以融非治民才，竟
不果。〔註423〕

《南齊書卷三十三・列傳第十四・王僧虔》曰：「（劉宋・後廢帝）元徽
中，遷吏部尚書。……尋加散騎常侍，轉右僕射。」〔註424〕姑繫此書牘作於
劉宋後廢帝・元徽二年。

## （五）梁・沈約〈與徐勉書〉——梁武帝・天監九年（510）

　　吾弱年孤苦，傍無朞屬，往者將墜於地，契闊屯邅，困於朝夕，崎
嶇薄宦，事非爲己，望得小祿，傍此東歸。歲逾十稔，方忝襄陽縣，
公私情計，非所了具，以身資物，不得不任人事。永明末，出守東
陽，意在止足；而建武肇運，人世膠加，一去不還，行之未易。及
昏猜之始，王政多門，因此謀退，庶幾可果，託卿布懷於徐令，想

〔註421〕（梁）蕭子顯撰：《南齊書》（北京：中華書局，1972年1月第1版），頁721
　　　～728。
〔註422〕（南齊）張融撰：《張長史集》見（明）張溥輯：《漢魏六朝百三家集》（明崇
　　　禎間（1628～1644）太倉張氏原刊本），頁8。
〔註423〕（梁）蕭子顯撰：《南齊書》（北京：中華書局，1972年1月第1版），頁726
　　　～727。
〔註424〕（梁）蕭子顯撰：《南齊書》（北京：中華書局，1972年1月第1版），頁593。

記未忘。聖道聿興，謬逢嘉運，往志宿心，復成乖爽。今歲開元，
禮年云至，懸車之請，事由恩奪，誠不能弘宣風政，光闡朝猷，尚
欲討尋文簿，時議同異。而開年以來，病增慮切，當由生靈有限，
勞役過差，總此凋竭，歸之暮年，牽策行止，努力祇事。外觀傍覽，
尚似全人，而形體力用，不相綜攝。常須過自束持，方可僶俛。解
衣一臥，支體不復相關。上熱下冷，月增日篤，取煖則煩，加寒必
利，後差不及前差，後劇必甚前劇。百日數旬，革帶常應移孔，以
手握臂，率計月小半分。以此推算，豈能支久？若此不休，日復一
日，將貽聖主不追之恨。冒欲表聞，乞歸老之秩。若天假其年，還
得平健，才力所堪，惟思是策。〔註425〕

按語：《梁書卷十三・列傳第七・沈約》曰：

（梁武帝天監）九年，轉左光祿大夫，侍中、少傅如故，給鼓吹一
部。初，（沈）約久處端揆，有志台司，論者咸謂爲宜，而帝終不用，
乃求外出，又不見許。與徐勉素善，遂以書陳情於勉。……勉爲言
於高祖（梁武帝），請三司之儀，弗許，但加鼓吹而已。〔註426〕

書牘中云：「今歲開元，禮年云至，懸車之請，……」班固《白虎通・致
仕》曰：「臣年七十，懸車致仕者。」〔註427〕古人年七十，辭官廢車不用。沈
約生於劉宋少帝・元嘉十八年，梁武帝・天監九年沈約七十歲，姑繫此書牘
作於此年。

## （六）梁・湘東王〈與劉孝綽書〉——梁武帝・普通七年（526）

君屏居多暇，差得肆意《典墳》，吟詠情性。比復希（稀）數古人，
不以委約，而能不技癢？且虞卿、史遷，由斯而作。想搦屬之興，
益當不少。洛地紙貴，京師名動，彼此一時，何其盛也！

近在道務閑，微得點翰，雖無紀行之作，頗有懷舊之篇。至此已來，
眾諸屑役。小生之詆，恐取辱於盧江；遮道之姦，慮興謀於從事。
方且襄帷自屬，求瘼不休，筆墨之功，曾何暇豫？至於心乎愛矣，

〔註425〕（梁）沈約撰：《沈隱侯集》見（明）張溥輯：《漢魏六朝百三家集》（明崇禎
　　　　間（1628～1644）太倉張氏原刊本），卷1，頁60～61。
〔註426〕（唐）姚思廉撰：《梁書》（北京：中華書局，1973年5月第1版），頁235
　　　　～236。
〔註427〕（漢）班固撰：《白虎通》（臺北：藝文印書館，1968年《百部叢書集成》影
　　　　印《抱經堂叢書》本），卷2下，頁8。

　　未嘗有歇；思樂惠音，清風靡聞。譬夫夢想溫玉，飢渴明珠，雖愧

　　卞、隨，猶爲好事。新有所製，想能示之。勿等清慮，徒虛其請。

　　無由賞悉，遣此代懷；數路計行，遲還芳札。〔註428〕

　　書牘中云：「洛地紙貴，京師名動，彼此一時，何其盛也！……至於心乎愛矣，未嘗有歇；思樂惠音，清風靡聞。譬夫夢想溫玉，飢渴明珠，雖愧卞、隨，猶爲好事。新有所製，想能示之。」劉孝綽四十六歲，被免官，湘東王蕭繹寫信安慰，且贊賞其文辭藻華美，自己有新作，祈請孝綽閱示。《梁書卷三十三・列傳第二十七・劉孝綽》曰：

　　孝綽免職後，高祖數使僕射徐勉宣旨慰撫之，每朝宴常引與焉。及

　　高祖（梁武帝）爲〈籍田詩〉，又使勉先示孝綽。時奉詔作者數十人，

　　高祖以孝綽尤工，即日有敕，起爲西中郎湘東王諮議。〔註429〕

　　按語：《梁書卷三十三・列傳第二十七・劉孝綽》曰：

　　初，孝綽與到洽友善，同遊東宮（昭明太子）。孝綽自以才優於

　　洽，每於宴坐，嗤鄙其文，洽銜之。及孝綽爲廷尉卿，攜妾入官

　　府，其母猶停私宅。洽尋爲御史中丞，遣令史案其事，遂劾奏之，

　　云：「攜少妹於華省，棄老母於下宅。」高祖（梁武帝）爲隱其

　　惡，改「妹」爲「妺」。坐免官。……時世祖出爲荊州，至鎮與孝綽

　　書。〔註430〕

　　梁・元帝〈與劉孝綽書・序〉曰：

　　孝綽爲廷尉正，攜妾入府，被劾免官。時世祖（梁元帝）爲湘東王，

　　出鎮荊州，與孝綽書。〔註431〕

　　《梁書卷五・本紀第五・元帝》曰：

　　（梁武帝）天監十三年，封湘東郡王，……普通七年，出爲使持

　　節、都督荊、湘、郢、益、寧、南梁六州諸軍事、西中郎將、荊州

　　刺史。〔註432〕

〔註428〕（梁）元帝撰：《梁元帝集》見（明）張溥輯：《漢魏六朝百三家集》（明崇禎
　　　　間（1628～1644）太倉張氏原刊本），頁41。

〔註429〕（唐）姚思廉撰：《梁書》（北京：中華書局，1973年5月第1版），頁482。

〔註430〕（唐）姚思廉撰：《梁書》（北京：中華書局，1973年5月第1版），頁480
　　　　～481。

〔註431〕（梁）元帝撰：《梁元帝集》見（明）張溥輯：《漢魏六朝百三家集》（明崇禎
　　　　間（1628～1644）太倉張氏原刊本），頁41。

〔註432〕（唐）姚思廉撰：《梁書》（北京：中華書局，1973年5月第1版），頁113。

姑繫此書牘作於梁武帝‧普通七年。

## （七）梁‧劉孝綽〈答湘東王書〉——梁武帝‧普通七年（526）

伏承自辭皇邑，爰至荊臺，未勞刺舉，且擒高麗。近雖預觀尺錦，而不睹全玉。昔臨淄詞賦，悉與楊修，未殫寶笥，顧憨先哲。渚宮舊俗，朝衣多故，李固之薦二邦，徐珍之奏七邑，威懷之道，兼而有之。當欲使金石流功，恥用翰墨垂迹。雖乖知二，偶達聖心。爰自退居素里，卻掃窮閻，比楊倫之不出，譬張摯之杜門。昔趙卿窮愁，肆言得失，漢臣鬱志，廣敘盛衰。彼此一時，擬非其匹。竊以文豹何辜，以文爲辜（罪）。繇此而談，又何容易。故韜翰吮墨，多歷寒暑，既闕子幼南山之歌，又微敬通渭水之賦，無以自同獻笑，少酬褒誘。且才乖體物，不擬作於玄根；事殊宿諾，寧貽懼於朱亥。顧己反躬，載懷累息。但瞻言漢廣，邈若天涯，區區一念，分宵九逝。殿下降情白屋，存問相尋，食椹懷音，矧伊人矣。〔註433〕

按語：此書牘爲劉孝綽答梁‧元帝〈與劉孝綽書〉，姑繫此書牘作於梁武帝‧普通七年。

## 四、餽贈

### （一）魏‧文帝〈與鍾繇九日送菊書〉

歲往月來，忽逢九月九日，九爲陽數，而日月並應，俗嘉其名，以爲宜於長久，故以享宴高會，是月律中無射，言群木百草，無有射地而生，惟芳菊紛然獨榮，非夫含乾坤之純和體芬芳之淑氣，孰能如此？故屈平悲冉冉之將老，思餐秋菊之落英，輔體延年，莫斯之貴。謹奉一束，以助彭祖之術。〔註434〕

### （二）梁‧劉峻〈送橘啟〉

南中橙甘，青鳥所食。始霜之旦，采之風味照座，劈之香霧噀人。皮薄而味珍，脈不粘膚，食不留滓。甘踰萍實，冷亞冰壺。可以薰

---

〔註433〕 （梁）劉孝綽撰：《劉祕書集》見（明）張溥輯：《漢魏六朝百三家集》（明崇禎間（1628～1644）太倉張氏原刊本），頁6。

〔註434〕 （魏）曹丕撰：《魏文帝集》見（明）張溥輯：《漢魏六朝百三家集》（明崇禎間（1628～1644）太倉張氏原刊本），卷1，頁53～54。

神，可以荐鮮，可以漬蜜。甄鄉之果，寧有此耶？〔註435〕

南方甘橘，此物味美，甜過蘋果，清涼如冰壺，就像天堂的食物，在北怎會有這種水果。不知何人送劉峻，他寫一短啓以致謝，讀之齒頰留香。

## 五、致謝

### （一）魏・曹丕（文帝）〈與鍾繇謝玉玦書〉——東漢獻帝・建安二十年（215）

鍾繇字元常，潁川・長社人，生年不詳，卒於魏明帝・太和四年（230）。《三國志卷十三・魏書・鍾繇傳第十三》曰：

> 太祖（曹操）在官渡，與袁紹相持，繇送馬二千餘匹給軍。……太祖征關中，得以爲資，表繇爲前軍師。……魏國初建，爲大理（掌刑法的官），遷相國。……數年，坐西曹掾魏諷謀反，策罷就第。文帝即王位，復爲大理。及踐阼，改爲廷尉，進封崇高鄉侯。遷太尉，轉封平陽鄉侯。……明帝即位，進封定陵侯，……太和四年，繇薨。……諡曰成侯。〔註436〕

魏・文帝〈與鍾繇謝玉玦書〉云：

> 丕白：

> 良玉比德君子，珪璋見美詩人。晉之垂棘、魯之璠璵、宋之結綠、楚之和璞，價越萬金，貴重都城，有稱疇昔，流聲將來。是以垂棘出晉，虞、虢雙禽；和璧入秦，相如抗節。竊見《玉書》稱美玉：白如截肪、黑譬純漆、赤擬雞冠、黃侔蒸栗。側聞斯語，未覩厥狀。雖德非君子，義無詩人，高山景行，私所慕仰。然四寶邈焉已遠，秦、漢未聞有良比也。求之曠年，不遇厥眞，私願不果，饑渴未副。

> 近日南陽宗惠叔，稱君侯昔有美玦，聞之驚喜，笑與抃會。當自白書，恐傳言未審，是以令舍弟子建，因荀仲茂時從容喻鄙旨。乃不忽遺，厚見周稱，鄴騎既到，寶玦初至，捧匣跪發，五內震駭，繩

〔註435〕（梁）劉峻撰：《劉戶曹集》見（明）張溥輯：《漢魏六朝百三家集》（明崇禎間（1628～1644）太倉張氏原刊本），頁 1。

〔註436〕（晉）陳壽撰，（劉宋）裴松之注：《三國志》（北京：中華書局，1982 年 7 月第 2 版），頁 393～399。

窮匣開，爛然滿目。猥以蒙鄙之姿，得觀希世之寶，不煩一介之使，不損連城之價，既有秦昭章臺之觀，而無藺生詭奪之誑。

嘉貺益腆，敢不欽承，謹奉賦一篇，以讚揚麗質。

丕白。〔註437〕

本文主要敘述了聞玉、求玉、得玉、見玉的過程與感受，最後表示深切的謝意。寫得最好的是開頭一段對寶玉的渴望之情，不但文筆秀美、辭采華茂，而且由此而導入對鍾繇寶玉的渴求，更顯得委婉自然，雖是不情之請，卻似乎順情順理。

本文雖是書牘體的形式，卻是一篇詠物小賦。描述古來人們為了爭奪珍寶美玉而演出了一幕幕的歷史悲喜劇，像虞、虢因貪晉之垂棘而致國亡，藺相如因護國寶而維護了國家的尊嚴。但曹丕並非發思古之幽情，而是以古證今，反襯他得到的良玉的價值之高，而得來卻不需付出代價，「不煩一介之使，不損連城之價」，就能觀賞「希世之寶」，這跟歷史故事形成對比。

按語：《三國志卷十三・魏書・鍾繇傳第十三》注引《魏略》曰：

後太祖征漢中，太子（曹丕）在孟津，聞繇有玉玦，欲得之而難公言。密使臨菑侯（曹植）轉因人說之，繇即送之。太子與繇書。〔註438〕

《魏文帝曹丕年譜暨作品繫年》曰：

蓋操征漢中丕在孟津，是此年（建安二十年）三月以後，告訴丕鍾繇有玉玦者是南陽宗惠叔。……而受植命向鍾繇示意者，是荀或任子荀閔。〔註439〕

姑繫此書牘作於東漢獻帝・建安二十年。

## （二）南齊・王融〈謝竟陵王示扇啟〉

《南齊書卷四十七・列傳第二十八・王融》曰：

竟陵王司徒板法曹行參軍，遷太子舍人。……竟陵王子良於東府募人，板融寧朔將軍、軍主。融文辭辯捷，尤善倉卒屬綴，有所造作

---

〔註437〕（魏）曹丕撰：《魏文帝集》見（明）張溥輯：《漢魏六朝百三家集》（明崇禎間（1628～1644）太倉張氏原刊本），卷1，頁52～53。

〔註438〕（晉）陳壽撰，（劉宋）裴松之注：《三國志》（北京：中華書局，1982年7月第2版），頁396。

〔註439〕洪順隆撰：《魏文帝曹丕年譜暨作品繫年》（臺北：臺灣商務印書館，1989年2月初版），頁211～212。

援筆可待。子良特相友好，情分殊常。〔註440〕

蕭子良字雲英，南蘭陵人，生於劉宋孝武帝‧大明四年（460），卒於齊明帝‧建武元年（494）。《南齊書卷四十‧列傳第二十一‧武十七王‧竟陵文宣王子良》曰：

> 竟陵文宣王子良，……世祖（齊武帝）第二子也。……（劉宋順帝）昇明三年，爲使持節、都督會稽東陽臨海永嘉新安五郡、輔國將軍、會稽太守。……（齊高帝）建元二年，始制東宮官僚以下官敬子良。世祖即位封竟陵郡王，邑二千戶。〔註441〕

王融〈謝竟陵王示扇啓〉云：

> 竊以六翮風流，五明氣重，若比圓綃，有兼玩實。輕踰雪羽，潔竝霜文，子淑賞其如規，班姬儷之明月。豈直魏王九華，漢臣百綺，況復動製聖衷，垂言烱戒。載摹聽睇，式範樞機。〔註442〕

## （三）南齊‧謝朓〈謝隨王賜《左傳》啓〉

> 昭晰殺清，近發中汗。恩勸挾策，慈勗下帷。朓未覩山筍，早懵河籍；業謝專門，說非章句。庶得既困而學，括羽瑩其蒙心，家藏賜書，籯金遺其貽厥。披覽神勝，吟諷知厚。〔註443〕

此爲一謝啓，謝朓先謝謝隨王賜《左傳》，勸勉其讀書，次說自己才疏學淺，今後要勤奮向學，且要以「家藏賜書」遺贈子孫。

## （四）南齊‧謝朓〈謝隨王賜紫梨啓〉

> 味出靈闕之陰，旨珍玉津之滋。豈徒眞定歸美，大谷懃滋。將恐帝臺妙棠，安期靈棗，不得孤擅王盤，獨甘仙席。雖秦君傳器，漢后推飱，望古可儔，於今何答？〔註444〕

---

〔註440〕　（梁）蕭子顯撰：《南齊書》（北京：中華書局，1972 年 1 月第 1 版），頁 817～823。

〔註441〕　（梁）蕭子顯撰：《南齊書》（北京：中華書局，1972 年 1 月第 1 版），頁 692～693。

〔註442〕　（南齊）王融撰：《王寧朔集》見（明）張溥輯：《漢魏六朝百三家集》（明崇禎間（1628～1644）太倉張氏原刊本），頁 18。

〔註443〕　（南齊）謝朓撰：《謝宣城集》見（明）張溥輯：《漢魏六朝百三家集》（明崇禎間（1628～1644）太倉張氏原刊本），頁 16。

〔註444〕　（南齊）謝朓撰：《謝宣城集》見（明）張溥輯：《漢魏六朝百三家集》（明崇禎間（1628～1644）太倉張氏原刊本），頁 16。

（五）梁・簡文帝〈答蕭子雲上飛白書屏風書〉

得所送飛白書縑屏風十牒，冠六書而獨美，超二篆而擅奇，乍寫星
區，時圖鳥翅，非觀觸石，已覺雲飛，豈待金壖，便覩蟬翼，聞諸
衣帛，前哲未巧，懸彼帳中，昔賢掩色。〔註445〕

《梁書卷三十五・列傳第二十九・附蕭子恪傳・蕭子雲》曰：

子雲善草隸書，爲世楷法，自云善効鍾元常（鍾繇）、王逸少（王羲
之）而微變字體。答敕云：「臣昔不能拔賞，隨世所貴，規摹子敬（王
獻之），多歷年所。年二十六，著《晉史》，至《二王列傳》，欲作論
語草隸法，言不盡意，遂不能成，略指論飛白一勢而已。十許年來，
始見敕旨《論書》一卷，商略筆勢，洞澈字體，又以逸少之不及元
常，猶子敬不及逸少。自此研思，方悟隸式，始變子敬，全範元常。
逮爾以來，自覺功進。」其書迹雅爲高祖（梁武帝）所重，嘗論子
雲書曰：「筆力勁駿，心手相應，巧踰杜度，美過崔寔，當與元常並
驅爭先。」其見賞如此。〔註446〕

據《書斷・列傳第二・蕭子雲》亦曰：「梁・蕭子雲字景喬。武帝謂曰：
『蔡邕飛而不白，羲之白而不飛，飛白之閒在卿斟酌耳。』」〔註447〕

## 六、稱頌

（一）魏・曹丕（文帝）〈與鍾繇五熟釜書〉——東漢獻帝・建安二
　　　十三年（218）

昔有黃三鼎，周之九寶，咸以一體，使調一味，豈若斯釜五味時芳？
蓋鼎之烹飪，以饗上帝，以養聖賢，昭德祈福，莫斯之美。故非大
人，莫之能造；故非斯器，莫宜盛德。今之嘉釜，有逾茲美。夫周
之尸臣，宋之考父，衛之孔悝，晉之魏顆，彼四臣者，並以功德勒
名鍾鼎。今執事寅亮大魏，以隆聖化。堂堂之德，於斯爲盛。誠太
常之所宜銘，彝器之所宜勒。故作斯銘，勒之釜口，庶可贊揚洪美，
垂之不朽。〔註448〕

〔註445〕（梁）簡文帝撰：《梁簡文帝集》見（明）張溥輯：《漢魏六朝百三家集》（明
　　　　崇禎間（1628～1644）太倉張氏原刊本），卷1，頁64。
〔註446〕（唐）姚思廉撰：《梁書》（北京：中華書局，1973年5月第1版），頁515。
〔註447〕（宋）張懷瓘撰：《書斷》（上海：商務印書館排印本，1927年），頁11。
〔註448〕（魏）曹丕撰：《魏文帝集》見（明）張溥輯：《漢魏六朝百三家集》（明崇禎

按語：《三國志卷十三・魏書・鍾繇傳第十三》曰：

> 魏國初建……文帝在東宮，賜繇五熟釜，爲之銘曰：「於赫有魏，作漢藩輔。厥相惟鍾，實幹心膂。靖恭夙夜，匪遑安處。百寮師師，楷兹度矩。」〔註449〕

《三國志卷十三・魏書・鍾繇傳第十三》劉宋・裴松之注引《魏略》曰：「繇爲相國，以五熟釜鼎範因太子鑄之，釜成，太子與繇書。」〔註450〕

《魏文帝曹丕年譜暨作品繫年》曰：「案武帝紀：『建安二十二年冬十月，以五官將丕爲魏太子。』文帝紀：『建安二十二年，立爲魏太子。』知書和銘作於二十二年冬十月以後至二十五年二月，丕立爲王之間，應是初立爲太子時之作。」〔註451〕姑繫作於東漢獻帝・建安二十三年。

### （二）梁・樂藹〈與右率沈約書〉——南齊武帝・永明十年（492）

樂藹字蔚遠，南陽・淯陽（今河南・南陽）人，生年不詳，卒於梁武帝・天監二年（503）。《梁書卷十九・列傳第十三・樂藹》曰：

> 宋建平王景素爲荊州刺史，辟爲主簿。……（南齊武帝）永明八年，荊州刺史巴東王子響稱兵反，既敗，焚燒府舍，官曹文書，一時蕩盡。武帝引見藹，問以西事，藹上對詳敏，帝悅焉。用爲荊州治中，敕付以脩復府州事。……（梁武帝）天監初，遷驍騎將軍、領少府卿，俄遷御史中丞，領本州大中正。……二年，出爲持節、督廣、交、越三州諸軍、冠軍將軍、平越中郎將、廣州刺史。……卒官。〔註452〕

蕭嶷字宣儼，生於劉宋文帝元嘉廿一年（444），卒於南齊武帝・永明十年（492）。《南齊書卷二十二・列傳第三・豫章文獻王》曰：

> 豫章文獻王嶷，……太祖第二子。寬仁弘雅，有大成之量，太祖特鍾愛焉。起家爲太學博士、長城令，入爲尚書左民郎、錢唐令。太

間（1628～1644）太倉張氏原刊本），卷1，頁53。

〔註449〕（晉）陳壽撰，（宋）裴松之注：《三國志》（北京：中華書局，1982年7月第2版），頁394～395。

〔註450〕（晉）陳壽撰，（宋）裴松之注：《三國志》（北京：中華書局，1982年7月第2版），頁395。

〔註451〕洪順隆撰：《魏文帝曹丕年譜暨作品繫年》（臺北：臺灣商務印書館，1989年2月初版），頁247～248。

〔註452〕（唐）姚思廉撰：《梁書》（北京：中華書局，1973年5月第1版），頁302。

祖破薛索兒，改封西陽，以先爵賜爲晉壽縣侯。除通直散騎侍郎，以偏優去官。……尋爲安遠護軍、武陵內史。……入爲宋從帝車騎諮議參軍、府掾，轉驃騎，仍遷從事中郎。……沈攸之之難，太祖入朝堂，嶷出鎮東府，加冠軍將軍。……上流平後，世祖自尋陽還，嶷出爲使持節、都督江州豫州之新蔡晉熙二郡軍事、左將軍、江州刺史，常侍如故。……以定策功，改封永安縣公，……仍徙都督荊、湘、雍、益、梁、寧、南、北秦八州諸軍事、鎮西將軍、荊州刺史，持節、常侍如故。……太祖崩，……世祖（南齊武帝）即位，進位太尉，置兵佐，解侍中，……

（南齊武帝）永明元年，領太子太傅，解中書監，餘如故。……十年，……疾篤，表解職，不許，……薨，年四十九。〔註453〕

樂藹〈與右率沈約書〉云：

夫道宣餘烈，竹帛有時先朽，道孚遺事，金石更非後亡。丞相獨秀生民，傍照日月。標勝丘園，素履穆於忠義，譽應華袞，功迹著於弼諧。無得而稱，理絕照載。若夫日用闃寂，雖無取於錙銖，歲功宏達，諒有寄於衡石。竊承貴州士民，或建碑表，俾我荊南，閱感無地。且作紀江、漢，道基分陝，衣冠禮樂，咸被後昆。

若其望碑盡禮，我州之舊俗，傾廛罷肆，鄙士之遺風，庶幾弘烈不泯墜。荊、江、湘三州策名不少，竝欲各率毫釐，少申景慕。斯文之託，歷選惟疑，必待文蔚辭宗，德僉茂履，非高明而誰？豈能聘無愧之辭，訓式瞻之望。吾西州窮士，一介寂寥，恩周榮譽，澤遍衣食，永惟道廕，日月就遠，免尋遺烈，觸目崩心。常謂福齊南山，慶鍾仁壽，吾儕小人，貽塵惟蓋。豈圖一旦，遂投此請。〔註454〕

按語：樂藹稱頌豫章文獻王嶷，其薨時，樂藹請沈約撰其碑文。《梁書卷十九・列傳第十三・樂藹》曰：「（南齊武帝）・永明九年，豫章王嶷薨，藹解官赴喪，率荊、湘二州故吏，建碑墓所。」〔註455〕而豫章文獻王嶷本傳載，

---

〔註453〕（梁）蕭子顯撰：《南齊書》（北京：中華書局，1972 年 1 月第 1 版），頁 405～415。

〔註454〕（清）嚴可均編：《全上古三代秦漢三國六朝文・全梁文》（臺北：世界書局，1963 年 5 月二版），卷 40，頁 11～12。

〔註455〕（唐）姚思廉撰：《梁書》（北京：中華書局，1973 年 5 月第 1 版），頁 302。

其薨於南齊武帝・永明十年。姑繫此書牘作於南齊武帝・永明十年。

## （三）梁・沈約〈答樂藹書〉——南齊武帝・永明十年（492）

> 丞相風道弘曠，獨秀生民，凝猷盛烈，方軌伊、旦。慜遺之感，朝
> 野同悲。承當刊石紀功，傳華千載，宜須盛述，實允來談。郭有道
> 漢末之匹夫，非蔡伯喈不足以偶三絕，謝安石素族之台輔，時無麗
> 藻，迄乃有碑無文。況文獻王冠冕彝倫，儀刑寓內，自非一世辭宗，
> 難或與此。約閭閻鄙人，名不入第，欻酬今旨，便是以禮許人，聞
> 命慙顏，已不覺汗之沾背也。〔註456〕

樂藹〈與沈約書〉囑託沈約作刻石之文，但沈約擔心自己寫不好豫章王
嶷的碑文，並舉魏受禪碑，此碑王朗文、梁鵠書、鐘繇刻字，文、書、刻齊
美，被譽為碑中「三絕」，所以〈答樂藹書〉云：「聞命慙顏，已不覺汗之沾
背也。」《南齊書卷二十二・列傳第三・豫章文獻王》曰：「（南齊明帝）建武
中，第二子子恪託（沈）約及太子詹事孔稚珪為文。」〔註457〕

此為沈約答樂藹的書牘，姑繫此書牘作於南齊武帝・永明十年。

## （四）梁・沈約〈報王筠書〉——約梁武帝・天監六年（507）

王筠字元禮，一字德柔，琅邪・臨沂人，生於南齊高帝・建元三年
（481），卒於梁武帝・太清三年（549）。《梁書卷三十三・列傳第二十七・王
筠》曰：

> 祖僧虔，齊司空簡穆公。父楫，太中大夫。筠幼警寤，七歲能屬文。
> 年十六，為《芍藥賦》，甚美。及長，清靜好學，與從兄泰齊名。陳
> 郡謝覽，覽弟舉，亦有重譽，時人為之語曰：「謝有覽舉，王有養
> 炬。」炬是泰，養即筠，並小字也。起家中軍臨川王行參軍，遷太
> 子舍人，除尚書殿中郎。……太清二年，侯景寇逼，筠時不入城。
> 明年，太宗即位，為太子詹事。筠舊宅先為賊所焚，乃寓居國子祭
> 酒蕭子雲宅，夜忽有盜攻之，驚懼墜井卒，時年六十九。〔註458〕

沈約〈報王筠書〉云：

---

〔註456〕（梁）沈約撰：《沈隱侯集》見（明）張溥輯：《漢魏六朝百三家集》（明崇禎
　　　　間（1628～1644）太倉張氏原刊本），卷1，頁62。

〔註457〕（梁）蕭子顯撰：《南齊書》（北京：中華書局，1972年1月第1版），頁419。

〔註458〕（唐）姚思廉撰：《梁書》（北京：中華書局，1973年5月第1版），頁484
　　　　～486。

覽所示詩，實爲麗則，聲和被紙，光影盈字。夔、牙接響，顧有餘慚；孔翠羣翔，豈不多愧。下情拙目，每佇新奇，爛然總至，懼興已盡。會昌昭發，蘭揮玉振，克諧之義，寧比笙簧。思力所該，一至乎此，歎服吟研，周流戀念。

昔時幼壯，頗愛斯文，含咀之間，倏焉疲暮，不及後進，誠非一人，擅美推能，寔歸吾子。遲比閒日，清覿乃申。〔註459〕

按語：《梁書卷三十三‧列傳第二十七‧王筠》曰：

尚書令沈約，當世辭宗，每見筠文，咨嗟吟咏，以爲不逮也。嘗謂筠：「昔蔡伯喈見王仲宣稱曰：『王公之孫也，吾家書籍，悉當相與。』僕雖不敏，請附斯言。

自謝朓諸賢零落已後，平生意好，殆將都絕，不謂疲暮，復逢於君。」……筠又嘗爲詩呈約，即報書。……筠爲文能壓強韻，每公宴並作，辭必妍美。約常從容啓高祖曰：「晚來名家，唯見王筠獨步。」〔註460〕

沈約爲當代辭宗，每見王筠詩文，必贊歎吟誦。王筠曾經以詩文呈沈約，此爲沈約欣賞詩後的回信。沈約時爲尚書令。《梁書卷十三‧列傳第七‧沈約》曰：

（梁武帝‧天監）二年，遭母憂，輿駕親出臨弔，以約年衰，不宜致毀，遣中書舍人斷客節哭。起爲鎮軍將軍、丹陽尹，置佐史。服闋，遷侍中、右光祿大夫，領太子詹事，揚州大中正，關尚書八條事，遷尚書令，侍中、詹事、中正如故。累表陳讓，改授尚書左僕射、領中書令、前將軍，置佐史，侍中如故。尋遷尚書令，領太子少傅。〔註461〕

姑繫此書牘作於約梁武帝‧天監六年。

# 七、責讓

責讓含有責備與勸戒之意，對無所作爲感到委屈、憂忿或自責，希望從

〔註459〕（梁）沈約撰：《沈隱侯集》見（明）張溥輯：《漢魏六朝百三家集》（明崇禎間（1628～1644）太倉張氏原刊本），卷1，頁63。

〔註460〕（唐）姚思廉撰：《梁書》（北京：中華書局，1973年5月第1版），頁484～485。

〔註461〕（唐）姚思廉撰：《梁書》（北京：中華書局，1973年5月第1版），頁235。

中學習有所精進之作都可列於責讓之例，「忠言嘉謀，棄而莫用，遂令天下將有土崩之勢，何能不痛心悲慨也！任其事者，豈得辭四海之責？追咎往事，亦何所復及，宜更虛己求賢，當與有識共之，不可復令忠允之言常屈於當權。」正是責讓的最佳寫照。

### （一）東晉・王羲之〈遺殷浩書〉——東晉穆帝・永和九年（353）

殷浩字深源，陳郡・長平人，生年不詳，卒於東晉穆帝・永和十二年（356）。《晉書卷七十七・列傳第四十七・殷浩》曰：

> （穆帝永和三年）時桓溫既滅蜀〔註462〕，威勢轉振，朝廷憚之。簡文以浩有盛名，朝野推伏，故引爲心膂，以抗於溫，於是與溫頗相疑貳。……王羲之密說浩、（荀）羨，令與桓溫和同，不宜內構嫌隙，浩不從。〔註463〕

王羲之〈遺殷浩書〉云：

> 知安西敗喪，公私愴恒，不能須臾去懷！以區區江左，所營綜如此，天下寒心，固以久矣，而加之敗喪，此可熟念。往事豈復可追？願思弘將來，令天下寄命有所，自隆中興之業。政以道勝，寬和爲本，力爭武功，作非所當，因循所長，以固大業，想識其由來也。
>
> 自寇亂以來，處內外之任者，未有深謀遠慮，括囊至計，而疲竭根本，各從所志，竟無一功可論，一事可記。忠言嘉謀，棄而莫用，遂令天下將有土崩之勢，何能不痛心悲慨也！任其事者，豈得辭四海之責？追咎往事，亦何所復及，宜更虛己求賢，當與有識共之，不可復令忠允之言常屈於當權。
>
> 今軍破於外，資竭於內，保淮之志，非復所及，莫過還保長江，都督將各復舊鎮，自長江以外，羈縻而已。任國鈞者，引咎責躬，深

---

〔註462〕成（漢）帝系表：

```
李虎——李特————蕩—————— 2 班(1)
 │        └— 1 雄(30)——— 3 期(4)
 │              (304～334)   (334～337)
 ├————李流
 └————李驤— 4 壽(5)—— 5 勢(5)
              (338～342)   (343～347)
```

〔註463〕（唐）房玄齡等撰：《晉書》（北京：中華書局，1982 年 12 月第 2 次印刷），頁 2043～2045。

自貶降以謝百姓，更與朝賢，思布平正，除其煩苛，省其賦役，與
百姓更始，庶可以允塞羣望，救倒懸之急。

使君起於布衣，任天下之重，尚德之舉，未能事事允稱，當董統之
任，而喪敗至此，恐闔朝羣賢，未有與人分其謗者。今亟脩德補闕，
廣延羣賢，與之分任，尚未知獲濟所期。若猶以前事爲未工，故復
求之於分外，宇宙雖廣，自容何所！

知言不必用，或取怨執政？然當情慨所在，正自不能不盡懷極言！
若必親征，未達此旨？果行者，愚智所不解也，願復與衆共之。復
被州符，增運千石，徵役兼至，皆以軍期，對之喪氣，罔知所厝。
自頃年割剝遺黎，刑徒竟路，殆同秦政，惟未加參夷之刑耳！恐
勝、廣之憂，無復日矣！〔註464〕

殷浩北伐失敗，策劃再舉，王羲之以書信勸阻，浩不從，結果爲姚襄所
挫，桓溫因此上表罷黜之。王羲之對當時敵我軍情分析頗爲深入，其體國憂
民之情躍然紙上，實爲感人。

按語：《晉書卷八十‧列傳第五十‧王羲之》曰：

羲之既拜護軍，又苦求宣城郡，不許，乃以爲右軍將軍、會稽內史。
時殷浩與桓溫不協，羲之以國家之安在於內外和，因以與浩書以戒
之，浩不從。及浩將北伐，羲之以爲必敗，以書止之，言甚切至。
浩遂行，果爲姚襄所敗。復圖再舉，又遺浩書。〔註465〕

《晉書卷七十七‧列傳第四十七‧殷浩》曰：

及石季龍死，胡中大亂，朝廷欲遂蕩平關河，於是以浩爲中軍將
軍、假節、都督揚、豫、徐、兗、青五州軍事。浩既受命，以中原
爲己任，上疏北征許、洛。……以淮南太守陳逵、兗州刺史蔡裔爲
前鋒，安西將軍謝尚、北中郎將荀羨爲督統，……師次壽陽，……
浩既至許昌，會張遇反，謝尚（安西將軍）又敗績，浩還壽陽。後
復進軍，次山桑，而（姚）襄反，浩懼，棄輜重，退保譙城，器械
軍儲皆爲襄所掠士卒多亡叛。浩遣劉啓、王彬之擊襄於山桑，並爲

〔註464〕（晉）王羲之撰：《王右軍集》見（明）張溥輯：《漢魏六朝百三家集》（明崇
　　　　禎間（1628～1644）太倉張氏原刊本），卷1，頁1～2。
〔註465〕（唐）房玄齡等撰：《晉書》（北京：中華書局，1982年12月第2次印刷），
　　　　頁2094～2096。

襄所殺。〔註466〕

張儐生《魏晉南北朝史・伐秦》曰：

> （永和）九年十月，浩自壽春再出兵北伐以姚襄為前鋒。襄引兵壯
> 行，伏軍，桑邈浩大破之，俘斬萬計。浩走保譙城。此浩二次出兵
> 之又敗也。〔註467〕

姑繫作於東晉穆帝・永和九年。

## 八、絕交

　　在絕交書牘中，以魏・嵇康〈與山巨源絕交書〉最為有名，在當時與知心友人絕交是件大事，必有說服於人之理由，否則必留話柄落人恥笑。嵇康以「不屈之節」的立場和態度拒絕了好友山巨源推薦任官，這是一個理直氣壯的理由，其背後隱藏著不畏司馬氏集團強權，公開表明他與司馬氏集團的不合作態度才是令人歡服的地方。

### （一）魏・嵇康〈與山巨源絕交書〉——約魏元帝・景元二年（261）

　　嵇康字叔夜，譙國・銍（今安徽・宿縣西）人，生於魏文帝・黃初五年（224）〔註468〕，卒於魏元帝・景元四年（263）。〔註469〕《三國志卷二十一・魏書・附王粲傳》注引（嵇）喜為（嵇）康傳曰：

> 家世儒學，少有儁才，曠邁不羣，高亮任性，不脩名譽，寬簡有大
> 量。學不師授，博洽多聞，長而好老、莊之業，恬靜無欲。性好服
> 食，常採御上藥。善屬文論，彈琴詠詩，自足于懷抱之中。以為神
> 仙者，稟之自然，非積所致。……超然獨達，遂放世事，縱意於塵
> 埃之表。撰錄上古以來聖賢、隱逸、遁心、遺名者，集為傳贊，自
> 混沌至于管寧，凡百一十有九人，蓋求之於宇宙之內，而發乎千載
> 之外者矣。故世人莫得而名焉。〔註470〕

〔註466〕（唐）房玄齡等撰：《晉書》（北京：中華書局，1982年12月第2次印刷），頁2045～2046。

〔註467〕張儐生著：《魏晉南北朝史》（臺北：幼獅文化事業公司，1978年12月），頁264。

〔註468〕陸侃如撰：《中古文學繫年》（北京：人民文學出版社，1998年7月第1次印刷），頁460。

〔註469〕陸侃如撰：《中古文學繫年》（北京：人民文學出版社，1998年7月第1次印刷），頁610～612。

〔註470〕（晉）陳壽撰，（劉宋）裴松之注：《三國志》（北京：中華書局，1982年7

《晉書卷四十九・列傳第十九・嵇康》曰：

> 其先姓奚，會稽上虞人，以避怨，徙焉。銍有嵇山，家于其側，因而命氏。兄喜，有當世才，歷太僕、宗正。康早孤，有奇才，遠邁不群。身長七尺八寸，美詞氣，有風儀，而土木形骸，不自藻飾，人以爲龍章鳳姿，天質自然。恬靜寡欲，含垢匿瑕，寬簡有大量。學不師受，博覽無不該通，長好《老》、《莊》。與魏宗室婚，拜中散大夫。常修養性服食之事，彈琴詠詩，自足於懷。以爲神仙稟之自然，非積學所得，至於導養得理，則安期、彭祖之倫可及，乃著《養生論》。又以爲君子無私，……蓋其胸懷所寄，以高契難期，每思郢質。所與神交者惟陳留阮籍、河內山濤，豫其流者河內向秀、沛國劉伶、籍兄子咸、琅邪王戎，遂爲竹林之游，世所謂「竹林七賢」也。戎自言與康居山陽二十年，未嘗見其喜慍之色。……性絕巧而好鍛。……康將刑東市，太學生三千人請以爲師，弗許。康顧視日影，索琴彈之，曰：「昔袁孝尼嘗從吾學〈廣陵散〉，吾每靳固之，〈廣陵散〉於今絕矣！」時年四十。……康善談理，又能屬文，其高情遠趣，率然玄遠。撰上古以來高士爲之傳贊，欲友其人於千載也。又作〈太師箴〉，亦足以明帝王之道焉。復作〈聲無哀樂論〉，甚有條理。〔註471〕

山濤字巨源，河內・懷縣（今河南・武涉（陟）縣西南）人，生於東漢獻帝・建安十年（205），卒於西晉武帝・太康四年（283）。《晉書卷四十三・列傳第十三・山濤》曰：

> 濤早孤，居貧，少有器量，介然不群。性好《莊》、《老》，每隱身自晦。與嵇康、呂安善，後遇阮籍，便爲竹林之交，著忘言之契。康後坐事，臨誅，謂子紹曰：「巨源在，汝不孤矣。」濤年四十，始爲郡主簿、功曹、上計掾。舉孝廉，州辟部河南從事。……與宣穆后有中表親，是以見景帝（司馬師）。帝曰：「呂望欲仕邪？」命司隸舉秀才，除郎中。轉驃騎將軍王昶從事中郎。久之，拜趙國相，遷尚書吏部郎。……（晉）武帝受禪，以濤守大鴻臚，護送陳留王詣

月第 2 版），頁 605。

〔註471〕（唐）房玄齡等撰：《晉書》（北京：中華書局，1982 年 12 月第 2 次印刷），頁 1369～1374。

鄴。（晉武帝）泰始初，加奉車都尉，進爵新沓伯。……（晉武帝）咸寧初，轉太子少傅，加散騎常侍，除尚書僕射，加侍中，領吏部。〔註472〕

嵇康〈與山巨源絕交書〉云：

康白：

足下昔稱吾於頴川，吾常謂之知言。然經怪此意，尚未熟悉于足下，何從便得之也？前年從河東還，顯宗、阿都說足下議以吾自代，事雖不行，知足下故不知之。

足下傍通，多可而少怪；吾直性狹中，多所不堪，偶與足下相知耳！間聞足下遷，惕然不喜。恐足下羞庖人之獨割，引尸祝以自助，手薦鸞刀，漫之羶腥，故具爲足下陳其可否。

吾昔讀書，得并介之人，或謂無之，今乃信其眞有耳！性有所不堪，眞不可強。今空語同知，有達人無所不堪，外不殊俗，而內不失正，與一世同其波流，而悔吝不生耳！老子、莊周吾之師也，親居賤職；柳下惠、東方朔，達人也，安乎卑位，吾豈敢短之哉！又仲尼兼愛，不羞執鞭，子文無欲卿相，而三登令尹，是乃君子思濟物之意也。所謂達則兼善而不渝，窮則自得而無悶。以此觀之，故堯、舜之君世，許由之巖棲，子房之佐漢，接輿之行歌，其揆一也。仰瞻數君，可謂能遂其志者也。故君子百行，殊塗而同致，循性而動，各附所安，故有「處朝廷而不出，入山林而不反」之論。且延陵高子臧之風，長卿慕相如之節，志氣所託，不可奪也。

吾每讀尚子平、臺孝威傳，慨然慕之，想其爲人。加少孤露，母兄見驕，不涉經學。性復疏嬾，筋駑肉緩，頭面常一月、十五日不洗，不大悶癢，不能沐也，每常小便，而忍不起，令胞中略轉乃起耳。又縱逸來久，情意傲散，簡與禮相背，嬾與慢相成，而爲儕類見寬，不攻其過。又讀《莊》、《老》，重增其放，故使榮進之心日頹，任實之情轉篤。此由禽、鹿少見馴育，則服從教制；長而見羈，則狂顧頓纓，赴蹈湯火，雖飾以金鑣，饗以嘉餚，愈思長林而志在豐

---

〔註472〕（唐）房玄齡等撰：《晉書》（北京：中華書局，1982年12月第2次印刷），頁1223～1225。

草也。

阮嗣宗口不論人過，吾每師之，而未能及。至性過人，與物無傷，惟飲酒過差耳！

至爲禮法之士所繩，疾之如讐，幸賴大將軍保持之耳！吾不如嗣宗之賢，而有慢弛之闕；又不識人情，闇於機宜；無萬石之慎，而有好盡之累；久與事接，疵釁日興，雖欲無患，其可得乎？

又人倫有禮，朝廷有法，自惟至熟，有必不堪者七，甚不可者二。臥喜晚起，而當關呼之不置，一不堪也。抱琴行吟，弋釣草野，而吏卒守之，不得妄動，二不堪也。危坐一時，痺不得搖；性復多蝨，爬搔無已，而當裹以章服，揖拜上官，三不堪也。素不便書，又不喜作書，而人間多事，堆案盈几，不相酬答，則犯教傷義，欲自勉強，則不能久，四不堪也。不喜弔喪，而人道以此爲重，已爲未見恕者所怨，至欲見中傷者；雖瞿然自責，然性不可化，欲降心順俗，則詭故不情，亦終不能獲無咎無譽，如此，五不堪也。不喜俗人，而當與之共事，或賓客盈坐，鳴聲聒耳，囂塵臭處，千變百伎，在人目前，六不堪也。心不耐煩，而官事鞅掌，機務纏其心，世故繁其慮，七不堪也。又每非湯、武而薄周、孔，在人間不止此事，會顯世教所不容，此甚不可一也。剛腸疾惡，輕肆直言，遇事便發，此甚不可二也。以促中小心之性，統此九患，不有外難，當有內病，寧可久處人間邪？又聞道士遺言，餌朮、黃精，令人久壽，意甚信之。遊山澤，觀魚鳥，心甚樂之。一行作吏，此事便廢，安能舍其所樂，而從其所懼哉？

夫人之相知，貴識其天性，因而濟之。禹不偪伯成子高，全其節也。仲尼不假蓋於子夏，護其短也。近諸葛孔明不迫元直以入蜀，華子魚不強幼安以卿相，此可謂能相終始，眞相知者也。足下見直木必不可以爲輪，曲者不可以爲桷，蓋不欲以枉其天才，令得其所也。故四民有業，各以得志爲樂，唯達者爲能通之，此足下度內耳。

不可自見好章甫，強越人以文冕也；己嗜臭腐，養鴛雛以死鼠也！吾頃學養生之術，方外榮華，去滋味，游心於寂寞，以無爲爲貴，

縱無九患，尚不願足下所好者。又有心悶疾，頃轉增篤，私意自試，不能堪其所不樂。自卜已審，若道盡塗窮則已耳！足下無事冤之，令轉於溝壑也。吾新失母兄之歡，意常悽切。女年十三，男年八歲，未及成人，**況**復多病。顧此恨恨，如何可言！今但願守陋巷，教養子孫，時與親舊敘離闊，陳說平生，濁酒一盃，彈琴一曲，志願畢矣。足下若嬲之不置，不過欲爲官得人，以益時用耳！足下舊知吾潦倒麤**踈**，不切事情，自惟亦皆不如今日之賢能也。

若以俗人皆喜榮華，獨能離之，以此爲快，此最近之，可得言耳！然使長才廣度，無所不淹，而能不營，乃可貴耳。若吾多病困，欲離事自全，以保餘年，此眞所乏耳，豈可見黃門而稱貞哉！若趣欲共登王塗，期於相致，時爲懽益，一旦迫之，必發狂疾。自非重怨，不至於此也。

野人有快炙背而美芹子者，欲獻之至尊，雖有區區之意，亦已疏矣。

願足下勿似之。其意如此，既以解足下，并以爲別。

嵇康白。〔註473〕

在這封信中，作者的主要目的是公開表明自己「不屈之節」的立場和態度。全文從交情基礎開論，主張朋友情誼的基礎是相知，不知則無交，「知」是本文主軸，說明寫信的原因是山濤自作主張，要他違背自己志向去做官。引證歷史，說明古來賢者志在濟世，不論得志還是失意，都是身體力行，堅貞不渝，老子、莊子、柳下惠、東方朔等人聖賢都是如此。

並說自己自少懶散、放縱，又喜好「老、莊」之自然，不求富貴榮華。如去做官，「有七不堪，二甚不可」而本性又樂於遊山玩水，觀賞魚鳥，因而不能捨所樂而從事所懼之事。並說明人的交誼應當是互相理解志向，並協助實現才對。運用比喻法，委婉地批評對方既然深知他天性不可改，爲何卻迫他屈志作吏，置人於死地，這不是相知朋友所應該做的事。

此書牘鋒芒所向，直指司馬氏集團，公開表明了他與司馬氏集團的不合作態度，更使「大將軍（司馬昭）聞而惡焉」。這終於導致了日後嵇康的被殺。

〔註473〕（魏）嵇康撰：《嵇中散集》見（明）張溥輯：《漢魏六朝百三家集》（明崇禎間（1628～1644）太倉張氏原刊本），頁8～12。

臨刑前曾告訴兒子嵇紹說：「巨源在，汝不孤矣！」這話可以看做含有託孤的意思。所謂「絕交」是後人加上去的名稱。嵇康的這封絕交書信，在歷史上是很有名的。其有名固然由於他思想純眞，議論新穎，文筆犀利，語言清峻的形象，具有很強的感染力。但是，更重要的是人們讚賞他那種蔑視權貴、傲岸不屈，追求自由生活，反抗封建禮法的精神。

按語：《三國志卷二十一‧魏書‧附王粲傳》劉宋‧裴松之注引《魏氏春秋》曰：

> 康寓居河内之山陽縣，與之游者，未嘗見其喜愠之色。與陳留阮籍、河内山濤、河南向秀、籍兄子咸、琅邪王戎、沛人劉伶相與有善，遊於竹林，號爲七賢。

> 大將軍嘗欲辟康。康既有絕世之言，又從子不善，避之河東，或云「避世」。及山濤爲選曹郎，舉康自代。康答書拒絕。因自説不堪流俗，而非薄湯、武。大將軍聞而怒焉。〔註474〕

《晉書卷四十九‧列傳第十九‧嵇康》曰：「山濤將去選官，舉康自代。康乃與濤書告絕。」〔註475〕姑繫此書牘作於約魏元帝‧景元二年。

## （二）魏‧嵇康〈與呂長悌絕交書〉——魏元帝‧景元四年（263）

呂巽字長悌，東平（今山東東平縣）人。

嵇康〈與呂長悌絕交書〉云：

> 康白：

> 昔與足下年時相比，以故數面相親，足下篤意，遂成大好。由是許足下以至交，雖出處殊途，而歡愛不衰也。

> 及中間少知阿都志力開悟，每喜足下家復有此弟。而阿都去年向我有言，誠忿足下，意欲發舉。吾深抑之，亦自恃每謂足下不足迫之，故從吾言。間令足下因其順親，蓋惜足下門户，欲令彼此無恙也。又足下許吾終不擊都，以子、父六人爲誓。吾乃慨然感足下，重言慰解都，都遂釋然，不復興意。足下陰自阻疑，密表擊都，先首服誣都。此爲都故信，吾又無言，何意足下包藏禍心邪？

---

〔註474〕（晉）陳壽撰，（劉宋）裴松之注：《三國志》（北京：中華書局，1982 年 7 月第 2 版），頁 606。

〔註475〕（唐）房玄齡等撰：《晉書》（北京：中華書局，1982 年 12 月第 2 次印刷），頁 1370。

都之含忍足下，實由吾言，今都獲罪，吾爲負之。吾之負都，由足下之負吾也。悵然失圖，復何言哉！若此，無心復與足下交矣！古之君子絕交不出醜言，從此別矣！臨別恨恨！

嵇康白。〔註476〕

呂巽、呂安兄弟，皆與嵇康相親善，許以至交。呂巽出仕，爲相國掾，有寵於司馬氏集團。呂安俊材，妻徐氏貌美。景元二年（261），呂巽使徐氏醉而淫之。醜惡發露，呂安忿極，欲告巽遣妻，向嵇康諮詢，嵇康盡力斡旋，又得到呂巽不再打擊呂安的保證，呂安才聽從了嵇康的意見，不再檢舉上告。不料第二年，呂巽竟爲滅口，上告呂安「摑母」不孝，表求徙邊，呂安因此下獄。嵇康既極力爲呂安辯誣，同時寫下了〈絕交書〉，直斥呂巽出爾反爾、包藏禍心。文章簡述作者與呂氏兄弟建交的過程，重點揭露呂長悌「陰自阻疑，密表擊都」的醜惡嘴臉，表面平靜的語調中充滿了憤慨與輕蔑。

按語：《三國志卷二十一·魏書·附王粲傳》劉宋·裴松之注引《魏氏春秋》曰：

初，康與東平呂昭子巽及巽弟安親善。會巽淫安妻徐氏，而誣安不孝，囚之。安引康爲證，康義不負心，保明其事。安亦至烈，有濟世志力。鍾會勸大將軍因此除之，遂殺安及康。〔註477〕

《晉書卷四十九·列傳第十九·嵇康》曰：

東平呂安服康高致，每一想思，輒千里命駕，康友而善之。後安爲兄所枉訴，以事繫獄，辭相證引，遂復收康。……初，康居貧，嘗與向秀共鍛於大樹之下，以自贍給。潁川鍾會，貴公子也，精練有才辯，故往造焉。康不爲之禮，而鍛不輟。良久（鍾）會去，康謂曰：「何所聞而來？何所見而去？」會曰：「聞所聞而來，見所見而去。」會以次憾之。及是，言於文帝（司馬昭）曰：「嵇康，臥龍也，不可起。公無憂天下，顧以康爲慮耳。」因譖「……康、安等言論放蕩，非毀典謨，帝王者所不宜容。遺因釁除之，以淳風俗」。帝既暗聽信（鍾）會，遂并害之。〔註478〕

---

〔註476〕（魏）嵇康撰：《嵇中散集》見（明）張溥輯：《漢魏六朝百三家集》（明崇禎間（1628～1644）太倉張氏原刊本），頁12～13。

〔註477〕（晉）陳壽撰，（劉宋）裴松之注：《三國志》（北京：中華書局，1982 年 7月第 2 版），頁 606。

〔註478〕（唐）房玄齡等撰：《晉書》（北京：中華書局，1982 年 12 月第 2 次印刷），

　　嵇康〈與呂長悌絕交書〉當作於死前不久。《三國志卷二十一‧魏書‧附王粲傳第二十一》曰：「譙郡嵇康，文辭壯麗，好言老、莊，而尚奇任俠。至景元中，坐事誅。」〔註479〕嵇康卒於魏元帝‧景元四年，姑繫此書牘作於此年。

## 九、陳述

　　魏‧鍾繇〈報太子書〉說明己得玉石，願意奉貢。東晉‧王羲之〈報殷浩書〉「漢末使太傅馬日磾慰撫關東，若不以吾輕微，無所為疑，宜及冬初以行，吾惟恭以俟命。」願意前往任事。都在陳述一件事，雖是如此，細研古人書牘，讀後令人回味無窮。

### （一）魏‧鍾繇〈報太子書〉──東漢獻帝‧建安二十年（215）

　　《三國志卷十三‧魏書‧鍾繇傳第十三》劉宋‧裴松之注引《魏略》曰：

> 後太祖征漢中，太子在孟津，聞繇有玉玦，欲得之而難公言。密使臨菑侯轉因人說之，繇即送之。太子與繇書曰：「夫玉以比德君子，珪璋見美詩人。」……繇報書。〔註480〕

　　鍾繇〈報太子書〉云：

> 昔忝近任，并得賜玦。尚方耆老，頗識舊物。名其符采，必得處所。以為執事有珍此者，是以鄙之，用來奉貢。幸而紆意，實以悅懌。在昔和氏，殷勤忠篤。而繇待命，是懷愧恥。〔註481〕

　　按語：《魏文帝曹丕年譜暨作品繫年》曰：「蓋操征漢中丕在孟津，是此年（建安二十年）三月以後，告訴丕鍾繇有玉玦。」〔註482〕姑繫此書牘作於東漢獻帝‧建安二十年。

　　　　頁 1372～1373。

〔註479〕（晉）陳壽撰，（劉宋）裴松之注：《三國志》（北京：中華書局，1982 年 7
　　　　月第 2 版），頁 605。

〔註480〕（晉）陳壽撰，（劉宋）裴松之注：《三國志》（北京：中華書局，1982 年 7
　　　　月第 2 版），頁 396。

〔註481〕（清）嚴可均輯：《全上古三代秦漢三國六朝文‧全三國文》（臺北：世界書
　　　　局，1982 年 2 月 4 版），卷 24，頁 8。

〔註482〕洪順隆撰：《魏文帝曹丕年譜暨作品繫年》（臺北：臺灣商務印書館，1989 年
　　　　2 月初版），頁 211～212。

## （二）東晉・王羲之〈報殷浩書〉──東晉穆帝・永和二年（346）

吾素自無廟廊，直王丞相時，果欲內吾，誓不許之。手跡猶存，由來尚矣，不於足下參政而方進退。俟兒婚女嫁，便懷尚子平之志，數與親知言之，非一日也。

若蒙驅使，關隴、巴蜀皆所不辭。吾雖無專對之能，直謹守時命，宣國家威德，固當不同於凡使，必令遠近咸知朝廷留心於無外，此所益殊不同居護軍也。

漢末使太傅馬日磾慰撫關東，若不以吾輕微，無所爲疑，宜及冬初以行，吾惟恭以俟命。〔註483〕

按語：《晉書卷八十・列傳第五十・王羲之》曰：

義之既少有美譽，朝廷公卿皆愛其才器，頻召爲侍中、吏部尚書，皆不就。復授護軍將軍，又推遷不拜。揚州刺史殷浩素雅重之，勸使應命，乃遺義之書……義之遂報書。〔註484〕

《晉書卷七十七・列傳第四十七・殷浩》曰：

（康帝）建元初，……簡文帝時在藩，始綜萬幾，衛將軍褚裒薦浩，徵爲建武將軍、揚州刺史。浩上疏陳讓，并致牋於簡文，具自申敘。……自三月至七月，乃受拜焉。〔註485〕

《晉書卷八・帝紀第八・穆帝》曰：

（穆帝）永和二年三月丙子，以前司徒左長史殷浩爲建武將軍、揚州刺史。〔註486〕

姑繫此書牘作於東晉穆帝・永和二年。

## （三）劉宋・袁淑〈與始興王濬書〉──劉宋文帝・元嘉二十六年（449）

袁淑字陽源，陳郡・陽夏人，生於東晉安帝・義熙四年（408），卒於劉

---

〔註483〕（晉）王義之撰：《王右軍集》見（明）張溥輯：《漢魏六朝百三家集》（明崇禎間（1628～1644）太倉張氏原刊本），卷1，頁2～3。
〔註484〕（唐）房玄齡等撰：《晉書》（北京：中華書局，1982年12月第2次印刷），頁2094。
〔註485〕（唐）房玄齡等撰：《晉書》（北京：中華書局，1982年12月第2次印刷），頁2044～2045。
〔註486〕（唐）房玄齡等撰：《晉書》（北京：中華書局，1982年12月第2次印刷），頁192。

宋文帝‧元嘉三十年（453）。《宋書卷七十‧列傳第三十‧袁淑》曰：「少有風氣，……不爲章句之學，而博涉多通，好屬文，辭采遒豔，縱橫有才辯。」〔註487〕

始興王濬字休明，生於劉宋文帝‧元嘉六年（429），卒年不詳。《宋書卷九十九‧列傳第五十九‧二凶》曰：

濬……將產之夕，有鵬鳥鳴於屋上。元嘉十三年，年八歲，封始興王。十六年都督湘州諸軍事、後將軍、湘州刺史。仍遷使持節、都督南豫豫司雍并五州諸軍事、南豫州刺史，將軍如故。十七年，爲揚州刺史，將軍如故，置佐領兵。十九年，罷府。二十一年，加散騎常侍，進號中軍將軍。……二十六年，出爲使持節、都督南徐、兗二州諸軍事、征北將軍、開府儀同三司、南徐兗二州刺史，常侍如故。〔註488〕

袁淑〈與始興王濬書〉云：

袁司直之視館，敢寓書於上國之官尹。日者狠枉泉賦，降委弊邑。弊邑敬事是遑，無或違貳。懼非郊贈之禮，覬饗之資，不虞君王惠之於是也，是有懵焉。弗圖旦夕發咫尺之記，籍左右而請，以爲脣授失旨，爰速先弊。曾是附庸臣委末學孤聞者，如之何弗疑。且亦聞之前志曰：七年之中，一與一奪，義士猶或非之。況密邇旬次，何其衰益之巫也。籍恐二三諸侯，有以觀大國之政。是用敢布心腹，弊室弱生，砥節清廉，好是潔直，以不邪之故，而貧聞天下。寧有昧夫嗟金者哉。不腆供賦，束馬先璧以俟命，惟執事所以圖之。〔註489〕

按語：《宋書卷七十‧列傳第三十‧袁淑》曰：

元嘉二十六年，遷尚書吏部郎。……出爲始興王征北長史、南東海太守。……淑意爲誇誕，每爲時人所誚。始興王濬嘗送錢三萬餉淑，宿復遣追取，謂使人謬誤，欲以戲淑。淑與濬書。〔註490〕

---

〔註487〕 （梁）沈約撰：《宋書》（北京：中華書局，1983 年 4 月第 2 次印刷），頁 1835～1836。

〔註488〕 （梁）沈約撰：《宋書》（北京：中華書局，1983 年 4 月第 2 次印刷），頁 2435～2436。

〔註489〕 （劉宋）袁淑撰：《袁陽源集》見（明）張溥輯：《漢魏六朝百三家集》（明崇禎間（1628～1644）太倉張氏原刊本），頁 8。

〔註490〕 （梁）沈約撰：《宋書》（北京：中華書局，1983 年 4 月第 2 次印刷），頁

姑繫此書牘作於劉宋文帝・元嘉二十六年。

## （四）梁・武帝〈喻袁昂手書〉──南齊東昏侯・永元二年（500）

袁昂字千里，陳郡陽夏人，生於劉宋孝武帝・大明五年（461），卒於梁武帝・大同六年（540）。《梁書卷三十一・列傳第二十五・袁昂》曰：

> 齊初，起家冠軍安成王行參軍，遷征虜主簿，太子舍人，王儉鎮軍府功曹史。……累遷祕書丞，黃門侍郎。昂本名千里，齊永明中，武帝謂之曰：「昂昂千里之駒，在卿有之，今改卿名爲昂，即千里爲字。」出爲安南鄱陽王長史、尋陽公相。還爲太孫中庶子、衛軍武陵王長史。丁內憂，哀毀過禮。服未除而從兄象卒。昂幼孤，爲象所養，乃制期服。……服闋，除右軍邵陵王長史，俄遷御史中丞。……出爲豫章內史，丁所生母憂去職，……葬訖，起爲建武將軍、吳興太守。……（梁武帝）大同六年，薨，時年八十。〔註491〕

梁・武帝〈喻袁昂手書〉云：

> 夫禍福無門，興亡有數，天之所棄，人孰能匡？機來不再，圖之宜早。頃藉聽道路，承欲狼顧一隅，既未悉雅懷，聊申往意。獨夫狂悖，振古未聞，窮凶極虐，歲月滋甚。天未絕齊，聖明啓運，兆民有賴，百姓來蘇。吾荷任前驅，掃除京邑，方撥亂反正，伐罪吊民，至止以來，前無橫陣。今皇威四臨，長圍已合，遐邇畢集，人神同奮。銳卒萬計，鐵馬千羣，以此攻戰，何往不克。況建業孤城，人懷離阻，面縛軍門，日夕相繼，屠潰之期，勢不云遠。兼熒惑出端門，太白入氐室，天文表於上，人事符於下，不謀同契，寔在茲辰。且范岫、申冑，久薦誠款，各率所由，仍爲掎角，沈法璵、孫玲、朱端，已先肅清吳會，而足下欲以區區之郡，禦堂堂之師，根本既傾，枝葉安附？童兒牧豎，咸謂其非，求之明鑒，實所未達。今竭力昏主，未足爲忠，家門屠滅，非所謂孝，忠孝俱盡，將欲何依？起若翻然改圖，自招多福，進則遠害全身，退則長守祿位。去就之宜，幸加詳擇。若執迷遂往，同惡不悛，大軍一臨，誅及三族。雖貽後悔，寧復云補。欲布所懷，故致今白。〔註492〕

1839。

〔註491〕　（唐）姚思廉撰：《梁書》（北京：中華書局，1973年5月第1版），頁451～455。

〔註492〕　（梁）武帝撰：《梁武帝集》見（明）張溥輯：《漢魏六朝百三家集》（明崇禎

按語：《梁書卷三十一・列傳第二十五・袁昂》曰：

> 永元末，義師至京師，州牧郡守皆望風降款，昂獨拒境不受命。高
> 祖手書喻。〔註493〕

姑繫此書牘作於南齊東昏侯・永元二年。

## （五）梁・袁昂〈答武帝書〉

> 都史至，辱誨。承藉以眾論，謂僕有勤王之舉，兼蒙誚責，獨無送
> 款，循復嚴旨，若臨萬仞。三吳內地，非用兵之所，況以偏隅一郡，
> 何以爲役？近奉敕，以此竟多虞，見使安慰。自承麾旆屆止，莫不
> 膝袒軍門，惟僕一人敢後至者，政以內揆庸素，文武無施，直是陳
> 國賤男子耳。雖欲獻心，不增大師之勇；置其愚默，寧沮眾軍之威。
> 幸藉將軍含弘之大，可得從容以禮。竊以一湌微施，尚復投殞，況
> 食人之祿，而頓忘一旦。非唯物議不可，亦恐明公鄙之，所以躊躇，
> 未遑薦璧。遂以輕微，爰降重命，震灼于心，忘其所厝，誠推理鑒，
> 猶懼威臨。〔註494〕

按語：建康城平，昂束身詣闕，高祖宥之不問。《梁書卷三十一・列傳第
二十五・袁昂》曰：

> （梁武帝）天監二年，以爲後軍臨川王參軍事。……俄除給事黃門
> 侍郎。其年遷侍中。明年，出爲尋陽太守，行江州事。六年，徵爲
> 吏部尚書，累表陳讓，徙爲左民尚書，兼右僕射。七年，除國子祭
> 酒，兼僕射如故，領豫州大中正。八年，出爲仁威將軍、吳郡太守。
> 十一年，入爲五兵尚書，復兼右僕射，未拜，有詔即眞。尋以本官
> 領起部尚書，加侍中。十四年，馬仙俾破魏軍於朐山，詔權假昂節，
> 往勞軍。十五年，遷左僕射，尋爲尚書令、宣惠將軍。普通三年，
> 爲中書監、丹陽尹。其年進號中衛將軍，復爲尚書令，即本號開府
> 儀同三司，給鼓吹，未拜，又領國子祭酒。大通元年，加中書監，
> 給親信三十人。尋表解祭酒，進號中撫軍大將軍，遷司空、侍中、
> 尚書令，親信、鼓吹並如故。五年，加特進、左光祿大夫，增親信

---

　　間（1628～1644）太倉張氏原刊本），頁96～97。

〔註493〕　（唐）姚思廉撰：《梁書》（北京：中華書局，1973年5月第1版），頁453。

〔註494〕　（清）嚴可均輯：《全上古三代秦漢三國六朝文・全梁文》（臺北：世界書局，
　　　　　1982年2月4版），卷48，頁10。

爲八十人。〔註495〕

此書牘爲袁昂答蕭衍書，姑繫其作於南齊東昏侯・永元二年。

## （六）梁・劉孝儀〈北使還與永豐侯書〉──梁武帝・大同三年（537）

劉潛字孝儀，彭城人，生於南齊武帝・永明二年（484），卒於梁簡文帝・大寶元年（550）。《梁書卷四十一・列傳第三十五・劉潛》曰：

> 劉潛……祕書監孝綽弟也。幼孤，與兄弟相勵勤學，並工屬文。……（梁武帝）天監五年，舉秀才。起家鎮右始興王法曹行參軍，隨府益州，兼記室。王入爲中撫軍，轉主簿，遷尚書殿中郎。……晉安王綱出鎮襄陽，引爲安北功曹史，以母憂去職。王立爲皇太子，孝儀服闋，仍補洗馬，遷中舍人。出爲戎昭將軍、陽羨令，甚有稱績，擢爲建康令。……（梁武帝）大同十年，出爲伏波將軍，臨海太守。……（梁武帝）中大同元年，入守都官尚書。（梁武帝）太清元年，出爲明威將軍，豫章內史。……（梁簡文帝）大寶元年，病卒，時年六十七。〔註496〕

蕭撝字智遐，蘭陵人。生於梁武帝・天監十四年（515），卒於北周武帝・建德二年（573）。《周書卷四十二・列傳第三十四・蕭撝》曰：

> 梁武帝弟安成王秀之子也。性溫裕，有儀表。年十二，入國學，博觀經史，雅好屬文。在梁，封永豐縣侯，邑一千戶。初爲給事中，歷太子洗馬、中舍人。東魏遣李諧、盧元明使於梁，梁武帝以撝辭令可觀，令兼中書侍郎，受幣於賓館。尋遷黃門侍郎。出爲寧遠將軍、宋寧宋興二郡守，轉輕車將軍、巴西梓潼二郡守。
>
> 及侯景作亂，武陵王紀承制授撝使持節、忠武將軍。……紀稱尊號於成都，除侍中、中書令，封秦郡王，……紀率眾東下，以撝爲（中）〔尚〕書令、征西大將軍、都督益、梁、秦、潼、安、瀘、青、戎、寧、華、信、渠、萬、江、新、邑、楚、義十八州諸軍事、益州刺史，守成都。……太祖知蜀兵寡弱，遣大將軍尉遲迥總眾討之。……迥圍之五旬，撝屢遣其將出城挑戰，多被殺傷。……撝遂請降，迥許

〔註495〕（唐）姚思廉撰：《梁書》（北京：中華書局，1973 年 5 月第 1 版），頁 454～455。

〔註496〕（唐）姚思廉撰：《梁書》（北京：中華書局，1973 年 5 月第 1 版），頁 594。

之。撝於是率文武於益州城北，共迴升壇，歃血立盟，以城歸國。魏恭帝元年，授侍中、驃騎大將軍、開府儀同三司，封歸善縣公，邑一千戶。（北周）孝閔帝踐阼，進爵黃臺郡公，增邑一千戶。（北周）武帝・天和六年，授少保。（北周）武帝・建德元年，轉少傅。後改封蔡陽郡公，增邑通前三千四百戶。二年卒，時年五十九。〔註497〕

劉孝儀〈北使還與永豐侯書〉云：

足踐寒地，身犯朔風。暮宿客亭，晨炊謁舍。飄颻辛苦，迄屆氈鄉。雜種覃化，頗慕中國。兵傳李緒之法，樓儗衛律所治。而羶慔難淹，酪漿易厭。王程有限，時及玉關。射鹿胡奴，乃共歸國。刻龍漢節，還持入塞。馬銜首宿，嘶疑故墟；人獲蒲萄，歸種舊里。稚子出迎，善鄰相勞。倦握蟹螯，亟覆蝦椀。每取朱顏，略多自醉。用此終日，亦以自娛。〔註498〕

按語：《梁書卷四十一・列傳第三十五・劉潛》曰：

（梁武帝）大同三年，遷中書郎，以公事左遷安西諮議參軍，兼散騎常侍。使魏還，復除中書郎。〔註499〕

劉潛嘗銜命使魏，遠至塞外。及還，與蕭撝書，備述旅況及歸鄉樂趣。姑繫此書牘作於梁武帝・大同三年。

## 十、誡訓

誡訓都是長輩對晚輩教誨、忠告之語，西晉・羊祜〈誡子書〉云：「恭為德首，愼為行基，願汝等言則忠信，行則篤敬。無口許人以財，無傳不經之談，無聽毀譽之語。聞人之過，耳可得受，口不得宣，思而後動」。梁・徐勉〈為書誡子崧〉云：「凡為人長，殊復不易，當使中外諧緝，人無閒言，先物後己，然後可貴」。因系出於經驗之談，這些訓誡至今仍為後人所遵循。

### （一）西晉・羊祜〈誡子書〉

吾少受先君之教，能言之年，便召以典文，年九歲，便誨以《詩》、

---

〔註497〕（唐）令狐德棻撰：《周書》（北京：中華書局，1983年10月第3次印刷），頁751～753。

〔註498〕（梁）劉潛撰：《劉豫章集》見（明）張溥輯：《漢魏六朝百三家集》（明崇禎間（1628～1644）太倉張氏原刊本），頁14。

〔註499〕（唐）姚思廉撰：《梁書》（北京：中華書局，1973年5月第1版），頁594。

《書》。然尚猶無鄉人之稱，無清異之名。今之職位，謬恩之加耳，
非吾力所能致也。吾不如先君遠矣，汝等復不如吾，諮度弘偉，恐
汝兄弟未之能也，奇異獨達，察汝等將無分也。

恭爲德首，愼爲行基，願汝等言則忠信，行則篤敬。無口許人以財，
無傳不經之談，無聽毀譽之語。聞人之過，耳可得受，口不得宣，
思而後動。若言行無信，身受大謗，自入刑論，豈復惜汝，恥及祖
考。思乃父言，纂乃父教，各諷誦之！〔註500〕

《晉書卷三十四·列傳第四·羊祜》曰：

（晉武帝）咸寧初，爲征南大將軍、開府儀同三司，得專辟召。……
其後，……封祜爲南城侯，置相，與郡公同。祜讓……祜女夫嘗勸
祜「有所營置，令有歸戴者，可不美乎？」祜默然不應，退告諸子
曰：「此可謂知其一，不知其二。人臣樹私則背公，是大惑也。汝宜
識吾此意。」〔註501〕

羊祜說明自己能有今日的高位，全是皇帝賞賜，所以要謹言愼行，可免
凶禍。

## （二）梁·徐勉〈為書誡子崧〉──梁武帝·中大通二年（530）

《梁書卷二十五·列傳第十九·徐勉》曰：

高祖（梁武帝）踐阼，拜中書侍郎遷建威將軍、後軍諮議參軍、本
邑中正、尚書左丞。自掌樞憲，多所糾舉，時論遺爲稱職。天監二
年，除給事黃門侍郎、尚書吏部郎，參掌大選。遷侍中。時王師北
伐，候驛填委。勉參掌軍書，劬勞夙夜，動經數旬，乃一還宅。……
六年，除給事中、五兵尚書，遷吏部尚書。勉居選官，彝倫有序，
既閑尺牘，兼善辭令，雖文案填積，坐客充滿，應對如流，手不停
筆。……除散騎常侍，領游將軍，未拜，改領太子右衛率。遷左衛
將軍，領太子中庶子，侍東宮。昭明太子尚幼，敕知宮事。太子禮
之甚重，每事詢謀。……轉太子詹事，領雲騎將軍，尋加散騎常
侍，遷尚書右僕射，詹事如故。又改授侍中，頻表解宮職，優詔不

---

〔註500〕　（清）嚴可均編：《全上古三代秦漢三國六朝文·全晉文》（臺北：世界書局，
　　　　　1963年5月二版），卷41，頁7。
〔註501〕　（唐）房玄齡等撰：《晉書》（北京：中華書局，1982年12月第2次印刷），
　　　　　頁1017～1020。

許。……尋授宣惠將軍，置佐史，侍中、僕射如故。又除尚書僕射、中衛將軍。〔註502〕

徐勉〈爲書誡子崧〉云：

吾家世清廉，故常居貧素。至於產業之事，所未嘗言，非直不經營而已。薄躬遭逢，遂至今日，尊官厚祿，可謂備之。每念叨竊若斯，豈由才致，仰藉先代風範及以福慶，故臻此耳。古人所謂：「以清白遺子孫，不亦厚乎。」、「遺子黃金滿嬴（篇），不如一經。」詳求此言，信非徒語。

吾雖不敏，實有本志，庶得遵奉斯義，不敢墜失。所以顯貴以來，將三十載，門人故舊，亟薦便宜，或使創闢田園，或勸興立邸店，又欲舳艫運致，亦令貨殖聚斂。若此事眾，皆距而不納。非謂拔葵去織，且欲省息紛紜。

中年聊於東田閒營小園者，非存播藝，以要利人，正欲穿池種樹，少寄情賞。又以郊際閒曠，終可爲宅，儻獲懸車致事，實欲歌哭於斯。慧日、十往等，既應營婚，又須住止。吾清明門宅，無相容處，所以爾者，亦復有以。前割西邊施宣武寺，既失西廂，不復方幅，意亦謂此逆旅舍耳，何事須華。常恨時人謂是我宅。古往今來，豪富繼踵，高門甲第，連闥洞房，宛其死矣，定是誰室？但不能不爲培塿之山，聚石移果，雜以花卉，以娛休沐，用託性靈。隨便架立，不在廣大，惟功德處小以爲好，所以內中逼促，無復房宇。近營東邊兒孫二宅，乃藉十住南還之資，其中所須，猶爲不少。既牽挽不至，又不可中塗而輟，郊閒之園，遂不辦保，貨與韋黯，乃獲百金。成就兩宅，已消其半。尋園價所得，何以至此？由吾經始歷年，粗已成立，桃李茂密，桐竹成陰，膝陌交通，渠畎相屬。華樓迴榭，頗有臨眺之美；孤峯叢薄，不無糾紛之興。瀆中媷饒菰蔣，湖裏殊富芰荷。雖云人外，城闕密邇，韋生欲之，亦雅有情趣。追述此事，非有吝心，蓋是筆勢（《南史》作事意）所至耳。憶謝靈運《山家詩》云：「中爲天地物，今成鄙夫有。」吾此園有之二十載矣，今爲天地物。物之與我，相校幾何哉。此吾所餘，今以分汝營小田舍，親累

---

〔註502〕 （唐）姚思廉撰：《梁書》（北京：中華書局，1973 年 5 月第 1 版），頁 377 ～379。

既多，理亦須此。且釋氏之教，以財物謂之外命。儒典亦稱「何以聚人曰財」。況汝曹常情，安得忘此。聞汝所買姑熟田地，甚爲烏鹵，彌復可安，所以如此，非物競故也。雖事異寢丘，聊可髣髴。孔子曰：「居家理治，可移於官。」既已營之，宜使成立，進退兩亡，更貽恥笑。若有所收穫，汝可自分贍內外大小，宜令得所，非吾所知，又復應沾之諸女耳。汝既居長，故有此及。

凡爲人長，殊復不易，當使中外諧緝，人無閒言，先物後己，然後可貴。老生云：「後其身而身先。」若能爾者，更招巨利。汝當自勖，見賢思齊，不宜忽略以棄日也。棄日乃是棄身，身名美惡，豈不大哉！可不慎歟？今之所敕，略言此意。政謂爲家已來，不事資產，既立墅舍，以乖舊業，陳其始末，無愧懷抱。兼吾年時朽暮，心力稍殫，牽課奉公，略不克舉，其中餘暇，裁可自休。或復冬日之陽，夏日之陰，良辰美景，文案閒隙，負杖躡屨，逍遙陋館，臨池觀魚，披林聽鳥，濁酒一杯，彈琴一曲，求數刻之暫樂，庶居常以待終，不宜復勞家閒細務。汝交關既定，此書又行，凡所資須，付給如別。自茲以後，吾不復言及田事，汝亦勿復與吾言之。假使堯水湯旱，吾豈知如何。若其滿庾盈箱，爾之幸遇，如斯之事，竝無俟令吾知也。《記》云：「夫孝者，善繼人之志，善述人之事。」今且望汝全吾此志，則無所恨矣。〔註503〕

按語：《梁書卷二十五・列傳第十九・徐勉》曰：

勉雖居顯職，不營產業，家無畜積，奉祿分贍親族之貧乏者。門人故舊或從容致言，勉乃答曰：「人遺孫以財，我遺之清白。子孫才也，則自致輜軿，如不才，終爲佗有。」嘗爲書戒其子崧。〔註504〕

《冊府元龜・訓子二》曰：「徐勉爲中書令，嘗爲書誡其子崧。」〔註505〕
《梁書卷二十五・列傳第十九・徐勉》曰：「（梁武帝）普通六年，……上修五禮表，……尋加中書令。」書牘中云：「所以顯貴以來，將三十載。」梁武帝・天監元年（502）至中大通三年（531），適三十年。書牘亦云：「吾年

〔註503〕（清）嚴可均編：《全上古三代秦漢三國六朝文・全梁文》（臺北：世界書局，1963 年 5 月二版），卷 50，頁 6～8。
〔註504〕（唐）姚思廉撰：《梁書》（北京：中華書局，1973 年 5 月第 1 版），頁 383。
〔註505〕（宋）王欽若撰：《冊府元龜》（北京：中華書局，1989 年 1 月一版），卷 817，頁 3019。

時朽暮，心力稍殫。」多為晚年誡子之詞。姑繫此書牘作於梁武帝·中大通二年。

## 十一、諷勸

諷勸大都以言喻方式，由讀書牘的人自己去領會。阮瑀〈爲曹公作書與孫權〉云：「昔淮南信左吳之策，隗囂納王元之言，彭寵受親吏之計，三夫不寤，終爲世笑。」雖是典故，但藉此彰顯一件事實，規勸切勿重蹈覆轍。古人最擅於應用典故，尤其規勸書牘中處處可見。

### （一）漢·阮瑀〈為曹公作書與孫權〉——東漢獻帝·建安十六年（211）

阮瑀字元瑜，陳留·尉氏（今河南·尉氏）人，約生於東漢靈帝·建寧三年（170）〔註506〕，卒於東漢獻帝·建安十七年（212）。《三國志卷二十一·魏書·附王粲傳》曰：

> 少受學於蔡邕。建安中都護曹洪欲使掌書記，瑀終不爲屈。太祖並以琳、瑀爲司空軍謀祭酒，管記室，軍國書檄，多琳、瑀所作也。……瑀爲倉曹掾屬。……劉宋·裴松之注引《典略》曰：「太祖（曹操）初征荊州，使瑀作書與劉備，及征馬超，又使瑀作書與韓遂，……時太祖適近出，瑀隨從，因於馬上具章，書成呈之。太祖擎筆欲有所定，而竟不能增損。」〔註507〕

阮瑀〈爲曹公作書與孫權〉云：

> 離絕以來，于今三年，無一日而忘前好。亦猶姻媾之義，恩情已深，違異之恨，中間尚淺也。孤懷此心，君豈同哉？每覽古今所由改趣，因緣侵辱，或起瑕釁，心恚意危，用成大變。若韓信傷心於失楚，彭寵積望於無異，盧綰嫌畏於已隙，英布憂迫於情漏，此事之緣也。
>
> 孤與將軍恩如骨肉，割授江南，不屬本州，豈若淮陰捐舊之恨？抑遏劉馥，相厚益隆，寧放朱浮顯露之奏？無匿張勝貸故之變，匪有

---

〔註506〕陸侃如撰：《中古文學繫年》（北京：人民文學出版社，1998 年 7 月第 1 次印刷），頁 302。

〔註507〕（晉）陳壽撰，（劉宋）裴松之注：《三國志》（北京：中華書局，1982 年 7 月第 2 版），頁 600～601。

陰構貢赫之告，固非燕王、淮南之疊也。而忍絕王命，明棄碩交，實爲佞人所構會也。

夫似是之言，莫不動聽；因形設象，易爲變觀。示之以禍難，激之以恥辱，大丈夫雄心，能無憤發？昔蘇秦說韓，羞以牛後，韓王按**劍**，作色而怒，雖兵折地割，猶不爲悔，人之情也。仁君年壯氣盛，緒信所嬰，既懼患至，兼懷忿恨，不能復遠度孤心，近慮事勢，遂齎見薄之**決**計，秉翻然之成議，加劉備相扇，揚事結疊，連推而行之。想暢本心，不願於此也。

孤以薄德，位高任重，幸蒙國朝將泰之運，蕩平天下，懷集異類，喜得全功，長享其福。而姻親坐離，後援生隙，常恐海內多以相責，以爲老夫包藏禍心，陰有鄭武取胡之詐，乃使仁君翻然自絕，以是恣恣，懷憝反側，常思除棄小事，更申前好，二族俱榮，流祚後嗣，以明雅素忠誠之效，抱懷數年，未得散意。

昔赤壁之役，遭離疫氣，燒舡自還，以避惡地，非周瑜水軍所能抑挫也。江陵之守，物盡穀殫，無所復據，徙民還師，又非瑜之所能敗也。荊土本非己分，我盡與君，冀取其餘，非相侵肌膚，有所割損也。思計此變，無傷於孤，何必自遂於此，不復還之？高帝設爵以延田橫，光武指河而誓朱鮪，君之負累，豈如二子？是以至情，願聞德音。

往年在譙，新造舟船，取足自載，以並九江，貴欲觀湖漢之形，定江濱之民耳，非有深入攻戰之計也。將恐議者大爲己榮，自謂策得，長無西患，重以此故，未肯迴情。然智者之慮，慮於未形；達者所規，規於未兆。是故子胥知姑蘇之有麋鹿，輔果識智伯之爲兆禽；穆生謝病，以免楚難；鄒陽北游，不同吳禍。此四士者，豈聖人哉？徒通變思深，以微知著耳。以君之明，觀孤術數，量君所據，相計土地，豈勢少力乏，不能遠舉，割江之表，晏安而已哉？甚未然也！若恃水戰，臨江塞要，欲令王師終不得渡，亦未必也。夫水戰千里，情巧萬端，越爲三軍，吳曾不禦，漢潛夏陽，魏豹不意。江湖雖廣，其長難衛也。

凡事有宜，不得盡言，將修舊好而張形勢，更無以威脅重敵人之

心。然有所恐，恐書無益。何則？往者軍逼而自引還，今日在遠而興慰納，辭遜意狹，謂其力盡，適以增驕，不足相動。但明效古，當自圖之耳。昔淮南信左吳之策，隗囂納王元之言，彭寵受親吏之計，三夫不寤，終爲世笑；梁王不受詭、勝，竇融斥逐張玄，二賢既覺，福亦隨之，願仁君少留意焉。

若能內取子布，外擊劉備，以效赤心，用復前好，則江表之任，長以相付，高位重爵，坦然可觀。上令聖朝無東顧之勞，下令百姓保安全之福，君享其榮，孤受其利，豈不快哉？若忽至誠，以處僥倖，婉彼二人，不忍加罪，所謂「小人之仁，大人之賊」，大雅之人不肯爲此也。若憐子布，願言俱存，亦能傾心去恨，順君之情，更與從事，取其後善，但禽劉備，亦足爲效。開設二者，審處一焉。

聞荊、揚諸將，並得降者，皆言交州爲君所執，豫章距命，不承執事，疫旱並行，人兵損減，各求進軍，其言云云。孤聞此言，未以爲悅。然道路既遠，降者難信，幸人之災，君子不爲。且又百姓，國家之有。加懷區區，樂欲崇和，庶幾明德，來見昭副。不勞而定，於孤益貴，是故按兵守次，遣書致意。古者兵交，使在其中。願仁君及孤，虛心廻意，是以應詩人補袞之歎，而慎《周易》牽復之義。

濯鱗清流，飛翼天衢，良時在茲，晶之而已。〔註508〕

曹操闡明寫此書信的背景，並不是自己沒有進兵孫吳的理由和力量，而是要安定江南。再以史傳楷模和古訓來規勸孫權，不要失去聯曹抗劉的良機。述自己有「蕩平天下」之功，雖被天下人斥責爲「包藏禍心」，也不忘「更申前好」，致力於曹孫二族的發展。同時說明赤壁之役是主動退讓，荊州之地是主動割讓，希望得到孫權相應的回報。要孫權認清形勢，像歷史上的伍子胥、智果、穆生、鄒陽那樣，思慮深沉，通達權變；不要以爲憑恃水戰，以爲「長無西患」。

無論是從政治上還是軍事上著眼，曹操都不能不把政策的重點，放在籠絡孫權，破壞孫、劉聯盟上。用歷史上正反兩方面事例，進一步闡明形勢，

---

〔註508〕（魏）阮瑀撰：《阮元瑜集》見（明）張溥輯：《漢魏六朝百三家集》（明崇禎間（1628～1644）太倉張氏原刊本），頁5～8。

力勸孫權不要輕信離間之言，並具體提出曹孫聯手的條件，表明作者最終目的是「但禽劉備」。因命阮瑀以自己的名義致書孫權，以圖拉攏，所謂「內取子布，外擊劉備」即是本文的宗旨所在。

本文有兩個特點：其一，雖是阮瑀爲曹操代寫的書信，但口氣、身分酷似曹操。其二，本文動之以情，喻之以理，曉之以利害，誘之以利祿，結構嚴密，辭意暢達，更兼博通古今，文筆老練，確是一篇難得的書牘佳作。《魏志》云阮瑀「宏才卓絕」，誠非溢美之辭。

曹丕〈與吳質書〉云：「元瑜書記翩翩」，建安七子中，善作章、表、書、記，時與陳琳齊名，皆具有鋪張揚屬的特色。這說明作者對曹操的戰略下過揣摩的功夫，也表現出作者高超的文辭表達能力。因此，漢末文士使用溶經鑄史的方法，從組辭中炫奇逞博。

按語：初權兄策并江東，魏武力未能逞，且欲撫之，以弟女配策弟匡，爲子彰取孫賁女。及策薨，權遂西連蜀漢，結好劉備，故書與權。〔註509〕

晉・陳壽《三國志卷五十四・吳書・周瑜魯肅呂蒙傳第九》曰：

> 孫策初與魏武俱事漢，薨。周瑜、魯肅諫權曰：「今將軍承父兄餘資，兼六郡之眾，兵精糧多，將士用命，鑄山爲銅，煮海爲鹽，境內富饒，人不思亂，汎舟舉帆，朝發夕到，士風勁勇，所向無敵，有何偪迫，而欲送質？質一入，不得不與曹氏相首尾，與相首尾，則命召不得不往，便見制於人也。」〔註510〕

權遂據江東，西連蜀漢，與劉備和親。故曹操作書與權，望得來同事漢也。

《三國志・魏書・武帝紀》曰：「（建安）十四年春三月，軍至譙，作輕舟，治水軍。」〔註511〕書牘中云：「離絕以來，于今三年，……往年在譙，新造舟船。」即建安十六年（211），赤壁之戰後的第三年。赤壁之戰奠定了魏、蜀、吳三國鼎立的局面，已經統一了北方的曹操暫時還沒有力量統一中國，只能等待時機。姑繫此書牘作於東漢獻帝・建安十六年。

---

〔註509〕（魏）阮瑀撰：《阮元瑜集》見（明）張溥輯：《漢魏六朝百三家集》（明崇禎間（1628〜1644）太倉張氏原刊本），頁5。

〔註510〕（晉）陳壽撰，（劉宋）裴松之注：《三國志》（北京：中華書局，1982年7月第2版），頁1265。

〔註511〕（晉）陳壽撰，（劉宋）裴松之注：《三國志》（北京：中華書局，1982年7月第2版），頁32。

## （二）西晉・孫楚〈為石仲容與孫皓書〉——魏元帝・咸熙元年（264）

　　孫楚字子荊，太原・中都（今山西平遙西北）人，生於東漢獻帝・建安二十三年（218），卒於西晉惠帝・元康三年（293）。《晉書卷五十六・列傳第二十六・孫楚》曰：

> 楚才藻卓絕，爽邁不群，多所陵傲，缺鄉曲之譽。年四十餘，始參鎮東軍事。……楚後遷佐著作郎，復參石苞驃騎軍事。楚既負其材氣，頗侮易於苞，……因此而嫌隙遂構。……征西將軍、扶風王駿與楚舊好，起為參軍，轉梁令，遷衛將軍司馬。惠帝初，為馮翊太守。元康三年卒。初，楚與同郡王濟友善，……乃狀楚曰：「天才英博，亮拔不群。」〔註512〕

　　石苞字仲容，渤海・南皮人，生年不詳，卒於西晉武帝・泰始八年（272）。《晉書卷三十三・列傳第三・石苞》曰：

> 雅曠有智局，容儀偉麗，不修小節。……見吏部郎許允，求為小縣。……稍遷景帝中護軍司馬。……歷東萊、琅邪太守，所在皆有威惠。遷徐州刺史。……頃之，代王基都督揚州諸軍事。……後進位征東大將軍，俄遷驃騎將軍。……文帝崩，……武帝踐阼，遷大司馬，進封樂陵郡公。……泰始八年薨。〔註513〕

　　孫皓字元宗，權孫，和子也，一名彭祖，字皓宗。生於吳大帝・赤烏五年（242），卒於吳末帝・甘露元年（265）。《三國志卷四十八・吳書・三嗣主傳第三》曰：

> 孫休立，封皓為烏程侯，遣就國。……休薨，是時蜀初亡，……左典軍萬彧昔為烏程令，與皓相善，稱皓才識明斷，是長沙桓王之疇也，又加之好學，奉遵法度，屢言之於丞相濮陽興、左將軍張布。興、布說休妃太后朱，欲以皓為嗣。……
>
> 於是遂迎立皓，時年二十三。改元，大赦。是歲，於魏咸熙元年也。元興元年……十二月，孫休葬定陵。是歲，魏置交阯太手之郡。……

〔註512〕（唐）房玄齡等撰：《晉書》（北京：中華書局，1982 年 12 月第 2 次印刷），頁 1539～1543。

〔註513〕（唐）房玄齡等撰：《晉書》（北京：中華書局，1982 年 12 月第 2 次印刷），頁 1000～1003。

晉文帝爲魏相國，遣昔吳壽春城降將徐紹、孫彧銜命齎書，陳事勢利害，以申喻皓。〔註514〕

孫楚〈爲石仲容與孫皓書〉云：

苞白：

蓋聞見機而作，《周易》所貴；小不事大，《春秋》所誅。此乃吉凶之萌兆，榮辱之所由興也。是故許、鄭以銜璧全國，曹、譚以無禮取滅，載籍既記，其成敗，古今又著其愚智矣！不復廣引譬類，崇飾浮辭，苟以夸大爲名，更喪忠告之實。今粗論事勢，以相覺悟。

昔炎精幽昧，厤（曆）數將終。桓、靈失德，災釁竝興，豺狼抗爪牙之毒，生人陷荼炭之艱。于是九州絕貫，皇綱解紐，四海蕭條，非復漢有。太祖承運，神武應期，征討暴亂，克寧區夏。協建靈符，天命既集，遂廓洪基，奄有魏域：土則神州中岳，器則九鼎猶存，世載淑美，重光相襲。固知四隩之攸同，天下之壯觀也！

公孫淵承舊父兄，世居東裔，擁帶燕胡，馮（憑）淩險遠，講武盤桓，不供職貢。內傲帝命，外通南國，乘桴滄流，交疇貨賄，葛越布于朔土，貂馬延乎吳會。自以爲控弦十萬，奔走足用，信能右折燕齊，左振扶桑，淩轢沙漠，南面稱王也。宣王薄伐，猛銳長驅，師次遼陽，而城池不守，桴鼓一震，而元兇折首。然後遠跡疆場，列郡大荒，收離聚散，咸安其居。民庶悅服，殊俗款附，自茲遂隆，九野清泰。東夷獻其樂器，肅愼貢其楛矢，曠世不羈，應化而至，巍巍蕩蕩，想所具聞。

吳之先主，起自荊州，遭時擾攘，播潛江表。劉備震懼，亦逃巴、岷。遂依丘陵積石之固，三江五湖，浩汗無涯，假氣游魂，迄于四紀。二邦合從，東西唱和，互相扇動，距捍中國。自謂三分鼎足之勢，可與泰山共相終始。

相國晉王，輔相帝室，文武桓桓，志屬秋霜。廟勝之筭，應變無窮，獨見之鑒，與眾絕慮，主人欽明，委以萬機。長轡遠御，纱略潛授。

〔註514〕（晉）陳壽撰，（劉宋）裴松之注：《三國志》（北京：中華書局，1982 年 7 月第 2 版），頁 1162～1163。

偏師同心，上下用力，稜威奮伐，深入其阻，并敵一向，奪其膽氣。小戰江介，則成都自潰；曜兵劍閣，而姜維面縛。開地五千，列郡三十，師不踰時，梁、益肅清。使竊號之雄，稽顙絳闕，球琳重錦，充于府庫。

夫虢滅虞亡，韓并魏徙，此皆前鑒之驗、後事之師也！又南中呂興，深**覩**天命，蟬蛻內向，願爲臣妾。外失輔車脣齒之援，內有毛羽零落之漸，而徘徊危國，冀延日月。此猶魏武侯**却**，指河山以自強大，殊不知物有興亡，則所美非其地也！

方今百僚濟濟，**儁**乂盈朝，（虎臣武將，折衝萬里）〔註 515〕，國富兵強，六軍精練，思復翰飛，飲馬南海。自頃國家整治器械，修造舟楫，簡習水戰。伐樹北山，則太行木盡，濬決河、洛，則百川通流，樓船萬艘，千里相望，自剖木以來，舟車之用，未有如今之盛者也！驍勇百萬，畜力待時，役不再舉，今日之謂也！

然主上眷眷，未便電邁者，以爲愛民治國，道家所尚；崇城自卑，文王退舍。故先開示大信，喻以存亡，殷勤之旨，往使所究。若能審識安危，自求多福，**憮**然改容，祗承往告，追慕南越，嬰齊入侍，北面稱臣，伏聽告策，則世祚江表，永爲藩輔。豐報顯賞，隆于今日矣！若侮慢不式王命，然後謀力雲合，指麾風從，雍、益二州，順流而東，青、徐戰士，列江而西，荊、揚、兗、豫，爭驅八衝，征東甲卒，虎步秣陵。爾乃皇輿整駕，六師徐征。羽檄燭日，旗旗流星，遊龍曜路，歌吹盈耳。士卒奔邁，其會如林，煙塵俱起，震天駭地，渴賞之士，鋒鏑爭先。忽然一旦，身首橫分，宗祀屠覆，取誠萬世，引領南望，良以寒心。

夫治膏肓者，必進苦口之藥；**決**狐疑者，必告逆耳之言。如其迷謬，未知所投，恐俞附見其已困，扁鵲知其無功也！勉思良圖，惟所去就。

石苞白。〔註 516〕

---

〔註 515〕 （晉）孫楚撰：《孫馮翊集》見（明）張溥輯：《漢魏六朝百三家集》（明崇禎間（1628～1644）太倉張氏原刊本），頁 18～21。多此二句。

〔註 516〕 （清）嚴可均輯：《全上古三代秦漢三國六朝文‧全晉文》（臺北：世界書局，1963 年 5 月二版），卷 60，頁 6～7。

　　本文是孫楚爲石苞代寫給孫皓的書信。石苞當時都督楊州諸軍事，並晉升爲征東大將軍。透過自魏初至今歷史敘述，以公孫淵與蜀國政權的覆滅爲借鑑，以魏國政權與兵力的強盛爲威脅，規勸孫皓見機行事，及早歸順。開門見山地指出君主必須掌握的眞理見機行動，清醒認識力量對比。從而，擺出了觀察當時形勢的焦點，認爲當前天下大勢是漢朝必然解體和魏政權的代漢而勃興。實力強大的軍閥公孫淵雖三代經營遼東，憑仗雄厚的財力、兵力，曾雄霸一方，威脅周圍地區，但是魏軍一擊，城破身亡。吳、蜀結盟對抗大魏，依仗天險，想三分天下。如今已攻滅蜀國，吳國更加孤單。吳國已是內外交困，眾叛親離，切不要因地形的優勢而心存幻想。魏國人才濟濟，國富兵強，已爲伐吳作好充分準備，有必勝的把握。敘說魏帝以仁厚寬大爲懷，給吳國一個機會以便作出抉擇。吳國面臨兩種選擇和兩種前途，希望孫皓好自爲之。警告對方時間不多了，希望能聽取忠告，早下決斷。

　　這是一封勸降書，以使對方自動投降爲目的，以「勸」爲手段，功夫全在「勸」上。既要說之以理，又要脅之以威；既要置身對方處境思考，又要比對方頭腦清醒，還要讓對方自行抉擇。全文氣勢奔放，態度十分自信，雖是居高臨下，恃強說弱，卻還能平等說理，雖有誇耀之詞，但也不失事實。論事從大處著眼，不枝不蔓，確是決策者應有的風度。作者多引經典成語和歷史掌故，是一篇風格典雅的優秀駢文。此外，文中對司馬氏集團頗多筆墨和稱頌，所謂魏皇幾乎可以看作晉帝，反映了當時的政治現實。爲主將石苞代言，而只及一句，沒有放在突出的位置，反映作者對石苞的態度。

　　按語：書牘中云：「小戰江介，則成都自潰；曜兵劍閣，而姜維面縛。」李善引《魏志》曰：「魏元帝・景元四年（263），使征西將軍鄧艾，鎮西將軍鍾會伐蜀。艾自陰平先登，至江介。西蜀衛將軍諸葛瞻列陣待艾，艾遣子惠唐亭侯忠等大破之，斬瞻，進軍到雒；劉禪遣使奉皇帝璽綬，爲箋詣艾。會統十餘萬眾，分從斜谷駱谷入，平行至漢中，姜維（蜀將）守劍閣，距會。維等聞瞻已破，以其眾東入巴。劉禪詣艾降，勒（應作「敕」）維等令降於會，維詣會降。」

　　《晉書卷五十六・列傳第二十六・孫楚》曰：「（晉）文帝（司馬昭）遣符劭、孫郁使吳，將軍石苞令楚作書遺孫皓……劭等至吳，不敢爲通。」〔註517〕可知這封書信孫皓沒有看到，實際上沒有引起應有的作用。蜀於魏元

---

〔註517〕　（唐）房玄齡等撰：《晉書》（北京：中華書局，1982 年 12 月第 2 次印刷），

帝・景元四年亡於魏，孫皓於魏元帝・咸熙元年時即位爲吳末帝，魏於魏元帝・咸熙二年亡於晉，姑繫此書作於魏元帝・咸熙元年。

### （三）西晉・傅咸〈與楊駿牋〉——西晉惠帝・永熙元年（290）

傅咸字長虞，生於魏明帝・景初三年（239），卒於西晉惠帝・元康四年（294）。《晉書卷四十七・列傳第十七・傅玄子咸》曰：

> （西晉武帝）咸寧初，襲父爵，拜太子洗馬，累遷尚書右丞。出爲冀州刺史，繼母杜氏不肯隨咸之官，自表解職。三旬之間，遷司徒左長史。……遷尚書左丞。〔註518〕

楊駿字文長，弘農・華陰人。生年不詳，卒於西晉惠帝・永平元年（291）。〔註519〕《晉書卷四十・列傳第十・楊駿》曰：

> 以后（武悼楊皇后）父超居重位，自鎮軍將軍遷車騎將軍，封臨晉侯。……（惠帝）殿中中郎孟觀、李肇，素不爲駿所禮，陰搆駿將圖社稷。……賈后又令肇報大司馬汝南王亮，使連兵討駿。亮曰：「駿之凶暴，死亡無日，不足憂也。」肇報楚王瑋，瑋然之，於是求入朝。及瑋至，觀、肇乃啓帝，夜作詔，中外戒嚴，遣使奉詔廢駿，以侯就第。……駿逃于馬廄，以戟殺之。〔註520〕

西晉・傅咸〈與楊駿牋〉云：

> 事與世變，禮隨時宜，諒闇之不行尚矣。由世道彌薄，權不可假，故雖斬焉在疚，而躬覽萬機也。逮至漢文，以天下體大，服重難久，遂制既葬而除。世祖武皇帝雖大孝烝烝，亦從時釋服，制心喪三年，至于萬幾（機）之事，則有不遑。

> 今聖上欲委政于公，諒闇自居，此雖謙讓之心，而天下未以爲善。天下未以爲善者，以億兆顒顒，戴仰宸極，聽于冢宰，懼天光有蔽。

---

頁 1540～1542。

〔註518〕（唐）房玄齡等撰：《晉書》（北京：中華書局，1982 年 12 月第 2 次印刷），頁 1323～1325。

〔註519〕（清）萬斯同撰：《歷代史表》（臺北：藝文印書館，1965 年《百部叢書集成》影印《廣雅書局史學叢書》本），卷 16，頁 5。

《晉方鎮年表》曰：「（西晉）惠帝永平元年辛亥，三月，殺楊駿。改元康元年。」

〔註520〕（唐）房玄齡等撰：《晉書》（北京：中華書局，1982 年 12 月第 2 次印刷），頁 1177～1179。

人心既已若此，而明公處之固未爲易也。

竊謂山陵之事既畢，明公當思隆替之宜。周公聖人，猶不免謗。以此推之，周公之任既未易而處，況聖上春秋非成王之年乎！

得意忘言，言未易盡。苟明公有以察其悾款，言豈在多。〔註521〕

按語：《晉書卷四十・列傳第十・楊駿》曰：

及（武）帝疾篤，未有顧命，佐命功臣，皆已沒矣，朝臣惶惑，計無所從。……乃詔中書，以汝南王亮與駿夾輔王室。駿恐失權寵，從中書借詔觀之，得便藏匿。中書監華廙恐懼，自往索之，終不肯與。信宿之間，上疾遂篤，后乃奏帝以駿輔政，帝領之。……自是二日而崩，駿遂當寄託之重，居太極殿。梓宮將殯，六宮出辭，而駿不下殿，以武賁百人自衛。不恭之迹，自此而始。惠帝即位，進駿爲太傅、大都督、假黃鉞，錄朝政，百官總己。〔註522〕

《晉書卷四十七・列傳第十七・傅玄子咸》曰：「惠帝即位，楊駿輔政。咸言於駿。」〔註523〕姑繫此牋作於西晉惠帝・永熙元年。

## （四）西晉・楊濟〈與傅咸書〉──西晉惠帝・永平元年（291）

楊濟字文通，弘農・華陰人。生年不詳，卒於西晉惠帝・永平元年（291）。《晉書卷四十・列傳第十・楊駿弟濟》曰：

歷位鎮南、征北將軍，遷太子太傅。……初，駿忌大司馬汝南王亮，催使之藩。濟與（李）斌（駿甥）數諫止之，駿遂疏濟。濟謂傅咸曰：「若家兄徵大司馬入，退身避之，門戶可得免耳。不爾，行當赤族。」咸曰：「但徵還，共崇至公，便立太平，無爲避也。夫人臣不可有專，豈獨外戚！今宗室疏，因外戚之親以得安，外戚危，倚宗室之重以爲援，所謂脣齒相依，計之善者。」〔註524〕

《晉書卷四十・列傳第十・楊駿》曰：

---

〔註521〕（清）嚴可均編：《全上古三代秦漢三國六朝文・全晉文》（臺北：世界書局，1963 年 5 月二版），卷 52，頁 8～9。

〔註522〕（唐）房玄齡等撰：《晉書》（北京：中華書局，1982 年 12 月第 2 次印刷），頁 1177～1178。

〔註523〕（唐）房玄齡等撰：《晉書》（北京：中華書局，1982 年 12 月第 2 次印刷），頁 1325。

〔註524〕（唐）房玄齡等撰：《晉書》（北京：中華書局，1982 年 12 月第 2 次印刷），頁 1181。

（楊）駿知賈后情性難制，甚畏憚之。又多樹親黨，皆領禁兵。於是公室怨望，天下憤然矣。駿弟珧、濟並有儁才，數相諫止，駿不能用，因廢於家。〔註525〕

楊濟〈又與傅咸書〉云：

江海之流混混，故能成其深廣也。天下大器，非可稍了，而相觀每事欲了。生子癡，了官事，官事未易了也。了事正作癡，復爲快耳！左丞總司天臺，維正八坐，此未易居。以君盡性而處未易居之任，益不易也。想慮破頭，故具有白。〔註526〕

按語：《晉書卷四十七・列傳第十七・傅玄子咸》曰：

惠帝即位，楊駿輔政。……時司隸荀愷從兄喪，自表赴哀，詔聽之而未下，愷乃造駿。咸因奏曰：「死喪之戚，兄弟孔懷。同堂亡隕，方在信宿，聖恩矜憫，聽使臨喪。詔未下而便以行造，急諂媚之敬，無友于之情。宜加顯貶，以隆風教。」帝以駿管朝政，有詔不問，駿甚憚之。咸復與駿箋諷切之，駿意稍折，漸以不平。由是欲出爲京兆、弘農太守，駿甥李斌說駿，不宜斥出正人，乃止。駿弟濟素與咸善，與咸書。〔註527〕

此書牘作於楊濟亡前，由《晉書卷四十・列傳第十・楊駿》曰：「（孟）觀等受賈后密旨，誅駿親黨，皆夷三族，死者數千人。」〔註528〕《晉方鎮年表》曰：「西晉惠帝・永平元年正月改永平，三月楊駿誅改元康。」〔註529〕姑繫於西晉惠帝・永平元年。

## （五）西晉・傅咸〈答楊濟書〉——西晉惠帝・永平元年（291）

衛公云，酒色之殺人，此甚于作直。坐酒色死，人不爲悔。逆畏以直致禍，此由心不直正，欲以苟且爲明哲耳！自古以直致禍者，當

---

〔註525〕（唐）房玄齡等撰：《晉書》（北京：中華書局，1982年12月第2次印刷），頁1178。

〔註526〕（清）嚴可均編：《全上古三代秦漢三國六朝文・全晉文》（臺北：世界書局，1963年5月二版），卷79，頁4。

〔註527〕（唐）房玄齡等撰：《晉書》（北京：中華書局，1982年12月第2次印刷），頁1325～1326。

〔註528〕（唐）房玄齡等撰：《晉書》（北京：中華書局，1982年12月第2次印刷），頁1179。

〔註529〕吳廷燮撰：《二十五史補編》（臺北：臺灣開明書局，1967年臺2版），冊3，頁2。

自矯枉過直，或不忠允，欲以元屬爲聲，故致忿耳。安有悾悾爲忠益，而當見疾乎！

違距上命，稽留詔罰，退思此罪，在于不測，纔加罰黜，退用戰悸，何復以杖重，爲劇小人不德所好，唯酒宜于養瘡可數致也。〔註530〕

按語：此書牘爲楊濟〈又與傅咸書〉之答書，姑繫於西晉惠帝・永平元年。

## （六）西晉・傅咸〈致汝南王亮〉──西晉惠帝・元康元年（291）

汝南文成王（司馬）亮字子翼。《晉書卷五十九・列傳第二十九・汝南王亮》曰：

宣帝第四子。……（西晉武帝）咸寧三年，徙封汝南，……及武帝寢疾，爲楊駿所排，……帝崩，亮懼駿疑己，辭疾不入，於大司馬門外敍哀而已，表求過葬。駿欲討亮，亮知之，問計於廷尉何勖。或說亮率所領入廢駿，亮不能用，夜馳赴許昌，故得免。

楚王瑋有勳而好立威，亮憚之，欲奪其兵權。瑋甚憾，乃承賈后旨，誣亮與（衛）瓘有廢立之謀，矯詔遣其長史公孫宏與積弩將軍李肇夜以兵圍之。……遂爲亂兵所害。〔註531〕

傅咸〈致汝南王亮〉云：

咸以爲太甲、成王年在蒙幼，故有伊、周之事。聖人且猶不免疑，況臣既不聖，王非孺子，而可以行伊、周之事乎！上在諒闇，聽于冢宰，而楊駿無狀，便作伊、周，自爲居天下之安，所以至死。其罪既不可勝，亦是殿下所見。駿之見討，發自天聰，孟觀、李肇與知密旨耳。至于論功，當歸美于上。觀等已數千戶縣侯，聖上以駿死莫不欣悅，故論功寧厚，以敍其歡心。此羣下所宜百實裁量，而遂扇動，東安封王，孟李郡公，餘侯伯子男，既妄有加，復又三等超遷。此之熏赫，震動天地，自古以來，封賞未有若此者也。無功而厚賞，莫不樂國有禍，禍起當復有大功也。人而樂禍，其可極乎！作此者，皆由東安公。謂殿下至止，當有以正之。正之以道，眾亦

---

〔註530〕（清）嚴可均編：《全上古三代秦漢三國六朝文・全晉文》（臺北：世界書局，1963年5月一版），卷52，頁10。

〔註531〕（唐）房玄齡等撰：《晉書》（北京：中華書局，1982年12月第2次印刷），頁1591～1593。

何所怒乎！眾之所怒，在於不平耳。而今皆更倍論，莫不失望。咸之愚宂，不惟失望而已，竊以為憂。

又討駿之時，殿下在外，實所不綜。今欲委重，故令殿下論功。論功之事，實未易可處，莫若坐觀得失，有居正之事宜也。〔註532〕

按語：《晉書卷四十七·列傳第十七·傅玄子咸》曰：「駿誅。咸轉為太子中庶子，遷御史中丞。時太宰、汝南王亮輔政，咸致書。」〔註533〕《晉方鎮年表》曰：「西晉惠帝·永平元年正月改永平，三月楊駿誅改元康。本紀三月壬寅，徵汝南王亮為太宰。」〔註534〕姑繫此書牘作於西晉惠帝·元康元年。

## （七）西晉·傅咸〈與汝南王亮牋〉——西晉惠帝·元康元年（291）

楊駿有震主之威，委任親戚，此天下所以諠譁。今之處重，宜反此失。謂宜靜默頤神，有大得失，乃維持之，自非大事，一皆抑遣。此四造詣，及經過尊門，冠蓋車馬，填塞街衢，此之翕習，既宜弭息。又夏侯長容（夏侯駿）奉使為先帝請命，祈禱無感，先帝崩背，宜自咎責，而自求請命之勞，而公以為少府。私竊之論，云長容則公之姻，故至于此。

衛伯輿貴妃兄子，誠有才章，應作臺郎，然未得東宮官屬，東宮官屬前患楊駿，親理塞路，今有伯輿復越某作郎。一犬吠形，羣犬吠聲，懼于羣吠，遂至巨聽也。

咸之為人，不能面從而有後言。嘗觸楊駿，幾為身禍，況于殿下，而當有惜！往從駕，殿下見語：『卿不識韓非逆鱗之言邪，而欯摩天子逆鱗！』自知所陳，誠頷頷觸猛獸之鬢耳。所以敢言，庶殿下當識其不勝區區。前摩天子逆鱗，欲以盡忠；今觸猛獸之鬢，非欲為惡必將以此見恕。〔註535〕

---

〔註532〕（清）嚴可均編：《全上古三代秦漢三國六朝文·全晉文》（臺北：世界書局，1963年5月二版），卷52，頁9。

〔註533〕（唐）房玄齡等撰：《晉書》（北京：中華書局，1982年12月第2次印刷），頁1326。

〔註534〕吳廷燮撰：《二十五史補編》（臺北：臺灣開明書局，1967年臺2版），冊3，頁2。

〔註535〕（清）嚴可均編：《全上古三代秦漢三國六朝文·全晉文》（臺北：世界書局，1963年5月二版），卷52，頁8～9。

　　傅咸書牘中云：「自知所陳，誠頷頷觸猛獸之鬚耳。」他不怕遭殺身之禍，忠言直諫，但汝南王亮不納。

　　按語：《晉書卷四十七·列傳第十七·傅玄子咸》曰：「咸復以亮輔政專權，又諫。」〔註536〕姑繫此書牘作於西晉惠帝·元康元年。

## （八）西晉·長沙王乂〈致成都王穎書〉──西晉惠帝·太安二年（303）

　　長沙厲王（司馬）乂字士度，生於西晉武帝·咸寧二年（276），卒於西晉惠帝·太安二年（303）。《晉書卷五十九·列傳第二十九·長沙王乂》曰：

> 武帝第六子也。（西晉武帝）太康十年受封，拜員外散騎常侍。及武帝崩，乂時年十五，孺慕過禮。會楚王瑋奔喪諸王皆近路迎之，乂獨至陵所，號慟以俟瑋。拜步兵校尉。及瑋之誅二公也，乂守東掖門。會騶虞幡出，乂投弓流涕曰：「楚王被詔，是以從之，安知其罪！」瑋既誅，乂以同母，貶爲常山王，之國。……
>
> 三王之舉義也，乂率國兵應之，過趙國，房子令距守，乂殺之，進軍爲成都後係。常山內史程恢將貳於乂，乂到鄴，斬恢及其五子。至洛，拜撫軍大將軍，領左軍將軍。頃之，遷驃騎將軍，開府，復本國。……殿中左右恨乂功垂成而敗，謀劫出之，更以距穎。越懼難作，欲遂誅乂。黃門郎潘滔勸越密告張方，方遣部將郅輔勒兵三千，就金墉收乂，至營，炙而殺之。乂冤痛之聲達於左右，三軍莫不爲之垂涕。時年二十八。〔註537〕

《全上古三代秦漢三國六朝文·全晉文》曰：

> 元康初，坐楚王瑋罪，貶爲常山王。趙王倫篡位，以匡復功拜撫軍大將軍，領左軍將軍，遷驃騎將軍，開府復封長沙王，拜大都督，東海王越廢之，收送金墉城，尋爲成都王穎所殺。謚曰厲王。〔註538〕

長沙王乂〈致成都王穎書〉云：

---

〔註536〕　（唐）房玄齡等撰：《晉書》（北京：中華書局，1982年12月第2次印刷），頁1327。

〔註537〕　（唐）房玄齡等撰：《晉書》（北京：中華書局，1982年12月第2次印刷），頁1612～1615。

〔註538〕　（清）嚴可均編：《全上古三代秦漢三國六朝文·全晉文》（臺北：世界書局，1963年5月二版），卷17，頁2。

先帝應乾撫運，統攝四海，勤身苦己，克成帝業，六合清泰，慶流子孫。孫秀作逆，反易天常，卿興義眾，還復帝位。齊王恃功，肆行非法，上無宰相之心，下無忠臣之行，遂其讒惡，離逖骨肉，主上怨傷，尋已蕩除。吾之與卿，友于十人，同產皇室，受封外都，各不能闡敷王教，經濟遠略。

今卿復與太尉共起大眾，阻兵百萬，重圍宮城。羣臣同忿，聊即命將，示宣國威，未擬摧殄。自投溝澗，蕩平山谷，死者日萬，酷痛無罪。豈國恩之不慈，則用刑之有常。

卿所遣陸機不樂受卿節鉞，將其所領，私通國家。想來逆者，當前行一尺，卻行一丈。卿宜還鎮，以寧四海，令宗族無羞，子孫之福也。如其不然，念骨肉分裂之痛，故復遣書。〔註539〕

西晉初年八王之亂，汝南王亮、楚王瑋、趙王倫、齊王冏、長沙王乂、成都王穎、河間王顒、東海王越間的權力鬥爭。見《晉書卷五十九·列傳第二十九·楚王瑋》曰：

楚隱王瑋字彥度，武帝第五子也。初封始平王，歷屯其校尉。（西晉武帝）太康末，徙封於楚，出之國，都督荊州諸軍事、平南將軍，轉鎮南將軍。武帝崩，入為衛將軍，領北軍中候，加侍中、行太子少傅。

楊駿之誅也，瑋屯司馬門。……汝南王亮、太保衛瓘以瑋性很戾，不可大任，建議使與諸王之國，瑋甚忿之。……積弩將軍李肇矯稱瑋命，譖亮、瓘於賈后。而后不之察，使惠帝為詔曰：「太宰、太保欲為伊霍之事，王宜宣詔，令淮南、長沙、成都王屯宮諸門，廢二公。」夜使黃門齎以授瑋……遂收亮、瓘，殺之。〔註540〕

《晉書卷五十九·列傳第二十九·河間王顒》曰：

河間王顒字文載，安平獻王孚孫太原烈王瓌之子也。……及趙王倫篡位，齊王同謀討之。……後（李）含為翊軍校尉，與同參軍皇甫商、司馬趙驤等有憾，遂奔顒，詭稱受密詔伐同，因說利害。顒納

〔註539〕 （清）嚴可均編：《全上古三代秦漢三國六朝文·全晉文》（臺北：世界書局，1963年5月二版），卷17，頁2～3。

〔註540〕 （唐）房玄齡等撰：《晉書》（北京：中華書局，1982年12月第2次印刷），頁1596～1597。

之，便發兵，遣使邀成都王穎。……檄長沙王乂討同。〔註541〕

書牘中云：「卿興義眾，還復帝位。齊王恃功，肆行非法，上無宰相之心，下無忠臣之行。」見《晉書卷五十九・列傳第二十九・齊王冏》曰：

（趙王）倫篡，遷鎮東大將軍、開府儀同三司，欲以寵安之。

同因眾心怨望，潛與離狐王盛、潁川王處穆謀起兵誅倫。……遣使告成都、河間、常山、新野四王，……及王興廢倫，惠帝反正，同誅討賊黨既畢，率眾入洛，……天子就拜大司馬，加九錫之命，……同於是輔政。〔註542〕

書牘中亦云：「卿所遣陸機不樂受卿節鉞，將其所領，私通國家。」見《晉書卷五十四・列傳第二十四・陸機》曰：

太傅楊駿辟爲祭酒。會駿誅，累遷太子洗馬、著作郎。……趙王倫輔政，引爲相國參軍。豫誅賈謐功，賜爵關中侯。倫將篡位，以爲中書郎。倫之誅也。齊王同以機職在中書，九錫文及禪詔疑機與焉，遂收機等九人付廷尉。賴成都王穎、吳王晏並救理之，得減死徙邊，遇赦而止。……時成都王穎推功不居熬謙下士。機既感全濟之恩，又見朝廷屢有變難，謂穎必能康隆晉室，遂委身焉。穎以機參大將軍軍事，表爲平原內史。

（西晉惠帝）太安初，穎與河間王顒起兵討長沙王乂，假機後將軍、河北大都督，督北中郎將王粹、冠軍牽秀等諸軍二十餘萬人。機以三世爲將，道家所忌，又羈旅入宦，頓居羣士之右，而王粹、牽秀等皆有怨心，固辭都督。穎不許。……長沙王乂奉天子與機戰於鹿苑，機軍大敗。〔註543〕

按語：《晉書卷五十九・列傳第二十九・長沙王乂》曰：

（河間王顒）本以乂弱同強，冀乂爲同所擒，然後以乂爲辭，宣告四方共討之，因廢帝立成都王，己爲宰相，專制天下。既而乂殺同，其計不果，乃潛使侍中馮蓀、河南尹李含、中書令卞粹等襲乂。乂

---

〔註541〕　（唐）房玄齡等撰：《晉書》（北京：中華書局，1982 年 12 月第 2 次印刷），頁 1619～1620。

〔註542〕　（唐）房玄齡等撰：《晉書》（北京：中華書局，1982 年 12 月第 2 次印刷），頁 1606~1607。

〔註543〕　（唐）房玄齡等撰：《晉書》（北京：中華書局，1982 年 12 月第 2 次印刷），頁 1473～1480。

並誅之。顒遂與穎同伐京都。穎遣刺客圖乂，時長沙國左常侍王矩侍直，見客色動，遂殺之。詔以乂爲大都督以距顒。連戰自八月至十月，朝議以乂、穎兄弟，可以辭說而釋，乃使中書令王衍行太尉，光祿勳石陋行司徒，使說穎，令與乂分陝居，穎不從。乂因致書於穎。……

乂前後破穎軍，斬獲六七萬人。戰久糧乏，城中大饑，雖曰疲弊，將士同心，皆願效死。而乂奉上之禮未有虧失，張方以爲未可克，欲還長安。而東海王越慮事不濟，潛與殿中將收乂送金墉城。〔註544〕

《二十五史補編・晉方鎮年表》曰：

（西晉惠帝）太安二年八月，成都王穎舉兵討長沙王乂。十一月癸亥，乂爲張方所害。……太安二年八月，河間王顒舉兵討長沙王乂，遣將張方逼京師。十一月，長沙王乂爲張方所害。〔註545〕

由此年表可知長沙王乂與成都王穎戰爭始於西晉惠帝・太安二年八月，姑繫此書牘作於西晉惠帝・太安二年。

## （九）西晉・成都王穎〈復長沙王乂書〉——西晉惠帝・太安二年（303）

成都王穎（司馬穎）字章度，生於西晉武帝・咸寧三年（277），卒於西晉惠帝・永興元年（304）。《晉書卷五十九・列傳第二十九・成都王穎》曰：

武帝第十六子也。（西晉武帝）太康末受封，邑十萬戶。後拜越騎校尉，加散騎常侍、車騎將軍。

賈謐嘗與皇太子（愍懷）博，爭道，穎在坐，屬聲呵謐曰：「皇太子，國之儲君，賈謐何得無禮！」謐懼，由此出穎爲平北將軍，鎮鄴。轉鎮北大將軍。趙王倫之簒也，進征北大將軍，加開府儀同三司。……及齊王同驕侈無禮，於是眾望歸之。……及同敗，穎懸執朝政，……既恃功驕奢，百度弛廢，甚於同時。

穎方恣其欲，而憚長沙王乂在內，遂與河間王顒表請誅后父羊玄之、左將軍皇甫商等，檄乂使就第。乃與顒將張方伐京都，以平原

---

〔註544〕（唐）房玄齡等撰：《晉書》（北京：中華書局，1982年12月第2次印刷），頁1613～1614。

〔註545〕吳廷燮撰：《二十五史補編第三冊晉方鎮年表》（臺北：臺灣開明書局，1967年臺2版），頁3～6。

內史陸機爲前鋒都督、前將軍、假節。……河間王顒表穎宜爲儲副，遂廢太子覃，立穎爲皇太弟。……

（西晉惠帝）永興初，……王師敗績，……穎改元建武，……（河間王）顒廢穎歸藩，以豫章王爲皇太弟。……范陽王虓幽之，而無他意。屬虓暴薨，虓長史劉輿見穎爲鄴都所服，慮爲後患，祕不發喪，僞令人爲臺使，稱詔夜賜穎死。……時年二十八。〔註546〕

成都王穎〈復長沙王乂書〉云：

文景受圖，武王乘運，庶幾堯、舜，共康政道，恩隆洪業，本枝百世。豈期骨肉豫禍，后族專權，楊、賈縱毒，齊、趙內篡。幸以誅夷，而未靜息。每憂王室，心悸肝爛。羊玄之、皇甫商等恃寵作禍，能不興慨！於是征西羽檄，四海雲應。本謂仁兄同其所懷，便當內擒商等，收級遠送。如何迷惑，自爲戎首！上矯君詔，下離愛弟，堆移輦轂，妄動兵威，還任豺狼，棄戮親善。行惡求福，如何自勉！前遣陸機董督節鉞，雖黃橋之退，而溫南收勝。一彼一此，未足增慶也。

今武士百萬，良將銳猛，要當與兄整頓海內。若能從太尉之命，斬商等首，投戈退讓，自求多福，穎亦自歸鄴都，與兄同之。

奉覽來告，緬然慷慨。慎哉大兄，深思進退也！〔註547〕

書牘中云：「骨肉豫禍，后族專權，楊、賈縱毒，齊、趙內篡。幸以誅夷，而未靜息。」見《晉書卷三十一·列傳第一·后妃上·武悼楊皇后》曰：

武悼楊皇后諱芷，字季蘭，……父駿。……及（武）帝崩，尊爲皇太后。賈后凶悖，忌后父駿執權，遂誣駿爲亂，使楚王瑋與東安王繇稱詔誅駿。〔註548〕

《晉書卷四十·列傳第十·楊駿》曰：

（武）帝自太康以後，天下無事，不復留心萬機，惟耽酒色，始寵后黨，請謁公行。而駿及珧（駿弟）、濟（駿弟）勢傾天下，時人有

〔註546〕（唐）房玄齡等撰：《晉書》（北京：中華書局，1982年12月第2次印刷），頁1615～1619。

〔註547〕（清）嚴可均編：《全上古三代秦漢三國六朝文·全晉文》（臺北：世界書局，1963年5月二版），卷17，頁3。

〔註548〕（唐）房玄齡等撰：《晉書》（北京：中華書局，1982年12月第2次印刷），頁955。

「三楊」之號。及（武）帝疾篤，……后（武悼楊皇后）乃奏帝以
駿輔政，帝領之。……自是二日而崩，駿遂當寄託之重，居太極殿。
梓宮將殯，六宮出辭，而駿不下殿，以武賁百人自衛。不恭之迹，
自此而始。

惠帝即位，進駿為太傅、大都督、假黃鉞，錄朝政，百官總己。
〔註549〕

《晉書卷三十一・列傳第一・后妃上・惠賈皇后》曰：

惠賈皇后諱南風，平陽人。……后暴戾日甚。侍中賈模，后之族兄，
右衛郭彰，后之從舅，並以才望居位，……后母廣城君養孫賈謐干
預國事，權侔人主。〔註550〕

《晉書卷四十・列傳第十・賈充孫謐》曰：

（賈）謐字長深。母賈午（賈皇后妹），……歷位散騎常侍、後軍將
軍。及為常侍，侍講東宮，（愍懷）太子意有不悦，謐患之。……及
遷侍中，專掌禁內，遂與后成謀，誣陷太子。及趙王倫廢后，以詔
召謐於殿前，將戮之。走入西鍾下，呼曰：「阿后救我！」乃就斬
之。〔註551〕

《晉書卷五十九・列傳第二十九・趙王倫》曰：

愍懷太子廢，使（趙王）倫領右軍將軍。……倫、（孫）秀因勸（賈）
謐等早害太子，以絕眾望。〔註552〕太子既遇害，倫、秀之謀益
甚，……倫又矯詔開門夜入，陳兵道南，遣翊軍校尉、齊王同將三
部司馬百人，排閣而入。……歲廢賈后為庶人，幽之于建始殿。……
詔尚書以廢后事，仍收捕賈謐等，……倫等以為沮眾，斬之以徇。

---

〔註549〕（唐）房玄齡等撰：《晉書》（北京：中華書局，1982年12月第2次印刷），
頁1177～1178。

〔註550〕（唐）房玄齡等撰：《晉書》（北京：中華書局，1982年12月第2次印刷），
頁963～964。

〔註551〕（唐）房玄齡等撰：《晉書》（北京：中華書局，1982年12月第2次印刷），
頁1173～1174。

〔註552〕（唐）房玄齡等撰：《晉書》（北京：中華書局，1982年12月第2次印刷），
頁1457～1460。
《晉書卷五十三・列傳第二十三・愍懷太子》曰：
愍懷太子遹字熙祖，惠帝長子，母曰謝才人。……惠帝即位，立為皇太
子。……
（西晉惠帝元康）九年，十二月，賈后將廢太子，……表免太子為庶人。

明日，倫坐端門，屯兵北向，遣尚書和郁持節送賈庶人于金墉。……
淮南王允、齊王冏以倫、秀驕僭，內懷不平。……允發憤，起兵討
倫。〔註553〕

此爲八王內鬨的第一次政變。

（淮南王）允允既敗滅，倫加九錫，增封五萬戶。……倫、秀並惑
巫鬼，聽妖邪之說。秀使牙門趙奉詐爲宣帝（高祖司馬懿）神語，
命倫早入西宮。……惠帝……自華林西門出居金墉城。……使張衡
衛帝，實幽之也。……倫……登太極殿，……乃僭即帝位，大赦，
改元建始。……時齊王冏、河間王顒、成都王穎並擁強兵，各據一
方。……及三王起兵討倫檄至，倫、秀始大懼，……黃門將倫自華
林東門出，……於是以甲士數千迎天子（惠帝）于金墉，……梁王
肜表倫父子凶逆，宜伏誅。〔註554〕……遣尚書袁敞持節賜倫死，飲
以金屑苦酒。〔註555〕

此爲八王內鬨的第二次政變。

《晉書卷五十九・列傳第二十九・齊王冏》曰：

齊武閔王冏字景治，獻王攸之子也。少稱仁惠，好振施，有父
風。……元康中，拜散騎常侍，領左軍將軍、翊軍校尉。趙王倫密
與相結，廢賈后，以功轉游擊將軍。……（趙王）倫篡，……冏誅
討賊黨既畢，率眾入洛，……天子就拜大司馬，加九錫之命，……
冏驕恣日甚，終無悛志。……翊軍校尉李含奔于長安，詐云受密詔，
使河間王顒誅冏，因導以利謀。顒從之。……長沙王乂徑入宮，發
兵攻冏府。〔註556〕

《晉書卷五十九・列傳第二十九・長沙王乂》曰：

---

〔註553〕（唐）房玄齡等撰：《晉書》（北京：中華書局，1982 年 12 月第 2 次印刷），
　　　　頁 1597～1600。

〔註554〕（清）萬斯同撰：《歷代史表》（臺北：藝文印書館，1965 年《百部叢書集成》
　　　　影印《廣雅書局史學叢書》本），卷 16，頁 7。
　　　　《晉方鎮年表》曰：「（西晉惠帝）永寧元年辛酉正月，趙王倫篡位，三月伏
　　　　誅。」

〔註555〕（唐）房玄齡等撰：《晉書》（北京：中華書局，1982 年 12 月第 2 次印刷），
　　　　頁 1600～1605。

〔註556〕（唐）房玄齡等撰：《晉書》（北京：中華書局，1982 年 12 月第 2 次印刷），
　　　　頁 1605～1610。

乂見齊王冏漸專權,嘗與成都王穎俱拜陵,因謂穎曰:「天下者,先帝之業也,王宜維之。」時聞其言者皆憚之。及河間王顒將誅冏,傳檄以乂為內主。冏遣其將董艾襲乂,乂將左右百餘人,手斫車轄,露乘馳赴宮,閉諸門,奉天子與冏相攻,起火燒冏府。連戰三日。冏敗,斬之,并誅諸黨與二千餘人。〔註557〕

此為八王內鬨的第三次政變。

自惠帝失政,變起鬩牆,骨肉相殘,黎元塗炭。正如《詩・大雅・桑柔》曰:「亂生不夷,靡國不泯。民靡有黎,具禍以燼。於乎有哀,國步斯頻。國步滅資,天不我將。……誰生厲階,至今為梗。」〔註558〕

書牘中云:「羊玄之、皇甫商等恃寵作禍,能不興慨!」見《晉書卷九十三・列傳第六十三・外戚羊玄之》曰:

羊玄之,惠(羊)皇后父,……玄之初為尚書郎,以后父,拜光祿大夫、特進、散騎常侍,更封興晉侯。遷尚書右僕射,加侍中,進爵為公。成都王穎之攻長沙王乂也,以討玄之為名,遂憂懼而卒。

〔註559〕

按語:此書牘為成都王穎回覆長沙王乂的書信,姑繫作於西晉惠帝・太安二年。

## (十)西晉・陸雲〈答車茂安書〉

車永字茂安。生平不詳。

陸雲〈答車茂安書〉云:

雲白:

前書未報,重得來況,知賢甥石季甫當屈鄞令,尊堂憂灼,賢姊涕泣,上下愁勞,舉家慘感。何可爾耶!輒為足下具說鄞縣土地之快,非徒浮言華豔而已,皆有實徵也。

縣去郡治,不出三日。直東而出,水陸並通。西有大湖,廣縱千頃,

〔註557〕 (唐)房玄齡等撰:《晉書》(北京:中華書局,1982年12月第2次印刷),頁1612～1613。
〔註558〕 (漢)毛公傳,(漢)鄭玄箋,(唐)孔穎達等正義:《詩經》(臺北:藝文印書館重刊宋本,2001年12月初版),頁653～654。
〔註559〕 (唐)房玄齡等撰:《晉書》(北京:中華書局,1982年12月第2次印刷),頁2413。

北有名山，南有林澤，東臨巨海，往往無涯沱，船長驅一舉千里，北接青、徐，東洞交、廣，海物惟錯，不可稱名。過長川以爲陂，燔茂草以爲田，火耕水種，不煩人力。決泄任意，高下在心，舉鍬成雲，下鍬成雨，既浸既潤，隨時代序也。

官無逋滯之穀，民無飢乏之慮。衣食常充，倉庫恆實。榮辱既明，禮節甚備，爲君甚簡，爲民亦易。季冬之月，口牧既畢，嚴霜隕而兼葭萎，林鳥祭而罻羅設。因民所欲，順時遊獵，結罝繞坰，密罔彌山，放鷹走犬，弓弩亂發，鳥不得飛，狩不得逸，眞光赫之觀，盤戲之至樂也。

若乃斷過海逋，隔截曲隈，隨潮進退，采蟷（蚌）捕魚。鱣鮪亦尾，鯢齒比目，不可紀名。鱠鯔鰒炙鯯鯸，蒸石首，臛鯊鰲，眞東海之俊味，肴膳之至妙也。及其蟛蛤之屬，目所希見，耳所不聞，品類數百，難可盡言也。

昔秦始皇至尊至貴，前臨終南，退燕阿房，離宮別館，隨意所居，沉淪涇、渭，飲馬昆明，四方奇麗，天下珍翫，無所不有，猶以不如吳會也。鄉（向）東觀滄海，遂御六軍，南巡狩，登稽嶽，刻文石，身在鄮縣三十餘日。

夫以帝王之尊，不憚爾行。季甫年少，受命牧民，武城之歌，足以興化。桑弧蓬矢，丈夫之志，經營四方，古人所歎，何足憂乎！且彼吏民恭謹，篤愼敬愛。官長鞭朴不施，聲教風靡，漢吳以來，臨此縣者，無不遷變。尊大人、賢姊、上下當爲喜慶，歌舞相送，勿爲慮也！

足下急啓喻寬慰，具說此意。吾不虛言也，停及不一一。

陸雲白。〔註560〕

　　車茂安的外甥石秀甫被任命爲鄮縣縣長，鄮縣（今浙江鄞縣）遠在吳地，因此其母擔憂，其姊涕泗縱橫，「上下愁勞，舉家慘感。」車茂安請摯友吳人陸雲寫信告知鄮縣眞實狀況，以寬其家人之心。陸雲〈答車茂安書〉云：「輒爲足下具說鄮縣土地之快，非徒浮言華豔而已，皆有實徵也。」書牘中介

---

〔註560〕（清）嚴可均編：《全上古三代秦漢三國六朝文・全晉文》（臺北：世界書局，1963 年 5 月二版），卷 103，頁 5～6。

紹鄞縣地理環境，四通八達、山明水秀、物產豐饒，眞是魚米之鄉。此地如《管子‧牧民》曰：「倉廩實，而知禮節；衣食足，而知榮辱。」且以秦始皇帝王之尊「四方奇麗，天下珍玩，無所不有，猶以不如吳會也。鄉東觀滄海，遂御六軍，南巡狩，登稽嶽，刻文石，身在鄞縣三十餘日。」爲佐證。又勉其甥如子游爲武城宰，以樂教化百姓，且男兒以桑弧蓬矢射宇宙，志在經營四方。

車茂安得書「舉家大小，豁然忘愁也。」隨即回信。

車永〈答陸士龍書〉云：

永白：

即日得報，披省未竟，歡憙踴躍，輒於母前，伏讀三周，舉家大小，豁然忘愁也。足下此書，足爲典誥，雖《山海經》、《異物誌》、《二京》、《南都》，殆不復過也。恐有其言，能無其事耳。雖爾，猶足息號泣，歡忭笑也。

府君入，後月當西出，足下可豫至界上，吾欲先一日與卿相見也。答不復多。

車永白。〔註561〕

陸雲〈答車茂安書〉文詞懇切、辭藻華麗，賦法鋪設，表現陸雲的作文才氣，車茂安贊之可與《山海經》、《異物誌》、《二京》、《南都》比美。

### （十一）東晉‧劉琨〈與石勒書〉──東晉元帝‧建武元年（317）

石勒字世龍，初名㔨，上黨‧武鄉羯人。生於西晉武帝‧泰始九年（273），卒於東晉成帝‧咸和八年（333）。〔註562〕《晉書卷一百四‧載記第

---

〔註561〕（清）嚴可均編：《全上古三代秦漢三國六朝文‧全晉文》（臺北：世界書局，1963年5月二版），卷109，頁3。

〔註562〕（唐）房玄齡等撰：《晉書》（北京：中華書局，1982年12月第2次印刷），頁2759。

《晉書卷一百四‧載記第四‧石勒》註一五曰：

《校文》：據《帝紀》及《天文志》，咸云勒死咸和八年七月。考勒僭即王位，在元帝太興二年，至咸和八年，正合在位十五年之數。〈傳〉作死於七年實誤。《舉正》云：《魏書序紀》，烈帝五年勒死，是年即晉咸和八年也。按：《成紀》，勒於咸和五年八月稱帝，《載記》云改年建平，《御覽》一二〇引《後趙錄》，勒死於建平（原作建元誤）四年七月，即晉咸和八年，亦與本書《帝紀》合。

（唐）房玄齡等撰：《晉書》（北京：中華書局，1982年12月第2次印刷），

四・石勒》曰：

（西晉惠帝）太安中，并州飢亂，勒與諸小胡亡散，乃自雁門還依甯驅。北澤都尉劉監欲縛賣之，驅逆匿之，獲免。……既而賣與茌平（山東今縣南）人師懽爲奴。……劉元海稱漢王于黎亭，……勒與級桑帥牧人乘苑馬數百騎以赴之。……以勒爲輔漢將軍、平晉王以統之。……及元海僭號授勒持節、平東大將軍、校尉、都督、王如故。……及元海死〔註563〕，劉聰〔註564〕授勒征東大將軍、并州刺史、汲郡公，持節、開府、都督、校尉、王如故。勒固辭將軍乃止。……劉聰授勒征東大將軍、幽州牧，固辭將軍不受。……（劉）聰署勒鎮東大將軍、督并、幽二州諸軍事、領并州刺史，持節、征討都督、校尉、開府、幽州牧、公如故。……（東晉元帝）大興二

---

頁 178。

《晉書卷七・帝紀第七・成帝》曰：

（東晉成帝）咸和八年秋七月戊辰，石勒死，子弘嗣僞位，其將石聰以譙來降。

（唐）房玄齡等撰：《晉書》（北京：中華書局，1982 年 12 月第 2 次印刷），頁 371。

《晉書卷十三・志第三・天文下》曰：

東晉成帝咸和八年七月，石勒死。

〔註563〕　（唐）房玄齡等撰：《晉書》（北京：中華書局，1982 年 12 月第 2 次印刷），頁 2645～2652。

《晉書卷一百一・載記第一・劉元海》曰：

劉元海，新興匈奴人，冒頓之後也。名（淵）犯高祖廟諱，故稱其字焉。初，漢高祖以宗女爲公主，以妻冒頓，約爲兄弟，故其子孫遂冒姓劉氏。……（西晉惠帝）永興元年，元海……僭即漢王位，……（西晉懷帝）永嘉四年死，在位六年，僞諡光文皇帝，廟號高祖，墓號永光陵。

前趙帝系表：

1 劉淵(6)――――2 劉和
　(304～310)　｜
　　　　　　　├3 劉聰( 9)――――4 劉粲
　　　　　　　｜　 (310～318)
　　　　　　　└5 劉曜(12)
　　　　　　　　　 (318～329)

〔註564〕　（唐）房玄齡等撰：《晉書》（北京：中華書局，1982 年 12 月第 2 次印刷），頁 2657～2677。

《晉書卷一百二・載記第二・劉聰》曰：

劉聰字玄明，一名載，元海第四子也。……（東晉元帝）大（太）興元年，聰死，在位九年，僞諡昭武皇帝，廟號烈宗。

年，勒僞稱趙王〔註565〕，……（東晉成帝）咸和五年僭號趙天王，
行皇帝事。……咸和七年死，時年六十，在位十五。……僞諡明皇
帝，廟號高祖。〔註566〕

劉琨〈與石勒書〉云：

將軍誕稟雄姿，勇略自然，大呼于紛擾之中，奮臂于駭亂之際。發
**迹**河朔，席卷兗豫，飲馬江淮，折衝漢沔，雖自古名將，未足爲諭。
所以攻城而不有其民，略地而不有其土，聚徒百萬，而莫爲己用，
翕爾雲合，忽復星散，周流天下，而無容足之地；百戰百勝，而無
尺寸之功，將軍豈知其然乎？存亡決在得主，成敗要在所附，得主
則爲義兵，附逆則爲賊眾。義兵雖敗，而功業必成，賊眾雖剋，而
終歸殄滅者也。

昔赤眉盛于東海，黃巾連帶三州，張昌、李辰僭逆荊豫，或擁眾百
萬橫逆宇宙，所以一旦敗亡者，正以兵出無名，聚而爲亂。劉聰父
子，戎狄凡才，乘釁肆毒，寇虐人神，殺父害弟，偷竊位號，自古
及今，豈有聰比而可以正天下者乎？見將軍明鑒，灼然所宜，懸了
者也。況附聰之弊，漸以彰著，資財不爲己用，名位不可得守。有
若晨霜秋露，霧霧之氣，雖朝凝而夕消，暫見而尋沒也。今將軍附
賊而望爲民主，不亦難乎？

將軍以天梃之質，威振宇內，擇有德而推崇，隨時望而歸之，勳義
堂堂，長享遐貴。背聰則禍除，向主則福至。採納往誨，翻然改圖，
天下不足定，蟻寇不足埽。成敗之數，有似呼吸，吹之則寒，噓之
則溫。

〔註565〕後趙帝系表：

```
1 石勒(15)————2 石弘(1)
  (319〜333)  │     (334)
             └ 3 石虎(15)————4 石世
                (335〜349)  │
                           ├5 石遵
                           ├6 石鑒
                           └7 石祇(2)
                             (350〜351)
```

〔註566〕（唐）房玄齡等撰：《晉書》（北京：中華書局，1982 年 12 月第 2 次印刷），
頁 2707〜2752。

今相授侍中、持節、車騎大將軍、領護匈奴中郎將、襄城郡公，總
內外之任，兼華戎之號，顯封大郡，以表殊能，將軍其受之，副遠
近之望也。自古以來誠無戎人而爲帝王者，至于名臣建功業者，則
有之矣。今之遲想，蓋以天下大亂，當須雄才。遙聞將軍攻城野戰，
合于機神，雖不視兵書，闇與孫吳同契，所謂生而知之者上，學而
知之者次。但得精騎五千，以將軍之才，何向不摧！至心實事，皆
張儒所具。〔註567〕

按語：《晉書卷六十二・列傳第三十二・劉琨》曰：

（愍帝建興）三年，……屬石勒攻樂平，……勒先據險要，設伏以
擊（箕）澹，大敗之，一軍皆沒，并土震駭。尋又炎旱，琨窮蹙不
能復守。幽州刺史鮮卑段匹磾數遣信要琨，欲與同獎王室。……建
武元年，琨與匹磾期討石勒，匹磾推琨爲大都督，歃血載書，檄諸
方寸，俱集襄國。〔註568〕

《晉書卷一百四・載記第四・石勒》曰：

元帝慮勒南寇，使王導率眾討勒。……東海王越率洛陽之眾二十餘
萬討勒，越薨于軍，……會劉曜、王彌寇洛陽，洛陽既陷，勒歸功
彌、曜，遂出轘轅，屯于許昌。……初，勒被鬻平原，與母王相失。
至是，劉琨遣張儒送王于勒，遺勒書。……勒報琨曰：「事功殊途，
非腐儒所聞。君當逞節本朝，吾自夷，難爲效。」遺琨名馬珍寶，
厚賓其使，謝歸以絕之。〔註569〕

姑繫此書牘作於東晉元帝・建武元年。

## （十二）東晉・孔坦〈與石聰書〉──東晉成帝・咸康元年（335）

華狄道乖，南北迥貌，瞻河企宋，每懷饑渴。數會陽九，天禍晉國，
姦凶猾夏，乘釁肆虐。我德雖衰，天命未改。乾符啓再集之慶，中
興應靈期之會，百六之艱既過，惟新之美日隆。而神州振蕩，遺氓
波散，誓命戎狄之手，踠躇豺狼之穴，朝廷每臨寐永歎，痛心疾首。

〔註567〕（清）嚴可均編：《全上古三代秦漢三國六朝文・全晉文》（臺北：世界書局，
　　　　1963年5月二版），卷108，頁9～10。
〔註568〕（唐）房玄齡等撰：《晉書》（北京：中華書局，1982年12月第2次印刷），
　　　　頁1684～1685。
〔註569〕（唐）房玄齡等撰：《晉書》（北京：中華書局，1982年12月第2次印刷），
　　　　頁2713～2715。

天罰既集，罪人斯隕，王旅未加，自相魚肉。豈非人怨神怒，天降其災！蘭艾同焚，賢愚所歎，哀矜勿喜，我后之仁，大赦曠廓，唯季龍是討。彭譙使至，粗具動靜，知將軍忿疾醜類，翻然同舉。承問欣豫，慶若在己。何知幾之先覺，砎石之易悟哉！引領來儀，怪無聲息。

將軍出自名族，誕育洪冑。遭世多故，國傾家覆，生離親屬，假養異類。雖逼僞寵，將亦何賴！聞之者猶或有悼，況身嬰之，能不憤慨哉！非我族類，其心必異，誠反族歸正之秋，圖義建功之日也。若將軍喻納往言，宣之同盟，率關右之眾，輔河南之卒，申威趙魏，爲國前驅，雖寶融之保西河，鯨布之去項羽，比諸古今，未足爲喻。聖上寬明，宰輔弘納，雖射鉤之隙，賞之故行，雍齒之恨，侯之列國。況二三子無曩人之嫌，而遇天啓之會，當如影響，有何遲疑！

今六軍誡嚴，水陸齊舉，熊羆踴躍，齗噬爭先，鋒鏑一交，玉石同碎，雖復後悔，何嗟及矣！僕以不才，世荷國寵，雖實不敏，誠爲行李之主，區區之情，還信所具。夫機事不先，鮮不後悔，自求多福，唯將軍圖之。〔註570〕

按語：《晉書卷七・帝紀第七・成帝》曰：

（東晉成帝）咸和八年秋七月戊辰，石勒死，子弘嗣僞位，其將石聰以譙來降。……咸康元年夏四月癸卯，石季龍寇歷陽，加司徒王導大司馬、假黃鉞、都督征討諸軍事，以禦之。〔註571〕

《晉書卷十三・志第三・天文下》曰：

東晉成帝咸和八年七月，石勒死。彭彪以譙，石生以長安，郭權以秦州並歸順。於是遣督護喬球率眾救彪，彪敗，球退。又，石季龍、石斌攻滅生、權。……是時，石弘雖襲勒位，而石季龍擅威橫暴，十一月廢弘自立，遂幽殺之。咸康元年四月，石季龍略騎至歷陽，加司徒王導大司馬，治兵列戌衝要。〔註572〕

〔註570〕　（清）嚴可均編：《全上古三代秦漢三國六朝文・全晉文》（臺北：世界書局，1963年5月二版），卷126，頁9～10。

〔註571〕　（唐）房玄齡等撰：《晉書》（北京：中華書局，1982年12月第2次印刷），頁178～179。

〔註572〕　（唐）房玄齡等撰：《晉書》（北京：中華書局，1982年12月第2次印刷），

《晉書卷六十五‧列傳第三十五‧王導》曰：

> 石季龍掠騎至歷陽，（王）導請出討之。加大司馬、假黃鉞、中外諸
> 軍事，置左右長史、司馬，給布萬匹。俄而賊退，解大司馬。〔註573〕

《晉書卷七十八‧列傳第四十八‧孔愉從子孔坦》曰：

> （東晉成帝）咸康元年，石聰寇歷陽，王導爲大司馬，討之，請坦
> 爲司馬。會石勒新死，季龍專恣，石聰及譙郡太守彭彪等各遣使請
> 降。坦與聰書。〔註574〕

姑繫此書牘作東晉成帝‧咸康元年。

## （十三）東晉‧袁喬〈與左軍褚裒解交書〉——東晉康帝‧建元二年（344）

袁喬字彥叔。《晉書卷八十三‧列傳第五十三‧袁瓌‧袁喬傳》曰：

> 初拜佐著作郎。輔國將軍桓溫請爲司馬，除司徒左西屬，不就，拜
> 尚書郎。桓溫鎮京口，復引爲司馬，領廣陵相。……遷安西諮議參
> 軍，長沙相，不拜。尋督沔中諸戌江夏隨義陽三郡軍事、建武將軍、
> 江夏相。時桓溫謀伐蜀，眾以爲不可，喬勸溫……溫從之，使喬以
> 江夏相領二千人爲軍鋒。……溫自擊（鄧）定，喬擊（隗）文，破
> 之。進號龍驤將軍，封湘西伯。尋卒，年三十六。……追贈益州刺
> 史，諡曰簡。〔註575〕

褚裒字季野，河南‧陽翟人，生於西晉惠帝‧建初元年（303），卒於東
晉穆帝‧永和五年（349）。《晉書卷九十三‧列傳第六十三‧外戚傳》曰：

> 康獻皇后父也。……及康帝即位，徵拜侍中，遷尚書。以后父，苦
> 求外出，除建威將軍、江州刺史，鎮半洲。……頃之，徵爲衛將軍，
> 領中書令。裒以中書銓管詔命，不宜以姻戚居之，固讓，詔以爲左
> 將軍、兗州刺史、都督兗州、徐州之琅邪諸軍事、假節，鎮金城，
> 又領琅邪內史。……康獻皇太后臨朝，有司以裒皇太后父，議加不

---

頁371。

〔註573〕 （唐）房玄齡等撰：《晉書》（北京：中華書局，1982年12月第2次印刷），
頁1752。

〔註574〕 （唐）房玄齡等撰：《晉書》（北京：中華書局，1982年12月第2次印刷），
頁2057。

〔註575〕 （唐）房玄齡等撰：《晉書》（北京：中華書局，1982年12月第2次印刷），
頁2167～2169。

臣之禮，拜侍中、衛將軍、錄尚書事，持節、都督、刺史如故。袁
以近戚，懼獲譏嫌，上疏固請居藩，……於是改授都督徐兗青揚州
之晉陵吳國諸軍事、衛將軍、徐兗二州刺史、假節，鎮京口。（東晉
穆帝）永和初，復徵袁，將以爲揚州、錄尚書事。……永和五年卒，
年四十七，……贈侍中、太傅，本官如故，諡曰元穆。〔註576〕

袁喬〈與左軍褚袁解交書〉云：

皇太后踐登正祚，臨御皇朝，將軍之于國，外姓之太上皇也。至于
皇子近屬，咸有揖讓之禮，而況策名人臣，而交媟人父，天性攸尊，
亦宜體國而重矣。故友之好，請于此辭。染絲之變，墨翟致懷，岐
路之感，楊朱興歎，況與將軍游處少長，雖世譽先後而臭味同歸也。
平昔之交，與禮數而降，箕踞之懼，隨時事而替，雖欲虛詠濠肆，
脫落儀制，其能得乎！來物無停，變化遞代，豈惟寸晷，事亦有之。
夫御器者神，制眾以約，願將軍怡情無事，以理勝爲任，親仗賢達，
以納善爲大，執筆惘恨，不能自盡。〔註577〕

按語：《晉書卷三十二・列傳第二・后妃下・康獻褚皇后傳》曰：

康獻褚皇后諱蒜子，河南陽翟人也。父袁，……及穆帝即位，尊后
曰皇太后。時帝幼沖，未親國政。……於是臨朝稱制。……太常殷
融議依鄭玄義，衛將軍袁在宮庭則盡臣敬，太后歸寧之日如家人之
禮。太后詔曰：「典禮誠所未詳，如所奏，是情所不能安也，更詳
之。」征西將軍（庾）翼、南中郎尚議謂「父尊盡於一家，君敬重
於天下，鄭玄義合情之中。」太后從之。自後朝臣皆敬袁焉。……
（東晉孝武帝）太元九年，崩于顯陽殿，年六十一，在位凡四十
年。〔註578〕

《晉書卷八十三・列傳第五十三・袁瓌・袁喬傳》曰：「初，喬與褚袁友
善，，及康獻皇后臨朝，喬與袁書。」〔註579〕《晉書卷七・帝紀第七・康帝》

〔註576〕（唐）房玄齡等撰：《晉書》（北京：中華書局，1982年12月第2次印刷），
　　　　頁2415。
〔註577〕（清）嚴可均編：《全上古三代秦漢三國六朝文・全晉文》（臺北：世界書局，
　　　　1963年5月二版），卷56，頁2。
〔註578〕（唐）房玄齡等撰：《晉書》（北京：中華書局，1982年12月第2次印刷），
　　　　頁975～977。
〔註579〕（唐）房玄齡等撰：《晉書》（北京：中華書局，1982年12月第2次印刷），
　　　　頁2167～2168。

曰：「建元二年，……九月戊戌，帝崩于式乾殿，時年二十三。」〔註580〕姑繫此書牘作於東晉康帝・建元二年。

### （十四）梁・丘遲〈與陳伯之書〉──梁武帝・天監四年（505）

丘遲字希範，吳興・烏程（今浙江吳興）人，生於劉宋孝武帝・大明八年（464），卒於梁武帝・天監七年（508）。《梁書卷四十九・列傳第四十三・文學上・丘遲》曰：

> 父靈鞠，有才名，仕齊官至太中大夫。遲八歲便屬文，靈鞠常謂氣骨似我。及長，州辟從事，舉秀才，除太學博士。……累遷殿中郎，……高祖（梁武帝）平京邑（建鄴），霸府開，引爲驃騎主簿，甚被禮遇，時勸進梁王及殊禮，皆遲文。高祖踐阼，拜散騎侍郎，俄遷中書侍郎、領吳興邑中正、待詔文德殿。時高祖作〈連珠〉，詔羣臣繼作者數十人，遲文最美。天監三年，出爲永嘉（今浙江溫州）太守，在郡不稱職，爲有司所糾，高祖愛其才，寢其奏。……七年，卒官，時年四十五。所著詩賦行於世。〔註581〕

陳伯之，濟陰睢陵（今安徽省盱眙縣西或今江蘇省睢寧縣）人，生卒年不詳。《梁書卷二十・列傳第十四・陳伯之》曰：

> 義師起，（南齊）東昏假伯之節、督前驅諸軍事、豫州刺史，將軍如故。尋轉江州，據尋陽以拒義軍。郢城平，高祖（梁武帝）得伯之幢主蘇隆之，使說伯之，即以爲安東將軍、江州刺史。伯之雖受命，猶懷兩端，僞云「大軍未須便下」。高祖謂諸將曰：「伯之此答，其心未定，及其猶豫，宜逼之。」眾軍遂次尋陽，伯之退保南湖，然後歸附。進號鎮南將軍，與眾俱下。伯之頓籬門，尋進西明門。建康城未平，每降人出，伯之輒喚與耳語。高祖恐其復懷翻覆，密語伯之曰：「聞城中甚忿卿舉江州降，欲遣刺客中卿，宜以爲慮。」伯之未之信。會東昏將鄭伯倫，高祖使過伯之，……伯之懼，自是無異志矣。力戰有功。城平，進號征南將軍，封豐城縣公，……高祖又遣代江州別駕鄧繕，伯之並不受命。……伯之謂繕：「今段啓卿，若復不得，便與卿共下使反。」高祖敕部內一郡處繕，

---

〔註580〕（唐）房玄齡等撰：《晉書》（北京：中華書局，1982 年 12 月第 2 次印刷），頁 187。

〔註581〕（唐）姚思廉撰：《梁書》（北京：中華書局，1973 年 5 月第 1 版），頁 687。

伯之於是集府州佐史謂曰:「……我荷明帝厚恩,誓死以報,今便纂嚴備辦。」……高祖遣王茂討伯之。……王茂前車既至,伯之表裏受敵,乃敗走,間道亡命出江北,與子虎牙及褚緭俱入魏。魏以伯之爲使持節、散騎常侍、都督淮諸軍事、平南將軍、光祿大夫、曲江縣侯。〔註582〕

丘遲〈與陳伯之書〉云:

遲頓首。陳將軍足下:

無恙,幸甚!幸甚!

將軍勇冠三軍,才爲世出。棄鷰雀之小志,慕鴻鵠以高翔。昔因機變化,遭遇時主;立功立事,開國稱孤;朱輪華轂,擁旄萬里,何其壯也!如何一旦爲奔亡之虜,聞鳴鏑而股戰,對穹廬以屈膝,又何劣邪!

尋君去就之際,非有他故,直以不能内審諸己,外受流言,沉迷猖獗,以至於此。聖朝赦罪責功,棄瑕錄用,推赤心於天下,安反側於萬物。此將軍之所知,非假僕一二談也!朱鮪涉血於友于,張繡剚刃於愛子,漢主不以爲疑,魏君待之若舊。況將軍無昔人之罪,而勳重於當代。夫迷途知反,往哲是與;不遠而復,先典攸高。主上屈法申恩,吞舟是漏。將軍松柏不剪,親戚安居,高堂未傾,愛妾尚在。悠悠爾心,亦何可言!今功臣名將,雁行有序。佩紫懷黃,讚帷幄之謀;乘軺建節,奉疆場之任。並刑馬作誓,傳之子孫。將軍獨靦顏借命,馳驅氈裘之長,寧不哀哉!夫以慕容超之強,身送東市;姚泓之盛,面縛西都。故知霜露所均,不育累類,姬漢舊邦,無取雜種。北虜僭盜中原,多歷年所,惡積禍盈,理至燋爛。況偽孽昏狡,自相夷戮,部落攜離,酋豪猜貳。方當繫頸蠻邸,懸首藁街,而將軍魚游於沸鼎之中,燕巢於飛幕之上,不亦惑乎?暮春三月,江南草長,雜花生樹,群鶯亂飛。見故國之旗鼓,感生平於疇日,撫弦登陴,豈不愴恨?所以廉公之思趙將,吳子之泣西河,人之情也。將軍獨無情哉?想早勵良規,自求多福。

---

〔註582〕 (唐) 姚思廉撰:《梁書》(北京:中華書局,1973 年 5 月第 1 版),頁 311～315。

當今皇帝盛明，天下安樂，白環西獻，楛矢東來。夜郎、滇池，解
辮請職；朝鮮、昌海，蹶角受化。惟北狄野心，崛強沙塞之間，欲
延歲月之命耳。中軍臨川殿下，明德茂親，總茲戎重，方弔民洛汭，
伐罪秦中。若遂不改，方思僕言。聊布往懷，君其詳之！

丘遲，頓首。〔註583〕

　　丘遲歷敘陳伯之的昔日光榮業績和不光采的目前處境及其由來。說明梁朝仁恕待人，不以缺點而廢黜人才，對您很愛護和懷念，所以，您留下的一切都完好無損。今功臣名將，雁行有序，佩紫懷黃，讚帷幄之謀，乘軺建節，奉疆場之任，並刑馬作誓，傳之子孫。將軍獨靦顏借命，驅馳氈裘之長。寧不哀哉？指出功臣名將除您以外都得到了重用，您投靠北魏，是可悲的苟活偷生。指出北方各族政權都想占有中原，先後潰敗，您置身在危急之中，應當趕快回歸故國。說明梁朝皇帝聖明，天下四方歸往，正派出親弟率軍北伐，您得好好思考。

　　丘遲寫給陳伯之的招降書，雖然是奉命而作，但不僅曉之以理，而且動之以情。通篇都為陳伯之著想，設身處地，權衡利害。開頭一段以往昔在梁得尊榮與今日投魏的窘狀作對比，以喚起他的民族自尊心。接著針對他內心的疑慮，用一系列歷史故事，講明梁武帝欲成大事，不忌小過，並用他降魏之後，梁武帝對其親人、財產的態度作具體證明。第三段則著力分析北魏的內部矛盾，說明他身為降將，處境何等危險。第四段寫江南三月，草長鶯飛的美妙春色，以激發他的故國之思。最後敘寫梁朝正當盛時，暗示其一旦歸來，前程無限。總之，全篇緊扣情、理、義、利，逐漸展開，具有極大的說服力和極強的感染作用。雖然陳伯之出身行伍，識字不多，但他還是被深深地打動了；於是，決然率眾返回了梁朝。

　　本文是一篇著名的駢體書信，文章義正辭嚴而又委婉盡情，服之以理、喻之以義、動之以利害、感之以私情，切中要害，洞穿其心。無怪乎對方得書後，「乃于壽陽擁兵八千歸降」了。

　　按語：《梁書卷二十・列傳第十四・陳伯之》曰：

　　　　（高祖）天監四年，詔太尉、臨川王（蕭）宏率眾軍北討，宏命記
　　　　室丘遲私與伯之書。……（天監五年）伯之乃於壽陽（今安徽省壽

---

〔註583〕（梁）丘遲撰：《丘司空集》見（明）張溥輯：《漢魏六朝百三家集》（明崇禎
　　　　間（1628～1644）太倉張氏原刊本），頁7～8。

縣附近）擁眾八千歸。〔註584〕

《梁書卷四十九‧列傳第四十三‧文學上‧丘遲》曰：

> 天監四年，中軍將軍臨川王（蕭）宏北伐（魏），遲為諮議參軍，領
> 記室。時陳伯之在北，與魏軍來距，遲以書喻之，伯之遂降。（遲）
> 還拜中書郎，遷司徒從事中郎。〔註585〕

〈與陳伯之書〉云：「中軍臨川殿下，明德茂親，總茲戎重。」中軍為主
帥發號施令之所，故用以代稱統帥。指梁武帝蕭衍的弟弟，臨川王蕭宏。當
時為中軍將軍。蕭宏，字宣達，是太祖第六子，於武帝天監元年，封臨川郡
王，三年，為中軍將軍。姑繫此書牘作於梁武帝‧天監四年。

## （十五）梁‧劉峻〈與宋玉山元思書〉

> 驅馬金張之館，飛蓋許史之廬，習匡鼎之說，詩騁谷雲之雕篆，賓
> 徒波湧，輿輪靡息，當是時也，樂可言哉！然靜思夫君，愀焉軫歎。
> 何則？方鑿圓枘，鉏鋙難從，翔鳥游煥，蹉跎不狎。是以賈生懷琬
> 琰而挫翮，馮子握璵璠而鎩羽，天誕英逸，獨擅民秀，心貞筠箭，
> 德潤珪璋。信人之水鏡一，性之鎔範，而荊南雄曲，高音鮮和，河
> 西名驥，滅沒誰賞。故若先生者，進有三難，退有三樂，竊觀先生，
> 未能鴻翔鷺起，騰霞躋漢，將由圃空桑麻，田無負郭，俛眉翕肩，
> 以斯故耳。
>
> 今賢弟賓從，抗鱗奮翼，或衣繡江塘，或鳴騶洛渚，連騎方驅，擊
> 鐘乃食，萼跗若是，吾子復何憂哉？惟當纂兩仲之微跡，襲二疏之
> 風流，生與漁父同嬉，死葬要離墓側。金石可碎，聲華無寂，斯道
> 坦坦，先生幸其勗與。〔註586〕

## （十六）梁‧元帝〈與武陵王書〉——梁簡文帝‧大寶二年（551）

蕭紀字世詢，生於（507），卒於梁武陵王‧天正元年（552）。

《梁書卷五十五‧列傳第四十九‧武陵王紀》曰：

> 武陵王紀字世詢，高祖第八子也。少勤學，有文才，屬辭不好輕華，
> 甚有骨氣。天監十三年，封為武陵郡王，邑二千戶。歷位寧遠將軍、

---

〔註584〕（唐）姚思廉撰：《梁書》（北京：中華書局，1973年5月第1版），頁315。
〔註585〕（唐）姚思廉撰：《梁書》（北京：中華書局，1973年5月第1版），頁687。
〔註586〕（梁）劉峻撰：《劉戶曹集》見（明）張溥輯：《漢魏六朝百三家集》（明崇禎
　　　　間（1628～1644）太倉張氏原刊本），頁2。

琅邪彭城二郡太守、輕車將軍、丹陽尹。出爲會稽太守，尋以其郡
爲東揚州，仍爲刺史，加使持節、東中郎將。徵爲侍中，領石頭戍
軍事。出爲宣惠將軍、江州刺史。徵爲使持節、宣惠將軍、都督揚、
南徐二州諸軍事、揚州刺史。尋改授持節、都督益、梁等十三州諸
軍事、安西將軍、益州刺史，加鼓吹一部。大同十一年，授散騎常
侍、征西大將軍、開府儀同三司。初，天監中，震太陽門，成字曰
「紹宗梁位唯武王」，解者以爲武王者，武陵王也，於是朝野屬意焉。
及太清中，侯景亂，紀不赴援。高祖崩後，紀乃僭號於蜀。改年曰
天正。〔註587〕

元帝〈與武陵王書〉云：

皇帝敬問假黃鉞太尉武陵王：

自九黎侵軼，三苗寇擾，天常喪亂，獯醜憑陵，虔劉象魏，黍離王
室。朕枕戈東下，泣血西浮，殞愛子於二方，無諸侯之八百，身被
屬甲，手貫流矢。俄而風樹之酷，萬恨始纏，霜露之悲，百憂繼集，
扣心飲膽，志不圖全。直以宗社綴旒，鯨鯢未剪，嘗膽待旦，龔行
天討，獨運四聰，坐揮八柄。雖復結壇待將，褰帷納士，拒赤壁之
兵，無謀於魯肅，燒烏巢之米，不訪於荀攸，才智將殫，金貝殆竭，
傍無寸助，險阻備嘗，遂得斬長狄於駒門，挫蚩尤於楓木。怨恥既
雪，天下無塵，經營四方，專資一力，方與岳牧，同茲清靜。降暑
炎赫，弟比如何？文武具僚，當有勞弊。今遣散騎常侍、光州刺史
鄭安忠，指宣往懷。〔註588〕

《梁書卷五・本紀第五・元帝》曰：

大寶元年，世祖猶稱太清四年。……九月辛酉，……任約進寇西陽、
武昌，遣左衛將軍徐文盛、右衛將軍陰子春、太子右衛率蕭慧正、
巂州刺史席文獻等下武昌拒（任）約。……大寶二年三月，侯景悉
兵西上，會任約軍。……四月庚戌，領軍將軍王僧辯帥眾屯巴陵。
甲子，景進寇巴陵。五月癸未，世祖遣游擊將軍胡僧祐、信州刺史

---

〔註587〕　（唐）姚思廉撰：《梁書》（北京：中華書局，1973 年 5 月第 1 版），頁 825
　　　　　～826。
〔註588〕　（梁）元帝撰：《梁元帝集》見（明）張溥輯：《漢魏六朝百三家集》（明崇禎
　　　　　間（1628～1644）太倉張氏原刊本），頁 43～44。

陸法和帥眾下援巴陵。任約敗,景遂遁走。以王僧辯爲征東將軍、
開府儀同三司、尚書令,胡僧祐爲領軍將軍,陸法和爲護軍將軍。
仍令僧辯率眾追景,所至皆捷。八月甲辰,僧辯下次湓城(今江西
九江縣)。〔註589〕

《梁書卷五十六‧列傳第五十‧侯景》曰:

侯景字萬景,朔方人,或云雁門人。……太清元年十二月,景率軍
圍譙城不下,退攻城父,拔之。……齊文襄又遣慕容紹宗追景,景
退入渦陽(今安徽蒙城縣),……景軍潰散,乃與腹心數騎自峽石濟
淮,稍收散卒,得馬步八百人,奔壽春,監州韋黯納之。……景既
據壽春,遂懷反叛,……景自渦陽敗後,多所徵求,朝廷含弘,未
嘗拒絕。……二年八月,景遂發兵反,……太清三年五月,高祖崩
于文德殿。……景乃密不發喪,權殯于昭陽殿,自外文武咸莫知之。
二十餘日,升梓宮於太極前殿,迎皇太子即皇帝位。……六月,景
以宋子仙爲司徒,任約爲領軍將軍,……大寶元年七月,任約進軍
襲江州刺史尋陽王大心降之。世祖時聞江州失守,遣衛軍將軍徐文
盛率眾下武昌,拒(任)約。……大寶二年正月,世祖(梁元帝)
遣巴州刺史王珣等率眾下武昌助徐文盛。任約以西臺益兵,告急於
景。三月,景自率眾二萬,西上援(任)約。四月,景次西陽,徐
文盛率水軍邀戰,大破之。

景訪知郢州無備,兵少,又遣宋子仙率輕騎三百襲陷之,執刺史方
諸、行事鮑泉,盡獲武昌軍人家口。徐文盛等聞之,大潰,奔歸江
陵,景乘勝西上。

初,世祖遣領軍王僧辯率眾東下代徐文盛,軍次巴陵,會景至,僧
辯因堅壁拒之。景設長圍,築土山,晝夜攻擊,不克。軍中疾疫,
死傷太半。世祖遣平北將軍胡僧祐率兵二千人救巴陵,景聞,遣任
約以精卒數千逆擊僧祐,僧祐與居士陸法和退據赤亭以待之,(任)
約至與戰,大破之,生擒約。景聞之,夜遁。〔註590〕

〔註589〕 (唐)姚思廉撰:《梁書》(北京:中華書局,1973年5月第1版),頁114
　　　　 ～117。
〔註590〕 (唐)姚思廉撰:《梁書》(北京:中華書局,1973年5月第1版),頁833
　　　　 ～857。

梁武帝・太清二年八月，侯景亂起，江北大半入（東）魏，自巴陵至建康大都以長江爲界，荊州所領，北至武寧（今湖北荊門縣北）西據陝口。十月，自采石濟江，臨賀王正德爲之內應，進圍臺城。太清三年三月，攻陷臺城。五月，梁武帝崩，太子綱即位，是爲簡文帝，受制於侯景。大寶元年，湘東王繹（梁元帝）派遣大將討伐侯景，而紀不赴援，且僭號於蜀。

按語：《梁書卷五十五・列傳第四十九・武陵王紀》曰：

> 太清五年（梁簡文帝・大寶二年）夏四月，紀帥軍東下至巴郡，以討侯景爲名，將圖荊陝。……六月，紀築連城，攻絕鐵鑽。世祖復於獄拔謝答仁爲步兵校尉，配眾一旅，上赴（陸）法和。世祖與紀書。〔註591〕

姑繫此書牘作於梁簡文帝・大寶二年。

## （十七）梁・元帝〈又與武陵王書〉──梁簡文帝・大寶二年（551）

《梁書卷五十五・列傳第四十九・武陵王紀》曰：

> 太清五年（梁簡文帝・大寶二年）六月，……世祖與紀書……仍令喻意於紀，許其還蜀，專制岷方。紀不從命，報書如家人禮。庚申，紀將侯叡率眾緣山將規進取，任約、謝答仁與戰，破之。〔註592〕

元帝〈又與武陵王書〉云：

> 甚苦大智！
>
> 季月煩暑，流金爍石，聚蚊成雷，封狐千里，以茲玉體，辛苦行陣。
>
> 乃眷西顧，我勞如何。自獮醜憑陵，羯胡叛渙，吾年爲一日之長，屬有平亂之功，膺此樂推，事歸當璧。儻遣使乎，良所遲也。如曰不然，於此投筆。友于兄弟，分形共氣。
>
> 兄肥弟瘦，無復相見之期，讓棗推梨，永罷歡愉之日。上林靜拱，聞四鳥之哀鳴，宣室披圖，嗟萬始之長逝。
>
> 心乎愛矣，書不盡言。〔註593〕

〔註591〕（唐）姚思廉撰：《梁書》（北京：中華書局，1973年5月第1版），頁826～827。

〔註592〕（唐）姚思廉撰：《梁書》（北京：中華書局，1973年5月第1版），頁827～828。

〔註593〕（梁）梁元帝撰：《梁元帝集》見（明）張溥輯：《漢魏六朝百三家集》（明崇

大智，紀之別字也。紀遣所署度支尙書樂奉業至于江陵，論和緝之計，依前旨還蜀。世祖知紀必破，遂拒而不許。丙戌，巴東民符昇、徐子初等斬紀硤口城主公孫晃，降于眾軍。

《梁書卷五・本紀第五・元帝》曰：

> （簡文帝）大寶三年，世祖猶稱太清六年。……四月乙巳，益州刺史、新除假黃鉞、太尉武陵王紀竊位於蜀，改號天正元年。……五月庚午，司空南平王恪及宗室王侯、大都督王僧辯等，復拜表上尊號，世祖猶固讓不。……是月，魏遣太師潘樂、辛術等寇秦郡，王僧辯遣杜崱帥眾拒之。……八月，蕭紀率巴、蜀大眾連舟東下，遣護軍陸法和屯巴峽以拒之。……承聖元年冬十一月丙子，世祖即皇帝位於江陵。〔註594〕

按語：《梁書卷五十五・列傳第四十九・武陵王紀》曰：「太清五年（梁簡文帝・大寶二年）……陸納平，諸軍並西赴，世祖又與紀書。」〔註595〕姑繫此書牘作於梁簡文帝・大寶二年。

## 十二、激勵

激勵之言是鼓勵之詞，藉著書信往來可吐露平時難以啟齒之心聲，也可以說出令人振奮的言詞。如魏・應璩〈答韓文憲書〉「足下之年，甫在不惑，加以學藝，何晚之有？」

### （一）魏・應璩〈答韓文憲書〉

> 昔公孫弘皓首入學，顏涿聚五十始涉師門。朝聞道夕殞，聖人所貴。足下之年，甫在不惑，加以學藝，何晚之有？若能上迫南榮忘食之樂，下踵寧子黑夜之勤，窮文盡義，無微不綜，規富貴之榮，取金紫之爵，是夏侯勝拾芥之謂也。〔註596〕

應璩信中舉歷史人物，西漢・公孫弘、春秋・顏涿聚雖年紀大，仍努力

---

禎間（1628～1644）太倉張氏原刊本），頁44。

〔註594〕（唐）姚思廉撰：《梁書》（北京：中華書局，1973年5月第1版），頁127～131。

〔註595〕（唐）姚思廉撰：《梁書》（北京：中華書局，1973年5月第1版），頁827～828。

〔註596〕（魏）應璩撰：《應休璉集》見（明）張溥輯：《漢魏六朝百三家集》（明崇禎間（1628～1644）太倉張氏原刊本），頁9。

向學，鼓勵韓文憲不要因已四十歲而沒信心，且像南榮、寧子廢寢忘食求學，學成後取富貴、爵位就如俯拾芥草。

## 十三、規戒

規戒即有規勸戒訓語氣。魏・伏義〈與阮嗣宗書〉「蓋聞建功立勳者，必以聖賢爲本；樂眞養性者，必以榮名爲主。若棄聖背賢，則不離乎狂狷。」說明聖賢應有之作爲，「而聞吾子乃長嘯慷慨，悲涕漣澐，又或拊腹大笑，騰目高視。」在教訓受信者阮嗣宗之不是，「夫智之清者，貴其知運而不憂。」最後指出一條道路勸戒阮嗣宗應如何去做。東晉・庾翼〈貽殷浩書〉「且夫濟一時之務，須一時之勝，何必德均古人，韻齊先達邪！」這也是在勸戒受信者應如何去做。一般收信者與寫信者都有較親近之關係，因此內容都是心肺之言，但因立場不同，所以才有殊異之分。

### （一）魏・伏義〈與阮嗣宗書〉──魏元帝・景元元年（260）

義白：

蓋聞建功立勳者，必以聖賢爲本；樂眞養性者，必以榮名爲主。若棄聖背賢，則不離乎狂狷；凌榮起名，則不免乎窮辱。故自生民以來，同此圖例，雖歷百代，業不易綱。譬如大道，徒以奔趨遲疾，定其駑良舉足向路，總趨一也。然流名震響，非實不著，而抱實之奇，非人不實。貴德保身，非禮不成，伏禮之矩，非勤不辨。是使薄于實而爭名者，或因飾虛以自矜，愼於禮而莫持者，或因倨息以自外。其自矜也，必關閫晻曖，以示之不測之量；其自外也，必排摧禮俗以見其不竊之達。又有滑稽之士，糅於其閒（間），浮沉不一，際畔相亂，或使時人，莫能早分，推其大歸，綜之行事，徒可力極一喙。觀盡崇朝，遭清世邪！則將吹其噓以露其實，值其闇邪！則將矜其貌以疑其樸。從此觀之，治大而見遺，不如資小而必集；出俗而見削，不如入檢而必令。驟聽論者洋溢之聲，雖未傾蓋，其情如舊。然重牆難極，管短幽密，觀容相額，所執各異。或謂吾子英才秀發，邈與世玄，而經緯之氣有寒缺矣！或謂吾子智不出凡，器無限奧，而陶變以眩流俗。善子者欲斥斷以拒口樸，惡子者欲抽鍵以驚空虛。每承此聲，未嘗不開精斥運，放思天淵，欲爲吾子廣推奧異，端求所安也。

蓋自生民之性，受氣之源，好惡大歸，不得相遠。君子徇名而不顧，亦有慕名以爲顯。夫名利者，總人之綱，集衢之門也，出此有爲，于義未聞。吾子若欲逆取順守，及時行志，則當矜而莫疑，以速民望，若欲娛情養神不厚于俗，則當浩然恣意，惟樂是治。

今觀其規時，則行己無立德之身，報門無慕業之客，察其樂，則食無方丈之肴，室無傾城之色，徒泄泄以疑世爲奇，縱體爲逸，執此不回，既以怪矣。且人非金石不可剖練，設使至寶，咸在子身，疑于國寶爲不得行，天官雖博無偏駁之任，王道雖寬無縱逸之流，苟無其分，則爲身害教賊怨布天下。以此備之殆恐攻害，其至無日，安坐難保，而聞吾子乃長嘯慷慨，悲涕潺湲，又或拊腹大笑，騰目高視，形性舟張，動與世乖，抗風立候，蔑若無人。儻獨奇變逸，運漸在于此，將以神接虛交，異物所亂，使之然也。

夫智之清者，貴其知運而不憂；德之懿者，善其持沖以守滿。就其懷憂，必發于見孤，孤不自孤而怨時也；就其持滿，必起于見崇，崇不自崇而驕世也。行來之議，又傳吾子雅性博古，篤意文學，積書盈房，無不燭覽，目厭義藻，口飽道潤，俯詠仰歎，術若純儒。然開闔之節，不制于禮，動靜之度，不羈于俗，凡有謔詠，善之則教慈于父兄，惡之則言醜于讎敵，未有慈其教而不脩其事，醜其言而樂其業者也。古人稱竊簡寫律，踞廁讀書誦之可悼，深怪達者之行其象，若莊周、淮南、東方之徒，皆投**迹**教外，放思太玄，其大言異旨，殆自謂能迴天維、舉地絡，觀持世之極，總得物之宗，仰天獨唱，與世爭黨。乃謂生爲勞役，而不能煞身以當論；謂財爲穢累，而不能割賄以見識。由是觀之，其鬱怨于不得，故假無欲以自通，怠惰于人檢。

故殊聖人以自大，凡此數者，尚皆奇才異略，命世崛起，徒以時昏俗亂，實沉幽夜，而性放蕩，不一萎致，國寶之責，庶其不然。而況吾子，志非遁世，世無所適，麟驥苟修，天雲可據，動則不能龍**櫨**虎超，同機伊霍；靜則不能珠潛璧匿，連**迹**巢光。言無定端，行不純軌，虛盡年時，以自疑外豈異乎？韓子所謂，無施之馬骨，體雖美懿，牽縮不隨者哉。且桀士之志也。遇世險巇，則憂在將命；值世太清，則憤於匿穎。欲其世平而有騁足之場，時安而有役智之

局。方今大魏興隆，皇衢清敞，台府之門，割石索寶，以吳、蜀二虜，巢窟未破，長籌之士，所當奮力，可謂器與運會，不卜而行，今其時矣。

向使吾子才足蓋世，思能橫出，何能不因大師韜敵之變，陳孫子廟勝之策，使烽燧不起于四垂，羽檄不施于中夏，定勳立事，撫國寧民，而飽食安臥，囊懸室罄，力牽于役，財彫于賦，養生之具，亂于細民，為壯士者，豈能然乎？若居其勞而不知病其事，則經緯之氣乏矣，若病其事而不能為其醫，則鍼石之巧淺矣。

今吾子擢才達德，則無毛遂穎脫之勢；剪**迹**減光，則無四皓岳立之高；豐家富屋，則無陶朱貨殖之利；延年益壽，則無松喬蟬蛻之變。總論吾子所歸，義無所出，然眾論雲擾，僉稱大異，疑夫鬱氣之下，必有祕伏；重奧之內，必有積實。雖無顏氏之妙，思**覩**恍惚之**迹**；雖無鍾子之達，樂聞山林之音。想亦不隱才穎於肝膈，而不揚之于清觀，任賢智于骨氣，而不播于高聽。且明智之為物，猶泉流之吐潤，固不于把酌而為損，舍佇而增益也。

張儀之志，激于見劫；季路晚悟，滯在持滿，是以不嫌，盡言究其良苦，想必勃然承聲發響。若乃羣能獨踊，無以應唱，懸機待時，不能觸物，則不達于談者，所謂挾祖奕以守要際，閉虛門以示不測者也。昔輪扁不能言微于其弟，伯樂不能語妙于其子，此蓋智術之曲撓，非道理之正例。自古有不可及之人，未有不可聞之業；有不可料之微，未有不可稱之略。幸以竭示所志，若變通卓逸，行得天符，言發恍然，邈在世表，則將為吾子謝物輸力，因風自釋。

染筆附紳，諮所未悟，庶足存弟子之一隅。

伏義白。〔註597〕

　　阮籍鄙棄禮教，傲世疾俗，使得禮法之士「疾之如仇」，而伏義就是這些禮法之士的典型代表，他依附於司馬氏，揮動禮法的大纛，對阮籍橫加責難，說他「形性乖張，動與世乖」、「開闔之節不制於禮，動靜之度不羈於俗。」「言無定端，行不純軌。」

〔註597〕（清）嚴可均輯：《全上古三代秦漢三國六朝文・全三國文》（臺北：世界書局，1963 年 5 月二版），卷 53，頁 1～3。

　　按語：魏高貴鄉公‧甘露三年阮籍喪母。《晉書四十九卷‧列傳第十九‧阮籍》曰：

> 性至孝，母終，正與人圍棋，對者求止，籍留與決賭。……籍又能為青白眼，見禮俗之士，以白眼對之。……由是禮法之士疾之若讎，而帝（司馬文王）每保護之。籍嫂嘗歸寧，籍相見與別。或譏之，籍曰：「禮豈為我設邪！」〔註 598〕

　　書牘中云：「方今大魏興隆，皇衢清敞，台府之門，割石索寶，以吳、蜀二虜，巢窟未破。」可見寫此信時吳、蜀皆存，而蜀於魏元帝‧景元四年亡於魏，姑繫此書作於魏元帝‧景元元年。

## （二）東晉‧庾翼〈貽殷浩書〉──東晉康帝‧建元二年（344）

> 當今江東社稷安危，內委何、褚諸君，外託庾、桓數族，恐不得百年無憂，亦朝夕而弊。足下少標令名，十餘年間，位經內外，而欲潛居利貞，斯理難全。且夫濟一時之務，須一時之勝，何必德均古人，韻齊先達邪！王夷甫，先朝風流士也，然吾薄其立名非真，而始終莫取。若以道非虞、夏，自當超然獨往，而不能謀始，大合聲譽，極致名位，正當抑揚名教，以靜亂源。
>
> 而乃高談《莊》、《老》，說空終日，雖云談道，實長華競。及其末年，人望猶存，思安懼亂，寄命推務。而甫自申述，徇小好名，既身囚胡虜，棄言非所。凡明德君子，遇會處際，寧可然乎？而世皆然之。益知名實之未定，弊風之未革也。〔註 599〕

《晉書卷七十七‧列傳第四十七‧殷浩》曰：

> 浩識度清遠，弱冠有美名，尤善玄言，與叔父融俱好《老》、《易》。
>
> 融與浩口談則辭屈，著篇則融勝，浩由是為風流談論者所宗。〔註 600〕

　　當時東晉偏安江左，欲匡復北伐，而殷浩卻好《老》、《易》，故庾翼〈貽殷浩書〉規勸他要以國為重。

　　按語：書牘中云：「當今江東社稷安危，內委何、褚諸君，外託庾、桓

---

〔註 598〕（唐）房玄齡等撰：《晉書》（北京：中華書局，1982 年 12 月第 2 次印刷），頁 1361。

〔註 599〕（清）嚴可均編：《全上古三代秦漢三國六朝文‧全晉文》（臺北：世界書局，1963 年 5 月二版），卷 37，頁 8～9。

〔註 600〕（唐）房玄齡等撰：《晉書》（北京：中華書局，1982 年 12 月第 2 次印刷），頁 2043。

數族。」

《晉書卷七・帝紀第七・康帝》曰：

康皇帝諱岳，字世同，成帝母弟也。（東晉成帝）成和二年徙封琅邪王，……咸康八年六月庚寅，成帝不念，詔以琅邪王爲嗣。癸巳，成帝崩。甲午，即皇帝位。……時帝諒陰不言，委政于庾冰、何充。秋七月己未，以中書令何充爲驃騎將軍。……十二月，立皇后褚氏。……建元三月，以中書監庾冰爲車騎將軍。……秋七月，……以輔國將軍、琅邪內史桓溫爲前鋒小督、假節，帥眾入臨淮，安西將軍庾翼爲征討大都督，遷鎮襄陽。……冬十月辛巳，以車騎將軍庾冰都督荊、江、司、雍、益、梁、六州諸軍事、江州刺史，以驃騎將軍何充爲中書監、都督揚、豫二州諸軍事、揚州刺史、錄尚書事，輔政。以琅邪內史桓溫都督青、徐、兗三州諸軍事、徐州刺史，諸裒爲衛將軍、領中書令。〔註601〕

《晉書卷七・帝紀第八・穆帝》曰：

穆皇帝諱聃，字彭子，康帝子也。建元二年九月丙申，立爲皇太子。戊戌，康帝崩。己亥，太子即皇帝位，時年二歲。大赦，尊皇后爲皇太后。壬寅，皇太后臨朝攝政。冬十月乙丑，葬康皇帝于崇平陵。十一月庚辰，車騎將軍庾冰卒。永和元年春正月甲戌朔，皇太后設白紗帷於太極殿，抱帝臨軒。……秋七月庚午，持節、都督江、荊、司、梁、雍、益、寧七州諸軍事、江州刺史、征西將軍、都亭侯庾翼卒。〔註602〕

《晉書卷七十七・列傳第四十七・何充》曰：

康帝立，帝臨軒，（庾）冰、充侍坐。帝曰：「朕嗣鴻業，二君之力也。」……建元初，出爲驃騎將軍、都督徐州、揚州之晉陵諸軍事、假節，領徐州刺史，鎮京口，……頃之，庾翼將北伐，庾冰出鎮江州，……徵充入爲都督揚、豫、徐州之琅邪諸軍事、假節，領揚州刺史，將軍如故。〔註603〕

---

〔註601〕（唐）房玄齡等撰：《晉書》（北京：中華書局，1982 年 12 月第 2 次印刷），頁 184～186。

〔註602〕（唐）房玄齡等撰：《晉書》（北京：中華書局，1982 年 12 月第 2 次印刷），頁 191～192。

〔註603〕（唐）房玄齡等撰：《晉書》（北京：中華書局，1982 年 12 月第 2 次印刷），

《晉書卷九十三・列傳第六十三・外戚傳》曰：

康獻皇后父也。……裒少有簡貴之風，與京兆杜乂俱有盛名，冠於中興。……康帝爲琅邪王時將納妃，妙選素望，詔娉裒女爲妃，於是出爲豫章太守。及康帝即位，徵拜侍中，遷尚書。〔註604〕

《晉書卷七十三・列傳第四十三・庾亮弟冰》曰：

康帝即位，又進車騎將軍。冰懼權盛，乃求外出。會弟翼當伐石季龍，於是以本號除都督江、荊、寧、益、梁、交、廣七州豫州之四郡軍事、領江州刺史、假節，鎮武昌，以爲翼援。〔註605〕

按語：《晉書卷七十七・列傳第四十七・殷浩》曰：

三府辟，皆不就。征西將軍庾亮引爲記室參軍，累遷司徒左長史。安西庾翼復請爲司馬。除侍中、安西軍司，並稱疾不起。遂屏居墓所，幾將十年，于時擬之管、葛。王濛、謝尚猶伺其出處，以卜江左興亡，因相與省之，知浩有確然之志。既反，相謂曰：「深源不起，當如蒼生何！」庾翼貽浩書。……浩固辭不起。〔註606〕

《晉書卷七十三・列傳第四十三・庾亮弟翼》曰：

及亮卒，授都督江、荊、司、雍、梁、益六州諸軍事、安西將軍、荊州刺史、假節，代亮鎮武昌。……時殷浩徵命無所就，而翼請爲司馬及軍司，並不肯赴。翼遺浩書。〔註607〕

姑繫此書牘作於東晉康帝・建元二年。

## （三）東晉・王羲之〈誡謝萬書〉──東晉穆帝・升平三年（359）

以君邁往不屑之韻，而俯同群辟，誠難爲意也。然所謂通識，正自當隨事行藏，乃爲遠耳。願君每與士之下者同，則盡善矣。食不二味，居不重席，此復何有，而古人以爲美談。濟否所由，實在積小

頁 2029。

〔註604〕（唐）房玄齡等撰：《晉書》（北京：中華書局，1982 年 12 月第 2 次印刷），頁 2415。

〔註605〕（唐）房玄齡等撰：《晉書》（北京：中華書局，1982 年 12 月第 2 次印刷），頁 1928。

〔註606〕（唐）房玄齡等撰：《晉書》（北京：中華書局，1982 年 12 月第 2 次印刷），頁 2043～2044。

〔註607〕（唐）房玄齡等撰：《晉書》（北京：中華書局，1982 年 12 月第 2 次印刷），頁 1932。

以致高大，君其存之！〔註608〕

按語：萬再遷豫州刺史、領淮南太守、監司、豫、冀、并四州軍事。羲之與溫箋，又與萬書，溫不從，萬果敗。萬壽春（今安徽壽縣治）敗後，還書與右軍云：「慙負宿顧」。右軍答書曰：「此禹、湯之戒。」〔註609〕

王羲之〈與桓溫箋〉云：

謝萬才流經通，處廊廟，參諷議，故是後來一器。而今屈其邁往之氣，以俯順荒餘，近是違才易務矣。〔註610〕

謝萬為豫州都督，羲之遺書誡之，萬不能用。溫不從。萬既受任北伐，矜豪傲物，兵潰被廢。〔註611〕《晉書卷七十九‧列傳第四十九‧附謝安‧謝萬傳》曰：

萬既受任北征，矜豪傲物，嘗以嘯詠自高，未嘗撫眾。……北中郎將郗曇以疾病退還彭城，萬以為賊盛致退，便引軍還，眾遂潰散，狼狽單歸，廢為庶人。〔註612〕

《晉中興書》曰：

萬之為豫州，氐、羌暴掠，……萬既受方任，自率眾入潁，以援洛陽。萬矜豪傲物，失士眾心，時北中郎將郗曇以疾還彭城，萬以為賊盛致退，便向還南，遂自潰亂，狼狽單歸，太宗責之，廢為庶人。〔註613〕

東晉穆帝‧升平三年時，謝萬為豫州刺史，姑繫此書牘作於此年。

---

〔註608〕（晉）王羲之撰：《王右軍集》見（明）張溥輯：《漢魏六朝百三家集》（明崇禎間（1628～1644）太倉張氏原刊本），卷1，頁8。

〔註609〕（晉）王羲之撰：《王右軍集》見（明）張溥輯：《漢魏六朝百三家集》（明崇禎間（1628～1644）太倉張氏原刊本），卷1，頁7～8。

〔註610〕（晉）王羲之撰：《王右軍集》見（明）張溥輯：《漢魏六朝百三家集》（明崇禎間（1628～1644）太倉張氏原刊本），卷1，頁8。

〔註611〕（晉）王羲之撰：《王右軍集》見（明）張溥輯：《漢魏六朝百三家集》（明崇禎間（1628～1644）太倉張氏原刊本），卷1，頁8。

〔註612〕（唐）房玄齡等撰：《晉書》（北京：中華書局，1982年12月第2次印刷），頁2087。

〔註613〕（劉宋）何法盛撰：《晉中興書》（臺北：藝文印書館，1972年原刻景印叢書集成三編影印清道光中甘泉黃氏刊民國十四年（1925）王鑑修補印本），頁95。

## 第四節　寫景類

　　魏晉南北朝不乏描繪山水的書牘，寫山水助之修辭以美文，而字裏行間滲之情，又豈止文辭而已。文得江山之助而美，江山得文氣之助而活。

　　構思慎密，用詞俊秀，描繪景物如縮萬里江山於尺幅畫之中，讀之宛如親歷其中，寓言寄情兩相宜。

### （一）劉宋・鮑照〈登大雷岸與妹書〉──劉宋文帝・元嘉十六年（439）

　　鮑照字明遠，東海郡（今江蘇漣水縣）人，生於東晉安帝・義熙十年（414）〔註614〕，卒於劉宋明帝・泰始二年（466）。《宋書卷五十一・附臨川王道規傳》曰：

> 出身「孤賤」，少有才名，且功名心很強。二十多歲時，他爲了謀求官職，曾向臨川王劉義慶獻詩言志，獲得賞識，任國侍郎。後又出爲中書舍人、秣陵令等職。大明五年（461），臨海王劉子頊爲荊州，照爲前軍參軍，掌書記之任。子頊敗，（鮑照）爲亂兵所殺。〔註615〕

《南齊書卷五十二・列傳第三十三・文學傳論》曰：

> 今之文章，作者雖眾，總而爲論，略有三體。……次則發唱驚挺，持調險急，雕藻浮豔，傾炫心魂。……斯鮑照之遺烈也。〔註616〕

《南史卷十三・列傳第三・宋宗室及諸王上・附道規傳》曰：

> 文辭贍逸。……照始嘗謁義慶未見知，欲貢詩言志，人止之曰：「卿位尚卑，不可輕忤大王。」照勃然曰：「千載上有英才異士沉沒而不聞者，安可數哉。大丈夫豈可遂蘊智能，使蘭艾不辨，終日碌碌，與燕雀相隨乎？」於是奏詩。義慶奇之。賜帛二十匹，尋擢爲國侍郎，甚見知賞。遷秣陵令。（劉宋）文帝以爲中書舍人。〔註617〕

　　鮑照〈登大雷岸與妹書〉云：

〔註614〕（劉宋）鮑照著，錢仲聯增補集說校：《鮑參軍集注》（上海：上海古籍出版社，2005 年 5 月第 1 次印刷），頁 431。
　　　　鮑照生年多種說法，筆者採（劉宋）鮑照著，錢仲聯增補集說校：《鮑參軍集注》此說法。
〔註615〕（梁）沈約撰：《宋書》（北京：中華書局，1983 年 4 月第 2 次印刷），頁 1500。
〔註616〕（梁）蕭子顯撰：《南齊書》（北京：中華書局，1972 年 1 月第 1 版），頁 908。
〔註617〕（唐）李延壽撰：《南史》（北京：中華書局，1972 年 1 月第 1 版），頁 360。

吾自發寒雨，全行日少，加秋潦浩汗，山谿猥至。渡沔無邊，險徑遊歷，棧石星飯，結荷水宿。旅客貧辛，波路壯闊，始以今日食時，僅及大雷。塗登千里，日踰十晨，嚴霜慘節，悲風斷肌。去親爲客，如何如何！

向因涉頓，憑觀川陸，遨神清渚，流睇方曛。東顧五洲之隔，西眺九派之分，窺地門之絕景，望天際之孤雲。長圖大念，隱心者久矣。南則積山萬狀，爭氣負高，含霞飲景，參差代雄。凌跨長隴，前後相屬，帶天有匝，橫地無窮。東則砥原遠隰，亡端靡際，寒蓬夕卷，古樹雲平。旋風四起，思鳥羣歸，靜聽無聞，極視不見。北則陂池潛演，湖脈通連，苧蒿攸積，菰蘆所繁。栖波之鳥，水化之蟲，智吞愚，彊捕小，號噪驚聒，紛乎其中。西則迴江永指，長波天合，滔滔何窮，漫漫安竭！創古迄今，舳艫相接，思盡波濤，悲滿潭壑。煙歸八表，終爲野塵，而是注集，長寫不測。脩靈浩盪，知其何故哉！西南望廬山，又特驚異，基壓江潮，峰與辰漢連接。上常積雲，霞雕錦縟，若華夕曜，巖澤氣通。傳明散綵，赫似絳天，左右青靄，表裏紫霄。從嶺而上，氣盡金光，半山以下，純爲黛色。信可以神居帝郊，鎮控湘漢者也。

若潨洞所積，溪壑所射，鼓怒之所豗擊，湧澓之所宕滌，則上窮荻浦，下至狶洲，南薄鸞爪，北極雷澱，削長埤短，可數百里。其中騰波觸天，高浪灌日，吞吐百川，寫泄萬壑。輕煙不流，華鼎振涾，弱草朱靡，洪漣隴蹙。散渙長驚，電透箭疾，穹溘崩聚，坻飛嶺覆。回沫冠山，奔濤空谷，礛石爲之摧碎，碕岸爲之𩖅落。仰視大火，俯聽波聲，愁魄脅息，心驚慄矣。

至於繁化殊育，詭質怪章，則有江鵝、海鴨、魚鮫、水虎之類，豚首、象鼻、芒鬚、針尾之族，石蟹、土蚌、燕箕、雀蛤之儔，折甲、曲牙、逆鱗、返舌之屬。掩沙漲，被草渚，浴雨排風，吹澇弄翮。夕景欲沉，曉霧將合，孤鶴寒嘯，遊鴻遠吟。樵蘇一歎，舟子再泣。誠足悲憂，不可說也。

風吹雷颷，夜戒前路，下弦內外，望達所屆。寒暑難適，汝專自慎，夙夜戒護，勿我爲念。恐欲知之，聊書所覩，臨塗草蹙，辭意

不周。〔註618〕

鮑照妹名令暉，有文才，鍾嶸贊揚她的詩「往往嶄絕清巧，擬古尤勝。」鮑照社會地位不高，常以「英才異士」自況，氣盛崎嶇風格特徵的作品正代表了他的個性。

鮑照在劉宋文帝‧元嘉十六年上半年，向已被任命為江州刺史的臨川王劉義慶獻詩言志，被用為臨川王國侍郎，並於此年秋辭親西上，往江州（今江西九江）赴任。本文即作於此次出行途中，其中描寫九江、廬山一帶浩瀚壯闊、氣象萬千的景色，明顯寄寓山川，表達他要向世俗抗爭而去實現「鴻圖大展」的雄心，以水中魚兒水鳥來襯托自己像「孤鶴」、「游鴻」一樣的孤寂和悲哀，比況今後所處境遇複雜，流露出無限哀愁。寫信的用意在告知其妹釋念並善自珍重。文中抒發的情感極為複雜而深婉，刻劃景物又纖細而傳神，其特色為以景寫情。

按語：鮑照因獻詩，被臨川王劉義慶擢為國侍郎，劉宋文帝‧元嘉十六年，臨川王義慶出任江州刺史，鮑照秋天亦前往江州（今江西九江市），由建康（今南京市）出發，途中經過大雷（今安慶府望江縣，《水經注》所謂大雷也。）岸，觸景生情，將所見所感傾注筆端，給其妹鮑令暉寫這封信。〔註619〕姑繫此書牘作於劉宋文帝‧元嘉十六年。

## （二）梁‧吳均〈與顧章書〉

吳均字叔庠，吳興‧故鄣（今浙江‧長興縣西南）人，生於劉宋明帝‧泰始五年（469），卒於梁武帝‧普通元年（520）。《梁書卷四十九‧列傳第四十三‧文學上‧吳均》曰：

> 家世寒賤，至均好學有才俊，沈約嘗見均文，頗相稱賞。天監初，柳惲為吳興，召補主簿，日引與賦詩。均文體清拔有古氣。好事者或效之，謂為「吳均體」。

> 建安王偉為揚州，引兼記室，掌文翰。王遷江州，補國侍郎，兼府城局。還除奉朝請。……普通元年，卒，時年五十二。〔註620〕

〔註618〕（劉宋）鮑照撰：《鮑參軍集》見（明）張溥輯：《漢魏六朝百三家集》（明崇禎間（1628～1644）太倉張氏原刊本），卷1，頁24～26。

〔註619〕（劉宋）鮑照著，錢仲聯增補集說校：《鮑參軍集注》（上海：上海古籍出版社，2005年5月第1次印刷），頁432。

〔註620〕（唐）姚思廉撰：《梁書》（北京：中華書局，1973年5月第1版），頁698

吳均〈與顧章書〉云：

> 僕去月謝病，還覓薜蘿。

> 梅谿之西，有石門山者，森壁爭霞，孤峰限日，幽岫含雲，深谿蓄
> 翠。蟬吟鶴唳，水響猿啼，英英相雜，綿綿成韻。既素重幽居，遂
> 葺宇其上。幸富菊花，偏饒竹實，山谷所資，於斯已辦。仁智所
> 樂，豈徒語哉！〔註621〕

吳均隱居石門山，嘗〈與顧章書〉，述其地風景之幽異。吳均採用動靜制宜的表現手法，先從「動」入手，「蟬吟鶴唳，水響猿啼，英英相雜，綿綿成韻。」以「動」顯「靜」，不僅獲得了「鳥鳴山更幽」的藝術效果，而且使境界幽深而不枯寂。

## （三）梁・吳均〈與宋元思書〉

> 風煙俱淨，天山共色。從流飄蕩，任意東西。

> 自富陽至桐廬，一百許里，奇山異水，天下獨絕。

> 水皆縹碧，千丈見底；游魚細石，直視無礙。急湍甚箭，猛浪若
> 奔。

> 夾峰高山，皆生寒樹。負勢競上，互相軒邈；爭高直指，千百成
> 峰。泉水激石，泠泠作響；好鳥相鳴，嚶嚶成韻。蟬則千轉不窮，
> 猿則百叫無絕。鳶飛唳天者，望峰息心；經綸世務者，窺谷忘反。

> 橫柯上蔽，在晝猶昏；**疎**條交映，有時見日。〔註622〕

吳均信中述說自富春江到桐廬乘舟飄蕩時的旅途景物幽奇，欣賞之餘，作書予友人宋元思。在山水景物的描繪與內心感受的傾吐之中，表現出厭倦塵俗，熱愛自然高潔的志趣。山水文批判蠅營狗苟的社會醜惡現象，貫穿哲理思考，具有批判現實主義的性質。風格清新，有一定的藝術成就。

全文寥寥 140 餘字，卻以細緻的觀察、準確的筆觸，巧妙地概括、勾勒出富春江兩岸清朗秀麗的水光山色、樹容鳥態，繪聲繪色，生動逼真，意境高遠，在讀者面前展示了一幅秀麗的風景畫，蘊友情於字裏行間，是一篇清

---

　　　　　～699。

〔註621〕　（梁）吳均撰：《吳朝請集》見（明）張溥輯：《漢魏六朝百三家集》（明崇禎
　　　　　間（1628～1644）太倉張氏原刊本），頁 5。

〔註622〕　（梁）吳均撰：《吳朝請集》見（明）張溥輯：《漢魏六朝百三家集》（明崇禎
　　　　　間（1628～1644）太倉張氏原刊本），頁 5。

麗簡煉的山水小品文。在概括地介紹了富春江從富陽到桐廬一段的「奇山異水，天下獨絕」之後，便分別作具體描述。

按語：宋元思一作朱元思非案，因劉峻有〈與宋玉山元思書〉。

### （四）梁・吳均〈與施從事書〉

> 故鄣縣東三十五里，有青山絕壁干天，孤峰入漢，綠嶂百重，清川
> 萬轉，歸飛之鳥，千翼競來；企水之猿，百臂相接。秋露爲霜，春
> 蘿被逕。風雨如晦，雞鳴不已。信足蕩累頤物，悟衷散賞。〔註623〕

吳均在短簡中，向友人渲染了故鄣縣（今浙江安吉縣西北）東三十五里的山勢，雄峻縣互，山下青川的蜿蜒回旋，山中景物隨著時序而變遷，四季景色都一樣生動美麗。以清秀之筆寫闊大之境，既精巧又雄奇。

### （五）梁・陶弘景〈答謝中書書〉──梁武帝・大同元年（535）

謝中書，名徵（或作微），字元度，陳郡・陽夏（今河南省太康縣）人，生於梁武帝・天監九年（510），卒於梁武帝・大同二年（536）。《梁書卷五十・列傳第四十四・文學下・謝徵》曰：

> 幼聰慧，……既長，美風采，好學善屬文。初爲安成王法曹，遷尚
> 書金部三公二曹郎，豫章王記室，兼中書舍人。遷除平北諮議參軍，
> 兼鴻臚卿，舍人如故。……（梁武帝）中大通三年，昭明太子薨，
> 高祖立晉安王綱爲皇太子，將出詔，唯召尚書左僕射何敬容、宣惠
> 將軍孔休源及徵三人與議。徵時年位尚輕，而任遇已重。四年，累
> 遷中書郎，鴻臚卿、舍人如故。六年，出爲北中郎豫章王長史、南
> 蘭陵太守。大同二年，卒官，時年二十七。〔註624〕

陶弘景〈答謝中書書〉云：

> 山川之美，古來共談。高峰入雲，清流見底。兩岸石壁，五色交輝；
> 青林翠竹，四時俱備。曉霧將歇，猿鳥亂鳴；夕日欲頹，沉鱗競躍。
> 實是欲界之仙都！自康樂以來，未復有能與其奇者。〔註625〕

這是一篇極有特色的書牘，幾十字寫得富有韻味，成爲六朝文學中的寫

〔註623〕 （梁）吳均撰：《吳朝請集》見（明）張溥輯：《漢魏六朝百三家集》（明崇禎
間（1628～1644）太倉張氏原刊本），頁5～6。
〔註624〕 （唐）姚思廉撰：《梁書》（北京：中華書局，1973年5月第1版），頁718。
〔註625〕 （梁）陶弘景撰：《陶隱居集》見（明）張溥輯：《漢魏六朝百三家集》（明崇
禎間（1628～1644）太倉張氏原刊本），頁12。

景名篇。全文從不同的視角與方位來寫自己隱居地的「山川之美」，表現了陶弘景對自然美的感受力。猿啼、鳥鳴、魚躍，使入雲的山峰和清澈的山泉更見清幽，同時又富於生機。以清麗的語言，繪幽靜秀麗的山水，抒飄逸出塵的情懷。

　　按語：這是陶弘景晚年隱居時寫給謝徵的一封書牘中的一部分文字，主要內容是稱道江南山水之美。《梁書卷五十一・列傳第四十五・處士》曰：「（梁武帝）天監四年，移居積金東澗。」〔註626〕姑繫約梁武帝・大同元年。

〔註626〕（唐）姚思廉撰：《梁書》（北京：中華書局，1973 年 5 月第 1 版），頁 743。